Ruth Gogoll

Taxi nach Paris

Eine Liebesgeschichte

édition el!es

Internet: www.elles.de
E-Mail: info@elles.de

Umschlaggestaltung: Anette Banck Design, Freiburg
Satz: graphik.text Antje Küchler, Ferrette
Druck: Nørhaven Paperback A/S, Dänemark
ISBN 3-932499-00-X

Ich mag es, wenn die Frauen sich wehren!« Ihr funkelnder Blick spiegelte die Vorfreude auf den Kampf wider, die Eroberung, den Sieg.

Ich wollte mich ihr nicht hingeben. Dennoch sehnte sich alles in mir danach, sie zu berühren, von ihr berührt zu werden.

»Komm, sag noch einmal, daß du nicht willst! Daß du mich haßt!« Sie lachte zynisch herausfordernd.

»Ich hasse dich!« schrie ich heraus. Es war die Wahrheit, aber es tat dem brennenden Begehren in meinem Innern keinen Abbruch. Und ich haßte mich selbst dafür, daß ich ihrem Wunsch gehorcht hatte. Das wollte ich doch am allerwenigsten: ihr Vergnügen bereiten.

Ich sah, wie ihre Erregung stieg. Ihre Augen flammten. Sie kamen näher. Ihre Lippen öffneten sich. Ich sah ihre Zähne blitzen und warf den Kopf von einer Seite auf die andere, um ihr zu entkommen. Sie preßte mich gegen die Wand. Meine Handgelenke hielt sie mit stählernem Griff.

»Nein! Ich will nicht! Nicht so!«

Sie ließ mich nicht los, warf den Kopf zurück und lachte. »Ja, wehr dich! So mag ich es am liebsten!« Ihre Stimme war heiser vor Erregung.

Ich erstarrte. Sie nutzte die Gelegenheit aus und preßte blitzartig ihren Mund auf meinen. Ihre Zunge stieß hart und fordernd gegen meine zusammengekniffenen Lippen. Mit ihrem ganzen Körper preßte sie mich an die Wand. Ich mußte Atem holen. Sie drang in mich ein. Ihr Mund nahm mich in Besitz. Die Leidenschaft, die Erregung ließen mich fast ohnmächtig werden. Gleichzeitig stieg Ekel in mir hoch.

Ich biß zu. Ihr Kopf fuhr zurück, sie hielt meine Handgelenke aber immer noch wie im Schraubstock fest. Ich hatte den Eindruck, das tat sie nicht zum ersten Mal. Sie war daran gewöhnt ...

Sie sah mich wild an. Ein Blutstropfen hing an ihrer Lippe. Sie fuhr mit der Zunge darüber und wischte ihn weg. Meine Augen ließ sie nicht los. »Du Wildkatze! Da ist mir ja was entgangen! Ich dachte, du wärst langweilig und spießig. Eine, die sich nur hinlegt und die Beine breitmacht.«

Ein Hoffnungsschimmer blitzte in mir auf. »Ja, ja – genauso bin ich: langweilig und spießig.« Vielleicht würde sie das abhalten.

»Nein, nein!« Rauh vor Erregung lachte sie wieder auf. »Jetzt ist es zu spät. Ich habe dich durchschaut. Du willst es. Du willst die Angst, du willst den Schmerz. Das erregt dich, gib es doch zu!«

Ihre Finger schlossen sich immer fester um meine Handgelenke. Es tat weh. Ich schrie auf.

»Ja! Schrei – schrei, so laut du kannst!« Ihre Stimme war nur noch ein heiseres, erregtes Flüstern.

Ich erschrak. Der Schmerz hatte mich nicht ernüchtert, wie ich erwartet hatte. Er fuhr mir direkt zwischen die Beine – genau, wie sie gesagt hatte. War es wirklich das, was ich wollte?

Sie hatte meine Unentschlossenheit bemerkt. Ihr Mund sank wieder auf meinen, und diesmal verweigerte ich ihn ihr nicht. Mit brutaler Gewalt stieß sie hinein. Fast bis in meine Kehle. Ich dachte, ich müßte mich übergeben, aber kurz bevor es so weit war, zog sie ihre Zunge zurück. Sie hatte wirklich Erfahrung! Mit wie vielen Frauen sie das wohl schon gemacht hatte? Vielleicht gab es mehr, die das mochten, als ich auch nur ahnen konnte. Und ich? Gehörte ich dazu? Mochte ich es?

Sie stieß wieder zu. Ich spürte, wie mich das Bedürfnis überkam zurückzustoßen, mitzumachen, mich nicht nur passiv benutzen zu lassen. Aber das war es ja, was sie wollte! Dagegen mußte ich mich wehren! So verlangte es jedenfalls mein Kopf. Mein Körper verriet mich. Ich konnte das immer stärker auflodernde Begehren in mir nicht zurückhalten. Meine Knie wurden weich. Sie merkte es und lockerte ihren eisernen Griff ein wenig.

Meine Zunge suchte ihre. Sie zog sich kurz zurück und blickte mich erstaunt an. Dann versank sie wieder in meinem Mund, stieß und forderte, erstickte mich fast. Plötzlich ließ sie meine Hände los und legte ihre um meine Taille. Ich versteifte mich in Erwartung eines neuen Schmerzes. Sie riß mein Hemd aus der Hose und fuhr mit schnellen Bewegungen meinen Rücken entlang. Es kribbelte überall.

Unvermittelt grub sie ihre Fingernägel in meine Schultern. Ich stöhnte vor wollüstigem Schmerz auf. Langsam zog sie sie über meinen ganzen Rücken bis zur Taille hinunter. Es war, als ob mir die Haut abgezogen würde, aber gerade so, daß ich es noch ertragen konnte. Ich stöhnte lauter. Ich wußte nicht, ob vor Schmerz oder vor wachsender Erregung.

»Ja, komm, sag mir, daß du es willst«, murmelte sie an meinem Mund. Ihre Hüften hielten mich immer noch an die Wand gepreßt und gefangen. Ich versuchte dagegenzustoßen, zu kreisen, mich zu reiben. Nein, das war nicht ich! Das war mein Unterleib, der sich selbständig gemacht hatte. Verräter! schrie es in mir. Das Verlangen wurde immer stärker.

»Du willst es doch – sag es!« drängte sie heiß in meinem Mund.

»Nein!« Ich warf den Kopf zur Seite und versuchte sie von mir wegzudrücken. Sie preßte sich weiter an mich, lehnte den Oberkörper ein wenig zurück und zog mir das Hemd aus. In mir brodelte es. Das darf ich nicht zulassen! Sie warf das Hemd neben mich auf den Boden und beugte sich wieder über mich. Ich dachte, sie wollte mich erneut küssen – küssen? War das Küssen? Dieses Stoßen, dieses Würgen? – und warf den Kopf zur Seite. Sie folgte mir nicht. Ihr Kopf senkte sich auf meine Schulter. Ein greller Schmerz durchfuhr mich. Ich schrie wieder auf, obwohl ich meine Lippen fest zusammengepreßt und mir vorgenommen hatte, es nicht zu tun.

»Ja – schrei, schrei!« drängte sie heiser. Erneut senkte sich ihr Kopf.

»Nein ... bitte«, flehte ich sie an. Sie biß zu. Der Schmerz durchfuhr mich noch schärfer als beim ersten Mal. Jetzt gaben meine Knie endgültig nach. Sie hielt mich fest und drückte mich wie zuvor gegen die Wand. Ihre Hand fuhr über meine Brust. Sie streichelte mit der Innenfläche die berstend harte Brustwarze. Ich stöhnte. Diesmal vor Lust.

»Die ist aber empfindlich«, sagte sie merkwürdig grinsend.

Panik kroch in mir hoch. »Bitte, tu das nicht«, flüsterte ich vor Angst zitternd. Abwehrend hob ich die Hände und versuchte sie von mir wegzudrängen. Sie lachte wieder erregt und kämpfte spielerisch mit mir. Ihr eiserner Griff verdammte meine Hände zur Untätigkeit. Langsam senkte sich ihr Mund zu meiner Brust hinab. Sie fuhr sich mit der Zunge über die Lippen. Ich versteifte mich, ich zitterte immer mehr, mein ganzer Körper war ein einziger gespannter Bogen, der sich gegen den Schmerz wappnete. Ich preßte den Kopf gegen die Wand und schloß die Augen. Sie waren so empfindlich – das konnte ich nicht aushalten!

Sie saugte meine Brust in sich hinein, spielte mit ihrer Zunge an der Brustwarze, fuhr immer wieder darüber. All meine Angst konnte die Erregung, die sie damit auslöste, nicht unterdrücken. Meine Hüften begannen wieder, gegen ihre zu stoßen, doch kalter Schweiß überzog meine Haut.

Sie sah zu mir hoch und grinste. »Du hast Angst«, bemerkte sie zufrieden.

»Ja.« Es hatte ohnehin keinen Sinn, es zu leugnen. »Du wirst mir weh tun.« Ich versuchte meine Stimme so ruhig wie möglich klingen zu lassen.

Völlig überraschend ließ sie mich los. Während ihre Augen meinen Blick festhielten, trat sie einen kleinen Schritt zurück, griff an meinen Hosenbund und öffnete den Knopf. Dann zog sie mit einer raschen Bewegung den Reißverschluß herunter. Wie paralysiert lehnte ich an der Wand.

Sie sah, daß ich mich nicht wehren würde. Ein enttäuschter Ausdruck breitete sich auf ihrem Gesicht aus. »Komm, verdirb uns nicht den Spaß.«

»Spaß?« Ich fuhr hoch. »Für dich vielleicht!« Verdammt, das war genau das Falsche gewesen! Ihre Augen blitzten wieder vor unterdrückter Erregung.

»Ja, so ist es schon besser.« Sie kam näher und legte ihre Hände links und rechts neben meinen Kopf, ohne mich zu berühren. »Du kleine Wildkatze«, flüsterte sie ganz nah an meinem Ohr. Sie knabberte an meinem Ohrläppchen. Ich erwartete jeden Moment, daß sie zubeißen würde, und versteifte mich wieder. Ihre Lippen fuhren an meinem Hals hinab und schickten Wellen schaudernder Erregung gemischt mit angstvoller Erwartung durch meinen Körper.

Sie lachte leise und zufrieden auf. Ich spürte den Lufthauch ihres Atems über meine Haut streichen. »Ja, so ist es gut. Du hast Angst. Aber du willst es trotzdem.«

Wut stieg in mir hoch und machte mich unvorsichtig. »Ja, ich will es.« Ich stieß sie mit plötzlich wiedergewonnener Kraft von mir. Geschmeidig wich sie einen Schritt zurück. Zornig funkelte ich sie an. »Aber ich will es nicht so, wie du es mir aufzwingst. Ich will keinen Schmerz, ich will Lust, ich will Zärtlichkeit. Leidenschaft, Erregung, all das ja. Aber keine brutale Gewalt. Das ist –« Ich suchte nach einem Wort für das, was ich empfand.

Sie zog die Augenbrauen hoch und sagte grinsend, »Pervers?«

»Ja – ja! Pervers!« Ich schrie sie an, voller Wut über sie und mich und dieses Wort, das ich niemals benutzt hätte. Schon immer hatte ich es gehaßt, wenn selbstgefällige Spießer sich gegenseitig ihrer ›Normalität‹ versicherten, indem sie andere durch dieses Wort diskreditierten. Unterschiedslos wurde diffamiert, wer anders war, egal ob es sich um Homosexualität handelte oder Kommunismus oder sonst irgend etwas. Doch meine wütende Spannung dauerte nur kurz an. Dann machte sie einem Gefühl der Sinnlosigkeit Platz. Ich verschränkte die Arme hinter dem Rücken und lehnte mich an die Wand. »Und jetzt kannst du meinetwegen deine Peitsche holen – oder was du sonst dafür benutzt – und mich schlagen.«

Ihre Augen glitten über mein Gesicht. »Du bist wunderschön, wenn du wütend bist«, sagte sie leise. Ich wollte gegen diese Platitüde protestieren – das kam ja nun wirklich in jedem amerikanischen Schnulzenfilm vor! –, aber ihr Mund hatte sich im nächsten Moment auf meinen gesenkt und ihn verschlossen. Ich wartete auf das stoßende, fordernde Eindringen, doch sie fuhr mit ihrer Zunge nur sanft an meinen geschlossenen Lippen entlang. Das Kribbeln wurde unerträglich. Als ich meine Lippen öffnete, begann sie ein liebevolles Spiel mit meiner Zunge. Reizte die Zungenspitze mit ihrer, bis ich fast vor Lust geschrien hätte. Ihr Mund war immer noch das einzige, was mich berührte. Zwischen unseren Körpern stand knisternde Luft.

Ich hob die Hände. Nein, ich wollte sie nicht berühren! Meine Arme begannen zu zittern. Sie küßte mich immer noch. Aufseufzend ließ ich meine Hände auf ihre Schultern sinken und zog sie an mich heran. Ihre Hemdknöpfe waren kalt auf meiner nackten Haut. Sie seufzte genießerisch in meinem Mund und legte die Arme um mich. Alles war so sanft, so zärtlich. Was hatte sie plötzlich so verwandelt? Sie schob mich weich gegen die Wand, ein Bein zwischen meinen. Selbst durch den Stoff hindurch machte mich der Reiz halb verrückt. Ich stöhnte auf und begann mich stärker an ihr zu reiben. Dann hielt ich inne. Das war wieder der Punkt, an dem sie mir Schmerzen zufügen würde – ich hatte mich wieder darauf eingelassen! Ich stand still.

Sie bemerkte es. Sie hörte auf mich zu küssen und trat einen Schritt zurück, um mich zu betrachten.

»Du bist verwirrt.« Sie stellte es ohne jede Betonung fest. Ich antwortete nicht. Was würde sie jetzt tun?

Sie streckte die Hand aus und streichelte mein Gesicht. Ich rührte mich nicht. Sie ließ ihre Hand sinken. Sie glitt über meine Schulter auf meinen Arm und an meiner Seite entlang bis auf meine Taille hinab. Dort blieb sie liegen. Sie verschlang mich mit ihren Blikken. Dann versenkte sie ihre Augen wieder mit hypnotischer Kraft in meine.

»Ich werde dir nicht weh tun«, betonte sie nachdrücklich. Ihre Hand schob sich zwischen Stoff und Haut. Ein Zittern lief durch meinen Körper. »Ich will dich. Ich will dich so, wie du bist. Und ich werde dich so nehmen, wie du es willst.« Mit unerträglicher Langsamkeit arbeitete sie sich vor. Mein ganzer Körper schrie vor Verlangen. »Ich will, daß du stöhnst, und ich will, daß du schreist. Aber nicht vor Schmerz.« Ihre Finger berührten den Ansatz meiner Haare und bewegten sich immer noch quälend langsam tiefer. Sie ließ meine Augen nicht los. Ich versteifte meine Schultern und stützte mich an der Wand ab. Sie legte den anderen Arm um mich und hielt mich fest. Jetzt lag ihre Hand bewegungslos zwischen meinen Beinen. Ich stöhnte und stieß wild dagegen. Wie in einem Vulkan stieg die Hitze in mir hoch. Ich spürte die Nässe, die sich auf ihrer Handfläche sammelte. Erregt warf ich den Kopf hin und her.

Sie zog ihre Hand zurück. Ich stieß die angestaute Luft aus meinen Lungen aus und stöhnte. »Nicht. Du hast versprochen, mich nicht zu quälen. Bitte . . .«

Sie lachte genüßlich. »Ich habe versprochen, dir nicht weh zu tun. Und das werde ich auch nicht. Das hier ist etwas anderes.« Sie strich über den Stoff zwischen meinen Beinen. Ich stöhnte wieder verlangend auf und hob mich ihr entgegen. Sie legte beide Hände auf meine Hüften. Langsam schob sie den Hosenbund tiefer. Sie ließ sich Zeit. Immer wieder fuhren ihre Hände von hinten nach vorne und zurück. Mir kam es wie eine Ewigkeit vor.

Als sie mich endlich ganz ausgezogen hatte, beugte sie sich vor und fuhr mit ihren Lippen auf meinen Brüsten entlang. Meine Haut stand in Flammen, wo sie sie berührt hatte. Sie näherte sich der Brustwarze. Ich wurde steif. Sie reagierte sofort.

»Ich habe es versprochen«, murmelte sie. Dann sah sie hoch. »Ich werde nichts tun, was du nicht willst.«

Ich konnte mich immer noch nicht entspannen. Die Angst saß zu tief. Sie fuhr weiter mit ihren Lippen über meine Brust. Dann nahm sie ganz zart die Brustwarze und fuhr mit ihrer Zunge darüber. Meine Empfindungen schwemmten alle Bedenken hinweg. »Ja«, stöhnte ich.

Abwechselnd strich sie mit Zunge und Händen über die steif hervorstehenden Brustwarzen. Ich war mittlerweile verrückt vor Verlangen, ich hätte sie nicht mehr von irgend etwas abhalten können, egal, was es gewesen wäre.

Ihr Gesicht war plötzlich dicht vor meinem. Sie fuhr an meinen Lippen entlang. Nur leicht – ohne zu verweilen. Ich versuchte sie festzuhalten. Sie lächelte und entzog sich mir. Ihre Hand glitt über meine Brust, an meinem Bauch entlang und zwischen meine Schenkel. Sie strich mit zwei Fingern sanft über die Innenseiten, wanderte immer wieder von einer Seite zur anderen, streifte die Mitte. Ich wand mich nur noch in ihrem Arm. Sie strich jetzt immer deutlicher zwischen meinen Beinen hindurch und begann mit kreisenden Bewegungen den empfindlichsten Punkt zu reizen. Ich fühlte mich ständig wie kurz vor einer Explosion. Ihr Druck wurde stärker. Ich spürte ihre Finger. Sie öffnete den Eingang.

»Nein!« Ich riß mich von ihrem Mund los.

Sofort hörte sie auf. Sie zog mich an sich. »Was ist?«

»Ich ... ich mag das nicht.« Ich schluckte. »Du hast versprochen ...«

Sie lachte gutmütig. »Das vergesse ich schon nicht. Du brauchst mich nicht ständig daran zu erinnern.«

»Tut mir leid. Ich bin ein bißchen empfindlich … in der Beziehung.«

»Empfindlich bist du allerdings, das habe ich gemerkt.« Sie wollte mich aufziehen, so schien es, doch dann wurde ihr Tonfall besorgt. »Tut es dir weh?«

Jetzt mußte ich antworten. »Eigentlich … nein, eigentlich nicht. Ich … ich weiß es nicht so genau.«

»Du weißt es nicht?«

Ich blickte auf den Boden hinter ihr. »Nein«, stieß ich trotzig hervor.

Sie trat zurück und hielt mich auf Armeslänge von sich weg. So wie mein Gesicht glühte, mußte ich knallrot sein. Sie legte ihren Finger unter mein Kinn und hob es hoch. »Aber ich bin nicht die erste Frau, mit der du schläfst.«

»Nein …« Sie sah mich aufmerksam an. Offensichtlich erwartete sie, daß mich das eher zum Reden bringen würde als jegliche direkte Befragung. »Ich meine, ich habe schon mit vielen Frauen …, aber nie so.« Mit trotzigem Nachdruck fügte ich hinzu: »Ich kann das eben nicht!« Ruckartig drehte ich mich zur Wand.

»Und das ist der einzige Grund?«

Die Wand schützte mich zumindest vor ihrem direkten Blick. Dennoch hatte ich das Gefühl, ihre Augen bohrten sich in meinen Rücken. »Was denn sonst noch? Reicht das nicht?«

»Du hast nie mit einem Mann –?«

Ich ließ sie nicht ausreden. »Nein, habe ich nicht!« Genauso ruckartig wie eben drehte ich mich wieder zu ihr um. »Muß ich mich jetzt dafür schämen?«

Sie blickte mich immer noch wachsam an. »Nein, natürlich nicht! Wo denkst du hin? Aber ich meinte, auch nicht gegen deinen –« Sie brach ab.

»Gegen meinen …? Oh –« Ich verstand. »Nein, ich bin nicht vergewaltigt worden.« Sie atmete erleichtert aus. Ich war jetzt richtig wütend. Wie konnte ausgerechnet *sie* so besorgt tun? »Und bis heute abend hat das auch noch nie jemand versucht«, fauchte ich ärgerlich.

Sie wandte sich ab und atmete tief durch. Dann sah sie mich wieder an. In ihrem undurchdringlichen Gesicht zuckte kein Muskel. »Dann ist es ja gut«, sagte sie.

Ich war wie vom Donner gerührt. Sie fand, nun wäre alles gut?

Sie seufzte. »Das vorhin war . . .«, sie stockte überlegend, ». . . ein Mißverständnis.« Als ob damit alles erledigt wäre, wandte sie sich mir wieder lächelnd zu. Eine fast vollzogene Vergewaltigung ein Mißverständnis? Für so dumm konnte sie mich nicht halten. Tat sie auch nicht. Sie hatte das Mienenspiel auf meinem Gesicht aufmerksam verfolgt. Noch einmal seufzte sie. Es klang resigniert. »Ja, ich weiß, was du denkst.« Erklärend fuhr sie fort: »Aber die meisten Frauen wollen es so. Deshalb gehen sie mit mir mit.« Traurig sah sie mich an. »Du hast es offenbar nicht gewußt. Und ich habe gedacht . . .« Sie lachte bitter auf. »Wie gesagt: ein Mißverständnis.«

Mittlerweile war ich mehr als verwirrt. »Was – nicht gewußt?« Irgendwo in diesem Chaos mußte doch ein Haken sein, an dem ich mich wieder aus dem Sumpf ziehen konnte!

Sie drehte sich voll zu mir um und stützte breitbeinig eine Hand in die Hüfte. »Ich bin eine Nutte, Schätzchen.«

Ich war geschockt. Das war sicher ein Effekt, den sie hatte erreichen wollen. Aber den anderen, daß ich mich abgestoßen fühlen sollte, erreichte sie nicht.

Sie stand ein paar Schritte von mir entfernt und sah zum Fenster hinaus auf die Lichtreklame, die sich blinkend an- und abschaltete. Sie sprach in die irisierende Dunkelheit hinein. »Du kannst jetzt ruhig gehen. Ich werde dich nicht festhalten.« Ihr Rücken war gerade wie ein Brett.

Ich machte einen Schritt auf meine Kleider zu. Doch dann blieb ich stehen. Ich wollte nicht gehen, das war mir deutlich klar. Aber was wollte ich hier noch? Sie war eine Nutte, sie hatte erwartet, daß ich sie für eine ›Dienstleistung‹ bezahlen würde, von der ich nichts geahnt hatte. Sie hatte sich meinen Wünschen angepaßt, als sie merkte, daß ich etwas anderes wollte – wie jede gute Dienstleistung sich nach den Wünschen des Kunden richtet oder in diesem Fall der Kundin. Der Kundin? Ich sah mich selbst plötzlich in einem äußerst befremdlichen Licht.

Sie drehte sich um. Kalt abschätzend blickte sie mich an. »Soll ich rausgehen?« Ihre Stimme klang wie Eis.

Deutlich wurde ich mir plötzlich meiner Nacktheit bewußt. Ich griff etwas verlegen nach meinem Hemd und streifte es über. »Nein, das wäre doch lächerlich.«

Sie zuckte die Schultern. »Die meisten Frauen wollen hinterher allein sein. Mir ist es egal.« Diese Eisstimme hatte etwas Herzerweichendes. Ein Widerspruch in sich, aber ich empfand es so.

Ich knöpfte mein Hemd zu und beobachtete sie. Sie hatte die Arme verschränkt, stand breitbeinig da, eine uneinnehmbare Festung. Ich ging auf sie zu. Sie folgte jeder meiner Bewegungen mit den Augen, aber sie rührte sich nicht. Ich blieb vor ihr stehen und blickte zu ihr hoch. Mein Gott, sie war mindestens einsfünfundachtzig! »Ich möchte nicht allein sein, und ich möchte nicht gehen.« Ich sah sie unverwandt an.

Spöttisch verzog sie die Mundwinkel und schaute auf mich hinab. »Ah – die Dame ist auf den Geschmack gekommen!« Sie lachte. Es klang todtraurig. Sie beugte sich ein wenig vor. »Bis eben wußtest du es nicht, und du warst irritiert. Jetzt weißt du es, und schon –« Sie schnippte mit den Fingerspitzen. »Es reizt dich, nicht wahr? Bis jetzt war es nur ein etwas exotisches Abenteuer. Etwas abseits des Gewohnten, habe ich recht? Aber nun – was für eine Gelegenheit! Wie ist es wohl, mit einer Frau zu schlafen, die es für Geld macht? Das willst du doch jetzt wissen, oder? Warum solltest du es auch nicht ausprobieren – wo wir schon einmal hier sind?« Sie drehte sich von mir weg und knöpfte ihre Manschetten auf. Über die Schulter fügte sie hinzu: »Ich hoffe, du hast dein Scheckbuch dabei. Ich bin ziemlich teuer.«

Mit einem Ruck zog sie ihr Hemd aus und warf es auf einen Stuhl. Ich sah ihren angespannten Rücken und hörte das Ratschen des Reißverschlusses. Mit einem kurzen Schütteln warf sie die Stiefel von den Füßen, und die Hose flog dem Hemd hinterher. Jetzt war sie nackt. Mit einer knappen Bewegung drehte sie sich um und hob kurz die Arme. »Bitte, ich stehe zu deiner Verfügung.«

Endlich hatte ich wieder Gelegenheit, sie in Ruhe zu betrachten und erneut festzustellen, was mir schon bei ihrem ersten Anblick aufgefallen war: Sie war unbeschreiblich schön. Ich ging auf sie zu und berührte sie. Ihre Haut verbreitete die Kälte einer Marmorstatue. »Nein.« Ich schüttelte den Kopf. »Nein, ich werde es nicht tun. Ich werde dich nicht wie eine Nutte behandeln, nur damit du mich leichter loswerden kannst.« Ich ging rückwärts.

»Aber Schätzchen.« Sie hob die Augenbrauen, als ob sie ihrer Verwunderung darüber Ausdruck geben wollte, daß ich offenbar die Regeln nicht kannte. »Du bezahlst mich doch. Und ich *bin* eine Nutte. – Komm . . .« Sie hatte ein professionelles Lächeln aufgesetzt und kam auf mich zu. Sie griff mit einer Hand hinter mein Ohr und streichelte mit dem Daumen die empfindliche Stelle hinter dem Ohrläppchen. Ich schloß die Augen. »Na siehst du«, gurrte sie.

Ich wollte es vergessen. Ich wollte mich dem Gefühl ihrer streichelnden Hand hingeben. Aber ich konnte nicht. Ich schlug die Augen auf. Sie lächelte immer noch professionell. »Was möchtest du gerne? Du kannst es mir ruhig sagen, auch wenn es ungewöhnlich ist. Ich erfülle alle deine Wünsche. Du brauchst keine Hemmungen zu haben.«

Sie spulte es ab wie einen Vorspann im Kino. Auf einmal lächelte sie wissend. Sie stellte die streichelnde Bewegung hinter meinem Ohr ein, fuhr mit ihren Händen abwärts und ließ sie auf meinem Po liegen. Dann kniete sie sich hin.

Erst jetzt begriff ich, was sie vorhatte. Ich war zu sehr mit ihrer Show und meinen Empfindungen beschäftigt gewesen. Ich stieß ihren Kopf weg. »Hör auf damit!«

Sie wischte ihr Lächeln weg, stand mit gleichgültigem Gesichtsausdruck auf und sah mich kalt an. »Meinetwegen. Es ist ja dein Geld. Wenn du willst, kannst du mich dafür auch beschimpfen.«

Noch nie war ich mit einer Frau in einer derart intimen Situation gewesen, die so schnell umschalten konnte. Sie verunsicherte mich. Ich wollte wissen, was sie wirklich empfand. Es machte mich wütend, daß sie mir die Kontrolle in dieser Weise entzog. Und meinen Ärger hatte ich noch nie verbergen können. Ich funkelte sie wohl ziemlich an.

Prompt schaltete sie wieder ihr Lächeln ein und versuchte mich zu beschwichtigen. »Es gibt doch bestimmt Dinge, die du dich noch nie getraut hast, von einer Frau zu verlangen.« Sie legte erneut ihre Hand hinter mein Ohr. Es wäre eine wundervoll zärtliche Geste gewesen, wenn sie sie nicht so mechanisch ausgeführt hätte. Dennoch genoß ich den Augenblick der Ruhe. Sie beugte sich herunter und küßte mich sanft auf die Lippen. Ich wollte es für einen Moment glauben, wollte mir einbilden, sie sähe in mir die Frau, die Geliebte – und nicht nur die Kundin, die Geldgeberin.

Während sie mich sehr sorgfältig küßte – ja, das war der richtige Ausdruck: sorgfältig! Sie vergaß nichts, was notwendig war! – fuhr ihre rechte Hand an meinem Körper hinab. Ihre linke glitt unter mein Hemd und spielte mit meiner Brustwarze, bis sie steif wurde. Es war ein so automatischer Ablauf, daß mir fast schlecht davon wurde. Schon tausendmal mußte sie das genauso gemacht haben!

Ich wollte sie wegdrängen, aber meine Hände landeten genau auf ihren Brüsten. Sie waren wunderbar weich. Die samtige Haut wölbte sich meinen Fingern entgegen. Ich begann sie zu streicheln. Augenblicklich begann sie zu stöhnen und drängte sich mir entgegen. Einen Moment war ich überrascht, dann fiel mir ein, was sie da machte. Bedauernd, die samtige Weichheit ihrer Brüste aufgeben zu müssen, schob ich sie von mir weg. Sie sah mich mit klaren Augen an. Keine Spur von Erregung.

»Hat es dir nicht gefallen?« fragte sie berufsmäßig interessiert. Ich versuchte ihren Blick festzuhalten, aber sie wich mir aus. Sie blickte über meine Schulter hinweg. »Tut mir leid. Ich brauche etwas Zeit, um mich auf dich einzustellen. Die meisten meiner Kundinnen sind in ihren Ansprüchen nicht so ... exzentrisch.«

Ich mußte gegen meinen Willen lächeln. Ihre Hilflosigkeit nahm mich mehr für sie ein als die Selbstsicherheit, die sie bislang zur Schau getragen hatte. Ich sah sie mit liebevoller Zuneigung an. »Du bist wunderschön.«

Etwas flackerte in ihren Augen auf, dann verschloß sich ihr Gesicht wieder. Sie fragte kühl: »Und warum willst du mich dann nicht? Du bezahlst doch dafür. Die anderen – Sag mir, was ich tun soll. Oder wenn ich nichts tun soll ...« Sie breitete in einer Geste der Ratlosigkeit die Hände aus.

Ein Gedanke schlich sich in meinen Kopf. Ich wollte mich auf ihr Spiel keinesfalls einlassen. Aber wenn sie mir gehorchte ... Sie sah mich immer noch kühl abwartend an.

»Leg dich hin«, befahl ich mit so viel Autorität, wie ich aufbringen konnte.

Ein kurzes Erstaunen blitzte in ihren Zügen auf und verschwand sofort wieder. Sie drehte sich um und machte einen Schritt. Dann blieb sie stehen. »Wo?« fragte sie tonlos in die Luft hinein. Ich sah ihren steifen Rücken noch gerader werden.

»Aufs Bett«, entschied ich.

Sie setzte sich in Bewegung. Anmutig schritt sie zum Bett. Als sie sich hingelegt hatte, streckte sie mir die Arme entgegen. »Komm«, sagte sie. Offenbar hatte sie sich entschlossen, auf den professionellen Gesichtsausdruck zu verzichten. Sie blickte ernst und bewußt gleichgültig.

Ich trat neben das Bett. »Nicht so«, widersprach ich. »Dreh dich um.« Sie zögerte. Ich wartete ab. Dann drehte sie sich langsam mit einem merkwürdigen Seitenblick auf mich auf den Bauch. Ich betrachtete die sanft geschwungene Linie ihres Rückens. Sie war wirklich eine wunderschöne Frau. Was konnte sie bewogen haben …? Ach, das war eine dumme Überlegung. Sie würde schon ihre Gründe haben. Mir kribbelten die Finger vor Verlangen, sie zu berühren, aber ich fuhr nur in der Luft die Linie ihres Körpers nach. Ich beugte mich über sie und küßte sie zwischen die Schulterblätter. Sie zuckte zusammen. »Wag nicht zu stöhnen«, warnte ich. »Die Show hatten wir schon.«

»Die anderen mögen es nun mal«, entgegnete sie achselzuckend mit ihrer kühlen, gleichgültigen Stimme.

»Ich aber nicht. Also laß es sein.«

Ich konnte ihr Gesicht nicht sehen, aber ich hätte schwören können, daß sie lächelte. »Wie ich schon sagte, du bist eben etwas … exzentrisch.«

Ich küßte sie noch einmal zwischen die Schulterblätter und merkte, wie sie sich verkrampfte. Sie versuchte, das Zucken zu unterdrükken. Ich lächelte. Das war doch schon mal kein schlechter Anfang. Ich begann ihren ganzen Körper mit Küssen zu bedecken. Langsam und zärtlich wanderte ich von ihrem Nacken zu ihren Schultern, dann zu ihren Armen und wieder zurück zu den Schulterblättern. Mein Mund glitt an ihren Rippenbögen entlang und verweilte einige Zeit in der Kuhle oberhalb des Pos. Obwohl mich diese Beschäftigung voll in Anspruch nahm, versuchte ich sie gleichzeitig zu beobachten. Anfangs lagen ihre Hände neben ihrem Kopf. Sie schien ruhig und entspannt zu sein. Nach den ersten Küssen bekam sie eine Gänsehaut. Ihre Hände begannen sich in das Kopfkissen zu verkrampfen. Immer stärker und weißer traten ihre Fingerknöchel hervor. Als ich am unteren Teil ihres Rückens angekommen war, perlten überall feine Schweißtröpfchen aus ihrer Haut und schimmerten glitzernd wie feiner Regen. Sie atmete heftig, aber unterdrückt in das Kissen hinein.

Noch einmal fuhr ich mit meinen Fingern ganz leicht den Weg von ihrem Nacken zu ihrem Po nach. Sie zuckte jetzt an vielen Stellen zusammen. Ihr Atem wurde heftiger. Sie bekam im Kissen nicht mehr genug Luft, hob den Kopf und drehte ihn zur Seite. Keuchend zog sie die Luft ein.

Obwohl ich ihre Reaktionen für echt hielt, ritt mich auf einmal der Teufel. Vielleicht griff die Eigendynamik dieses Spiels, das ich so noch nie gespielt hatte, in mein Denkzentrum ein und setzte meine üblicherweise sehr wachen Kontrollmechanismen außer Kraft. Jedenfalls dachte ich mir nichts dabei. Gegen besseres Wissen rügte ich sie, »Spiel mir nichts vor – ich habe dich gewarnt!« Es sollte nur ein Scherz sein. Ich war der festen Überzeugung, sie müsse das bemerkt haben, aber sie erstarrte sofort. Sie keuchte noch immer. Nach ein paar Atemzügen fing sie an zu zittern. Ihre Hände schoben sich langsam über ihren Kopf.

»Bitte nicht«, flüsterte sie tonlos. Ihre Stimme war rauh vor Angst.

Was war los? Ich strich ihr beruhigend über den Rücken. Sie zuckte hoch wie unter einem Peitschenhieb und preßte ihre Hände noch fester um ihren Kopf. »Nicht«, flüsterte sie heiser, fast unhörbar. »Nicht schlagen, bitte.« Sie wimmerte leise vor sich hin.

Für einen Moment war ich wie betäubt. Diese große, starke Frau, vor der ich solche Angst gehabt hatte! Dann hatte ich den Schock überwunden. Ich packte sie an den Schultern. Sie schrie angstvoll auf. Ich schüttelte sie heftig. »Nie – hörst du? Niemals! Niemals würde ich dich schlagen! Sieh mich doch an, bitte –«

Sie nahm die Hände herunter und legte den Kopf auf die Seite. Ihre Augen waren verhangen. Sie kam aus einem Alptraum. Sobald sie mich erkannte, drehte sie ihren Kopf weg. »Bitte geh jetzt.« Sie sprach gegen die Wand. »Du hast keinerlei Verpflichtung mir gegenüber.« Sie machte eine Pause. »Natürlich brauchst du nicht zu bezahlen.« Ihr Ton war bitter. »Und natürlich kann ich dich nicht daran hindern, es weiterzuerzählen.« Sie holte tief Luft.

Zuerst wollte ich wütend widersprechen. Dann beherrschte ich mich. Das würde weder ihr noch mir etwas nützen. Ich griff nach der Bettdecke und zog sie über ihren nackten Körper.

Sie rollte sich überrascht auf die Seite und stützte ihren Kopf in die Hand. »Danke«, sagte sie. Ihr Tonfall war neutral. Sie ließ ihren Blick kühl über mich gleiten. »Es ist wirklich besser, du gehst jetzt.«

Ich setzte mich behutsam auf die Bettkante. »Das glaube ich nicht.« Ich hatte eigentlich nur widersprochen, weil mir das alles zu schnell ging und ich ungern einen Schauplatz verließ, ohne die Regeln zu kennen und die Zusammenhänge zu verstehen, aber ihre Reaktion war heftig.

Ihre Augen verengten sich zu schmalen Schlitzen. Sie glitzerten wie pures Eis. »Ach so«, sagte sie gedehnt. »Du bist keine von denen, die mit dem halben Kuchen zufrieden ist, wenn man ihr den ganzen versprochen hat. Das hätte ich mir denken können.« Mit einer schnellen Bewegung griff sie nach mir und zog mich auf das breite Bett. »Du sollst die andere Hälfte bekommen. Ich halte meine Versprechen immer. Und jetzt, nachdem ich dir die Bezahlung erlassen habe, ist es sogar umsonst.« Sie lachte höhnisch. »So billig kommst du nie wieder zu einer Nummer mit einer Klassenutte wie mir!«

Ich ließ sie gewähren. Die Verzweiflung, die ich in ihr spürte, machte mich hilflos. Ich hoffte nur, daß sie mir nicht allzusehr weh tun würde. Im Schmerzen ertragen war ich noch nie gut gewesen. Und heute hatte ich schon einmal feststellen müssen, daß sich diese Fähigkeit eher noch verschlechtert hatte.

Sie sah mir meine Befürchtungen an. »Ach, jetzt hast du Angst?« Sie unterstrich ihre Worte mit einer wegwerfenden Handbewegung. »Ich habe doch gesagt, ich halte mich an meine Versprechen, oder?«

Ich nickte, um sie nicht noch mehr aufzubringen. Ob ich mich in ihrem Zustand allerdings auf ein solches Versprechen verlassen konnte, schien mir mehr als zweifelhaft.

Sie griff grob nach meinem Arm. Ich unterdrückte einen Schmerzenslaut. Das würde einen schönen blauen Fleck geben! Sie drückte mich rückwärts auf das Bett und legte sich halb auf mich. Rücksichtslos wie am Anfang drang sie mit ihrer Zunge in meinen Mund ein. Aber sie ging nur so weit, wie sie versprochen hatte. Und sie hielt meine Hände nicht fest. Ich hob sie langsam und fuhr ihren Rücken entlang. Sie stöhnte tief in ihrer Kehle auf. Jetzt wußte ich, daß ihre Reaktion vorhin wirklich echt gewesen war. Ich streichelte ihren Rücken immer weiter, und sie keuchte immer heftiger in meinem Mund. Ich merkte, daß sie durchaus bereit war sich gehenzulassen. Doch zuerst ließ sie plötzlich meinen Mund im Stich. Mit einer heftigen Bewegung riß sie meine Beine auseinander. Mindestens noch zwei blaue Flecken!

Sie ließ sich zwischen meine Beine fallen und hob sie an. Sie drückte sie noch weiter auseinander und noch höher hinauf. Es tat weh, aber es war zu ertragen. Mit derselben Heftigkeit, mit der sie in meinen Mund eingedrungen war, drang sie jetzt zwischen meinen Beinen ein. Kein Vorspiel, keine Vorbereitung, nicht einmal ein kurzes Streicheln. Das Spiel ihrer Zunge war dafür um so heftiger und fordernder.

Während sie meine Beine noch mehr auseinanderdrückte – mein Gott, gleich würde ich doch vor Schmerz schreien müssen! –, biß ich die Zähne zusammen und wartete, daß sie sich an mir befriedigen würde. Ihre Zunge traf auf ihrer wilden Jagd die Mitte aller Empfindungen. Ich stöhnte auf. Wenn die Schmerzen in meinen Schenkeln nicht gewesen wären, hätte ein nettes Gefühl dabei herauskommen können. Ich seufzte.

Sie hatte eine kleine Pause eingelegt und ruhte sich aus. Dann fing sie vorsichtig wieder damit an, meine Mitte mit ihrer Zunge zu umkreisen. Sie flog darüber hinweg wie ein Schmetterling. Ich zuckte jedes Mal zusammen. Allmählich wurden meine Empfindungen intensiver. Sie würde sicher gleich aufhören. Alles, was sie wollte, war ihre eigene Befriedigung, zu der ich beitragen sollte. Als ich anfing, ihr mein Becken entgegenzuheben und zu stöhnen, stellte sie ihre Bewegungen ein. Aha, das war's. Ich versuchte meine Erregung zurückzudrängen.

Plötzlich schrie ich auf. Sie drang mit ihrer Zunge so tief in mich ein, wie es noch nie zuvor eine Frau getan hatte. Diese lange Zunge, die mir in meinem Mund so viel Schwierigkeiten bereitet hatte, bereitete mir hier nur pures, ekstatisches Vergnügen. Sie stieß vor und zurück und spielte zwischendurch kurz hinter dem Eingang herum. Sie kannte wirklich jeden Punkt! Es war mir plötzlich egal, ob meine Beine schmerzten, ob es mir bei jedem Stoß meiner Hüften wie mit glühenden Nadeln bis in die Zehenspitzen fuhr.

»Komm«, murmelte sie kaum hörbar zwischen meinen Schenkeln. Sie stieß noch einmal ihre Zunge in ihrer vollen Länge in mich hinein. Dann zog sie sie heraus und fuhr wieder mit ihren Schmetterlingsschlägen über die hervorstehende Perle. »Komm«, flüsterte sie noch einmal drängend.

Ich explodierte in langen, tosenden Wellen. Ich hörte mich schreien, aber es war, als ob der Schrei nicht aufhören würde, während die Wellen kamen und gingen, kamen und gingen. Ich versuchte sie zu zählen, aber es waren zu viele. Nach einer Ewigkeit fiel ich zusammen und rang erschöpft nach Atem. Ich würde nie wieder normal atmen können!

Sie kam nach oben und nippte an meinen Brüsten. Ich war noch nicht wieder zu Atem gekommen, als sie sich neben meinen Schultern abstützte und ihre Beine zwischen meine schob. Nachdem sie so auseinandergerissen worden waren, tat mir alles weh. Ich stöhnte vor Schmerz auf, bevor ich es verhindern konnte. Sie lag sofort ganz ruhig.

Ich hob die Hand und strich ihr die schweißnassen Haare aus der Stirn. Sie lächelte angestrengt auf mich hinab. »Mach weiter«, sagte ich leise. »Du tust mir nicht weh.«

»Wirklich nicht?« fragte sie zweifelnd.

»Nein.« Ich strich ihr noch einmal zärtlich die Haare aus dem Gesicht. »Wirklich nicht.«

Sie begann sich wieder vorsichtig zu bewegen. Dann wurde sie immer schneller. Nach kurzer Zeit keuchte sie erregt. Ich spürte, wie sie alle Muskeln anspannte. Zwischen meinen Beinen vibrierte es. Sie kam in kurzen Stößen und stöhnte. Sie hatte die Augen geschlossen.

Ich schob meine Hand zwischen ihre Beine. Als sie das merkte, riß sie die Augen weit auf. »Ich will nicht . . .«

»Doch, du willst.« Mit der anderen Hand hielt ich sie auf mir fest. Viel Überredungskunst brauchte ich allerdings nicht. Sie fing sofort wieder an zu stöhnen, als ich sie berührte. Ich drang vorsichtig in sie ein.

»Ja . . .« Aus ihrer Kehle drang ein tierischer Laut. Sie stieß gegen meine Hand, als wollte sie sie ganz in sich aufnehmen. Sie erstarrte. Ein kleiner Schrei entrang sich ihrer Kehle. Völlig erschöpft ließ sie sich fallen. Sie rollte sich von mir herunter. Immer noch schwer atmend lag sie neben mir.

»Das war . . . nicht . . . nötig«, stieß sie abgerissen hervor.

Ich richtete mich auf dem Ellbogen auf und lächelte auf sie hinab. »Doch, das war es. Und ich glaube, es ist sogar noch mehr nötig.«

Sie preßte die Lippen aufeinander und schüttelte den Kopf. Lange war sie nicht mehr so widerstandslos. Ich glitt schnell an ihr hinab. Sie protestierte schwach. Sie versuchte ihre Beine zusammenzupressen, aber sie hatte ihre Kraft noch nicht wiedergefunden.

Mit beiden Händen drückte ich sie auseinander und legte mich dazwischen. Sie war so wunderschön da unten, wie sie es auch als ganze Frau war. Ich sagte es so laut, daß sie es hören konnte.

»Komm sofort wieder hoch!« fauchte sie als Antwort.

»Ganz sicher nicht!« Ich lachte über ihre Verärgerung. Langsam begann ich, mit meiner Zunge einen großen Kreis zu verfolgen. Sie seufzte und ich merkte, wie sich ihre Schenkel entspannten. Immer enger zog ich den Kreis. Sie folgte meiner Zunge mit ihren Hüften.

»Du machst mich verrückt«, flüsterte sie so leise, daß ich es kaum verstehen konnte. Ich machte weiter. Sie griff mit den Händen in meine Haare. »Ich kann nicht mehr . . . bitte . . .« Ich ließ sie nicht aus meinem Mund. Sie flehte um Erlösung. »Ich halte es nicht mehr aus! Bitte . . . laß mich . . .« Heiser und verlangend kam ihre Stimme zu mir herunter. Ich nahm sie ganz in mich auf und ließ sie ihren eigenen Rhythmus finden. Sie kam diesmal in einem langanhaltenden Schrei und einer Unzahl von Zuckungen. Als ihr Orgasmus verebbte, lag sie da wie tot. Ich glitt an ihr hinauf und küßte sie. Sie war schweißüberströmt.

Als sie wieder sprechen konnte, lächelte sie entspannt. »Was hast du nur gemacht?«

»Ich? Gemacht? Gar nichts.« Die Unschuld vom Lande war nichts gegen mich.

Sie lachte amüsiert. »So hat es sich aber gar nicht angefühlt.«

Sie griff auf ihren Nachttisch und nahm eine lange, schlanke Zigarette aus einer langen, schlanken Packung. Sie zündete sie mit einem schön ziselierten silbernen Feuerzeug an und nahm einen tiefen Zug. Das Klischee in Reinkultur. Sie sah mich an. »Oh, entschuldige, willst du auch eine?« Ihre Hand wanderte schon zum Nachttisch zurück.

»Nein danke«, schmollte ich. »Ich hasse es, direkt danach mit Rauch eingenebelt zu werden.«

»Ich tue das sonst auch nicht *direkt danach*. Aber heute ... Du bist selbst schuld. Wenn du mich nicht so fertiggemacht hättest ...« Sie schob zärtlich die Hand unter eine meiner Brüste, beugte sich darüber und küßte sie. »Mhm«, machte sie genießerisch. »Süß wie Champagner.« Sie blickte mich genau an. »Wie die ganze Frau«, sagte sie dann. Sie lehnte sich in ihr Kissen zurück und rauchte.

Sie hatte sich also für den Augenblick entschieden mich zu mögen – oder vielleicht nur mich zu dulden? Ich beobachtete sie von der Seite. Sie saß entspannt da, eine wunderschöne Frau, hielt die Zigarette mit einer Eleganz, die ich nie für vorstellbar gehalten hätte, und der Rauch kräuselte sich ebenso elegant – als ob er sich von ihrer Haltung dazu verpflichtet fühlte – gegen die Decke.

Sie ignorierte mich. Jedenfalls tat sie so, als wäre ich gar nicht da. Was erwartete sie jetzt von mir? Unsere Geschäftsbeziehung war ja nun eindeutig beendet. Ich schüttelte mich innerlich. Ich wollte nicht darüber nachdenken, aber ich mußte. Wie war ich nur in diese Situation geraten? Sollte ich einfach gehen? Aber das war ja genau das, was ich nicht wollte. Ich wollte bei ihr bleiben, ich wollte sie kennenlernen. Sie berührte mich tief. Ihre Verletzlichkeit, die sie hinter unzähligen Schutzwällen zu verstecken suchte. Ihre Angst, und daß sie ausgerechnet *das* zu ihrem Beruf gemacht hatte ...

Ich sah sie forschend an. Sie drückte ihre Zigarette aus und sah zu mir herüber. Als sie meinen Gesichtsausdruck bemerkte, verzog sie leicht die Mundwinkel. »Laß dich nicht abhalten.«

»Wovon?« fragte ich etwas irritiert.

Sie zog die Bettdecke über sich und bedeckte ihre Brüste. »Du willst doch wissen, wie und weshalb ich das geworden bin, was ich bin, oder etwa nicht?«

In einer anderen Situation hätte sie mich mit diesen kalt glitzernden Augen glatt rückwärts aus dem Raum getrieben. So, wie sie es betont hatte, war es eine geradezu obszöne Frage, die ich sicher nicht stellen würde. Ich schwieg.

Sie zog die Augenbrauen hoch. Wenn sie das noch einmal tat, würde ich sie küssen, und wenn ich dafür bezahlen müßte! »Alle wollen das wissen. Du bist sicher keine Ausnahme.« Sie sah zum Fenster hinaus. »Fast immer, wenn ich mit einer neuen Kundin das erste Mal zusammen war, stellt sie die gleiche Frage.«

Ich zuckte zusammen. Eine ›neue Kundin‹ wollte ich eigentlich nicht sein. Und so fühlte ich mich auch nicht.

Sie sah mich gleichgültig an. »Willst du es wirklich nicht wissen?« Ich schüttelte den Kopf. »Na ja, es macht eh keinen Unterschied. Ich beantworte die Frage nie.«

Ich merkte, daß sie mich los sein wollte. Sie fing an, unruhig zu werden. Gleich würde ihr eingefallen sein, womit sie mich am schnellsten loswerden konnte. Und da war es auch schon!

»Und – hast du den Gegenwert bekommen, den du erwartet hast?« Sie sah mich ganz geschäftsmäßig an. Ich erwartete fast, sie würde hinzufügen: »Darf's ein Viertel mehr sein?«

Ich mußte schmunzeln. Instinktiv – oder vielleicht auch ganz überlegt – hatte sie das Thema gewählt, das mich unter normalen Umständen sicher am meisten abschrecken würde. Aber was waren schon ›normale Umstände‹ im Zusammenhang mit ihr? Dieser ganze Abend und die ganze bisherige Nacht waren mit nichts zu vergleichen, was ich je erlebt hatte. Und diese Frau würde mich nicht so einfach loswerden!

Sie wurde ungeduldig. »Warst du zufrieden?« Sie maß mich mit einem prüfenden Blick. »Oder habe ich etwas falsch gemacht?« Mein Schweigen machte sie nervös. »Ich weiß, es ist nicht alles so gelaufen, wie du es dir vorgestellt hattest.« Sie machte ein zerknirschtes Gesicht. Gut konnte sie das! Ich wettete, die Frauen schmolzen reihenweise dahin, wenn sie diese Show abzog. Sie griff nach einem Terminkalender auf dem Nachttisch. »Wir können einen Termin ausmachen, der dir paßt, und du sagst mir, was dir nicht gefallen hat.« Sie schlug das schwarze Lederbändchen auf und blätterte durch die Seiten.

Das war wirklich nicht zu fassen – sie bot mir eine Nachbesserung an!

»Wovor hast du Angst?« fragte ich.

Sie blieb mitten in der Bewegung stecken. Ihre Augen sagten mir deutlicher als ihre Reaktion und alle Worte, daß ich einen wunden Punkt getroffen hatte. Sie zog sich auf ihr ureigenstes Terrain zurück, um sich wieder zu fangen. »Sollen wir also keinen Termin ausmachen?« fragte sie ziellos blätternd. Sie wandte mir wieder ihr Gesicht zu.

Ihre Augen hatten jetzt diesen Ich-weiß-gar-nicht-was-du-willst-Ausdruck. Sie erinnerten mich an die großen Limousinen mit den Scheinwerfer-Wisch-Waschanlagen. Eben noch dreckbespritzt – ein Wisch, und sie waren wieder klar.

Jetzt lächelte sie verständnisheischend. »Wenn du Grund hast dich zu beklagen, ist das schlechte Publicity. Und schlechte Publicity ist schlecht fürs Geschäft.«

Ich fühlte mich an ein Gespräch mit einem Autoverkäufer erinnert, das ich kürzlich geführt hatte. Er hatte sich ganz ähnlich ausgedrückt. Allerdings hatte er mir ein Auto verkaufen wollen und nicht seinen Körper.

»Du kannst mich auch anrufen.« Sie zog eine Karte hervor.

»O nein!« stöhnte ich. »Jetzt gib mir nicht auch noch deine Geschäftskarte!«

Sie lachte vergnügt. Es hörte sich ziemlich echt an. »Ich wußte, daß du das hassen würdest«, sagte sie. Sie nahm einen Stift und schrieb etwas auf die Karte. Sie reichte sie mir. Es war eine elegante weiße Karte aus Büttenkarton. Sie war völlig leer bis auf die großen geschwungenen Zahlen in der Mitte. Kein Name, keine Adresse, nur die Zahlen. Das war wirklich das Äußerste an Diskretion.

Ich sah sie an. In ihren Augenwinkeln kräuselten sich die Lachfältchen. »Geschäftskarten sind in meiner Branche nicht üblich«, erklärte sie immer noch vergnügt. »Tut mir leid, dich enttäuschen zu müssen.«

Da saßen wir, zwei nackte Frauen, die vor kurzem miteinander geschlafen, hatten in einem Bett, und sprachen miteinander, als säßen wir gemeinsam beim Kaffeetrinken auf der Kö oder sonst einer Prachtstraße.

»Möchten Sie noch etwas Zucker?«

»Ach nein, lieber noch einen kleinen Orgasmus. Aber nicht zu stark, ich muß heute noch zum Friseur.«

Es kam mir unwirklich vor.

Ich hatte keinen Grund mehr zu bleiben, so sehr ich mich auch vor der Erkenntnis verschloß. Aber ich wollte sie wiedersehen. Wie konnte ich das? Als ihre Kundin? Niemals! Hatte ich dann überhaupt eine Chance? Ich blickte noch immer auf die Karte in meiner Hand. Langsam wurde es mir ungemütlich in diesem Bett. Und es hätte so gemütlich sein können. Gemeinsam einschlafen, gemeinsam aufwachen, ein bißchen Schmusen, ein bißchen Sex ... Ich spürte das Kribbeln neu erwachen.

Sie beobachtete mich. Ich schielte aus den Augenwinkeln zu ihr hinüber. Nein, das würde sie niemals tun, entschied ich. Und ich mußte jetzt möglichst schnell weg von hier.

Sie musterte mich immer noch. Bevor ich über weitere Schritte nachdenken konnte, sagte sie: »Ich gehe jetzt unter die Dusche. Möchtest du vielleicht zuerst ...?« Ihre höflich-professionelle Zuvorkommendheit kaschierte es nur schlecht: Das war der endgültige Rausschmiß. Ich schüttelte stumm den Kopf, ohne sie anzusehen. Sie stand auf. Ich sah ihr nach. Dieser anmutige Gang – jede ihrer Bewegungen war ein Genuß.

Als sie die Tür hinter sich geschlossen hatte, sprang ich aus dem Bett. Ich zog mich schnell an. An der Tür drehte ich mich noch einmal um. Ich hörte das Wasser rauschen und sah auf das Bett. Diese Nacht würde ich sicher nicht so schnell vergessen.

Mein Büro wartete am nächsten Morgen um acht auf mich wie jeden Tag. ›Projektmanagerin‹ stand unter meinem Namen an der Tür. Zusammen mit zwei anderen Namen, denen meiner beiden männlichen Kollegen. Wir waren der sogenannte ›Projektleiterpool‹. Meine Arbeit war mehr Teil meines Lebens, als ich es mir oft eingestehen wollte. Ich fühlte mich unwohl, wenn ich mich allzulange davon fernhalten mußte, zum Beispiel durch Urlaub oder Krankheit. Danach war ich oft wieder richtiggehend froh, wenn ich an meinen Schreibtisch zurückkehren konnte. Und oft hatte mir einzig und allein die Arbeit über meine privaten Krisen hinweggeholfen.

»Wo soll ich bloß anfangen? Guck dir das an!« Mein Kollege Markus ließ sein übliches Lamento los, sobald er mich sah. Ich mußte unwillkürlich lächeln. Auch wenn ich privat so gut wie nichts mit meinen Kollegen zu tun hatte, konnte ich mich doch nicht enthalten, sie auf eine gewisse Art zu mögen. Daß wir uns gut verstanden, erleichterte vieles. »Ach, Markus, du bist doch nicht der einzige, der viel zu tun hat. Wir sind schließlich alle mit Arbeit bis über die Ohren eingedeckt.« Meine Antwort entsprach seinen Erwartungen ebenso wie meinen üblichen Verhaltensweisen. Es war schon ein eingespieltes Ritual. Er hörte mir nur mit halbem Ohr zu ebenso wie ich seine über den ganzen Tag verteilten ständigen Bemerkungen halb ignorierte oder automatisch beantwortete. Das gab uns ein Gefühl von Zusammengehörigkeit und lenkte uns nicht zu sehr ab. Arbeitsmäßig waren wir mit völlig verschiedenen Projekten beschäftigt, so daß ein inhaltlicher Austausch kaum stattfand.

Mein zweiter Kollege kam in seiner üblichen ruhigen Art durch die Tür und sah mich. »Guten Morgen«, sagte er, was – wie ich wußte – nur die Einleitung zu einem Arbeitsgespräch sein konnte. Ich hatte mich nicht getäuscht. »Hast du schon gesehen, was ich dir auf den Schreibtisch gelegt habe?«

Ich drehte mich um und sah seinen Bericht auf einem Berg anderer Papiere liegen, mit denen die Schreibtischunterlage bedeckt war. Ich schüttelte den Kopf. »Nein, habe ich nicht. Ich bin gerade erst gekommen.« Ich ging zum Schreibtisch und blätterte schnell durch die Seiten. »Du hast die Planung angepaßt, wie wir es gestern besprochen hatten?«

Er nickte. »Und ich habe die Änderungen ins Konzept aufgenommen, die du wolltest. Ich glaube, damit wirst du das Projekt um 20-30 Personentage verkürzen. Das siehst du in der Planung. Ich habe einen neuen Ausdruck gemacht.«

»Okay.« Ich lächelte ihm etwas zerstreut zu, weil mein Blick schon auf das nächste Papier fiel, das unter seinem zum Vorschein gekommen war. Meine Gedanken wanderten ab zu Variantenvorschlägen und Lösungen. Ich hatte mit der Arbeit begonnen.

Sie lenkte mich den Tag über auch wirklich gut von dem Erlebnis der letzten Nacht ab. Danach jedoch war der Rest des Tages nur noch eine einzige Tortur. Wo ich ging und stand, sah ich ihr Gesicht vor mir. Ihre Augen, wie sie mich angeblitzt hatten, und manchmal ihre Hände, wie sie ... Bloß nicht darüber nachdenken! Ich sehnte mich nach ihr, ich konnte sie nicht vergessen. Körperlich kam ich mir vor wie eine Süchtige auf Entzug. Ich hätte mich nicht gewundert, wenn mir auf dem Nachhauseweg jemand Dope angeboten hätte. Verliebt in eine Nutte – na wunderbar!

Ich hatte es mir so gesittet vorgestellt, unser nächstes Wiedersehen. In ein paar Wochen würde ich durch die Stadt gehen. Zufällig würde ich sie treffen. Wir würden uns freundlich begrüßen, im Eiscafé einen Bananensplit zusammen essen, über unsere gemeinsamen Erlebnisse plaudern – Weißt du noch, damals, als ich dich so schön befriedigt habe? – und uns für den nächsten Kaffeeplausch verabreden. Eine richtig nette, unkomplizierte Freundschaft. Das konnte ich in den Wind schreiben! In ein paar Wochen würde ich tot sein.

In der letzten Nacht hatte ich kaum geschlafen, auch nachdem ich zu Hause angekommen war. Den Tag über hatte ich vor lauter Arbeit nicht bemerkt, daß mein Appetit erheblich nachgelassen hatte, aber jetzt registrierte ich, daß ich selbst das übliche gemeinsame Mittagessen mit meinen Kollegen hatte ausfallen lassen. Kein Essen, kein Schlaf – wie lange hielt das ein Mensch wohl aus? In der irren Hoffnung, sie heute schon ›zufällig‹ zu treffen, rannte ich nun nach Feierabend ziellos durch die Stadt. Den Bananensplit aß ich auch – man muß dem Schicksal ja schließlich eine Chance geben.

Als es dunkel wurde, gab ich auf. Zu Hause in meinem Bett warf ich mich ruhelos herum. Ich hatte den Eindruck, ich hätte kein Auge zugetan, aber plötzlich war es Morgen. Ich kochte Kaffee, trank ihn, kochte noch mal Kaffee und trank auch den. Meine Nerven dankten es mir mit unterschwelligem Zittern. Seit vorgestern hatte ich nichts als diesen vorweggenommenen Bananensplit gegessen. Ich rief in der Firma an und meldete mich ab. In diesem Zustand war ich nicht arbeitsfähig. Ich wollte nicht in die Stadt gehen, das würde mich wieder dazu verleiten, sie zu suchen. Also lief ich wie eine wildgewordene Tigerin im Käfig in meiner Wohnung herum. Vom Balkon zum Fenster, vom Fenster zum Balkon.

Ich sah auf die Uhr. Es war acht Uhr morgens. Viel zu früh, um jemanden wie sie anzurufen. Bis neun hielt ich es aus. Dann nahm ich die Karte mit der Telefonnummer hervor. Um Viertel nach neun rief ich sie an. Wahrscheinlich würde sie noch schlafen, bei *den* langen Nächten ...

Sie meldete sich mit ihrer Nummer. Sie hörte sich ziemlich wach an. Ich meldete mich auch, mit meinem Namen und weniger wach.

»Ja?« fragte sie abwartend.

»Ich möchte ...« Was sollte ich nur sagen? »Kann ich ...?« Ich wollte doch keinen Termin von ihr, jedenfalls nicht ›offiziell‹.

»Du möchtest kommen?« fragte sie ruhig.

»Ja.« Das war Schwerstarbeit. Ich atmete heftig aus.

»Wann?« fragte sie wieder im selben ruhigen Ton.

Am liebsten sofort! Aber so konnte ich ihr das natürlich nicht sagen. »Heute?« fragte ich deshalb, indem ich ihren Ton zu imitieren versuchte. Aber sie konnte es wesentlich besser.

»Ja, das geht. – Um elf Uhr?« Sie wartete auf meine Antwort.

»Ich wollte eigentlich jetzt gleich in die Stadt ...«

»Nein.« Sie lehnte sehr bestimmt ab. »Vorher habe ich keine Zeit.«

Das hieß, sie hatte wahrscheinlich jetzt eine Kundin bei sich oder wartete auf eine! Kann man auf eine Nutte eifersüchtig sein? Ich konnte! Um antworten zu können, schluckte ich den Kloß in meinem Hals herunter. Mit halbwegs normaler Stimme – so hoffte ich wenigstens – sagte ich: »Gut. Also dann um elf.«

Sie legte auf. Ohne ein Wort. Sie war sicher nicht allein gewesen! Meine Phantasie gaukelte mir quälende Bilder vor. Während sie mit mir telefoniert hatte, hatte die andere Frau sie bereits ausgezogen, sie gestreichelt und geküßt. Aber hätte ich das nicht merken müssen? Ihre Stimme hatte so ruhig geklungen. Mach dir nichts vor! Sie ist eine Nutte – sie empfindet nichts dabei! So? Das hatte ich aber ganz anders in Erinnerung!

Der Minutenzeiger der Uhr schien auf Stunden eingestellt zu sein. Jedes Mal, wenn ich hochblickte, schien es mir, als hätte er sich kaum bewegt. Ich zog mich mindestens fünfmal um. Obwohl in meinem Kleiderschrank nicht allzuviel Abwechslung herrschte.

Hemden und Hosen in verschiedenen Variationen. Röcke oder Kleider besaß ich eh nicht. Zuerst erschien mir die Jeans zu leger, dann wieder die Bundfaltenhose zu fein. Das karierte Flanellhemd war zu rustikal und das seidene zu empfindlich bezüglich Schweißflecken.

Was glaubst du denn, was dich erwartet? Ach, laß mich doch! Du tust so, als würdest du zu einem Rendezvous gehen. Ach ja? Ich konnte mich nicht entscheiden, wie ich dieses Treffen einordnen sollte. Es stimmte, ich benahm mich wie bei einem Rendezvous, ich empfand es auch so, aber mein Kopf hatte recht: Es war keins. Es war eine Verabredung zu bezahltem Sex.

Endlich war es Viertel vor elf. Sie würde es nicht besonders mögen, wenn ich zu früh kam, und sie wohnte quasi bei mir um die Ecke. Also wartete ich noch fünf Minuten. Als ich vor ihrer Tür stand, war es eine Minute vor elf. Ich klingelte. Einen kurzen, entsetzten Moment lang dachte ich, sie hätte mich versetzt und wäre nicht zu Hause. Dann hörte ich Schritte. Was, wenn das ihre Kundin war, die sie verabschiedete? Nein, das würde sie nicht tun! Und wenn doch?

Die Tür öffnete sich. Sie war es. Sie hielt die Tür auf und trat zur Seite. »Komm rein«, sagte sie.

Ich ging an ihr vorbei. Ein dezentes Parfum streifte mich. Sie schien noch größer als das letzte Mal. Kein Wunder, bei den hochhackigen Schuhen! Sie war offensichtlich für ihre Kundinnen angezogen. Sie trug einen kurzen schwarzen Lederrock, Schuhe, die sie fast zehn Zentimeter größer machten, und eine Lederweste, unter der sie offenbar nichts anhatte. Es war nichts eindeutig Nuttiges. Viele Frauen auf der Straße waren so angezogen, aber ich stellte mir vor, wie die Frau, die vor kurzem noch hiergewesen sein mußte, diese Kleidung als aufregend empfunden hatte, wie sie die Weste aufknöpfte ...

Sie ging ein paar Schritte – daß sie überhaupt auf diesen Schuhen laufen konnte! –, dann deutete sie auf das Sofa. »Setz dich doch und nimm dir was zu trinken.« Sie lächelte. »Ich glaube, du hättest es lieber, wenn ich mich umziehe.«

Ich sah ihr nach, wie sie durch eine Tür nach links verschwand. Mir wurde klar, daß ich bis jetzt angenommen hatte, dies sei ein Ein-

Zimmer-Appartement. Weil das Bett hier stand. Aber natürlich – das war berufsbedingt. Sie hatte noch ein Schlafzimmer, in dem sie *wirklich* schlief – allein.

Was würde ihr Umziehen zu Tage fördern? Ein durchsichtiges Negligé – Strapse? Was glaubte sie, daß ich erwartete? Ich hatte mich eindeutig als Kundin angemeldet, und sie würde mich dementsprechend behandeln. Zum Teufel damit! Aber was hätte ich anderes tun sollen?

Die Tür öffnete sich, und sie kam wieder herein. Mit Negligé und Strapsen hatte ich mich verschätzt. Sie trug einen bodenlangen weißen Morgenmantel, etwas, das jede gute Ehefrau in ihrem Kleiderschrank hätte haben können, wenn auch vielleicht nicht in dieser Luxusausführung aus Seide.

Sie sah mich an. »Hast du nichts gefunden?«

Zuerst wußte ich nicht, was sie meinte. Dann bemerkte ich ihren Blick in Richtung Bar. »Ich mache mir nicht viel aus Alkohol«, sagte ich schnell.

Sie lachte und ging hinüber. »Ich auch nicht, aber ich habe auch Nicht-Alkoholisches.« Sie goß etwas in ein Glas, kam herüber und blieb vor mir und dem Sofa stehen. »Willst du mal probieren?« Sie bot mir ihr Glas an.

Ich sah zu ihr hoch. Ich wollte etwas ganz anderes probieren!

Sie sah, daß ich nichts trinken würde, und nahm einen Schluck. Dann stellte sie das Glas auf den Couchtisch und setzte sich neben mich auf das Sofa. Sie schlug die Beine übereinander. Der Morgenmantel klaffte ein wenig auseinander.

Ich sah ihre langen Beine. Sie waren nackt. Der Morgenmantel enthüllte nichts Unzüchtiges, aber ich nahm an, daß sie nichts darunter trug. Mein Mund wurde trocken. Ich begehrte sie so sehr, daß ich ihr am liebsten den Stoff vom Leib gerissen hätte. Ich griff nach dem Glas und trank einen Schluck. Es war Apfelsaft. Ich mußte grinsen. Das erste Mal – zumindest offiziell – bei einer Nutte und dann Apfelsaft!

Sie saß immer noch da und lächelte mich an. Es war nicht das Lächeln, das sie das letzte Mal aufgesetzt hatte, um mir zu zeigen, wie nuttig sie sein konnte. Es war ein freundliches, fast liebevolles Lächeln. Wenn nicht diese Hitze in meinem Körper gewesen wäre, hätte ich mir einbilden können, sie wäre eine alte Freundin. Ich wünschte mir so sehr, sie zu berühren, daß ich die Empfindung ihrer Haut schon an den Fingerspitzen spürte. Aber ich wollte keine Kundin sein!

Sie merkte, daß ich nicht anfangen würde. »Magst du Musik?« fragte sie.

Oje, auch das noch! Irgendeine Schmuseplatte zur Einstimmung. Aber warum eigentlich nicht? Deshalb war ich schließlich gekommen. Ich mußte dazu stehen. »Ja.« Mehr brachte ich nicht zustande.

Sie stand auf und ging zu einer kleinen Stereoanlage hinüber. Sie legte eine CD ein, drückte auf den Startknopf und drehte sich um. *Die Vier Jahreszeiten.* Ich sah wohl ziemlich erstaunt aus. »Ich glaube, du magst Klassik«, sagte sie. »Aber ich kann auch etwas anderes auflegen, wenn du möchtest.« Sie blieb abwartend stehen.

»Nein, nein – das ist genau richtig. Ich mag Vivaldi.« Selbst wenn sie Heavy Metal aufgelegt hätte, hätte ich ihr wahrscheinlich nicht widersprochen, aber in diesem Falle stimmte es sogar.

Sie kam wieder herüber und setzte sich neben mich. Also jetzt folgte dann wohl die große Verführungsszene. Aber nichts dergleichen. Sie blieb einfach sitzen. Ich starrte auf ihre Beine, die sie wieder übereinandergeschlagen hatte. Züchtiger hätte keine Hausfrau dasitzen können. Nur ein Hauch von Luxus und Erotik. Es trieb mich. Ich mußte sie einfach fragen. »Hast du ...« Meine Stimme versagte. Ich versuchte es noch einmal. »Hast du darunter etwas an?«

Ich hatte sie anscheinend erheitert. Sichtlich amüsiert bemerkte sie: »Nein. Würde sich das denn lohnen?«

Ich saß wie gelähmt da. Es war ein Spiel. Sie zog mich auf, benahm sich auf ungezwungene Art verführerisch, forderte mich auf, sie zu verführen. Aber mit wie vielen Frauen hatte sie das schon vor mir gespielt? Das ist doch egal, du genießt es doch! Ja, ich genieße es, aber ich würde es noch mehr genießen, wenn sie es nur für mich tun würde, für mich allein verführerisch wäre. Eine solche Frau würdest du niemals für dich allein haben. Selbst wenn sie keine Nutte wäre. Dazu ist sie zu schön.

Ich mußte wohl ziemlich finster dreinblicken. Als ich sie ansah, fiel ein Schatten über ihr Gesicht und wischte die Amüsiertheit weg.

»Soll ich mich ausziehen?« Sie griff an ihren Gürtel.

»Nein. Bitte nicht.« Ich hob die Hand. Das konnte ich nicht ertragen, diesen Blick. Dieses Warten auf eine Anweisung.

Sie sah mich an. »Willst du jetzt gleich . . .?« Sie deutete mit dem Kopf zum Bett.

O ja, ich wollte – und wie ich wollte! Aber nicht so, nicht in dieser professionellen Art. Und wieviel Zeit hatten wir überhaupt? Vielleicht sollten wir diesen Punkt zuerst einmal klären. Ich räusperte mich. »Wie lange . . .?«

Sie lachte auf. Es klang erleichtert. »Oh, du machst dir Sorgen wegen der Zeit?« Sie beugte sich zu mir herüber und legte wie zufällig ihre Hand auf meinen Schenkel. Es durchfuhr mich wie ein Blitz. Ihr Gesicht kam näher. »Darüber brauchst du dir keine Gedanken zu machen.« Sie sprach sehr leise. Sie legte ihre Wange an meine und strich daran entlang. Ihre Hand schob sich an meinem Schenkel höher. An meinem Ohr flüsterte sie: »Ich habe sehr viel Zeit für dich. Eine Kundin hat abgesagt.«

Ich warf mich rückwärts gegen die Sofalehne. Da war es wieder!

»Mein Gott!« Sie sprang auf und schob verärgert die Hände in die Taschen ihres seidenen Morgenmantels. »Tu doch nicht so!« Ihre Augen sandten funkelnde Blitze in meine Richtung. »So ist es nun mal! Du weißt, was ich bin!« Sie drehte sich einmal um ihre Achse, starrte in die andere Richtung und drehte sich dann wieder zu mir hin um. »Und du bist heute auch meine Kundin, oder etwa nicht?«

Ich setzte mich auf meine Hände und wand mich hin und her. »Ja, ich weiß.«

Sie sah mich etwas besänftigt an, kam zum Sofa, stützte ein Knie darauf ab und nahm meinen Kopf in ihre Hände. »Würde es dir helfen, wenn ich dir sage, daß ich dich wirklich mag?« Sie blickte mir direkt in die Augen.

Ich nickte stumm und schluckte. »Das sagst du nicht zu . . .?«

»Nein, das sage ich nicht zu jeder.« Sie lachte spöttisch auf. »Wirklich nicht!« Sie behielt meinen Kopf in den Händen. »Also, ich mag dich.« Sie gab mir einen leichten Kuß auf die linke Wange. »Ich mag dich wirklich.« Dasselbe auf der rechten. Jetzt lächelte sie verführerisch. »Ich mag dich sogar sehr.« Sie tauchte mich mit ihrem sinnlichen Flüstern in einen heißen Vulkansee. Dann ließ sie sich nach vorn sinken und küßte mich. Sie konnte unwahrscheinlich gut küssen, und wie bei unserer ersten Begegnung setzte sie mich auch diesmal damit völlig in Brand.

Sie ließ sich ganz neben mich sinken und zog mich zu sich hinüber. Ich legte die Arme um sie. Die Seide war wunderbar glatt und kühl. Ich wußte nicht, ob ich sie lieber mit oder ohne dieses Kleidungsstück im Arm gehalten hätte. Ich löste mich von ihrem Mund und sagte: »Ich möchte nicht, daß du das ausziehst.«

Sie lachte ganz leicht. »Ich denke, das wird sich einrichten lassen.« Sie legte ihre Lippen an meine Kehle und fuhr daran entlang.

Ich stöhnte. Die Lederpolster waren weich und einladend. Sie ließ sich immer mehr zurücksinken, bis sie unter mir lag, war immer noch mit ihrem Mund an meinem Hals. Sie begann mein Hemd aufzuknöpfen. Bei jedem Knopf, den sie öffnete, fuhr sie mit ihren Lippen über die Haut, die sie freilegte. Dann ließ sie sich wieder ganz zurücksinken und sah mich an. Sie lächelte nicht. Ich blickte auf sie hinab und wußte, daß ich sie liebte. Und daß ich es ihr niemals sagen dürfte, ebensowenig, wie ich es jemals von ihr hören würde.

»Willst du es dir nicht etwas bequemer machen?«

Ich kam aus meinen Gedanken zurück. Noch immer hatte ich meine Stiefel an. Wie peinlich! Ich sprang auf. Ich zog meine Stiefel aus und öffnete den Bund meiner Hose.

Ich sah sie auf dem Sofa liegen. Der weiße Morgenmantel hob sich vom tiefen Schwarz des Leders ab. Unglaublich, wie sie es fertigbrachte, so perfekt hingegossen dazuliegen. Ich betrachtete sie versunken.

»Soll ich es tun?«

»Was?« Ich war ganz irritiert. Ich hatte vergessen, weshalb ich aufgestanden war.

»Dich ausziehen.« Es klang absolut selbstverständlich. Sie wirkte zuvorkommend.

Natürlich – die Wünsche ihrer Kundinnen … Ich schüttelte heftig den Kopf, um die unangenehmen Gedanken zu verscheuchen. »Nein«, kämpfte ich laut gegen meine innere Stimme an. Zu laut. Deshalb fügte ich abschwächend hinzu: »Das kann ich schon selbst.«

»Davon bin ich überzeugt«, stellte sie wieder leicht amüsiert fest.

Die Seide des Morgenmantels, die sie umfloß, hob die Konturen ihres Körpers deutlich hervor. Ihre geraden Schultern, ihre Brüste, die geschwungene Linie ihrer Hüften. Ich zog langsam meine Hose aus. Sie sah mir zu. Ich wurde verlegen. »Könntest du vielleicht woanders hinschauen?«

»Ja, natürlich.« Sie erklärte sich sofort mit meinem Wunsch einverstanden. Dennoch hatte ich das Gefühl, daß sie sich nur widerwillig abwandte.

Das ist unfair von dir. Du betrachtest sie mit solchem Vergnügen, und wenn sie das gleiche tut ... Ja, ich weiß, aber sie ist so schön – und sie ist es gewöhnt! Mein Gewissen wurde mir langsam lästig. Ist das eine Entschuldigung für schlechtes Benehmen? zeterte es noch einmal aus der hintersten Ecke heraus. Ich ignorierte es hoheitsvoll.

Ich ging wieder auf das Sofa zu. Meine Erregung stieg. Ich spürte den Puls an meinem Hals laut pochen. Sie sah immer noch zum Fenster hinaus. Ich kniete mich neben das Sofa und legte eine Hand auf ihren Bauch. Sie reagierte nicht. Nach einer Sekunde begriff ich. »Sieh mich an, bitte«, bat ich. Sie wandte mir ihr Gesicht zu. Wenn sie doch nicht immer alles tun würde, was ich von ihr verlangte!

Ihr Bauch hob und senkte sich regelmäßig unter meiner Hand. Ich fuhr tiefer und glitt unter den Stoff. Meine Hand lag auf ihrem Oberschenkel. Sie atmete immer noch ruhig und gleichmäßig. Mir fielen meine Überlegungen von heute früh ein. Vielleicht empfand sie wirklich nichts dabei. Aber letztes Mal ...? Da war vieles so anders gewesen als heute. Ich zog meine Hand zurück.

Sie sagte nichts. Sie stützte sich auf einem Ellbogen auf und legte die andere Hand in meinen Nacken. Ihre Lippen öffneten sich. Sie zog mich ein wenig näher zu sich heran und küßte mich. Sie kraulte meinen Nacken, ihr Kuß war vorsichtig forschend. War das Technik Nummer dreihundertvierundzwanzig? Trotz ihrer erfahrenen Zunge sank meine Erregung auf den Nullpunkt.

Sie bemerkte es. »Mache ich etwas falsch?« Diese freundliche Bereitschaft in ihrer Stimme, dieses Bestreben, es mir in allem recht zu machen. Da war sie wieder, die Professionalität. Aber es war ja auch ihr Beruf! Warum konnte ich das nicht akzeptieren?

»Nein, nein«, wehrte ich schnell ab. »Es liegt an mir. – Ich bin wohl nicht in Stimmung heute.« Ich wußte, das war eine glatte Lüge, und sie wußte es auch. Ich erhob mich. Ich konnte es nicht und ich würde es nie können. Das war mir jetzt klar. Das letzte Mal, als wir uns gesehen hatten, war alles eine Überraschung gewesen. Diesmal war es geplant –, und das war der Unterschied. Sie blickte zu mir hoch, abwartend, aber – zumindest schien es mir so – ohne besonderes Interesse. »Ich gehe sofort«, sagte ich. »Entschuldige bitte.«

Sie stand ebenfalls auf, mit einer dieser eleganten Bewegungen, die mich mir ihr gegenüber wie einen Bauerntrampel vorkommen ließen. »Oh, das macht nichts. Ein unverhoffter freier Nachmittag.« Sie lächelte. Wie eine Nachbarin. Eine sehr flüchtig bekannte Nachbarin. Sie machte keinen Versuch, mich zurückzuhalten.

Natürlich nicht, warum sollte sie? Es lag ihr nichts an mir. Die Fassade hatte ein wenig gebröckelt bei unserem ersten Treffen, aus welchem Grund auch immer. Jetzt war jedenfalls nichts mehr davon zu spüren. Ich merkte, wie mir die Tränen in die Augen zu steigen begannen. Jetzt erst wurde mir bewußt, wie sehr ich mir eine andere Reaktion ihrerseits gewünscht hatte.

Ich drückte das Brennen in meiner Kehle hinunter und drehte mich um. Mit drei Griffen war ich angezogen. Sie stand immer noch da mit diesem gutnachbarlichen, wohlwollenden Lächeln im Gesicht. »Ich – was bin ich dir schuldig?« Es war schrecklich. Hoffentlich hielt sie sich nicht zu lange damit auf. Gleich würde mir das Wasser in Strömen über das Gesicht laufen.

Ihr Lächeln hatte sich nicht um die geringste Nuance verändert. Jetzt hob sie die Hand. »Nichts. Deine Küsse waren es wert.«

Ihr Lächeln machte mich verrückt. Ihre unbeteiligte Haltung führte mir deutlich vor Augen, wie sehr ich mich getäuscht hatte. Verliebtheit kam bei ihr nicht vor. Und ich war offensichtlich nicht die Frau, die sie hervorrufen konnte. Daß umgekehrt so sehr das Gegenteil der Fall war, war eindeutig mein Problem. Liebe konnte sie sich in ihrem Beruf nicht leisten. Das hätte mir von vornherein klar sein müssen. Und nur ein an eindeutiger Selbstüberschätzung leidender weiblicher alter Macho wie ich konnte etwas anderes erwartet haben. Ich kriegte jede rum, war es nicht so? Ja, eine ›normale‹ Frau vielleicht, aber sie? Sie hatte mehr Frauen im Bett gehabt, als ich mir überhaupt nur vorstellen konnte.

Ich sah mich wie in einem Spiegel. Eine mittelgroße weibliche

Führungskraft mit typischer Lesbenkurzhaarfrisur auf dem dunkelhaarigen Kopf. – Wäre ein schöner Kontrast zu ihrem Blond. – Hörst du wohl auf! In so einer Situation macht man keine Scherze! Doch der relativierende Blick, den mir mein intellektuelles Ich in diesem Moment aufzwang, half mir, meinen Sinn für die Realität wenigstens zum Teil wiederzufinden und die Tränen zu unterdrükken, die ich schon hinter den Augäpfeln gespürt hatte. Ich mußte ungewollt lächeln, auch wenn es sicher etwas verrutscht aussah. »Also dann«, sagte ich, um überhaupt noch etwas zu sagen.

Und sie streckte mir die Hand hin! Automatisch legte ich meine Hand in ihre. Wie unglaublich mir dieser Augenblick erschien ... eine Ewigkeit von fünf Sekunden. Sie hielt den Knigge genau ein. Sie lächelte immer noch. Ich konnte nicht mehr. Schnell drehte ich mich um und ging zur Tür.

Als ich sie hinter mir schloß, sah ich in einer letzten Wahrnehmung am Rande meines Gesichtsfeldes, daß sie sich schon umgedreht hatte und zum Schlafzimmer ging. Sie würde ihren unverhofften freien Tag genießen ...

Ich drückte auf den Liftknopf – und nahm dann doch die Treppe. Ich ging so langsam hinunter, daß ich jede Stufe einzeln unter meinen Füßen spüren konnte. Am liebsten wäre ich umgekehrt. Es war alles so sinnlos. Da saß ich seit Jahren in meinem Büro, konnte Projekte leiten und ein Projektteam führen, Entscheidungen treffen, die die Firma Millionen kosteten oder sie ihr einbrachten, und was tat ich hier? Ich litt und verzehrte mich nach einer Frau, die es nicht wert war, die mich gar nicht wollte.

Der Weg nach Hause war mit tränenvollen Einblicken gepflastert. Verschwommen sah ich meine Umgebung an mir vorbeiziehen. Hoffnungsvolle und dann wieder resignierte Gedanken schossen mir durch den Kopf. Vielleicht würde sie doch noch ... vielleicht auch nicht ... Sie hatte mich sicher schon längst vergessen. Sie machte einen Ausflug in die nähere Umgebung – ich konnte sie mir gut in einem schicken kleinen Sportwagen vorstellen. Na ja, vielleicht besser in einem größeren, bei ihren langen Beinen.

Ach, was ging mich das eigentlich an? Was hatte ich mir denn vorgestellt? Das war doch nicht das erste Mal, das ich mich in eine

Frau verliebt hatte, bei der es umgekehrt nicht so war. Und es war beileibe nicht das erste Mal, daß ich litt. Und war das jemals von Erfolg gekrönt gewesen? Nein!

Ich erinnerte mich an eine meiner ›großen Lieben‹ damals im Studentenwohnheim. Sie hatte ihr ähnlich gesehen. Eigentlich hatten sie sich alle ähnlich gesehen. Und sobald ich solch eine blonde, blauäugige Madonna sah, war ich hin und weg. Das war's doch! Mein Studium hatte gelitten – jede Frau hatte mich mindestens ein Semester gekostet –, und ich hatte gelitten. Was hatte ich davon? Jetzt hatte ich einen guten Job, seit einiger Zeit keine feste Freundin mehr, und eigentlich ging es mir doch gut – oder etwa nicht? Aber bei ihr ... bei ihr war da noch etwas anderes. Eine zusätzliche Empfindung. Frau Gottes! Das hast du dir doch auch jedes Mal eingebildet. Jedes Mal war die Frau etwas Besonderes. Sei bloß froh, daß du ausschließlich männliche Kollegen hast, sonst wäre dort das Chaos auch schon vorprogrammiert. Dann hättest du es sicher keine sechs Jahre bei der Firma ausgehalten.

Ich mußte einsehen, daß sich die Dinge immer wiederholten. Und ich hatte nichts dazugelernt. Eine schöne Frau, zumal, wenn sie blond war, konnte alles von mir haben, und ich verliebte mich fast automatisch in sie. Eine meiner Großmütter hatte mir einmal prophezeit, daß ich es nicht leicht haben würde im Leben. Damals hatte mich das geärgert. Aber war es nicht tatsächlich so gekommen? Warum mußte ich es mir selbst so unnötig schwer machen? Ich nahm die Erkenntnis mit nach Hause, daß es wohl so sein mußte. Auch das keine neue Erkenntnis. Hatte ich das nicht auch schon bei der vorigen Frau gedacht? Und bei der vor-vorigen?

Die paar Minuten Weg hatten mich zumindest ein wenig zur Ruhe kommen lassen. Dachte ich. Ich legte mich auf meine Ottomane, und schon kam die Sehnsucht wieder: Ich roch sie, ich spürte sie, ich sah sie vor mir. Nicht so, wie sie die meiste Zeit gewesen war, sondern so, wie ich sie mir wünschte. Als die Frau, die mich liebte und mir erlaubte, sie zu lieben. Mein Körper sehnte sich so nach ihren Berührungen, daß mir ganz heiß wurde. Vielleicht war es auch nur die unerfüllte Erregung von vorhin. Ich sprang auf und versuchte mich durch Bewegung abzureagieren. Aber mein Körper ließ sich nicht betrügen. Jedenfalls nicht durch so geringfügige Anstrengungen. Also nahm ich meine Sporttasche und fuhr ins Lady-Fitness-Center.

Ich zog mein übliches Zwei-Stunden-Programm durch, das ich ohnehin zwei- bis dreimal in der Woche absolvierte, und ging dann noch an die Kraftmaschine. Als ich dort beim besten Willen nichts mehr stemmen oder reißen konnte, weil meine Muskeln flatterten, stieg ich auf eines der Trainingsräder. Ich wählte die Position »Wettkampf« und suchte mir den schwersten Gegner aus. Ich wußte, daß ich ihm nicht gewachsen war, aber ich hätte es nicht verkraftet, gegen einen schwächeren zu gewinnen. Ich sah mich heute als die absolute Verliererin. Als der rote Punkt auf der Mattscheibe Kilometer vor mir das Ziel erreichte und mir damit meine Selbsteinschätzung bestätigte, war ich endlich zufrieden. Erschöpft ging ich unter die Dusche. Ich schaffte es kaum mehr, in meinem Auto nach Hause zu fahren und die Treppen zu meiner Wohnung zu erklimmen. Ich ließ mich im Trainingsanzug aufs Bett fallen und schlief sofort ein.

Ein wilder Traum weckte mich. Eine Person stand bei mir im Zimmer. Dinge bewegten sich. Die Tür öffnete sich langsam und warf einen Schatten an die Wand. Dahinter schien sich etwas zu verbergen. Ich griff nach der Lampenschnur und tastete nach dem Schalter. Als das Licht aufflammte, sah ich, daß alles nur Einbildung gewesen war.

Eine Psychologin hatte mir einmal auf ein ähnliches Erlebnis hin erklärt, solche Ängste seien die Umkehrung einer Wunschvorstellung. Eigentlich möchte man nicht allein sein, aber man ist es. Also stellt man sich vor, jemand wäre da. Leider macht einem das aber genausoviel Angst wie allein zu sein, weil es nicht real ist.

Meine Ängste beseitigte das leider nicht, auch wenn mir die Erklärung vertraut war. Also ließ ich das Licht brennen, und nachdem ich meine Augen einige Male noch einmal kurz vor dem Einschlafen erschreckt aufgerissen hatte, ließen meine abgenervten Gliedmaßen es nicht mehr zu, daß ich ihnen weiterhin den erholsamen Schlaf verweigerte. Ich schlief sogar mit einem Lächeln auf den Lippen ein, denn das letzte, an das ich denken mußte, war ein ähnliches Erlebnis in dem zweiten Studentenwohnheim, in dem ich gewohnt hatte.

Damals war ich gerade dort eingezogen und hatte einen Angsttraum, der mich aus dem Zimmer trieb. Wie das in Studentenwohnheimen so ist, hatte ich aber eben nur dieses Zimmer. Ich saß also auf dem Gang und traute mich nicht wieder hinein zu den unheimlichen Geistgestalten. Nachdem ich schon halb erfroren war (eine Decke konnte ich natürlich auch nicht aus dem Zimmer holen), kam am frühen Morgen ein Kommilitone nach Hause, der selbstverständlich völlig unbeeindruckt war und mich nur zitternd im Schlafanzug auf dem Gang sitzen sah. Ich hatte ihn erst einmal gesehen, wir kannten uns also überhaupt nicht, aber seine Bemerkung »Hast du Mäuse im Zimmer?« riß mich endlich aus meinen tristen Gedanken, weil ich lachen mußte. Danach konnte ich mein Zimmer wieder betreten und weiterschlafen. Eine solche Bemerkung, einen solchen unbekannten und unverhofften Freund oder natürlich besser noch eine solche Freundin hätte ich mir nun auch gewünscht. Aber diesmal mußte ich offensichtlich allein mit der Sache fertigwerden.

Am nächsten Tag ging ich ins Büro, obwohl ich wußte, daß ich mich kaum würde auf die Arbeit konzentrieren können. Zu Hause zu bleiben schien mir aber der größere Schrecken zu sein. Wie die Mäuse im Zimmer. Und bei Tag hatte ich noch nicht einmal diese Entschuldigung. Also versuchte ich, meine Arbeit auf das Nötigste zu beschränken. Ich war sicher nicht die beste Arbeitnehmerin an diesem Tag und schon gar nicht die beste Vorgesetzte. Meine Mitarbeiterinnen und Mitarbeiter im Projektteam waren zwar daran gewöhnt, daß ich nicht immer gleich gelaunt war, aber so hatten die meisten mich sicher noch nie oder lange nicht mehr erlebt. Statt Entscheidungen zu treffen, schob ich sie vor mir her. Ich delegierte, was ich delegieren konnte, aber so schlecht, daß ich dauernd Nachfragen beantworten mußte. Und diejenigen, die das Pech hatten, nachfragen zu müssen, mußten sich auch noch von mir anpflaumen lassen.

Das ging so lange gut, bis ich mich selbst nicht mehr ausstehen konnte. Ich versuchte es noch einmal mit dem Fitness-Studio. Danach kehrte ich etwas entspannter ins Büro zurück und war für den Rest des Tages für meine Umwelt leidlich ertragbar.

Mich selbst befriedigte mein Unvermögen, die Situation in den Griff zu bekommen, jedoch überhaupt nicht. Ich wußte aus Erfahrung, daß ich nur zwei Chancen hatte. Entweder ich brachte sie dazu, sich mir gegenüber so zu verhalten, wie ich es mir wünschte, zumindest teilweise, oder ich war dazu verdammt, eine sehr lange Zeit über sie nachzudenken, immer schwankend zwischen Freude und Hoffnung, Enttäuschung und Rechtfertigungen. Obwohl ich mir nicht vorstellen konnte, wie ich sie zu ersterem überreden sollte, war die zweite Möglichkeit dermaßen kraftraubend und enervierend, wie ich aus mehrfacher Praxis wußte, daß ich sie lieber vermeiden wollte. Ich kam zu dem Schluß, daß ich auf das eine – nämlich Sex – verzichten mußte, wenn ich das andere – nämlich meine innere Befriedigung – bekommen wollte. Eigentlich unvereinbar. Im Zusammenhang mit ihr geradezu unvorstellbar. All unsere bisherigen Begegnungen hatten nur mit Sex zu tun gehabt. Wie sollte ich auf einer anderen Ebene überhaupt an sie herankommen? Unser ganzes Verhältnis – wenn es denn eins gab – beruhte nur auf ›dem Einen‹. Was würde ich einer Frau vorschlagen, die ich gerade erst kennengelernt hatte, einer Frau, mit der ich noch nicht geschlafen hatte und von der ich auch nicht wußte, ob es überhaupt dazu kommen würde? Das war eigentlich klar. Ich würde etwas ganz Banales vorschlagen, Kino oder essen gehen zum Beispiel. Tja, warum eigentlich nicht? Schlimmstenfalls konnte sie nein sagen, und dann würde ich endgültig der Verzweiflung anheimfallen.

Ich merkte, wie meine masochistische Ader sich für diesen Entschluß begeisterte. Diese Nacht würde ich ausschlafen, und morgen war auch noch ein Tag. Vielleicht ein Tag, um jemand anzurufen …

»Das ist eine etwas ungewöhnliche Verabredung«, sagte sie.

Das war wirklich ›Welt verkehrt‹. Sie fand es völlig in Ordnung, sich zum Sex zu verabreden, aber eine einfache Einladung zum Essen nannte sie ungewöhnlich. Bislang hatte ich essen gehen für eine relativ gewöhnliche Beschäftigung gehalten. Wenn mich die Arbeit in meinem Job nicht gerade davon abhielt, weil sie meine Sozialkontakte mal wieder sabotierte – manchmal rief man mir schon

›Workaholic‹ hinterher –, ging ich zwei- oder dreimal pro Woche mit einer Freundin zum Essen. Selbst zu kochen war bei meinem Arbeitsvolumen oft unmöglich, und es machte mir auch keinen Spaß für mich allein. Wenn ich Zeit dazu hatte – was allerdings wirklich sehr selten vorkam –, lud ich am Wochenende ein paar Freundinnen ein und kochte für sie. Entgegen meinem äußeren Erscheinungsbild, das solche ›weiblichen‹ Beschäftigungen nicht gerade nahelegte, kochte ich sehr gut. Meine Aufläufe waren berühmt.

»Zu ungewöhnlich, um sie anzunehmen?« fragte ich direkt. Mir schien, es hatte keinen Sinn, um den heißen Brei herumzureden. Ihre Entscheidung war vermutlich von Kriterien abhängig, die ich nicht kannte – so wenig, wie ich *sie* kannte. In meinem Kopf schwirrten ein paar Gedanken umher, was ich tun würde, wenn sie ablehnte: ein paar Luftballons vor ihrem Fenster steigen lassen mit ›Happy Birthday‹ darauf? Ich wußte ja nicht einmal im entferntesten, wann sie Geburtstag hatte. Was ich auch tat, ich würde mir nur einen Korb holen. Ich liebte es, mich von einer Frau frustrieren zu lassen, in die ich unglücklich verliebt war!

»Zu ungewöhnlich, um nicht darüber nachzudenken«, sagte sie gerade. Sie ließ sich nicht überrumpeln. Weder geschäftlich noch privat. Das konnte ich mir gut vorstellen. Doch ihre kühle Art reizte mich besonders. Ich wollte wissen, was dahintersteckte. »Aber ich kann dir jetzt noch keine Antwort darauf geben.«

Sie fuhr so gleichmütig fort, daß ich mich dafür hätte ohrfeigen können, sie überhaupt angerufen zu haben. Ihr lag überhaupt nichts daran, sich mit mir zu treffen. Außer vielleicht beruflich, aber das war nicht das, was ich ihr angeboten hatte. Oder war es das, was sie abhielt? Mußte sie erst entscheiden, in welche Kategorie ich gehörte: Kundin oder – ja, oder was?

»Kannst du mich nächste Woche noch einmal anrufen?«

Was! Nächste Woche? Verdammt noch mal, was tat ich denn hier? Sie wollte doch gar nicht! »Ja, sicher. Wann – wann bist du denn am besten zu erreichen?« Die Vorstellung, sie bei der ›Arbeit‹ zu stören, war mir unerträglich.

»Das merkst du dann schon«, sagte sie.

Natürlich – entweder sie nahm ab oder sie war ›beschäftigt‹. Warum quälte ich mich so? Weil du das immer tust. Weil du die Frauen am begehrenswertesten findest, die dich abweisen. Es ärgerte mich, aber ich konnte meinem Kopf noch nicht einmal widersprechen. Er hatte einfach recht. Und ehrlich gesagt war das wahrscheinlich der einzige Grund, warum wir überhaupt zusammengekommen waren. Es hatte mich gereizt, ihr kühles An-mir-vorbei-Blicken, ihre Gleichgültigkeit, gespielt oder echt. Mittlerweile sollte ich vielleicht doch erkennen, daß es echt gewesen war. Ich hätte gern etwas anderes vermutet.

»Gut, aber bevorzugst du einen bestimmten Tag?« Meine Stimme klang ganz sicher etwas sarkastisch. Ich hatte keine Lust, jeden Tag bei ihr anzurufen und erst nach der ganzen Woche Erfolg zu haben. Soweit ging mein Masochismus denn doch nicht.

Sie lachte – tatsächlich, sie lachte! »Du bist sauer«, bemerkte sie.

»Wundert dich das?« Jetzt war ich wirklich eingeschnappt. Sie hatte mich ausgelacht! So etwas vertrug ich überhaupt nicht. Und im übrigen wurden meine Einladungen zum Essen im allgemeinen mit mehr Begeisterung aufgenommen. Ich müffelte vor mich hin.

Und sie ging nicht darauf ein! »Ich bin vor Mittwoch nicht zu erreichen, wenn dir das hilft.«

»O ja, das hilft mir sehr. Vielen Dank!« Ich knallte wütend den Hörer auf die Gabel. Wofür hielt sie mich eigentlich? Wahrscheinlich für genau das, was ich war: eine Hündin, die an ihrer Tür kratzte. Ich war mir selber peinlich, aber ich konnte noch nicht aufgeben. Immerhin hatte sie nicht nein gesagt.

Ich überhäufte mich selbst mit Arbeit und versuchte nicht ständig an sie zu denken. Das Projekt hatte schon lange nicht mehr so schnelle Fortschritte gemacht. Mit dem Nicht-an-sie-denken hatte ich weniger Erfolg. Jede freie Minute war mit Gedanken an sie gefüllt. Mitten im Bearbeiten eines Formulars, mit dem ich eine Erweiterung des Projektbudgets um eine halbe Million beantragen wollte, sah ich sie in ihrem Morgenmantel vor mir, wie sie mir zulächelte. Ich wollte sie ausziehen, um mich an ihr zu rächen, aber es ging nicht. Ich konnte sie mir einfach nicht nackt vorstellen. Ich wußte schon, warum. Ihren Körper hatte sie mir bereitwillig zur Verfügung gestellt. Dort verhüllte sie nichts. Von ihrer Seele hatte ich jedoch bisher nur ein winziges Stück erhascht, als sie nicht aufpaßte. Das, was mich interessierte, war der Rest, der zu diesem kleinen Stück gehörte. Der war allerdings *sehr* verhüllt. Und sie würde ihn kaum freiwillig preisgeben.

Im Laufe der Woche kam ich zu dem Entschluß, es nur noch ein letztes Mal zu versuchen. Ich konnte mich doch nicht lächerlich machen! Ob ich diesen Entschluß würde einhalten können, wußte ich nicht. Sie beherrschte meine Gedanken vollkommen. Das Schlimmste daran war, daß ich mir vorstellte, *sie* würde sicher keinen einzigen Gedanken an mich verschwenden. Wahrscheinlich amüsierte sie sich mit irgendeiner Frau, die ihr mehr zu bieten hatte als ich.

Die Tage schlichen dahin wie Szenen in einem schlechten Film. Mir fiel unsere erste Begegnung wieder ein, in einem Frauencafé namens *Bella Donna.* Wie merkwürdig bezeichnend. Genau das war sie: eine schöne Frau und – wie es mir jetzt vorkam – ein schleichendes, tödliches Gift.

Und wie hatte sie mich gereizt! Sie war hereingekommen, eine majestätische Erscheinung, schien alle und niemand zu kennen. Sie hätte genausogut das erste wie das tausendste Mal da sein können. Ich konnte nicht feststellen, ob die Frauen, mit denen sie sprach, sie angesprochen hatten, weil sie sie ebenso faszinierend fanden wie ich oder weil sie sie schon kannten. Sie behandelte jede mit der gleichen unverbindlichen Nonchalance und setzte sich zu keiner an den Tisch. Sie saß allein, und die anderen kamen zu ihr, wirklich wie eine Königin, die Hof hielt.

Ich beobachtete sie von weitem, und nach einiger Zeit beschloß ich, ihre Aufmerksamkeit zu erregen. Aber sie beachtete mich einfach nicht. Und das reizte mich noch mehr. Vielleicht war es auch meine etwas frustrierte Stimmung, die mich dazu trieb, mir unbedingt ein Erfolgserlebnis verschaffen zu wollen. Sie schien höchst desinteressiert.

Wie es dann wirklich passierte, konnte ich später nicht mehr nachvollziehen. Ich fand mich einfach plötzlich in einer Situation wieder, in die hineingeraten zu sein ich mich nicht erinnern konnte.

Und das war nun das Ergebnis!

Beim besten Willen konnte ich nicht den ganzen Tag nur an sie denken. Ich mußte manchmal auch noch etwas anderes tun, ein bißchen arbeiten zum Beispiel. Diese erzwungene Ablenkung war mein Glück. Sonst wäre die Zeit wohl nie herumgegangen. Und tatsächlich: Nach einem öden und in selbstgewählter Einsamkeit verbrachten Wochenende – warum tat ich mir das an? – wurde es langsam Mittwoch. *Nein, nein, nein!* verbot ich mir den ganzen Vormittag, sie anzurufen. Wer wußte, was mich erwartete?

Ich dachte darüber nach, daß sie am Vormittag wahrscheinlich am ehesten ›ausgebucht‹ war. Die einen gingen zum Friseur, die anderen zum Einkaufen …

Ich fragte mich, was die Frauen dabei empfanden: sie so zwischen Metzger und Gemüsefrau einzuschieben? Hatte das etwas Frivoles für sie oder einen besonderen Reiz? Oder war es nur das, was sie ohnehin immer taten: sich die Zeit vertreiben? Je mehr ich darüber nachdachte, desto mehr wurde mir bewußt, daß das nicht meine Welt war. Und ich hatte mich in sie verliebt!

Ha, ha, ha! Du machst dich lächerlich, du machst dich lächerlich! Wie beim Seilspringen früher in der Schule, wenn das Seil sirrend durch die Luft schnitt, bevor es klatschend den Boden berührte, drehte sich der Singsang in meinem Kopf. Wütender Trotz stieg in mir hoch. War ich nicht Herrin meiner selbst? Konnte ich etwa nicht selbst entscheiden, was gut für mich war und was nicht?

Ist das hier gut für dich? Nein, wahrscheinlich nicht. Warum tust du es dann? Eben.

So war es. Ich mußte mich damit abfinden. Ich sehnte mich nach ihr, und ich wollte beileibe nicht nur mit ihr essen gehen. Ich machte mir etwas vor.

Besondere Frauen erfordern besondere Mittel. – Du Idiot!

Also rief ich sie am Nachmittag an. Es war fast wie beim ersten Mal. Sie meldete sich ruhig und ohne Namen.

Eine belanglose Begrüßungsfloskel fiel mir nicht ein, also fragte ich, direkt, nachdem ich meinen Namen genannt hatte, »Hast du dir meinen Vorschlag überlegt?«

»Welchen Vorschlag?« fragte sie zurück.

Das hätte ich mir denken können! Eine Woche war ja auch so

entsetzlich lang. Wie konnte ich da erwarten, daß sie sich noch an meine Einladung erinnerte? Sie war sicher mit ganz anderen angenehmen Dingen beschäftigt gewesen! Ich fürchtete, etwas zu sagen, weil meine Wut dann deutlich hörbar gewesen wäre.

»Bist du noch da?« fragte sie nach einer Weile.

»Ja«, sagte ich, mühsam beherrscht, aber ich hoffte, das war durchs Telefon nicht unbedingt zu spüren. »Ich hatte dich gefragt, ob du mit mir essen gehst.«

»Ach ja«, sagte sie, so, als ob sie sich vage erinnern könnte. »Ich habe darüber nachgedacht.« Das war ein Kunststück! Sie hatte es vergessen und trotzdem darüber nachgedacht. Das sollte ihr mal jemand nachmachen!

»Und?« Bissig war gar kein Ausdruck für den Tonfall, der jetzt bei ihr ankommen mußte. »Zu welchem Ergebnis bist du gekommen?« Ich wußte wirklich nicht, wie lange ich mich noch beherrschen konnte. Aber sie würde ohnehin ablehnen, dessen war ich mir sicher. Und diese Aussicht beruhigte mich. Ein kurzes, schmerzloses – na ja, schmerzloses ... – Ende konnte mir schließlich nur gut tun.

»Ich weiß es noch nicht genau«, antwortete sie ruhig.

»Du hattest eine Woche Zeit, es dir zu überlegen!« Der Ausruf entschlüpfte mir mehr verblüfft als gekränkt. Aber natürlich: Sie hatte nicht eine Woche Zeit gehabt, sondern sie war gerade erst durch meinen Anruf wieder darauf gestoßen worden.

Warum löste sie gleichzeitig so viel Wut und Begehren in mir aus? Wenn sie jetzt vor mir gestanden hätte, wäre ich nicht gegangen wie das letzte Mal, das war mir klar, bezahlen hin oder her. Doch was ich von ihr wollte, hätte ich dennoch nicht bekommen. Aber wenigstens guten Sex. Halt den Rand, das weiß ich selber!

»Eine Woche ist kurz«, bemerkte sie weniger entschuldigend als feststellend.

O ja! Ich war überzeugt, daß es ihr im Gegensatz zu mir so vorgekommen war. Bei einer kurzweiligen Beschäftigung vergeht die Zeit schneller. Sie ließ mich wirklich alt aussehen. Aber meine Wut verrauchte langsam. Es hatte ja doch keinen Sinn. Sie würde mich wieder eine Woche hinhalten, wenn ich mich darauf einließ, und wieder, und wieder –

»Ist schon gut«, sagte ich resigniert in aufopferungsbereiter Stimmung. »Du mußt ja nicht, wenn du nicht willst.«

»Das habe ich nicht gesagt.« Sie überraschte mich immer wieder. Jetzt war es umgekehrt. Ich bekam eine positivere Antwort, als ich erwartet hatte. »Es gibt nur so vieles zu bedenken.«

Bei einer Einladung zum Essen? Sie lebte wohl tatsächlich in einer völlig anderen Welt als ich. Bei mir gab es nur zwei Dinge zu bedenken: ob ich konnte und ob ich wollte. Und vielleicht noch die Art des Essens. Aber *die* Entscheidung konnte wohl kaum eine Woche in Anspruch nehmen – oder etwa doch? »Wieso? Kannst du dich nicht entscheiden, ob du lieber zum Chinesen oder zum Italiener gehen willst?« Wie banal es mir auch erschien, vielleicht hatte es für sie eine tiefere Bedeutung.

Sie lachte. »So einfach ist das nicht«, sagte sie.

Diese Art der Logik überforderte mich. Ich konnte mir keinen Grund mehr vorstellen, der einigermaßen triftig gewesen wäre. Und ich konnte nicht noch eine Woche warten, das merkte ich. Also jetzt oder nie! »Könntest du dich damit einverstanden erklären, in ein Lokal außerhalb der Stadt zu fahren, das gerade erst eröffnet hat, weder chinesisches noch italienisches Essen offeriert und einen Biergarten besitzt?« Das ließ wirklich alle Alternativen offen. Es war weder zu intim noch zu leger, und eine laue Frühsommernacht – wer wußte, was sie bewirken konnte?

Es kam ein Laut aus der Leitung, der einem Glucksen nicht unähnlich schien. »Du bist wirklich hartnäckig«, sagte sie.

»Na ja, es ist etwas schweißtreibend, dich zum Essen zu überreden, das gebe ich zu. Aber für –«, *eine schöne Frau*, wollte ich sagen, aber das würde sie sicher langweilen, weil sie es jeden Tag hörte, also vollendete ich, »ein gutes Essen tue ich fast alles.« Das war unverfänglich genug!

»Also dann ...«, stimmte sie wohlwollend zu. »Aber ich muß dich trotzdem noch vertrösten. Heute kann ich nicht. Es geht erst morgen.«

Sofort schossen mir die wildesten Vorstellungen durch den Kopf, *weshalb* sie wohl heute nicht konnte. Es gab eigentlich nur *einen* Grund: Sie hatte bereits eine andere Verabredung. Und mit wem, konnte ich mir denken. Ganz sicher mit einer Kundin. Eine

Kundin, die ihr wichtiger war als ich. Damit waren wir wieder beim Anfang. Ich unterdrückte den erneut aufwallenden Ärger und den Impuls, ihr zu widersprechen. »Soll ich dich abholen, oder sollen wir uns irgendwo treffen?« fragte ich stattdessen.

»Sag mir, wo es ist. Dann treffen wir uns dort.« Sie schien keinerlei Abhängigkeit aufkommen lassen zu wollen.

Obwohl es mir schon aus umweltschützerischen Gründen widerstrebte, mit zwei Autos zu fahren, war mir klar, daß sie sich auf nichts anderes einlassen würde. Also gab ich ihr die Adresse.

»Ah ja, davon habe ich schon gehört«, bestätigte sie nachlässig.

Sofort schossen mir wieder Blitze durch den Kopf. Von wem? hätte ich gern gefragt. Aber ich tat es nicht.

»Wann?« fragte ich noch.

»Um acht«, antwortete sie, ohne zu überlegen.

Ihre Termine hatte sie fest im Griff. Das mußte der Neid ihr lassen.

»Dann sehen wir uns dort«, sagte ich abschließend.

»Ich werde da sein«, versicherte sie.

Ich hängte zögernd auf. Am liebsten hätte ich weiter mit ihr gesprochen, aber es gab absolut keinen Grund mehr, den ich hätte vorschieben können. Und morgen würde ich sie ja sehen, hoffte ich. Würde sie sich an eine solche Verabredung halten? Ich kannte sie zu wenig, um das beurteilen zu können. Vielleicht kam sie nur, weil sie in mir immerhin noch eine potentielle Kundin sah, die sie nicht verprellen wollte. Wollte ich das wissen? Nein, wollte ich nicht, entschied ich. Aber spätestens morgen nach dem Dessert würde ich mir darüber im klaren sein.

Sie war schon da, als ich kam, obwohl ich entgegen meiner sonstigen Gepflogenheit ausgesprochen pünktlich war. Ich hatte den ganzen Tag auf die Uhr geschaut und nur durch eine ernsthafte Diskussion mit mir selbst verhindern können, zu früh zu kommen.

Sie saß unter einem der alten Lindenbäume, die der Gartenwirtschaft ihren besonderen Reiz verliehen und sie bestimmt in kürzester Zeit zu einem überlaufenen Anziehungspunkt machen würden. Jetzt war es noch relativ leer. Ich konnte sie gut vom Eingang her beobachten, bevor sie mich sah. Mir fiel auf, daß sie sich zwar zurückhaltend, aber für meine Begriffe doch sehr verführerisch zurechtgemacht hatte. Ich fragte mich, was das zu bedeuten hatte. Sah sie immer so aus, wenn sie zum Essen verabredet war, hatte sie bereits eine Verabredung vor mir gehabt, die ein solches Outfit erforderte, oder hatte sie sich für mich so hergerichtet? Und wenn letzteres der Fall war, was hatte ich dann zu erwarten?

Ich würde dieses Rätsel nicht lösen, wenn ich am Eingang stehen blieb, also trat ich in den kiesbedeckten Garten und ging ohne Eile – was mich einige Anstrengung kostete – auf den Tisch zu. Sie blickte in eine andere Richtung, so daß ich ihr klassisches Profil bewundern konnte. Ihre Schönheit erschreckte mich fast. Die Gleichmäßigkeit ihrer Gesichtszüge erschien mir traumhaft unwirklich. Noch nie hatte ich bei einer Frau etwas ähnlich Vollkommenes gesehen.

Sie bemerkte mich erst, als ich so nah war, daß sie meine Schritte auf dem Kies hörte. Fast ein wenig überrascht, so, als ob sie an etwas völlig anderes gedacht und mich gar nicht erwartet hätte, blickte sie hoch.

Ich kam mir wie ein Störenfried vor. Bewußt setzte ich ein freundliches Lächeln auf, um der Situation die Intimität zu nehmen. »Hallo. Tut mir leid, wenn ich zu spät komme.«

Sie lächelte ebenso freundlich zurück. »Das tust du nicht. Aber ich mag es, wenn ich in aller Ruhe warten kann.«

›In aller Ruhe‹ und ›warten‹ war für mich ein Widerspruch in sich. Ich haßte es, warten zu müssen, und versuchte es tunlichst zu vermeiden. In dieser Beziehung waren wir wohl ziemlich verschieden. Ich hoffte, in anderer nicht so sehr.

»Bist du schon lange hier?« Ein bißchen Smalltalk konnte am Anfang sicherlich nicht schaden. Schließlich war diese Situation allen bisherigen, die wir zusammen erlebt hatten, recht unähnlich.

»Nicht mehr als eine halbe Stunde.« Anscheinend war das für sie in der Tat selbstverständlich. Mir erschien es wie eine Ewigkeit. Ich wäre wahrscheinlich vor Unruhe gestorben.

»Hoffentlich hast du dich nicht allzusehr gelangweilt.« Ich konnte mir immer noch nicht vorstellen, daß ein Mensch freiwillig eine halbe Stunde zu früh kam.

»Gelangweilt? Nein. Ich langweile mich nie.«

Ich bewunderte sie für die Selbstverständlichkeit, mit der sie diese Aussage traf, und seufzte ein wenig. »Das kann ich von mir nicht behaupten. Eher das Gegenteil.«

Sie lachte leicht. »Das kann ich mir gar nicht vorstellen.«

Ich kam mir vor wie bei einer Tischrunde in Königin Victorias Salon. *Dabei* hätte ich mich garantiert gelangweilt. Ich griff nach der Karte, die bereits auf dem Tisch lag. »Hast du schon etwas bestellt?«

Sie sah mich an und grinste ein kleines bißchen. »Wie könnte ich, wo es hier weder etwas Chinesisches noch Italienisches gibt?«

Ich hatte sofort ein schlechtes Gewissen. »Möchtest du lieber woanders hingehen?« Verdammt noch mal, ich hatte das falsche Lokal ausgesucht! Der Abend war gelaufen.

Sie sah mich direkt an. Ihre Augen durchbohrten mich fast. Es war mir höchst unangenehm. Ich versuchte ihr standzuhalten und nicht wegzusehen. »Du bist viel zu ernst für dein Alter«, eröffnete sie mir schließlich sehr bestimmt.

»Für mein Alter? Ich bin immerhin zweiunddreißig!« Ich platzte etwas heraus, weil sie mich so überrascht hatte.

Sie lachte vergnügt. Offensichtlich hatte sie einen Heidenspaß. »Danke!« sagte sie mit einem artigen Nicken und einer leichten Betonung auf der zweiten Silbe. »Das war alles, was ich wissen wollte.«

Ich mußte mich erst etwas fassen, dann begann es mir auch Spaß zu machen. »Und ich wette, wenn ich dich jetzt frage, wie alt du bist, wirst du mir nicht antworten, weil man eine Frau nicht nach ihrem Alter fragt.«

Sie blinzelte ein bißchen. »Richtig.«

So ein ausgekochtes Früchtchen! Ich war mir gar nicht mehr so sicher, ob ich ihr gewachsen war. Ihr Alter zu schätzen war wirklich schwierig. Sie konnte so ziemlich alles zwischen fünfundzwanzig und fünfunddreißig sein. Oder sogar drumherum. Ich gab es auf. Einer Frau wie ihr würde man dieses Geheimnis vermutlich nie entlocken. Dennoch nahm ich aus einem unerfindlichen Grund an, daß sie jünger war als ich. Aber was hatte das schon für eine Bedeutung? Sie flirtete mit mir, das war alles, was zählte. Und flirten konnte sie wirklich gut.

Ich merkte, wie ihr Zauber auf mich wirkte, und hatte noch nicht einmal den Eindruck, daß sie das mit Absicht tat. Sie besaß einen natürlichen Charme, der durch ihre ausgesucht guten Manieren nur unterstrichen wurde. Obwohl ich wußte, daß sie die auch ablegen konnte, wenn sie wollte. Vielleicht war das sogar Teil ihrer Attraktivität. Nach der Mühe und den Nerven, die es mich gekostet hatte, sie zu überreden, und der eher kühl geplanten Verabredung überraschte es mich, wie entspannt sie war. Sie lachte über meine Bemerkungen und war unglaublich bezaubernd. Ich war hingerissen von ihr. Wenn sie so locker und gelöst war, schien die ganze Welt um sie herum zu strahlen. So hatte ich sie bis jetzt noch nie erlebt. Immer mehr erschien sie mir wie die Verkörperung all meiner Träume. Konnte es so etwas geben?

Ich malte mir aus, wie eine Beziehung mit ihr aussehen könnte. Unser Alltag paßte nicht sehr gut zusammen, das war mir klar. Wenn ich zur Arbeit ging, würde sie noch schlafen. Wenn ich schlafen wollte, würde sie arbeiten. Arbeiten? Ja, was denn? Nicht sehr erbaulich, die Vorstellung, *was* sie arbeitete! Das brachte mich wieder auf den Boden der Tatsachen zurück. Ich sah sie an. Plötzlich fiel mir etwas auf. »Deine Augen sind gar nicht blau!« Ich war richtig überrascht. Meine fixe Idee, daß eine Frau, in die ich mich verlieben konnte, unbedingt blond und blauäugig sein mußte, hatte mich genarrt.

»Nein, grau«, antwortete sie etwas befremdet.

Bisher hatte ich grau immer für eine stumpfe Farbe gehalten, aber ihre Augen strahlten wie glitzernde Diamanten. Wie gebannt starrte ich sie an und konnte mich kaum losreißen.

»Ist das ein Problem?« fragte sie stirnrunzelnd.

Ich mußte etwas verlegen lachen. »Nein, natürlich nicht. Nur habe ich bisher geglaubt, du hättest blaue. Ich habe da so eine komische Fixierung. Aber anscheinend habe ich dich bis jetzt noch nie richtig angesehen.«

Sie lachte. »Den Eindruck hatte ich eigentlich nicht.« Dann wurde sie plötzlich ernst. »Aber vielleicht sind meine Augen nicht das, was dich am meisten an mir interessiert.« Sie stocherte ein wenig in ihrem Salat herum und wählte mit äußerster Akribie ein einzelnes Blatt.

Zum Teufel noch mal, ich war doch ein richtiger Trampel! Die entspannte Stimmung war hinüber. Ich versuchte die Situation zu retten. »Deine Augen sind wunderschön.« Was konnte ich schon anderes sagen? Das war eine Tatsache. Aber welche Frau würde es nicht übelnehmen, wenn man diese Tatsache nicht bemerkte? *Ich* hatte es jedenfalls immer *sehr* übelgenommen. »Das ist mir auch sofort aufgefallen. Nur – dummerweise bist du eben überhaupt sehr schön.«

Sie hörte auf, ihren Salat zu sortieren und sah in meine Richtung, allerdings ohne mich genau anzusehen. »Ähm, danke«, sagte sie. Vermutlich wußte sie nicht genau, was sie mit so einem merkwürdigen Kompliment anfangen sollte. Ich wußte auch nicht, wie ich ihr das erklären sollte, falls sie mich fragte. Aber das tat sie nicht. Eine Bewegung am Eingang des Gartens lenkte sie ab. Sie seufzte. »Ich wußte, daß es ein Fehler war«, sagte sie mehr zu sich selbst als zu mir.

»Ein Fehler? Was?« Jetzt war *ich* irritiert.

»Auszugehen.« Sie faßte sich wirklich äußerst kurz. Ich konnte mir keinen Reim darauf machen. Das einzige, was ich mir vorstellen konnte, war –

»Ich hätte es wissen müssen«, sagte sie, während sie ihre Gabel auf den Tisch legte und die Serviette daneben. Es sah sehr endgültig aus. Sie lächelte beiläufig entschuldigend in meine Richtung. »Es hat nichts mit dir zu tun.«

Das beruhigte mich nicht besonders, denn ihre ganze Haltung signalisierte, daß sie entschlossen war zu gehen. Und das war ein wesentlich abrupteres und früheres Ende des Abends, als ich es mir vorgestellt und gewünscht hatte. Solange ich nicht wußte, was der Anlaß ihres plötzlichen Sinneswandels war, würde ich sie kaum davon abhalten können, ihren Vorsatz in die Tat umzusetzen. Also mußte ich es herausfinden. »Was hättest du wissen müssen?«

Sie zog kühl die Augenbrauen hoch, als ob ich eine unanständige Frage gestellt hätte. »Das ist nicht so wichtig«, sagte sie. Sie hob die Hand, um dem Kellner anzuzeigen, daß sie zahlen wollte.

Mein Gott, das ging alles so schnell! Ich wußte nicht, worauf ich zuerst reagieren sollte. »Offensichtlich ist es Grund genug für dich zu gehen«, sagte ich nervös um mich blickend, um vielleicht herauszufinden, was sie gesehen hatte. Ich sah nur ein paar Leute, die gerade gekommen waren, ein Paar mittleren Alters, die gerade auf einen Tisch am anderen Ende des Gartens zusteuerten. Die Frau war sehr dünn und schmal. Sie ging etwas steif hinter ihrem Mann her. Ansonsten sah ich niemand. Plötzlich drehte die Frau sich um und warf einen verkniffen-wütenden Blick in unsere Richtung. Es war nur ein kurzer Moment, dann war es vorbei. Ich drehte mich wieder zum Tisch hin. Der Kellner stand bereits neben ihr. »Warte«, protestierte ich. »Ich hatte dich doch eingeladen.« Das ging wirklich alles viel zu schnell!

»Laß«, wehrte sie energisch ab. »Ich glaube, du hast nicht sehr viel von dem bekommen, wofür du bezahlen wolltest.«

Wie? Was sollte das denn nun wieder heißen? Sie machte mich völlig konfus, aber bevor ich überhaupt meine Brieftasche zücken konnte, war der Kellner schon wieder verschwunden. Gleichviel, sie stand bereits auf. »Bleib doch und iß in Ruhe zu Ende«, sagte sie. »Es tut mir leid.«

Was sollte ich hier ohne sie? Sie schien nicht darüber nachzudenken, daß ich wohl kaum gekommen war, um allein zu essen. Ich sprang auf, während sie sich schon umdrehte. »Warte«, sagte ich noch einmal schnell.

Sie blieb kurz stehen und drehte sich halb zurück. »Bitte, bleib«, sagte sie. »Ich möchte nicht auch noch dafür verantwortlich sein, daß du verhungerst.« Sie lächelte etwas gezwungen.

»Was soll der Quatsch?« Schon während ich antwortete, hatte sie sich wieder umgedreht und ihren Weg zum Ausgang fortgesetzt. Ich ging hinterher und holte sie ein. »Kannst du mir nicht sagen, was los ist?« Sie ging weiter, als ob ich gar nichts gesagt hätte. Sie ignorierte mich. Ich mußte sie provozieren, wenn ich eine Antwort wollte. »Was war mit der Frau? Wer ist sie?«

Sie blieb abrupt stehen. »Das geht dich nichts an«, wies sie mich ziemlich gereizt zurecht.

Also hatte ich ins Schwarze getroffen. *Sie* war der Grund. »Vielleicht nicht«, ich war nicht darauf aus, mich mit ihr zu streiten, »aber was mich etwas angeht, ist, daß ich jetzt hier mit dir stehe, statt gemütlich am Tisch zu sitzen und mit dir zu essen. Dafür hätte ich gern eine Erklärung. Zumal, wenn es angeblich nichts mit mir zu tun hat.«

Sie war ziemlich geladen, das spürte ich. Und ich reizte sie wahrscheinlich noch mehr. Aber wenn sie einfach so weglief, würde mir das nichts nützen. Da nahm ich schon lieber ein Donnerwetter in Kauf.

»Du bist wirklich . . .« Sie sprach nicht aus, wofür sie mich hielt. Stattdessen atmete sie tief durch. »Okay. Du hast recht. Es ist unfair. Ich gebe es zu. Reicht das?«

Sie wirkte auf einmal wieder sehr kühl und überlegen. In dieser Stimmung konnte ich mir nicht vorstellen, überhaupt etwas von ihr zu erfahren. »Möchtest du woanders hingehen?« fragte ich zum zweiten Mal an diesem Abend.

»Nein«, antwortete sie prompt. »Das war ja der Fehler. *Mein* Fehler«, betonte sie nachdrücklich. »Ich gehe sonst nie aus.« Das überraschte mich angesichts unserer ersten Begegnung. Sie merkte es und korrigierte sich. »Fast nie. Und wenn, dann nicht in ein solches Lokal.« Sie sah sich um.

»Suchst du etwas Bestimmtes?« Ich hatte angenommen, daß sie zu ihrem Wagen gehen würde, aber sie stand immer noch am Rande des Parkplatzes, der vor dem Lokal lag und nur eine Verbreiterung des Weges unter ein paar Bäumen darstellte.

»Eine Telefonzelle.« Sie wirkte etwas abwesend.

»Hier? Mitten im Wald? Wozu?« Langsam wurde es mir lästig zu fragen. Sie gab freiwillig nur so viel an Informationen preis, wie sie unbedingt mußte. Das war ausgesprochen mühsam.

»Um ein Taxi zu rufen.«

»Du bist nicht mit dem Wagen da?« Wahrscheinlich war sie auf ihren unsichtbaren Engelsflügeln hergeflogen. Ich merkte, wie ich sarkastisch wurde. Meine Geduld war einfach erschöpft.

Diesmal antwortete sie wenigstens. »Ich habe gar keinen.«

Ich mußte unvermittelt lachen. Es klang so sehr wie der Italiener in der Cappuccino-Werbung, der seine Nachbarin mit heißem Kaffee hinhält, bis sich herausstellt, daß er gar kein Auto hat, daß ich mich sofort daran erinnert fühlte. Ich sah ihren Blick und hörte auf zu lachen. Sie fand das gar nicht komisch.

»Entschuldige«, sagte ich ernüchtert. »Ich habe nur gerade an etwas gedacht . . .« Ich überlegte, ob sie es ablehnen würde, wenn ich ihr anbot, sie mitzunehmen. Möglich war es. Und dann blieb immer noch die Frage, wohin. Einer anderen Frau hätte ich einfach angeboten, mit zu mir zu kommen, auf einen Kaffee. Aber ihr? Und zu ihr zu gehen, stand wohl kaum zur Debatte. Ich wagte es. »Würdest du mich als Taxi akzeptieren?«

»Dich?« Sie drehte den Kopf von dem Baum, den sie gerade betrachtet hatte, zu mir.

Vielleicht war ich einfach nicht zur Taxifahrerin geboren. Sie blickte jedenfalls irgendwie ungläubig. »Ja, mich. Ich habe ein Auto«, ich mußte einfach grinsen bei dem Gedanken an den Italiener, er machte das so nett, »und ich habe es sogar dabei. Du wirst es nicht für möglich halten.«

Sie blieb kühl. »Ich möchte nicht, daß du meinetwegen einen Umweg machst.«

Einen Umweg? Ach ja, sie wußte ja gar nicht ... »Ich wohne bei dir um die Ecke, wenn du das meinst«, erklärte ich deshalb. Sie wollte offensichtlich nach Hause. Einen anderen Vorschlag konnte ich mir wohl sparen.

»Ach ja?« Es interessierte sie nicht besonders, wie mir schien. Aber viel länger hielt ich das nicht mehr aus. Wenn ich mich schon so unverhofft von ihr trennen mußte, dann möglichst bald.

»Mein Wagen steht da drüben.« Ich deutete mit dem Arm nach links. Ohne ihre Antwort abzuwarten, ging ich los. Als ich die Fahrertür aufschloß, sah ich mich kurz um. Sie war drei Schritte hinter mir. Ich ging um den Wagen herum und schloß die andere Seite auch auf. Ich öffnete ihr die Tür, damit sie einsteigen konnte.

Sie sah mich an und lächelte leicht. »Wie galant«, bemerkte sie.

Wenigstens nahm sie mich jetzt wieder wahr. Aber wenn sie anfing zu flirten, war ich geschafft, das wußte ich. Ich machte schnell die Tür hinter ihr zu.

Als ich selbst einstieg, merkte ich, daß ich zweierlei bei meinem Vorschlag nicht bedacht hatte: die unausweichliche körperliche Nähe in einem Auto. Und ihre erotische Ausstrahlung. In der freien Luft der Gartenwirtschaft hatte sie schon auf mich gewirkt, aber hier, wo sie nur wenige Zentimeter von mir entfernt saß, so daß ich sogar die Wärme ihres Schenkels an meinem spüren konnte ... Ich legte den Rückwärtsgang ein und tat völlig unbeteiligt. Mein Herz klopfte bis zum Hals. Ich dachte an all die heißen Abschiedsküsse, die ich schon in Autos getauscht hatte. Ob sie mir auch einen geben würde?

Um rückwärts zu fahren, mußte ich meinen Arm um ihren Sitz legen. Ich versuchte, sie auf keinen Fall zu berühren, aber ich spürte die Hitze ihres Körpers sogar an meinem Unterarm. Das konnte ja heiter werden! Göttin sei Dank war die Fahrt nicht sehr weit. Ich fuhr durch die Serpentinen im Wald den Berg hinunter und konzentrierte mich vollkommen auf die Straße. Es war ganz still und dunkel. Nur die Scheinwerfer durchschnitten kurz vor uns die Nacht.

Als wir fast unten angekommen waren, räusperte sie sich. »Vielleicht sollte ich dir doch etwas erklären.«

»Das mußt du nicht.« Ich wollte ablehnend erscheinen, um die Distanz zu wahren. Ein bißchen mehr Nähe, und ich würde über sie herfallen.

»Ich weiß.« Anscheinend hatte sie sich zu etwas durchgerungen, obwohl es ihr schwerfiel. »Wie ich bereits sagte, ich gehe sonst nie aus. Ganz selten mal ins *Bella*, wenn ich . . .« Da war wieder etwas, was sie nicht weiter ausführen wollte. »Aber niemals in öffentliche Lokale«, fuhr sie fort, ohne den Satz richtig zu beenden. »Deshalb hätte ich mich gar nicht erst mit dir verabreden dürfen.« Das erklärte zumindest, warum sie so lange gebraucht hatte zuzusagen. Zuerst dachte ich, das wäre es gewesen, dann setzte sie plötzlich erneut an. »Aber du warst so hartnäckig.« Ich hörte das Lächeln in ihrer Stimme, auch wenn ich sie nicht ansehen konnte, weil ich mich auf die Straße konzentrieren mußte.

Wir waren unten angekommen und fuhren nun eine relativ gerade Straße entlang. Vor uns erschien schon der nächste Gasthof. Schließlich war das hier eine Touristengegend. »Bitte, halt an«, sagte sie. Vermutlich war ihr jetzt eingefallen, daß sie den Rest des Weges lieber zu Fuß gehen wollte, als mir noch mehr zu offenbaren. Es war wirklich schwer, sich mit ihr auszukennen!

Ich fuhr auf den Parkplatz und hielt. Ich hatte gehofft, daß sie aussteigen würde, aber sie rührte sich nicht. Ich wagte nicht, sie anzusehen. Das Bedürfnis in mir, sie zu berühren, wurde immer stärker. Ich starrte angestrengt durch die Windschutzscheibe nach vorne und biß die Zähne zusammen. Ach, was soll's! Sie konnte schließlich jederzeit gehen, wenn sie wollte. »Ich möchte dich küssen«, murmelte ich verkniffen zum Kegel der Scheinwerfer vor mir.

Ihre Hand erschien neben dem Lenkrad und drehte die Scheinwerfer aus. »Dann tu's doch«, sagte sie.

Ich war wie erstarrt. Sie legte ihre Hand unterhalb des Lenkrads kurz auf meinen Schenkel. Dann nahm sie sie weg. Die Stelle brannte weiter. Ich drehte mich im Sitz zu ihr um. »Würdest du mir glauben, wenn ich dir sage, daß ich dich nicht deshalb eingeladen habe?«

»Nein.« Ihre Stimme lächelte immer noch ein wenig. »Aber es macht nichts.«

Doch, *mir* machte es schon etwas! Dennoch – ihre Nähe und Bereitschaft brachten mich aus der Fassung. Ich beugte mich zu ihr hinüber und suchte mit meinen Lippen ihren Hals. Sie legte ihre Hand auf meine Schulter und streichelte sie leicht. Während ich die Samtigkeit ihrer Haut genoß, fuhr ich mit meiner Hand langsam an ihrer Seite entlang, bis ich endlich ihre Brust erreicht hatte. Sie stöhnte leise. Ich wanderte mit meinen Lippen zu ihrem Mund. Sie erwartete mich bereits. Als ich mit meiner Zunge nach ihrer suchte, legte sie die Arme um mich und zog mich zu sich heran, soweit das in der Enge möglich war. Dann ließ sie einen Arm fallen und tastete nach dem Hebel für die Rückenlehne.

Ich hörte auf, sie zu küssen. »Du willst doch nicht etwa hier ...?«

»Warum nicht?«

Wahrscheinlich tat sie das öfter als ich. Mir erschien es jedenfalls äußerst unbequem. Meine Lippen brannten noch von ihrem Kuß, und ich konnte mir vorstellen, daß sie durchaus in der Lage war, mich vergessen zu machen, wo wir uns befanden. Aber gleichzeitig fiel mir ein, daß sie mir nicht geglaubt hatte. Also zog ich mich auf meinen Sitz zurück. »Ich habe dich wirklich nicht deshalb eingeladen«, knirschte ich entschieden und ließ den Wagen an. Bevor sie reagieren konnte, war ich schon auf der Straße.

»Das glaubst du doch selber nicht«, erwiderte sie.

Da hatte sie recht, aber das würde ich *ihr* nicht sagen. Stattdessen versuchte ich, etwas mehr über sie zu erfahren. »Warum glaubst *du* es denn nicht? Warum glaubst du, daß alle immer nur mit dir schlafen wollen?« Ich wußte nicht genau, wohin diese Diskussion führen würde, aber sie lenkte mich wenigstens erst einmal von meinen wollüstigen Gedanken ab.

Ihre Antwort erschütterte mich. »Weil es so ist«, sagte sie.

Ich fand die Ruhe und Selbstverständlichkeit, mit denen sie diese Worte aussprach, entsetzlich. Was mußte es für Auswirkungen auf ihr Selbstwertgefühl, auf ihr Lebensgefühl haben, wenn sie dieser Überzeugung war? Mir wurde ganz kalt. Vielleicht hätte es mich beruhigt, wenn ich den Eindruck gehabt hätte, daß sich diese Aussage nur auf ihren Beruf bezog, auf ihre Kundinnen. Dort war eine solche Einstellung sicherlich gerechtfertigt. Eine Kundin würde in der Tat nur aus diesem einen Grunde zu ihr kommen. Aber merkwürdigerweise klang es für mich wie eine generelle Erkenntnis. Eine Erkenntnis, die sie aus all ihren Beziehungen gewonnen hatte, nicht nur aus den geschäftlichen. Und die deshalb unumstößlich war.

Ich sah kurz von der Straße weg und zu ihr hin. »Du bist eine sehr begehrenswerte Frau, das läßt sich nicht leugnen«, stellte ich bewußt langsam fest, »aber du hast doch auch noch andere Qualitäten.«

Sie lachte kurz auf. »Ja? Welche?«

Sie hatte mich völlig überrumpelt. Ich wußte, was ich für sie empfand, aber was genau dahintersteckte, darüber hatte ich mir noch keine Gedanken gemacht. Also mußte ich erst überlegen.

»Siehst du«, sagte sie, »dir fällt auch nichts ein.« Einerseits wirkte sie sehr zufrieden. Bestätigt in dem, was für sie ohnehin feststand. Andeutungsweise jedoch schwang auch Resignation in ihrer Feststellung mit. Vielleicht hatte sie ein ganz klein wenig gehofft, daß ich in der Lage sein würde, ihr eine Alternative aufzuzeigen, die ihr bislang entgangen war. Und ich hatte versagt.

»Das ist absoluter Blödsinn«, protestierte ich mehr ärgerlich über meine fehlende Geistesgegenwart als über die Bestätigung ihrer Selbsteinschätzung.

»Komm, komm.« Sie schien eher mich als sich beschwichtigen zu wollen. »Gib dir keine Mühe.« Sie war auf eine Art desillusioniert, die mich tief innerlich berührte.

Aber wie fast immer bei aussichtslos erscheinenden Unternehmungen erwachte sofort der Kampfgeist in mir. »Ich würde mir gern *sehr viel* Mühe mit dir geben«, erklärte ich vorsichtig. Ich war mir des Risikos bewußt, daß ich damit einging, ihr eventuell zu nahezutreten. Das konnte auch bedeuten, daß sie den Kontakt ganz abbrach und sich auf gar nichts mehr einließ.

Sie lachte wieder kurz und trocken auf. »Warum?« fragte sie verächtlich.

»Weil ich glaube, daß du es wert bist.« Das ließ sie verstummen. Ich konnte nichts von ihrer Reaktion erkennen, außer daß sie nicht antwortete. Wir fuhren schweigend durch die Dunkelheit, bis kurz darauf die ersten Straßenlichter das Innere des Wagens erleuchteten. Ich hätte sie gern angesehen, aber ich mußte auf die Straße achten.

Es dauerte nicht sehr lange, bis wir in der Nähe ihrer Wohnung angekommen waren. Ich fuhr auf einen Parkstreifen direkt vor der Einfahrt zur Fußgängerzone. »So.« Ich stellte den Motor ab. »Es tut mir leid, Madame, aber weiter darf ich mein Gefährt nicht in die Zone der Pedestrianer hineintreiben.« Ich flachste herum, weil ich gar nicht erst die Art von bedrohlichem Schweigen aufkommen lassen wollte, die mich immer dazu verleitete, zu viel von mir preiszugeben, weil ich die Stille nicht ertragen konnte. Vielleicht hatten wir ja doch einiges gemeinsam? Als sie nichts sagte und auch keine Anstalten machte auszusteigen, versuchte ich es noch einmal. »Die haben archaische Sitten bei der Vertreibung unerlaubter Vehikel.« Ich schüttelte mich. »Die Folter des Abschleppens zum Beispiel.«

»Warum tust du das?« fragte sie. Jetzt, wo ich nicht mehr fahren mußte, stellte ich fest, daß sie den Kopf gesenkt hielt. Sie blickte trotz meiner Ansprache nicht hoch.

Ich wußte wirklich nicht genau, worauf sie sich bezog, und irgendwie bekam ich langsam auch Angst vor meiner eigenen Courage. Wenn ich damit nun alles kaputtgemacht hatte? Also mußte ich zurückfragen. »Was meinst du?«

»Auch du wirst mich eines Tages noch verfluchen«, sagte sie leise.

Ich mußte lachen ob ihrer Theatralik. »Danke für den Hinweis, Pythia«, sagte ich so gutgelaunt, daß ich damit meine Angst überspielen konnte. Ich kannte sie so wenig, ich wußte so wenig von ihr, daß jeder Vorstoß in ihr Inneres wie eine Reise ins Dunkel des Alls war. Es lauerten dort ebenso viele Möglichkeiten einer Katastrophe. Und ich konnte nicht mehr tun als ein Kind, das pfeift, wenn es in den dunklen Keller geht.

Sie rührte sich nicht. »Möchtest du –« Meine Stimme klang jetzt doch etwas belegt. Ich mußte mich räuspern. »Möchtest du hier sitzenbleiben?«

Sie zuckte leicht zusammen, als ob sie aus einem Traum erwachte. »Nein. – Nein, natürlich nicht. Entschuldige bitte. Du möchtest sicher nach Hause.« Dessen war ich mir gar nicht so sicher. Im Gegenteil. Sie griff nach der Tür und öffnete sie. Schnell stieg ich aus und ging um das Auto herum. »Oh«, sagte sie erneut erstaunt. »Ich vergaß, wie galant du bist.« Sie lächelte jetzt wieder ein wenig.

»Weniger galant als gut erzogen«, sagte ich. »Das ist nicht mein Verdienst.« Ich wollte eigentlich keine große Diskussion über meine Manieren entfachen.

Sie stand an das Auto gelehnt da und sah mich an. Mit einer ihrer unnachahmlich fließenden Bewegungen löste sie sich dann vom Wagen und kam auf mich zu. Ich hatte den plötzlichen Wunsch zu fliehen. Rein instinktiv, wie ein wildes Tier. Doch da hatte sie mich schon erreicht. Sie ließ sich leicht gegen mich sinken. Ich spürte die Weichheit ihrer Brüste und die Anschmiegsamkeit ihres Körpers. »Es gefällt mir trotzdem«, hauchte sie in mein Ohr. »Ich bin schon lange nicht mehr so verwöhnt worden.«

Ich legte meine Arme um sie und spürte, wie sie sich noch mehr an mich schmiegte.

»Komm mit«, flüsterte sie wieder direkt in mein Ohr. Ich wollte immer noch nicht zugeben, daß ich eigentlich auf ein solches Ende des Abends gehofft hatte. Ihr gegenüber hatte ich schließlich das Gegenteil behauptet. Aber offensichtlich konnte sie Gedanken lesen. »Ich glaube dir«, wisperte sie ganz leise.

Und ich *wollte* ihr glauben, daß sie es tat! Ich löste mich langsam von ihr und schloß den Wagen ab. Sie war bereits an der Haustür. Der Eingang lag nur ein paar Meter entfernt. Als wir auf den Lift warteten, legte sie ihre Hand in meinen Nacken und gab mir einen angedeuteten Kuß. Sie berührte meine Lippen nur ganz leicht mit ihren und stieß kurz mit ihrer Zungenspitze dagegen. Bevor ich meine Lippen öffnen und sie einfangen konnte, war sie schon wieder fort. »Oh, du bist gemein!« stöhnte ich.

Sie lachte verführerisch. »Ja, ich weiß. Aber das erhöht die Spannung, oder nicht?«

Als ob das nötig gewesen wäre!

Als wir die Wohnung betreten hatten, ging sie ein paar Schritte ins Zimmer hinein und drehte sich dann um. »Ich möchte mir etwas Bequemeres anziehen. Hast du etwas dagegen?«

Es war plötzlich, als wäre eine unsichtbare Mauer zwischen uns entstanden. Ich konnte sie nicht berühren, obwohl sie so nah war. Was war ich doch für eine Idiotin! Ich hätte es wissen müssen. Sobald sie in diesem Raum war ... Alles, was mit Sex zu tun hatte, war für sie Beruf, auch wenn es eben noch wie ein Spaß ausgesehen hatte. Ich hatte dieses Katz- und Mausspiel satt. Ging es nicht auch anders?

»Warum fragst du mich das?« fragte ich zurück. »Was könnte meine Entscheidung, ob ich dafür oder dagegen bin, mit dem zu tun haben, was du endeffektlich tust?«

Ich hätte sie kaum so verblüffen können, wenn ich mich plötzlich nackt ausgezogen hätte. In der Tat wäre das ja auch viel logischer gewesen. Obwohl sie an diesem Abend schon einiges von mir gehört hatte, was nicht in ihr Schema paßte, schien sie immer noch darauf eingestellt zu sein, den gewohnten Ablauf beibehalten zu wollen. Jedenfalls sah sie mich so an, als ob meine Reaktion sie völlig auf dem falschen Fuß erwischt hätte.

»Möchtest du lieber, daß ich so bleibe, wie ich bin?«

Das nun auch nicht gerade! Daher kamen ja zum Teil unsere Schwierigkeiten. Der andere Teil kam von mir, das wußte ich sehr wohl. Unsere Empfindlichkeiten schienen manchmal einfach nicht zusammenzupassen. Das erschwerte die Kommunikation doch erheblich.

Sie trug einen sommerlichen Traum aus Crêpe de Chine, der wunderbar zu ihren – wie ich jetzt wußte – grauen Augen paßte, ein Kleid, das erst bei Frauen ab einsachtzig aufwärts so richtig wirkte. Seit meiner Schulzeit hatte ich solche Frauen um ihre Größe beneidet. Dennoch – ob sie es auszog oder anbehielt, was sie stattdessen trug oder auch nicht, das konnte nicht meine Entscheidung sein. Nicht in diesem Moment jedenfalls. »Du hast mir nicht zugehört«, bemerkte ich also.

»Doch.« Sie war sichtlich ungehalten, auch wenn sie sich beherrschte. »Aber du machst es mir nicht gerade leicht.«

»Das ist auch nicht der Sinn der Sache.« Jetzt hatte ich endlich eine Ebene mit ihr gefunden, auf der eine Verständigung möglich schien. »Mir wäre es anders auch lieber, das kannst du mir glauben.«

»Was willst du eigentlich?« Sie wirkte jetzt äußerst gereizt, vielleicht auch ein wenig übermüdet, trotz der noch nicht allzu späten Abendstunde.

Wer wußte, was für eine Woche sie hinter sich hatte? Vielleicht war sie anstrengender gewesen, als ich es mir in meinen Phantasien ausmalen konnte. Meine Stimmung begann etwas sanftmütiger zu werden. Dann fiel mir ein, *womit* die Anstrengung vermutlich zu tun gehabt hatte, und meine karitative Anwandlung verschwand. »Das ist eine gute Frage, die ich mir auch schon oft gestellt habe. Wenn ich die Antwort wüßte, wäre ich wahrscheinlich nicht hier.« Warum sollte ich es ihr leichter machen als sie mir?

Sie ging zum Sofa und ließ ihre Handtasche darauf fallen. Dann zog sie die leichten Sommerhandschuhe aus, die sie trug, und warf sie achtlos hinterher. Während sie das tat, drehte sie sich halb zu mir um und beobachtete mich mit ganz leicht zusammengekniffenen Augenwinkeln. Es sah aus wie eine Filmszene.

»Gut«, sagte sie, setzte sich auf das Sofa und schlug die Beine übereinander. »Was jetzt?«

»Ich möchte mich mit dir unterhalten«, erklärte ich so selbstverständlich, als ob ich die ganze Zeit schon nichts anderes vorgehabt hätte.

»Unterhalten.« Eine Schar überfütterter Raben, denen man ein Korn hinwarf, hätte nicht verächtlicher wirken können.

»Ist das so ungewöhnlich?« Mit ihrer Reaktion hatte sie mich sofort wieder verunsichert. Sie stellte genau die Dinge in Frage, die für mich selbstverständlich waren. Daß man miteinander redete, bevor man miteinander schlief, zum Beispiel. Und ich wollte ihr nicht gern zeigen, *wie sehr* sie mich verunsicherte. Also wartete ich ihre Antwort ab.

Sie ließ sich nicht dazu herab, sofort zu antworten. »Etwas«, sagte sie dann.

»Womit wir wieder beim Thema wären«, versetzte ich fröhlich. Solche schauspielerischen Talente hatte ich bislang gar nicht in mir vermutet. Denn eigentlich fühlte ich mich miserabel. Sie hatte sich dermaßen abgeschottet, daß auch nicht der kleinste Spalt einen

Blick in ihr Innenleben gestattete.

Sie runzelte die Stirn. »Beim Thema?«

»Mhm. Du fandest die ganze Verabredung ja von vornherein ungewöhnlich. Und mich wohl auch ziemlich. Zeitweise.« So zäh konnte es nicht lange weitergehen. Sie erschöpfte mich, bevor ich überhaupt ein Stückchen Land sehen konnte.

»Das stimmt. Zeitweise.« Sie lächelte so angedeutet, daß Mona Lisa dagegen wie eine grinsende Nonne gewirkt hätte.

»Was glaubst du, weshalb ich dich eingeladen habe?«

»Mein Gott«, seufzte sie genervt. »Nicht *das* schon wieder!«

»Doch, das schon wieder! Das ist der entscheidende Punkt.« Ich ließ nicht locker. »Also, was glaubst du?«

Sie seufzte erneut. »Was möchtest du hören?« Ihr gelangweilter Tonfall ließ darauf schließen, daß sie bereit war, mir jeden Wunsch in dieser Richtung zu erfüllen, nur, um in Ruhe gelassen zu werden.

»Etwas Überzeugendes«, sagte ich. »Etwas Wahres.«

»Ach du meine Güte!« Jetzt lachte sie fast, wenn auch ironisch. »Und sonst hast du keine Wünsche?« Sie beugte sich etwas vor. »Wünsche, die ich dir erfüllen kann?« Sie schlug einen verführerischen Tonfall an.

»Du versuchst nur mich abzulenken«, antwortete ich unbehaglich. Ich merkte, daß ihre Methode trotz all meiner im Kopf aufgebauten Abwehr sofort auf mich wirkte.

»Warum nicht?« Sie hatte meine Reaktion sofort registriert. Ihr Ausdruck wurde noch eine Idee verheißungsvoller. Sie stand auf und kam auf mich zu. »Es gibt doch genug schöne Dinge, um sich abzulenken.«

Ich wich zur Tür zurück und hob den Arm. »Paß auf«, sagte ich. »Wenn du nur noch einen einzigen Schritt machst, werde ich gehen. Vielleicht ist das ja genau das, was du möchtest, aber wenn nicht, dann bleib, wo du bist.« Als ich noch studierte, hatten wir in Kommunikationstheorie solche Situationen nie behandelt. Das war mal wieder eine praxisferne Ausbildung! Alles mußte man sich selbst zusammensuchen.

Sie lachte und blieb stehen. »Okay. Alles, was du willst«, gestand sie friedlich zu. »Aber so werden wir nicht sehr weit kommen.« Mit einem spöttischen Lächeln betrachtete sie mein Gesicht.

»Fragt sich, in welcher Beziehung«, sagte ich. Ich versuchte einen erleichterten Seufzer zu unterdrücken.

»Das beginne ich mich langsam auch zu fragen.« Ihr Tonfall hatte sich verändert. Er schien jetzt ernster zu sein. Sie drehte sich um und ging zum Sofa zurück, änderte dann aber ihre Richtung und entschied sich für einen der beiden Sessel, die rechts und links vom Couchtisch standen. Sie ließ sich darauf nieder und deutete mit der Hand auf den anderen. »Im Moment bin ich ungefährlich.« Sie lächelte. »Setz dich ruhig.«

Ich wußte zwar nicht so recht, ob ich ihr glauben konnte – ihre Art von Ungefährlichkeit glich der einer Atombombe kurz vor dem Start –, aber dieses ganze Ringen um die Chance einer Verständigung hatte mich doch etwas mitgenommen. Ich war froh, mich setzen zu können, und tat es. Die beiden Sessel standen weit genug auseinander und der Tisch war dazwischen. So konnte ich ihr relativ ruhig ins Gesicht blicken.

Sie sah mich fragend an. *Sie* würde in diesem Fall nicht die Führung übernehmen. In diesem Punkt hielt sie sich offensichtlich nicht für zuständig.

»Ich würde so gern mehr über dich erfahren«, begann ich etwas holprig.

Bevor ich weitersprechen konnte, unterbrach sie mich mit einer wegwerfenden Handbewegung. »Da gibt es nichts Interessantes, glaub mir. Wenn das alles ist, was du wissen wolltest . . .« Sie machte Anstalten sich zu erheben. »Möchtest du ein Glas Wein? Ich hätte Lust darauf.« Sie wartete auf meine Antwort.

»Eigentlich . . . Ja, gut. Warum nicht?« Immerhin war das eine Gelegenheit, sich weiter zu unterhalten. Obwohl ich nicht glaubte, daß der Alkohol sie gesprächiger machen würde. Dazu war sie nicht der Typ. Sie hatte sich sicherlich gut genug im Griff, um keinen Tropfen zuviel zu trinken, wenn es darauf ankam.

Sie kam mit einer Flasche Cabernet Sauvignon und zwei ausgesucht schönen Weinkelchen zurück. Nachdem sie eingeschenkt hatte, reichte sie mir mein Glas und stieß lächelnd mit mir an. Daraufhin setzte sie sich wieder in ihren Sessel. Sie versuchte keine weitere Annäherung. Sinnend drehte sie ihr Glas in der Hand. »Ich weiß nicht, ob du mich verstehst«, sagte sie. »Aber ich möchte einfach keine Probleme.« Sie nahm einen kleinen Schluck Wein und ließ ihn genießerisch auf der Zunge zergehen.

Ich fühlte mich etwas überfordert. Was wollte sie damit sagen? Daß ich ihr Probleme bereitete und sie deshalb lieber nichts mit mir zu tun haben wollte? Ich bekam ein ungutes Gefühl in der Magengegend. Sie erschien mir undurchschaubar. Mein Verstand sagte mir, daß ich mich von ihr fernhalten sollte, und gleichzeitig wußte ich, daß ich gar nicht von ihr loskommen wollte.

»Hast du eine feste Beziehung?« fragte sie plötzlich. Ihre Stimme klang freundlich interessiert.

Wäre ich dann hier bei ihr? Ich sah sie nur an. Wie konnte sie so etwas annehmen?

»Oh, du meinst, das paßt nicht zusammen?« Es war, als ob sie meine Gedanken lesen könnte. Unbefangen fuhr sie fort: »Die meisten meiner Kundinnen«, sie schickte einen Blick in meine Richtung, um zu sehen, wie ich auf das Wort reagierte, »sind verheiratet.«

Ich war überrascht. »Ich dachte, nur Lesben . . .?«

»Na ja, das sind sie ja wohl auch – irgendwie«, meinte sie verächtlich, »Aber das würden sie natürlich nie offen zugeben. Die ganz Forschen nennen sich bi.« Ihr Gesichtsausdruck wurde noch eine Spur verächtlicher. »Aber selbst die würden niemals zugeben, daß sie zu einer Nutte gehen.«

Sosehr ich auch dagegen ankämpfte, konnte ich mich doch nicht der Faszination entziehen, die ihre Lebensumstände auf mich ausübten. Es war so fremd, so neu und ungewohnt. Aber was hätte ich sie fragen können, das nicht wie das geifernde Informationsbedürfnis einer klatschsüchtigen Yellow-Press-Reporterin geklungen hätte?

»Du mußt nicht darüber reden«, sagte ich peinlich berührt von meiner eigenen Neugier.

»Oh, das ist nicht schlimm«, erwiderte sie, jetzt schon wieder ganz leidenschaftslos. »Mach dir keine Gedanken.« Sie griff nach ihrem Glas und nippte daran.

»Es tut mir leid«, sagte ich, erschüttert von ihrer Gleichmütigkeit und der Verletzung, die ich dahinter zu spüren glaubte. »Aber du hast doch auch etwas davon –« Verdammt! Ich biß mir auf die Lippe. Ich war verwirrt und hatte verzweifelt nach etwas Erfreulichem gesucht. Es war mir einfach so herausgerutscht.

»Du meinst, ich …?« Sie sah mich etwas mitleidig an. »Ich glaube, du hast eine falsche Vorstellung von dem, was ich tue. Nicht *ich* werde befriedigt, sondern ich befriedige die anderen. Oft ziehe ich mich noch nicht einmal aus.«

»Ich – ich wollte nicht … Es tut mir leid …« Ich stotterte herum und fand den Ausgang nicht mehr. So eine verfahrene Geschichte! »Ich dachte nur …« Tja, denken ist Glückssache, junge Frau! Ja, beleidige *du* mich auch noch!

Offensichtlich hatte sie mehr Mitleid mit mir als ich mit mir selbst. Sie fuhr fort, »Wenn du es genau wissen willst, vor gut einer Woche hatte ich meinen ersten Orgasmus seit zwei Jahren.«

Ich sah sie entgeistert an.

Sie lachte. »Unvorstellbar, nicht?«

Das allerdings! »Du meinst mit jemand zusammen.«

»Nein«, sagte sie. »Überhaupt.«

Jetzt war ich vollends sprachlos.

»Glaub mir«, sie führte die Angelegenheit wie einen kleinen, harmlosen Vortrag weiter aus, »wenn du zehn Frauen nacheinander hattest, hast du allein auch keine Lust mehr.«

»Zehn?« Die Vorstellung überrollte mich geradezu.

»Na ja, nicht jeden Tag. Aber manchmal schon.« Sie lachte, als sie mein immer noch ungläubiges Erstaunen sah. »Das hast du dir in deinen kühnsten Träumen nicht vorgestellt, oder?« Sie wurde wieder ernst. »Ich glaube, das ist genug für heute.«

Es klang so endgültig, daß ich mich nicht traute zu widersprechen, obwohl ich das Gefühl hatte, gerade jetzt konnte es interessant werden. Ob ich sie je wieder in so offenherziger Stimmung antreffen würde, wagte ich zu bezweifeln.

Sie erhob sich. »Ich denke, du solltest jetzt besser gehen«, sagte sie.

Das wollte ich eigentlich gar nicht, aber es schien keine andere Möglichkeit zu geben. Ich fühlte mich elend. Aber hatte ich das nicht selbst verschuldet? »Das Essen war wohl keine so gute Idee«, vermutete ich deshalb.

Sie schüttelte den Kopf. »O nein, das würde ich nicht sagen. Normalerweise grüßen mich meine Kundinnen noch nicht einmal, wenn sie mich auf der Straße treffen. Und ich tue so, als ob ich sie nicht kennen würde. Du bist eine große Verbesserung.«

Ich fühlte mich, als ob jemand ganz in der Nähe meines Ohres auf einen riesigen Gong geschlagen hätte. *Das* war ich: eine Verbesserung bezüglich ihrer Kundinnenqualität!

Sie sah meine Fassungslosigkeit und trat einen Schritt auf mich zu. »Entschuldige«, sagte sie. »Es war nicht so gemeint.« Sie legte ihre Hand unter mein Kinn und hob es an. »Ich bin so wenig mit Menschen zusammen, die ...« Sie konnte es wohl nicht aussprechen, deshalb küßte sie mich. *Die* Sprache beherrschte sie perfekt!

Es war ein sehr vorsichtiger Kuß. Wahrscheinlich sollte es nur ein kleiner Abschiedskuß werden. Aber im Laufe dieses Abends hatte sich so viel in mir angestaut, daß mein Begehren sofort mit voller Macht erwachte, kaum daß sie meine Lippen mit ihren berührte. Sie löste sich wieder von meinem Mund und trat zurück. Jetzt sollte ich gehen? Ich seufzte. »Ich bewundere dich«, sagte ich. »Wie kannst du nur so ruhig bleiben?«

»Kann ich gar nicht.« Plötzlich wirkte sie geradezu verwegen. Sie machte einen schnellen Schritt auf mich zu und küßte mich noch einmal, diesmal richtig. »Ich möchte, daß du bleibst«, flüsterte sie danach an meinem Ohr.

Sie hatte mich völlig in Brand gesetzt, und ich konnte mir nichts Schöneres vorstellen. Dennoch zögerte ich. Wenn ich blieb, hatte das weitreichende Konsequenzen.

»Nur wenn du willst natürlich«, schränkte sie sofort ein, als sie mein Zögern bemerkte.

Ich gab mir einen Ruck. Wer konnte im Leben schon wissen, was aus irgendeiner Situation wurde? »Ich möchte auch lieber bleiben«, gab ich zu.

Sie zeigte keine besondere Reaktion, außer daß sie ein wenig lächelte. »Ich bin gleich wieder da«, sagte sie, während sie sich schon von mir wegdrehte. Damit verschwand sie in der Schlafzimmertür und ließ mich mit der aufwallenden Hitze in meinem Körper allein zurück.

Ich setzte mich etwas verspannt auf das Sofa. Um auf andere Gedanken zu kommen, versuchte ich, unsere Beziehung – wenn es denn eine war – bis zum jetzigen Zeitpunkt zu analysieren. Zumindest von meiner Seite aus. Vielleicht war es wirklich Liebe und nicht nur Verliebtheit? Manchmal fühlte ich mich so wohl mit ihr und dann wieder ... Ich konnte sie einfach nicht einschätzen. Immer dann, wenn ich glaubte, einen Ansatzpunkt gefunden zu haben, entwischte sie mir wie ein nicht faßbares Phänomen. Um so mehr steigerte sich mein Verlangen, dahinterzukommen, wer sie in Wirklichkeit war. So leicht gab ich nicht auf!

Sie kam wieder herein. Sie trug ihren seidenen Morgenmantel. Mit einem angedeuteten Lächeln setzte sie sich auf die Lehne neben mir. Sie duftete nach etwas Neuem, unaufdringlich, aber berauschend.

»Was ist das?« fragte ich. Ich drückte mein Gesicht in ihr Haar und sog den Duft tief ein.

»Das ist mein eigenes Parfum«, sagte sie. »Ich lasse es in Paris zusammenstellen.«

»In Paris?«

»Das hört sich luxuriöser an, als es ist. Viele Frauen tun das. Und ich fliege manchmal nach Paris, wenn ich einmal ...« Sie suchte nach einem Wort, »allein sein will.« Nach der Szene in der Gartenwirtschaft heute verstand ich, was sie meinte. »Komm«, flüsterte sie unvermittelt. Sie beugte sich über mich und sank mit mir zusammen auf das Sofa. Der Duft ihres Parfums, ihres Körpers drang mir in jede Pore. Es machte mich schwindelig, raubte mir den Atem.

»Was ist da drin?« fragte ich etwas benebelt.

»Geheimnis.« Sie ließ sich nicht weiter darüber aus.

»Wenn du mich verführen willst, brauchst du dazu keine Hilfsmittel«, sagte ich benommen. »Ich stehe auch so schon auf dich.«

»Das weiß ich.« Sie streichelte mich gefühlvoll, sehr sanft. »Aber so ist es noch viel schöner.«

Da wußte sie sicher besser Bescheid als ich. Ich vertraute mich ihr an. Ihre Hände waren überall auf meinem Körper, ihr Geruch überall auf meiner Haut, ihr Mund – ich wußte nicht, wo. Es erregte und quälte mich zugleich. Ich fand es auf dem Sofa plötzlich etwas eng und sagte es ihr, als sie mir zwischen zwei Küssen kurz etwas Luft ließ.

Sie lächelte mich an und griff hinter mich. »Das läßt sich ändern«, sagte sie. Die Lehne klappte zurück.

Ich zog erschreckt die Luft ein, als ich nach hinten wegkippte, aber die weichen Polster fingen mich auf. »Himmel!« keuchte ich entgeistert.

»Mhm«, versprach sie genüßlich. »Da wirst du gleich sein, hoffe ich.« Sie senkte sich auf mich hinab, und ich spürte wieder ihre Hände. Ihr Mund folgte ihnen überall nach. Ich warf mich hin und her. Ein Glück, daß das Sofa jetzt genügend Platz bot! Sie zog mich schnell und geschickt aus. Mit meinen Armen umschlang ich ihre Schultern und drückte sie an mich. Die Seide war immer noch kühl und glatt. Sie erregte mich auf eine neue Art. Oder war es der Duft?

Nach einer Weile öffnete sie ihren Gürtel und legte sich nackt auf mich. Jetzt umschloß der seidige Umhang uns beide fast wie ein Zelt.

Ich spürte ihre Brüste und ihre Haut, als ob es meine eigenen wären, aber viel intensiver. »Ist das schön!« stöhnte ich. Immer noch bedeckte ihr Körper wunderbar weich den meinen.

Sie kam an meinen Mund und küßte mich. »Ja«, murmelte sie, »das soll es auch sein. Ich will, daß es wunderschön für dich ist.« Sie küßte mich mit wachsender Leidenschaft. Ihre Zunge war wie Feuer in meinem Mund. Ich konnte nur noch mühsam atmen. Dennoch wünschte ich mir nichts sehnlicher, als daß sie mich mit diesem Feuer verbrennen würde.

Langsam und vorsichtig zog sie sich immer mehr aus meinem Mund zurück. »O nein!« protestierte ich kraftlos.

Sie wanderte mit ihren Lippen zu meinem Ohr und flüsterte sehr sinnlich: »Ich habe nur eine Zunge, Liebling.«

Dann bewegte sie sich quälend langsam an mir abwärts. Überall auf meiner Haut entstanden Seen aus brodelnder Lava. Plötzlich schoß mir etwas durch den Kopf. Liebling? Hatte sie ›Liebling‹ gesagt? Bisher war ich – wenn überhaupt – ›Schätzchen‹ gewesen, und das – so befürchtete ich sicher zu Recht – sagte sie garantiert zu allen Frauen. Es hatte nicht sehr liebevoll geklungen. Und jetzt? Liebling?

Ich bäumte mich laut stöhnend auf. Ihre Zunge machte mich zu einem willenlosen Objekt der Leidenschaft. Sie drang tief in mich ein. Ich konnte nicht mehr länger warten. »Bitte ...«, flehte ich, »ich kann nicht mehr ...« Sie reizte und küßte mich an mehreren Orten zugleich. Wie machte sie das nur? Ich gab mich ihr vollständig hin.

Was auch immer sie jetzt von mir verlangt hätte, ich hätte es getan. Aber sie verlangte nichts von mir. Ich wurde in einen Himmel der Wollust gehoben. Ich wußte nicht, wie lange es dauerte.

Als ich keuchend dalag, sah ich durch die Augenlider, wie sie mich betrachtete. Ich konnte ihren Blick nicht deuten. Er war undefinierbar. Bei einer anderen Frau hätte ich gedacht... Aber sie war keine andere Frau. Sie war sie. Das ist nur die abklingende Leidenschaft, dachte ich. Danach bildet man sich immer solche Schwachheiten ein. Mehr konnte es nicht sein.

Ich wachte mit süßen Gedanken auf. In jeder Faser meines Körpers spürte ich die vergangene Leidenschaft. Meine Brüste brannten, und zwischen meinen Beinen pochte es immer noch leicht.

Ich hatte ja schon gehört, daß es Substanzen gab, die das sexuelle Empfinden steigerten, aber so...! Und nur ein Duft! Doch das war es wohl auch nicht gewesen. *Sie* war es gewesen. Sie hatte all diese Empfindungen in mir hervorgerufen. Ich brauchte nur daran zu denken, und schon spürte ich wieder ein Prickeln.

Ich rollte mich auf die Seite und streckte mich wohlig. Ich lag allein auf der nun doppelbettbreiten Couch. Sie hatte mich zugedeckt. Ein leises Bedauern machte sich in mir breit. Irgendwie hatte ich gehofft, daß sie neben mir liegen würde, wenn ich aufwachte. Aber warum sollte sie? Die Sonne schien hell durch die Fensterscheiben und malte Muster auf den Teppichboden. Also war es nicht mehr allzu früh.

Dennoch – wo war sie? Die Wohnung war still. Nirgends ein Geräusch. Ich blickte irritiert durch den Raum. Ob sie auch – ich mußte trotz eines eifersüchtigen Stichs in mich hineinlachen – ›Hausbesuche‹ machte? Das konnte ich mir nicht vorstellen. Und selbst wenn, dann doch sicher nicht gerade jetzt. Aber ein kleiner Rest Unsicherheit blieb.

Der Schlüssel drehte sich im Schloß. Sie kam herein und blickte sofort zur Couch. Als sie sah, daß ich wach war, lächelte sie leicht. »Hallo«, sagte sie in einem samtweichen Tonfall, den ich bisher noch nicht sehr oft von ihr gehört hatte.

Eigentlich nur im Bett. Und dort verwandelte er mich jedesmal in eine hoffnungslose Romantikerin mit einem Rückenmark voller Gelatine. Wenn ich das nicht ohnehin schon war. So auch jetzt wieder. Ein großes Gefühl der Zärtlichkeit stieg in mir hoch.

Sie hatte eine Papiertüte im Arm, die sie in die Küche trug. »Ich habe ein bißchen eingekauft«, erklärte sie in meine Richtung. Sie lächelte entschuldigend. »Ich bin zwar keine große Köchin, aber ich hatte wirklich gar nichts mehr im Haus.«

Ich bemerkte plötzlich, daß ich sie mit so profanen Tätigkeiten nie und nimmer in Verbindung gebracht hätte. Aber sie mußte ja auch ein paar ›normale‹ Dinge tun. Selbst sie konnte ja nicht nur den ganzen Tag im Bett liegen. Bei der Vorstellung durchfuhr mich ein Strahl der Erregung. Das ist ungerecht, dachte ich. Die meiste Zeit liegt sie ja gar nicht. Und das ist frivol! zeterte es schon wieder aus dem Hintergrund. Ach, du schon wieder! Ich dachte, ich wäre dich los! Ich wurde keiner Antwort gewürdigt.

Sie kam aus der Küche zurück und blieb ein paar Schritte vom Sofa entfernt stehen. »Kann ich dir irgend etwas anbieten?« fragte sie, ganz die gute Gastgeberin.

Zur Stärkung? wollte ich fragen, aber ich unterließ es. Ich sah sie an. »Ja«, sagte ich ganz harmlos. »Dich.«

Sie sah auf den Fußboden. War ich jetzt zu weit gegangen? Dann erhaschte ich von unten einen Blick auf ihr Gesicht. »Du wirst rot!« Ich war dermaßen überrascht, daß es fast aus mir herausbrach.

»Ja.« Sie hob den Blick. »Darf ich das nicht?« Ihre Stimme nahm einen leicht aggressiv abwehrenden Unterton an.

»Doch, natürlich!« Ich wollte meinen Fehler wieder gutmachen. »Es ist ganz ...«, ich schluckte meine Rührung hinunter, »... reizend«, sagte ich dann.

Sie lächelte besänftigt. »Das hat schon lange niemand mehr zu mir gesagt«, erwiderte sie milde.

Der Kloß in meinem Hals ließ sich nicht beseitigen. Wie konnte sie so dastehen und meine ganze Welt völlig aus den Angeln heben? Ich wollte sie. Ich wollte sie für immer. Und das war eben der Haken. Ich war von einer Sekunde auf die andere ernüchtert. Ich schlug die Decke um mich und stand auf. »Könnte ich vielleicht bei dir duschen?« fragte ich.

Sie bemerkte den Umschwung. »Natürlich«, erlaubte sie zurückhaltend. »Es steht alles zu deiner Verfügung.«

Dieser Ausdruck machte es noch schlimmer. Das hatte sie das letzte Mal gesagt, als ... Ich wollte nicht daran denken. Ich zog die Decke enger um mich. Als ich an ihr vorbeiging, lächelte sie schon wieder – wenn auch nur andeutungsweise – amüsiert. Wahrscheinlich hätte ich einfach nackt an ihr vorbeischreiten sollen. Aber das konnte ich jetzt nicht.

Die Dusche tat mir wohl. Unter dem heißen Strahl vergaß ich für einen Moment meine Unruhe. Bedauernd drehte ich nach einiger Zeit das Wasser ab. Ich hatte meine Kleider nicht mitgenommen. Das hieß, ich mußte rausgehen und sie holen. Ich würde mich lächerlich machen. Aber ich konnte ihr jetzt einfach nicht nackt gegenübertreten!

Ich wickelte wieder die Decke um mich und ging ins Zimmer zurück. Sie hatte sich eine Zigarette angezündet, stand am Fenster und sah hinaus. Als sie mich hörte, drehte sie sich um. Sie hatte ernst ausgesehen, aber als sie mich so in die Decke eingewickelt sah, wurde ihr Lächeln noch eine Spur amüsierter als vorhin. Ich nahm meine Kleider und wollte wieder ins Bad zurück.

»Ich kann mich auch umdrehen«, bemerkte sie mit unterdrückter Erheiterung.

»Also gut«, erwiderte ich trotzig. »Wenn du unbedingt gucken willst, dann guck!« Ich warf die Decke ab und begann mich anzuziehen. Ich sah sie nicht an, aber ich hätte wetten können, daß ich sie aufs Vergnüglichste unterhielt. Als ich fertig war, sah ich wieder zu ihr hinüber. »Bist du nun zufrieden?«

»Ja«, sagte sie. »Durchaus.« Es schien, als ob sie sich mühsam beherrschte. Sie amüsierte sich köstlich über mich. Das hatte mir gerade noch gefehlt!

»Wenn du dich über mich lustig machen willst, gehe ich lieber«, grummelte ich gereizt.

»Ich mache mich nicht über dich lustig.« Mit einem Mal ernst fuhr sie fort: »Ich weiß nur nicht, was los ist.«

Und ich konnte es ihr nicht sagen! Aber ich war schon wieder versöhnt. »Ach, vergiß es«, meinte ich wegwerfend. »Ich benehme mich manchmal einfach ... dumm.«

»Das ist mir noch gar nicht aufgefallen«, bemerkte sie leicht spöttisch.

Ich konnte sie verstehen. Wenn ich mich bei ihr manchmal nicht auskannte, war es umgekehrt wahrscheinlich genauso.

Ich ging zu ihr ans Fenster. »Ich habe dich vermißt«, sagte ich zärtlich. Jetzt, wo die Irritation vorbei war, nahm mich ihre Gegenwart wieder in all ihrer unbegreiflichen Süße gefangen. Sie drehte sich zum Fenster um. Kam ich ihr zu nah? Ich wußte es nicht. An Komplimente in irgendeiner Form mußte sie doch mehr als gewöhnt sein. Oder nicht? Wie konnte das sein, bei so vielen Frauen? Mit dieser Thematik wollte ich mich im Moment aber lieber nicht beschäftigen. Ich schob meine Arme um sie, und sie ließ sich weich gegen mich sinken. Wir sahen zum Fenster hinaus. Mehr wollte ich gar nicht von ihr. Einfach nur, daß sie da war.

Ich weiß nicht, wieviel Zeit verging, während wir so dastanden. Ich hätte mein Leben lang nichts anderes mehr tun wollen. Irgendwann lehnte ich meinen Kopf gegen ihren Rücken, weil er mir zu schwer wurde. »Ich möchte dich gern auf den Nacken küssen«, wünschte ich mir verträumt, »aber du bist einfach zu groß.«

Sie seufzte. »Ja, das war schon immer mein Dilemma.« Die anschmiegsame Weichheit ihres Körpers verwandelte sich in Spannung. Ich wußte, was jetzt kam. Hätte ich doch nur nichts gesagt!

»Ich könnte mich hinknien«, bot sie an. Genau das hatte ich vermutet. Es ließ sich ihr einfach nicht austreiben!

Ich merkte, wie ihr Körper auf meine Entscheidung wartete. Sie war schon fast auf dem Weg nach unten. Jetzt war es eh zu spät. Ich drehte sie zu mir um. »Würde dir das wirklich Spaß machen?« fragte ich deutlich betont.

»Spaß?« Sie wirkte äußerst verwundert. An Spaß hatte sie dabei bestimmt nicht gedacht. Zumindest nicht an ihren.

»Ja, Spaß! Weißt du, das ist der komische Grund, warum Leute miteinander reden, warum sie miteinander ausgehen oder warum sie miteinander schlafen. Einfach nur Spaß! Und zwar für beide Seiten!«

»Ja, sicher.« Sie sah mich an wie ein Kind, dem man etwas vorwirft, das es nicht verstehen kann.

»Und? Hättest du Spaß daran gehabt, vor mir zu knien?«

Sie wand sich unbehaglich. »Nein«, sagte sie dann leise, als würde sie erwarten, daß ich sie für dieses Geständnis schlüge. Ihre Souveränität war dahin.

»Warum hast du es dann angeboten?« fragte ich so sanft, wie ich konnte.

Ganz selbstverständlich antwortete sie: »Weil ich dachte, du –«

»Genau!« sagte ich. »Weil du dachtest, *ich* hätte es gern so.«

»Aber du sagtest doch ...«

»Ich sagte, ich möchte deinen Nacken küssen. Das möchte ich immer noch. Ich habe manchmal solche Anwandlungen bei Frauen, die ich«, gerade noch rechtzeitig biß ich mir auf die Zunge, »... mag. Aber ich hätte mich dafür ja auch auf einen Stuhl stellen können, oder vielleicht wachse ich ja noch.«

Sie konnte meinen Gedankengängen offensichtlich nicht besonders gut folgen. »Du wächst noch?«

»Ja, ich bin ein genetisches Wunder«, seufzte ich geschafft. »Nein, natürlich nicht. Ich wollte nur darauf hinweisen, daß es auch noch andere Möglichkeiten gegeben hätte.«

»Ach so«, sagte sie. »Ja, sicher.« Sie ging drei Schritte nach links zum anderen Fenster hin. »Entschuldige.« Sie unterstrich die Bedeutungslosigkeit mit einer nachlässigen Handbewegung. »Ich bin es einfach so gewohnt.«

»Das ist ja das Schlimme!« begehrte ich auf. »Du bist es so gewöhnt, auf die Wünsche der anderen zu einzugehen, daß du deine eigenen vergißt.«

Sie brauchte nie lange, um sich zu fangen, das wußte ich ja bereits. Mehr als eine kurze Ahnung, was ein Blick hinter die Fassade hervorzaubern könnte, erlaubte sie nicht. »Na, na.« Sie wiegelte meinen Einspruch ab. »So ist es ja auch wieder nicht. Bausch das doch nicht so auf.« Aufbauschen? Wer? Ich? Sie blickte zu mir zurück. »Ich weiß, was du meinst«, fuhr sie besänftigend fort, wahrscheinlich, um einer weiteren Diskussion aus dem Wege zu gehen. »Aber bei dem, was ich tue, sind meine Wünsche nun einmal das letzte, worauf es ankommt.«

Es war eine einfache Erklärung, die ihr offensichtlich genügte. Sie hatte sie akzeptiert und lebte danach. Und ihre Kundinnen taten es ihr gleich. Ein Fait accompli. Hatte sie denn keine anderen Sehnsüchte? Und ihre Kundinnen? War denn nie eine dabei, die – wie ich – mehr wissen wollte? Die sich über ihr Begehren und ihre Befriedigung hinaus für die Frau hinter der Maske interessierte? Und ihr das auch sagte? Ich war wieder an dem Punkt angekommen, wo ich merkte, wie fremd mir diese Welt war.

»Fragen sie dich denn nie ...?« Jetzt hatte mich die Fremdheit der Vorstellung doch dazu gedrängt, die Frage zu stellen.

Sie lachte geringschätzig auf. »Ab und zu schon. Aber das ist natürlich nicht ernst gemeint. Und sie tun es auch höchstens einmal, meistens am Anfang.«

»Und du gehst nicht darauf ein?«

»Nein, natürlich nicht. Das würde keine Nutte tun.«

Ja, genau, das war der Grund. Ich betrachtete sie eben nicht als Nutte. Ich hob die Arme in einer Geste der Resignation. »Es tut mir leid«, sagte ich. »Ich wollte dich nicht ...« Ich war genau wie alle anderen. Statt der Ursache nachzuforschen, ließ ich meinen Unmut an ihr aus. Wie sollte sie mich da jemals als das betrachten, was ich gern wollte? »Ich verstehe es eben nicht. Es ist so fremd für mich. Es sind doch Frauen. Sagen sie dir denn niemals etwas ...«, wie konnte ich das ausdrücken, was mir so selbstverständlich war, ohne es auszusprechen? Mit Liebe brauchte ich ihr gar nicht erst zu kommen. Dann zog sie sich sowieso zurück, »... Bestätigendes?« schloß ich vage.

»O doch!« Sie lachte bitter auf. »Das tun sie.«

Jetzt verstand ich überhaupt nichts mehr. Also doch? »Aber was ...?«

»Was sie mir sagen?« Sie lächelte kalt. »Manchmal sagen sie einfach: Du bist wirklich gut.«

Ich sah sie wohl etwas verständnislos an.

Sie reagierte entsprechend. »Du findest, daß das nicht besonders schlimm ist? Das stimmt.« Sie ging noch ein paar Schritte von mir weg, verschränkte die Arme und sah zu mir hinüber. »Willst du noch mehr hören?« Das wollte ich eigentlich nicht, aber es war eine rhetorische Frage. Sie fuhr ohne Pause fort: »Manchmal sagen sie auch: Du hast es mir gut gemacht.«

Ich wollte nichts mehr hören. Sie machte mich zur Voyeurin. Aber anscheinend konnte sie nicht mehr aufhören. »Manchmal ziehen sie auch Vergleiche. Sie sagen dann: Du fickst wirklich am besten. Oder sie fassen mir einfach zwischen die Beine, wenn sie bezahlen und sagen: Du bist ein geiles –«

»Hör auf!« Ich konnte das nicht mehr ertragen.

Sie sah mich immer noch kalt lächelnd an. »Das war noch lange nicht alles. War das bestätigend genug?«

»O Gott«, sagte ich. »Es sind doch Frauen.«

»Ja«, entgegnete sie gleichgültig. »Es sind Frauen. Aber sie bezahlen mich. Und dafür können sie schließlich auch so ein bißchen Spaß verlangen, oder nicht?«

Ihre Stimme klang so bitter, daß ich es wie einen körperlichen Schmerz empfand. Langsam verstand ich einiges. Diese Demütigungen, diese Verachtung – und all das wie lange schon? Eigentlich machte das keinen Unterschied. Ich hätte das nicht ein einziges Mal ertragen wollen – und wahrscheinlich auch nicht können. Daher ihre Härte und Uneindeutigkeit. Jetzt war sie wieder so verschlossen, daß sie wie eine Festung wirkte.

Und *sie* waren daran schuld! Die Wut überschwemmte mich mit einer solchen Intensität, daß mir fast übel wurde. Dann wurde mir plötzlich innerlich kalt. Nein, nicht *sie* waren daran schuld – *ich* war es! Ich hatte sie dazu gebracht, darüber zu reden. Jetzt war ich endgültig nicht besser als die anderen. Im Gegenteil. Ich war die Schlimmste von allen, denn sie hatte mir vertraut – bis zu einem gewissen Grade zumindest. Ich hätte wenigstens darauf achten können, sie nicht noch mehr zu verletzen. Aber jetzt war es zu spät. Es blieb mir nichts anderes übrig, als zu gehen. Ich konnte ihr nicht helfen, ich machte alles nur noch schlimmer, wenn ich blieb. Die Schlinge um meinen Hals zog sich immer mehr zusammen. Ich schluckte schwer. Ich war wie gelähmt.

Sie stand da – ein eisiger Berg der Verachtung. Ich hatte Angst, sie alleinzulassen. Aber ich mußte. Ich würde sie nur weiterhin an all die Verletzungen erinnern. Ich rang mich zu einer Entscheidung durch.

»Ich muß jetzt gehen«, sagte ich. Ich versuchte sie anzusehen. Sie blickte starr geradeaus. Ich konnte sie nicht zum Abschied berühren, ihr nichts mehr sagen. Ich drehte mich um und ging in Richtung Tür; zögernd setzte ich einen Fuß vor den anderen. Endlich war ich angekommen. Ich legte die Hand auf die Klinke. Sie sagte immer noch nichts. Ich öffnete die Tür und drehte mich um. Sie stand immer noch da, völlig leblos und erstarrt. Sie blickte mir nicht nach. Ich zog die Tür hinter mir zu.

Die nächsten Tage waren wie ein Vorgeschmack auf die Qualen der Hölle.

Ich ging zur Arbeit, kam von der Arbeit, schlief, ging zur Arbeit ...

Schlafen konnte man dieses ruhelose Sichherumwälzen, diese Nächte voller Erinnerungen eigentlich auch nicht nennen. Nach einer Woche sah ich aus wie eine wandelnde Leiche. Meine Kollegen schickten mich mit guten Wünschen nach Hause, in der Annahme, daß ich dort Ruhe finden würde. Dadurch wurde es noch schlimmer. Nun hatte ich nicht einmal mehr die paar Stunden am Tag, an denen ich mich mit Routinearbeiten ablenken konnte.

Ich begann durch die Stadt zu laufen, Schaufenster zu betrachten, von denen ich hinterher nicht einmal hätte sagen können, was sie enthielten, Cafés zu besuchen, die voller alter Damen waren, die Sahnetorten in sich hineinstopften.

Am dritten Tag sah ich sie. Es traf mich wie ein Schock. Sie ging über die Straße, ich sah nur ihren Rücken, aber ich erkannte sie sofort. Das war auch keine große Kunst, bei ihrer Größe.

Nachdem sie die Straße überquert hatte, ging sie die Haupteinkaufsstraße in der Fußgängerzone entlang. Ich sprang auf und warf das Geld für meinen Kaffee auf den Tisch. Ich sah aus dem Augenwinkel, wie mir die Serviererin entgeistert hinterherstarrte, als ich wie eine Hochleistungssprinterin aus dem Café raste. Vielleicht wurde das ja doch noch was mit den Olympischen Spielen ...

Als ich die Fußgängerzone erreicht hatte, sah ich sie nicht mehr. Ich spurtete weiter. Meine Lungen keuchten. Die Straße teilte sich. Ich raste nach rechts. Da war sie nicht. Ich raste zurück und nahm die andere Richtung. Ich sah sie gerade noch am untersten Ende einen Supermarkt betreten. Sie ging sicher nie in Tante-Emma-Läden. Das war viel zu privat. Im Supermarkt waren die Ausweichmöglichkeiten größer.

Ich wollte schon langsamer gehen, als mir einfiel, daß der Supermarkt zwei Ausgänge hatte. Ich bat meine brennenden Lungen um Entschuldigung und spurtete wieder los. Im Supermarkt überlegte ich schnell, was sie wohl einkaufen würde. Sie hatte selbst zugegeben, daß sie nicht kochte, also konnte ich die Gemüseabteilung vergessen, ebenso die üblichen Hausfrauenwege. Langsam konnte ich wieder normal atmen. Ich wanderte zögernd durch die Gänge.

Die Delikatessenabteilung! Ich ging wieder schneller. Ich bog um die Ecke und sah mich um. Da war sie. Sie legte zwei Flaschen Champagner in einen Wagen. Der war für ihre Kundinnen, nahm ich aus unerfindlichen Gründen an. Vielleicht deshalb, weil sie mir noch nie welchen angeboten hatte. Ich folgte ihr. Sie suchte noch ein paar Dinge zusammen – nicht sehr viel – und ging in Richtung Kasse. Nachdem sie bezahlt hatte, packte sie alles in eine lederne Schultertasche und ging mit schnellen Schritten zum Ausgang. Sie wirkte gehetzt. War das immer so, wenn sie einkaufen ging? Nur schnell zurück, der Gefahr aus dem Wege gehen?

Ich begriff erst jetzt richtig, was für ein Geschenk sie mir mit unserem gemeinsamen Essen gemacht hatte. Hoffentlich flog sie möglichst oft nach Paris – das konnte ja kein Mensch aushalten!

Sie hatte den Ausgang gewählt, der ihrer Wohnung am nächsten lag. Wahrscheinlich würde sie also sofort dorthin zurückgehen. Ich würde sie gleich wieder aus den Augen verlieren, wenn ich nicht schneller ging. Diese langen Beine!

Als ich näher kam, nahm ich die Reaktionen der Menschen wahr, die ihr begegneten. Manche starrten ihr unverhohlen nach. Ein paar Frauen ignorierten sie dermaßen ostentativ, daß ich annahm, es wären Kundinnen von ihr. Sie ging mit steifem Rücken. Es war nicht mehr weit.

Was sollte ich nur machen? Sobald sie im Haus war, konnte ich nichts mehr tun. Ich bog kurz entschlossen in eine kleine Seitenstraße ab. Sie führte ein Stück weiter oben wieder auf die größere. Ich rannte. Mit pfeifendem Atem bog ich um die Ecke. Ich hatte sie genau abgepaßt. Ich stieß fast mit ihr zusammen.

Ihre Schultertasche rutschte. O Scheiße – der Champagner! Ich griff schnell zu. Kurz über dem Boden fingen wir gemeinsam die Tasche auf. Jetzt erst erkannte sie mich. Ihr Blick wurde leer.

»Ich danke Ihnen«, sagte sie.

Oha! Sie wollte so tun, als ob sie mich nicht kannte. Wie bei einer Kundin. So leicht entkommst du mir nicht!

»Gern geschehen«, gab ich zurück. »Wie geht es dir?« Sie war gerade dabei sich aufzurichten, und blieb mitten in der Bewegung stekken. Sie stand ziemlich krumm.

»Das ist aber gar nicht gut für den Rücken«, bemerkte ich hilfsbereit.

Sie kam endlich ganz hoch. Sie blickte mich irgendwie verstört an. Ich tat so, als hätte ich es nicht bemerkt. Ich mußte sie jetzt erwischen. Eine zweite Chance würde sie mir nicht geben.

»Hättest du Lust auf einen Kaffee?« bot ich an, als wären wir alte Freundinnen, sie sich gerade zufällig in der Stadt getroffen hätten. »Bei mir?« fügte ich mit Betonung hinzu.

Sie blickte immer noch verstört. Das war *die* Gelegenheit. Ich entschloß mich zu handeln. »Fein.« Ich atmete tief aus. Ich mußte mich erst einmal sammeln. Dann deutete ich in Richtung meiner Straße. »Ich wohne gleich da drüben.« Ich drehte mich nach links. »Kommst du?«

Sie tat es tatsächlich. Sie ging neben mir her, blickte meistens leer geradeaus und einmal völlig konfus in meine Richtung. Wenn ich sie jetzt schnell genug in die Wohnung bekam, war alles in Ordnung.

Was in Ordnung? Irgendwann wird sie schon wieder zur Besinnung kommen. Ich sollte meinen Hinterkopf endlich amputieren lassen. Laß mich in Ruhe! fauchte ich innerlich in seine Richtung.

Sie folgte mir immer noch brav wie ein Lamm, als ich die Tür aufschloß. Ich drehte mich zu ihr um. »Einen Aufzug gibt es hier leider nicht«, sagte ich entschuldigend. »Altbau.« Ich hatte nicht den Eindruck, daß sie das auch nur im geringsten interessierte. Ich ging vor, die Treppe hinauf. Vier Stockwerke! Warum hatte ich mich nicht entschieden, im Erdgeschoß zu wohnen?

Als wir oben angekommen waren, wurde die Spannung in meinem Innern fast unerträglich. Ich schnappte nach Luft, nicht nur vom Treppensteigen. Sie atmete ganz ruhig, als ob vier Stockwerke gar nichts wären. Sie mußte gut in Form sein. Kein Wunder, bei ihrem Beruf – sie muß sich fit halten! Pscht – sei still!

Nachdem ich die Wohnungstür hinter ihr geschlossen hatte, atmete ich aus. Das wäre geschafft! »Nach links«, dirigierte ich. »In die Küche.«

Sie ging mir voran. Der Schock mußte tief sitzen. Sie war immer noch nicht wieder da. Wahrscheinlich hatte sie damit gerechnet, mich nie wiederzusehen, und schon gar nicht so plötzlich.

Ich deutete auf meinen Schaukelstuhl, das einzige Möbel, das ich normalerweise nie an einen Gast abgab. »Setz dich doch«, sagte ich ruhig. »Ich koche Kaffee.«

Sie setzte sich. Ich nahm den Wasserkessel, füllte ihn und stellte ihn auf die Platte. Langsam machte ich mir Sorgen. Sie mußte doch endlich reagieren. Ich ging zu ihr hin und nahm ihr die Tasche ab. Sie ließ es einfach geschehen. »Der Champagner sollte vielleicht in den Kühlschrank«, bot ich zuvorkommend an. O verdammt!

Und richtig – das weckte sie auf. »Champagner?« fragte sie. »Woher weißt du, daß ich Champagner gekauft habe?« Ihre Augen, mit denen sie mein Gesicht musterte, wurden langsam wieder lebendig.

Ich versuchte es abzubiegen und tat harmlos. »Ich habe in die Tasche geguckt.«

»Das hast du nicht«, verneinte sie bestimmt. Das zumindest hatte sie also mitbekommen.

»Gut.« Ich mußte da durch. Wenn sie jetzt gleich wieder ging, konnte ich sie nicht davon abhalten. »Ich habe dich beim Einkaufen gesehen.«

»Ich dich aber nicht.« Sie überlegte offensichtlich noch, was der Grund sein könnte, und klang, als ob sie sich daran erinnern müßte.

»Nein«, sagte ich.

Ihr Gesicht wurde zu einer Maske. »Du hast mich beobachtet«, folgerte sie eiskalt.

O Gott, so kam ich nie an sie heran! »Ganz zufällig«, verteidigte ich mich. »Du gingst über die Straße, und ich saß im Café.« Wenigstens sollte sie nicht denken, daß ich das schon länger tat. »Ich sah dich in den Supermarkt gehen ...«

»Und da bist du mir einfach gefolgt«, kombinierte sie nüchtern.

Ich konnte nicht länger so ruhig mit ihr sprechen. »Ja, verdammt!« brauste ich auf. »Ich wollte dich wiedersehen. Ist das so schwer zu verstehen?«

»Du hättest mich anrufen können«, schlug sie vor, als ob das das Einfachste von der Welt gewesen wäre.

»Und einen Termin mit dir ausmachen?« O nein – nicht schon wieder! Konnte ich denn nie meinen Mund halten?

»Zum Beispiel.« Sie unterstrich ihre gleichgültige Kälte noch mehr als zuvor mit desinteressierter Ruhe. Sie ließ sich nicht provozieren. Stattdessen betrachtete sie angelegentlich ihre Fingernägel.

Ich hätte heulen können. Warum hatte ich das getan? Ich wußte doch, wie sie auf Verachtung reagierte. Sie war sie gewöhnt. Sie schottete sich eisern dagegen ab und wurde unnahbar. Ich sah sie an. Ich konnte nicht mehr. »Ich –«, *liebe dich*, vollendete ich im Kopf. Ich ging auf sie zu, beugte mich zu ihr hinunter und küßte sie. Sie öffnete automatisch ihre Lippen und ließ mich ein. Es war ein entsetzliches Gefühl. So mußte es sein, wenn sie sich von ihren Kundinnen küssen ließ! Ich zog mich zurück und richtete mich wieder auf.

»Das hättest du dann auch haben können«, erklärte sie völlig unbeteiligt. »Dazu brauchst du mich nicht auf der Straße zu überfallen.«

Der Wasserkessel fing an zu singen. Ich drehte mich um und schaltete ihn ab. Ich hatte alles falsch gemacht! Jetzt konnte ich wirklich als Kundin zu ihr gehen, wenn ich sie sehen wollte. Mehr würde sie mir nicht erlauben. Wenn sie das überhaupt tat. Ich stand mit dem Rücken zu ihr. Ich konnte sie jetzt nicht ansehen. Ich stützte beide Hände auf den Herd. »Bitte –«, flehte ich. Kein Laut. Ich drehte mich auf dem Absatz um. Sie saß noch genauso da. Alle Gefühle, die ich je für sie empfunden hatte, überwältigten mich auf einmal. »Ich sehne mich so nach dir«, sagte ich verzweifelt.

»Ich verstehe«, antwortete sie gleichgültig. »Wo ist dein Bett?«

»Nein – bitte – tu mir das nicht an!« Ich wollte schreien, aber es kam nur ein Flüstern dabei heraus.

»Antun? Was? Ich denke, du willst mit mir schlafen.« Sie war jetzt wieder die kühle Professionelle, die Hure.

Ja. Ja, das wollte ich. Aber mit ihr, nicht mit diesem seelenlosen Körper. Ich brach innerlich zusammen. »Ich kann nicht.« Ich fühlte mich völlig ausgebrannt.

»Dann kann ich ja gehen.« Sie nahm ihre Tasche, stand auf und ging zur Tür. Ich ging ihr nach. Sie drückte die Türklinke herunter.

»Ich liebe dich«, sagte ich.

Zum zweiten Mal an diesem Tag erstarrte sie mitten in der Bewegung.

Ich wiederholte: »Ich liebe dich.«

Sie ließ die Türklinke langsam los. »Nein«, flüsterte sie kaum hörbar.

»Doch«, bestätigte ich ruhig. »Ich kann es nicht ändern.« Jetzt war mir alles egal. Ich ging zu ihr hin, umfaßte sie von hinten und drückte sie fest an mich. »Ich liebe dich, ich liebe dich, ich liebe dich!« Ich war so glücklich, daß ich es endlich sagen konnte. Auch wenn es vielleicht das letzte Mal war.

»Das kannst du nicht«, sagte sie genauso leise wie zuvor.

»Doch, ich kann«, beharrte ich. »Nicht einmal du kannst mir das verbieten.«

Sie zuckte. Ich dachte, sie würde weinen, aber ich hörte keinen Laut. Ich schmiegte mich noch einmal an sie und ließ sie dann los. Wenn sie gehen wollte, konnte ich sie ohnehin nicht daran hindern.

Sie blieb stehen. Wir standen so reglos, daß wir selbst hier das Ticken der Küchenuhr hören konnten. Sie drehte sich zu mir um. »Das geht nicht.« Die Bedrängnis, in die ich sie gebracht hatte, spiegelte sich auf ihrem Gesicht wider. »Ich bin eine –« Entgegen ihrer sonstigen Gewohnheit sprach sie das Wort nicht aus.

»Ich weiß, was du bist. Und nicht erst seit heute.« Ich atmete tief durch. »Und es stört mich nicht.« Ob das die Wahrheit war, wollte ich in diesem Moment lieber nicht überprüfen. »Und ganz sicher wird es mich nicht daran hindern, dich weiterhin zu lieben. Ob du willst oder nicht.« So, jetzt war es raus! Entweder sie ging oder sie blieb. Das mußte ich ihr überlassen.

Sie kämpfte mit sich. Sie wußte, daß sie jetzt gehen mußte, wenn sie dem allen ein Ende machen wollte. Ich wagte nicht darüber nachzudenken, ob sie mich liebte oder je lieben würde. Aber ich konnte sicher sein, daß sie mich mochte. Das war doch zumindest eine Basis.

»Mit solchen Gefühlen kann ich nicht umgehen«, erklärte sie. Sie hatte sich wieder gefaßt. Sie wirkte zwar etwas beunruhigt, aber gleichzeitig distanziert. »Ich weiß nicht, was ich damit anfangen soll. Verlang das lieber nicht von mir.«

»Ich verlange nichts von dir«, versicherte ich so wenig bewegt wie möglich. Sie war bestimmt nicht mit Absicht grausam. Sie versuchte nur sich zu schützen. »Aber ist es denn so schrecklich, geliebt zu werden?«

»Es bedroht mich«, sagte sie, für einen Moment offener, als ich erwartet hatte. »Es macht mir angst.«

Liebe machte ihr angst? Warum? Ich wußte von mir selbst, daß ich die Zuneigung mancher Frauen als erdrückend empfunden hatte. Meine eigene war es sicher auch manchmal gewesen. Aber ich wußte, daß zwischen uns beiden nichts passiert war, was auch nur im entferntesten daran heranreichte. Also mußte der Grund in der Vergangenheit liegen. Dort konnte ich natürlich nichts mehr ändern. Das einzige, was ich tun konnte, war, sie so liebevoll wie möglich zu behandeln, um ihr zu zeigen, daß es auch anders ging. Aber das mußte sie erst einmal zulassen!

»Bedrohe ich dich auch?« fragte ich direkt. Sie war so eine Meisterin im Ausweichen, daß eine andere Vorgehensweise wenig erfolgversprechend erschien. Aber ich hatte selbst Angst vor der Antwort.

»Du hast gewonnen«, sagte sie. Das konnte alles Mögliche bedeuten.

Die Tage vergingen wie im Traum. Sie blieb einfach bei mir. Einmal, als wir zusammen frühstückten, fragte ich sie, ob sie denn nicht in ihre Wohnung müsse.

»Nein«, sagte sie. »Ich bin offiziell in Paris.«

»Aber du hast doch überhaupt nicht ...« Sie hatte weder angerufen noch die Wohnung verlassen.

»Ich brauchte niemandem Bescheid zu sagen. Ich hatte das schon vorher geregelt.« Sie sah mich spitzbübisch an. »Bevor du mich gekidnappt hast.«

Die Erinnerung war mir peinlich. Ich errötete.

Sie küßte mich ganz vertraut auf den Mund und sah mir in die Augen. »Ich bin dir dankbar dafür.« Dankbarkeit war nicht genau das, was ich von ihr wollte, aber ... Ungewollt lenkte sie mich gleich wieder ab. »Und zum Anziehen brauche ich, glaube ich, nichts, oder?«

Das war richtig. Sie brachte mich erneut in Verlegenheit. Wir verbrachten fast vierundzwanzig Stunden am Tag im Bett. Ich räkelte mich wohlig. Dann seufzte ich bedauernd: »Schade, morgen muß ich wieder arbeiten gehen.«

Sie biß in ein Brötchen. »Ich muß am Montag auch wieder arbeiten«, sagte sie völlig absichtslos.

Ich fühlte einen Hammer direkt in meinem Magen landen. Die ganze Zeit, seit sie da war, hatte ich nicht mehr daran gedacht. »Du mußt wieder arbeiten?«

Sie sah mich ohne Hintergedanken an. »Aber natürlich. Mein Urlaub ist auch vorbei.«

Ich hatte einfach nicht damit gerechnet. Sicher, sie übte ihren Beruf aus und ich meinen. Und wir hatten eben beide Urlaub genommen.

»Sieh mich nicht so traurig an«, sagte sie tröstend. »Du hast doch dann auch nur noch abends Zeit. Und da bin ich meistens frei.«

Wie ich mir gedacht hatte: Liebe am Vormittag war ihr Geschäft. Ich rief mich zur Ordnung. Ich hatte es ja gewußt. Wenn ich es verdrängt hatte, war das meine Schuld. Ich stimmte widerwillig zu. »Ja. Dann können wir uns ja abends treffen.«

Sie kam zu mir herüber und sah mich begehrend an.

»Wir haben doch gerade erst ...«, sagte ich, obwohl ihr Blick sofort wieder alles in mir zum Aufwallen brachte.

»Ja.« Sie war schon an meinem Mund. »Aber ich muß zwei Jahre nachholen.«

Ich mußte lachen. Das konnte ich immer noch nicht recht glauben. Ihr Kuß wurde drängender. Ich hob mich ihr entgegen. »Nein«, sagte sie, »bleib sitzen.«

Ich sank zurück. Sie lehnte über mir. Ihre Hand lag leicht auf meiner Schulter, und sie küßte mich mit all der Zartheit, die ihr zur Verfügung stand. Sie konnte wirklich wunderbar küssen. Ich glaubte nicht, daß das eine Folge ihres Berufes war. Sie mußte eine Naturbegabung sein. Solche Dinge konnte man nicht lernen.

Als sie sich einen Moment zurückzog, sagte ich: »Ich liebe es, so von dir geküßt zu werden. Ich möchte manchmal gar nicht mehr aufhören damit. Ich war schon immer sehr empfänglich fürs Küssen, aber bei dir werde ich absolut süchtig danach.«

Mit dieser Art von Komplimenten konnte ich sie immer verunsichern. So auch diesmal. »Wir können uns auch nur küssen, wenn du möchtest«, sagte sie.

Sie schien nicht besonders begeistert von der Aussicht zu sein, aber sie war sofort wieder darauf angesprungen. Ich mußte vorsichtiger sein mit dem, was ich sagte. Wenn es sich wie ein ernsthafter Wunsch anhörte, bot sie sofort die Erfüllung an. Der Traum meiner schlaflosen Nächte! Jetzt wußte ich, daß das auch fatal sein konnte.

Diesmal ärgerte ich sie ein bißchen damit. »Ja«, behauptete ich, »das ist eine gute Idee.«

Sie wirkte enttäuscht, aber sie stellte wie immer ihren eigenen Wunsch zurück. »Ja«, sagte sie.

Ich blinzelte sie ganz harmlos an. »Darf ich mir die Stelle dabei aussuchen?«

Es gab eine kleine Verzögerung, bis sie es merkte. »Du gemeines Luder!«, grollte sie dann fast liebevoll, während sie sich schon wieder zu mir hinunterbeugte.

Die Süße ihres Kusses war einfach unbeschreiblich. Als ich die Spannung nicht mehr aushielt, schob ich ihre Hand an meinem Körper abwärts und zwischen meine Beine. Sie ließ sie reglos dort liegen. »Willst du es jetzt?« fragte sie sinnlich.

»Ja …«, stöhnte ich fast schon am Rande des Wahnsinns. Sie tat nichts. »Bitte –«, flehte ich drängend.

»Willst du es wirklich?« fragte sie noch einmal. Irgendwo in meinem Hinterkopf rührte sich etwas, aber ich konnte nicht mehr denken. Sie hatte etwas vor. Ihre Zunge in meinem Mund raubte mir alle Sinne.

»Ja«, stöhnte ich noch einmal. »Bitte tu es.«

Sie drang mit zwei Fingern in mich ein. Ich schrie überrascht auf und verkrampfte mich. Ihre Finger in mir blieben bewegungslos. »Du bist ganz naß«, sagte sie. »Es tut nicht weh.« Sie begann ihre Finger vorsichtig zu bewegen. Ganz sanft und ohne Rhythmus. »Im Gegenteil – es ist schön.« Sie tat alles, um mir die Angst zu nehmen. Ihre Stimme beruhigte mich. Und sie hatte ja recht.

Zuerst spürte ich gar nichts. Dann streichelte sie die Stelle hinter dem Eingang. Das löste ein intensives, warmes Gefühl in mir aus. Vor Schreck war meine Erregung abgeklungen. Jetzt streichelte sie mich sanft wieder hoch. Als ich mich immer leidenschaftlicher zu bewegen begann, stieß sie vorsichtig zu. Ich verkrampfte mich wieder, aber nur ganz kurz. Sie wiederholte die Bewegung, bis ich mich daran gewöhnt hatte. Jetzt spürte ich nur noch pure Lust. Ich stieß dagegen, um sie soweit wie möglich in mich aufzunehmen. Sie paßte sich gänzlich meinem Rhythmus an. Ich hatte das Gefühl, sie versetzte sich völlig in mich hinein. Sie wußte eher als ich, was ich wollte.

Als ich mich endlich um ihre Finger krampfte, seufzte sie auf. »Ich wußte doch, daß du das kannst.«

Ich sah noch ihre auf mich gerichteten Augen, dann schlief ich ein.

Als ich kurze Zeit später erwachte, lag ich im Bett. Sie hatte mich hinübergetragen. Ich hatte nichts davon gemerkt. Daß sie Kraft hatte, hatte ich ja schon am Anfang unserer Bekanntschaft eher negativ zur Kenntnis nehmen müssen, aber wenn ich jetzt daran dachte, kam es mir völlig unwahrscheinlich vor, daß sie dieselbe Frau war.

Sie kam herein und setzte sich auf die Bettkante. »Ich habe Kaffee gekocht«, sagte sie. »Möchtest du?«

»Möchte ich was?« neckte ich sie.

Sie rückte ein wenig näher zum Rand des Bettes und damit von mir weg. »Nein, nein«, wehrte sie vorsichtig ab. »Ich bin nicht im Angebot.«

Das hatte sie manchmal. Im Gegensatz zu ihrer beruflichen Verfügbarkeit war sie ansonsten eher spröde. Sich von ihr verführen zu lassen, war einfach; sie zu verführen, hatte mir schon einiges an Kopfzerbrechen bereitet. Vor allen Dingen dürfte sie nie den Eindruck haben, daß ich etwas von ihr wollte. Dann schaltete sie sehr oft sofort auf ›Profi‹ um. Wenn ich ihr das Gefühl gab, daß es ihre Idee gewesen war, und es sich dann halt ›zufällig‹ so ergab, daß *sie* befriedigt wurde, war alles in Ordnung. Ich verstand sie durchaus, aber es machte die Dinge oft sehr mühsam. Deshalb ging ich jetzt nicht weiter auf die Neckerei ein, sondern fragte: »Warum hast du das eben getan?«

Vorsichtig gespannte Aufmerksamkeit trat in ihr Gesicht. »Habe ich dir weh getan?«

»Nein, natürlich nicht. Das hättest du doch gemerkt.« Ich sah sie an und fühlte, wie mir vor Liebe für sie fast schwindelig wurde. Ich lächelte. »So zärtlich, wie du warst.«

Sie entspannte sich wieder. Bei Müttern nannte man so etwas ›overprotective‹, ob das bei Liebhaberinnen auch so war?

Ich beugte mich zu ihr hinüber und küßte sie ganz sanft, so daß sie nicht auf falsche Gedanken kommen konnte. »Du warst wunderbar«, beruhigte ich sie. »Und es war sehr schön.«

»Für mich auch.« Jetzt lächelte sie wieder. Dann ging sie auf meine Frage ein. »Ich finde einfach, daß du auf nichts verzichten solltest, was du nicht ausprobiert hast. Wenn es dir nicht gefallen hätte, wüßtest du jetzt wenigstens, warum.« Sie war eben eine Pragmatikerin durch und durch.

»Bringst du mir den Kaffee ans Bett, oder muß ich meine schwachen Beine bewegen?« scherzte ich, um mich auf andere Gedanken zu bringen als den, sie einfach nur lieben zu wollen.

Sie ließ sich darauf ein. »War es so schlimm?« scherzte sie zurück.

»Noch viel schlimmer«, philosophierte ich mit todernstem Gesicht. »Ich habe das Wort ›Orgasmus‹ neu definiert. Sie werden den Duden umschreiben müssen.«

Sie lachte wieder vergnügt und machte mich zumindest für den Moment glücklich damit. »Na, wenn es so ist, bringe ich ihn dir.« Sie stand auf und ging in ihrer anmutigen Art hinaus.

Ich mußte betrübt daran denken, daß dies unser letzter gemeinsamer Tag war. Mir fiel ein, daß ich gar nicht wußte, was sie an den Wochenenden machte. Vielleicht hatte sie da ja Zeit. Aber eigentlich war das nicht genug. Ich wollte sie immer.

Sie kam mit dem Kaffee herein. »Hast du an den Wochenenden eigentlich frei?« fragte ich sie unverfänglich.

Sie lachte unbekümmert. »Wie eine richtige Arbeitnehmerin, meinst du?«

Ich mußte bei der Vorstellung auch lachen. »Ja, so ähnlich.«

Sie antwortete, als ob ich sie nur nach ihren Zahnarztterminen gefragt hätte. »Generell nicht«, sagte sie, »aber im allgemeinen bin ich nicht durchgängig beschäftigt. Nur in Ausnahmefällen.«

Diese ›Ausnahmefälle‹ gefielen mir überhaupt nicht, aber was sollte ich machen? Ich versuchte mich mit der positiven Seite der Angelegenheit zu beschäftigen. »Dann hätten wir die Wochenenden vielleicht manchmal für uns?« Es war das erste Mal, daß wir über die Zukunft sprachen.

Ich bemerkte ein leichtes Zögern. Sie wollte sich nicht so genau festlegen. »Sicher«, sagte sie dann unentschlossen. »Manchmal.«

»Schön«, sagte ich. Das war zwar nicht meine innere Überzeugung, aber vielleicht konnte ich sie im Laufe der Zeit dazu überreden, die Wochenenden wirklich freizuhalten.

Im Laufe der Zeit? Ja, was plante ich denn da? Eine feste Beziehung mit einer –? Selbst in Gedanken sprach ich das Wort nicht aus. Konnte das denn überhaupt gutgehen? Aber bei welcher Beziehung hatte man schon eine Garantie? Und darüber hinaus: Wie hatte sie vorhin so schön gesagt? Man soll auf nichts verzichten, was man nicht ausprobiert hat.

Ich sah sie an und ich begehrte sie. Wie sollte ich das jetzt wieder machen? Auf einen Annäherungsversuch würde sie sicher mit Abwehr reagieren oder auf ›Profi‹ umschalten. »Hol deinen Kaffee doch her«, schlug ich so harmlos wie möglich vor. »Ich trinke meinen so ungern alleine.«

Sie schaute mich wachsam an, aber ich wirkte wohl einigermaßen ungefährlich. Vielleicht vermutete sie auch, daß ich noch zu schwach war. Da hatte sie sich aber getäuscht!

Sie holte ihre Tasse und setzte sich zu mir aufs Bett. Ich rückte zur Seite, um ihr Platz zu machen. »Komm«, sagte ich, »ich möchte mich an dich lehnen, du große, starke Frau.«

Jetzt war sie wieder hin- und hergerissen. Einerseits hatte ich einen Wunsch geäußert. Andererseits wußte sie, daß sie dann in meiner Reichweite war. Wie meistens erfüllte sie den Wunsch. Sie setzte sich neben mich.

Damit war das Problem aber immer noch nicht gelöst. Hätte ich jetzt angefangen, zärtlich zu ihr zu sein, wäre sie sofort wieder ausgestiegen – entweder aus dem Bett oder aus ihrer privaten Person. Und ich begehrte sie so. Es juckte mich in den Fingern, sie zu berühren. Stattdessen hielt ich mit beiden Händen meine Kaffeetasse, um sie nicht mißtrauisch werden zu lassen. »Darf ich?« fragte ich, bevor ich mich zu ihr hinüberlehnte. Das beruhigte sie auch immer.

Ich trank langsam den Kaffee aus. Da sie jetzt neben mir saß, mußte ich mich über sie hinüberstrecken, um die leere Tasse auf den Nachttisch zu stellen. Nichts konnte harmloser sein! Auf dem Rückweg ließ ich meine Hand ganz wie zufällig auf ihrem Schenkel liegen. Ich streckte mich etwas mehr neben ihr aus und legte meinen Kopf an ihre Brust. Sie trug eines meiner langen Männerhemden. Am liebsten hätte ich sie ausgezogen, aber das war absolut tödlich.

Dann wurde sie zu Eis. Ich gähnte. »Bist du auch so müde?«

Das überzeugte sie endgültig, daß ich nichts von ihr wollte. Meine Hand auf ihrem Schenkel tat so, als suche sie eine bequemere Position zum Schlafen. Dabei berührte ich wiederum wie zufällig einige ihrer empfindlichen Stellen. Sie wurde unruhig. Ich legte mich noch ein wenig an ihrer Brust zurecht. Just kam mir völlig unabsichtlich die Brustwarze in den Weg. Ihre Unruhe wuchs. Immer noch strich meine Hand schläfrig über ihren Schenkel. Ich versuchte tief zu atmen, als ob ich dabei wäre einzuschlafen.

Sie rutschte auf dem Bett hin und her. Dann stellte sie ihre Kaffeetasse ab und legte einen Arm um mich. Langsam begann ihre Hand, meine Brust zu streicheln.

Ich jubilierte innerlich. Gleichzeitig biß ich die Zähne zusammen, um nicht allzu schnell auf die Reizung zu reagieren. Nach einer Weile tat ich so, als würde ich fast aus dem Schlaf gerissen. »Was machst du da?« fragte ich träge.

Jetzt lächelte sie. »Gefällt es dir nicht?« Nun hatte ich sie!

Ich drehte mich etwas mehr auf sie hinauf und schob meine Hand unmerklich unter ihr Hemd. »Doch«, murmelte ich scheinbar immer noch ein wenig schläfrig, »mach weiter.«

Es drängte mich, sie zu küssen, aber ich mußte warten, bis sie kam. Es dauerte eine Weile, dann rutschte sie tiefer ins Bett und drehte mich auf den Rücken. Sie küßte mich. Ich merkte, daß sie schon ziemlich erregt war. Sobald ich ihren Mund auf meinem spürte, erhob ich mich langsam und drehte mich gemeinsam mit ihr um, bis sie unter mir lag. Jetzt war der kritische Punkt überschritten. Nun konnte ich weitermachen. So sehr ich sie liebte: An diesem Problem würden wir noch arbeiten müssen!

Ich küßte sie lange und innig. Sie stöhnte in meinem Mund. Ich hatte einige Tricks von ihr gelernt! Mit beiden Händen schob ich langsam ihr Hemd hoch. Als ich ihre Brüste sehen konnte, bewunderte ich ihre Schönheit aufs neue. Ich strich immer wieder über die samtweiche Haut. Ihre Haut war einfach unglaublich. Ich fuhr mit den Lippen darüber.

»Laß mich das ausziehen.« Ihre Stimme klang gepreßt.

Ich wollte mich nicht ablenken lassen. »Es geht schon.«

»Bitte.« Ihre Stimme wurde noch gepreßter. »Laß mich das ausziehen.«

Jetzt wußte ich, was los war. Sie fühlte sich daran erinnert, daß die meisten Frauen mit ihr schliefen, wenn sie angezogen war. Ein neuer Punkt, den ich in Zukunft beachten mußte. Ich mußte es sie selbst tun lassen, also kniete ich mich hin und sagte: »Ist gut.«

Sie zog das Hemd über ihren Kopf und legte sich wieder hin. Jetzt mußte ich noch einmal halb von vorne anfangen, weil sie an ihren Job dachte. Nichts, was ich tat, dürfte in irgendeiner Form ›kundinnenhaft‹ sein. Ich legte mich noch einmal in ihren Arm zurück. Ich strich mit der Hand nur zart liebkosend über ihren Bauch und zeichnete kleine Muster auf ihre Haut. »Fühlst du dich wohl?«

Sie antwortete nicht gleich. Das war schon ein Hinweis darauf, daß ich mich mit meiner Einschätzung der Situation nicht getäuscht hatte. Dann sagte sie: »Ich habe mich schon lange nicht mehr bei jemandem so wohl gefühlt wie bei dir.«

So etwas hatte sie bisher noch nie zu mir gesagt. Ich hatte nur manchmal geglaubt, es zu spüren. Daß sie es aussprach, war ein großer Vertrauensbeweis. »Das freut mich«, sagte ich – wirklich erfreut. Ich stützte mich auf dem Ellbogen ab und sah auf sie hinunter. Zärtlichkeit überflutete mich wieder. »Ich möchte, daß das immer so bleibt.« Ich sah sie ernst und liebevoll an. Sie blickte nur von unten zu mir hoch und sagte nichts.

Ich bewegte meine Hand langsam in Richtung ihrer Brüste. Ich hielt ihren Blick mit meinem fest. »Du bist so wunderschön«, sagte ich. »Ich kann es immer noch nicht fassen. Jedesmal, wenn ich dich ansehe, empfinde ich es wie ein Geschenk.«

Mit dieser Art von Komplimenten, die sich nur auf ihr Äußeres bezogen, konnte sie umgehen. Sie lächelte entspannt. »Das habe ich aber nicht ausgesucht«, sagte sie einfach.

Ich berührte ihre Brust und begann sie zu streicheln. Die Brustwarze wurde sofort hart und spannte die Haut. Ich begehrte sie furchtbar, aber ich mußte mir noch ein wenig Zeit lassen. Ich lächelte sie an, beugte mich hinunter und küßte sie zärtlich, nicht fordernd. Ich spielte mit meiner Zunge an ihren Lippen und bewegte sie dann langsam zu ihren Brüsten. Ich nahm die Brustwarze und reizte sie. Ihre Brüste waren weniger empfindlich als meine, aber nach kurzer Zeit reagierte sie mit unruhigen Bewegungen und leichtem Stöhnen. Ich legte mich auf sie und küßte sie wieder, mit beginnender Leidenschaft. Sie antwortete genauso.

Meine Hand glitt zwischen ihre Schenkel und öffnete sie. Sie keuchte, als ich über die Mitte fuhr. Ich konnte nicht mehr länger warten. Ich glitt an ihr hinab und öffnete ihre Beine ganz. Sie warf sich sehr unruhig auf dem Bett hin und her. Ich suchte den Eingang mit meiner Zunge. Sie hob mir ihre Hüften entgegen. Ich drang ein. Sie stöhnte laut auf. »Liebling!« Das sagte sie nur in Momenten höchster Erregung. Sonst hörte ich es nie von ihr.

Ich ließ meine Zunge in ihr kreisen. Sie stöhnte immer lauter und warf sich wild herum. Ich suchte mit meiner Zunge ihre Perle. Ich reizte sie. Gleichzeitig drang ich mit einem Finger in sie ein. Sie stieß ihre Hüften mit solcher Kraft gegen mich, daß ich glaubte, ich könne sie nicht halten. Plötzlich erstarrte sie fast auf dem höchsten Punkt der Bewegung und zuckte. Ich streichelte sie weiter mit meiner Zunge, bis sie zusammenfiel. Sie atmete schwer.

Ich bewegte mich langsam wieder an ihr hoch und streichelte sie dabei noch einmal überall. Sie schob sich wohlig meiner Hand entgegen und seufzte genießerisch.

Als ich wieder auf gleicher Höhe mit ihr war, sah ich mit einem überschäumenden Gefühl der Zärtlichkeit auf sie hinab.

»Ich liebe dich«, sagte ich.

Sie sah mich an, entspannt und befriedigt. Ihre Augen sprachen, aber sie sagte es nicht.

»Ich weiß«, sagte sie stattdessen.

Ich fragte mich, ob sie es mir je sagen würde.

Sie weckte mich mit einem Kuß. »Ich gehe jetzt«, sagte sie sanft.

In mir zog sich alles zusammen. Ich war noch nicht ganz wach, und schon war der Tag gelaufen. Ich wollte nicht, daß sie ging. Und doch wußte ich, daß es sein mußte. Ich würde ja gleich auch wieder ganz normal zur Arbeit gehen. Der Traum war für den Augenblick zu Ende.

Sie hatte einen Kaffeebecher in der Hand. »Noch mal Kaffee im Bett«, sagte sie. »Zum Wachwerden.« Blitzte da etwas in ihren Augen auf? Hatte sie es doch gemerkt? Nein, sie blickte ganz harmlos.

Ich konnte nicht begreifen, wie sie am frühen Morgen schon so wach sein konnte. Wir hatten doch beide gleich viel – oder gleich wenig – geschlafen. Aber ich fühlte mich wie durch den Wolf gedreht, und sie sah aus, als hätte sie ein erholsames Wochenende auf einer Schönheitsfarm hinter sich.

Ich richtete mich auf und nahm ihr den Becher ab. Sie setzte sich auf die Bettkante, aber es hatte nichts Erotisches. »Ich hätte nie gedacht, daß ich so ungern gehen würde, nach dem, wie du mich hergeschleift hast.«

»Ach, laß das doch«, wehrte ich mich. Mußte sie denn schon in aller Herrgottsfrühe mit diesen alten Geschichten anfangen?

»Nein.« Sie bestand darauf. »Es war einfach wunderbar, hier bei dir zu sein. Ich möchte, daß du das weißt.«

Sie tat ja, als ob es ein Abschied für immer wäre! Oder wollte sie das damit sagen? Ich bekam einen Mordsschreck. Ich sah sie an und versuchte zu ergründen, was sie dachte. Ihr Gesicht war offen und freundlich. Da war noch etwas, aber ich konnte es nicht erkennen. Vielleicht war sie ja auch noch nicht ganz wach.

Ich streckte meine Hand aus und legte sie auf ihre. »Rufst du mich heute abend an?« Ich wollte unbedingt vermeiden, daß ich sie anrufen mußte. Das wäre zu geschäftsmäßig gewesen. Ich sah auf den Wecker. »Ich bin etwa ab sechs zu Hause.«

»Ich kann nicht vor –«

Ich unterbrach sie. »Oder wann du Zeit hast.« Ich wollte gar nicht wissen, wie lange sie noch mit irgendwelchen anderen Frauen beschäftigt war. Sie hatte also schon vor ihrem ›Urlaub‹ die Termine für danach geplant. Sie hatte ihr Geschäft wirklich im Griff. Wahrscheinlich wieder die ›Stammkundinnen‹!

Ich mußte einfach lernen, damit zurechtzukommen. Ich hatte es mir so ausgesucht, und ich konnte sie nicht für meine Empfindlichkeiten verantwortlich machen. Ich lächelte sie an. »Ich freue mich darauf«, sagte ich.

»Ja«, sagte sie zurückhaltend. Da war doch irgendwas!

»Was hast du?« fragte ich sie direkt.

Sie schüttelte den Kopf. »Ach, nichts. Ich möchte nur einfach nicht gehen.«

»Dann bleib doch«, sagte ich. Es war ja noch früh.

Sie stand auf. »Das geht leider nicht. Ich habe –« Sie brach ab.

Ich hatte schon verstanden. Sie hatte bald einen Termin. Liebe am Vormittag. Und wie es sich angehört hatte, konnte heute sogar der *Tag der Zehn* sein. Von morgens bis abends durch. Wahrscheinlich würde ich sie heute abend noch nicht einmal andeutungsweise berühren dürfen. Das fing ja gut an!

Sie beugte sich hinunter und küßte mich auf die Stirn. »Och!« machte ich enttäuscht. »Noch nicht einmal einen richtigen Abschiedskuß? Wo wir uns den ganzen langen Tag nicht sehen? Eine Ewigkeit!«

Sie lachte. »Du weißt wirklich, wie du mich herumkriegst!« sagte sie gutmütig. Also hatte sie es doch durchschaut! Aber ich wußte es nicht genau.

Sie lehnte sich über mich und stützte sich auf dem Bett ab. Ich legte meine Arme um ihren Hals. Sie küßte mich zärtlich, aber für ihre Verhältnisse sehr zurückhaltend. Dennoch spürte ich, wie ihr Kuß ein Feuer in mir entfachte. Noch ein bißchen mehr, und dann blieb sie vielleicht doch noch! Ich verstärkte meinen Druck um ihren Hals und seufzte in ihrem Mund.

Vorsichtig zog sie sich zurück. »Nein.« Sie war liebenswürdig, aber bestimmt. »Mehr gibt es nicht.«

»Schade.« Noch nie hatte ich etwas aufrichtiger bedauert.

Sie lächelte verständnisvoll. »Ja. Aber ich muß jetzt wirklich gehen.«

Ich betrachtete ihren schön geschwungenen Mund und fragte mich, wann die nächste Frau ihn küssen würde. Wartete sie vielleicht schon auf sie? Die Eifersucht schoß in mir hoch. Ich versuchte mich zu beruhigen. Das war jetzt nicht der richtige Zeitpunkt. Dann wurde ich beschämt. Sie hatte vielleicht einen Tag mit zehn Frauen vor sich, die ihr das letzte abverlangen würden. Und ich stellte jetzt auch noch Forderungen an sie!

Ich streckte den Arm aus. »Gut«, sagte ich ohne spezielle Betonung. »Dann bis heute abend.«

Sie streifte kurz meine Hand und ging.

Den ganzen Tag über hatte ich wenig Zeit, an sie zu denken. Auf meinem Schreibtisch hatte sich in meiner Abwesenheit so viel angesammelt, daß ich das Gefühl hatte, einen Berg abzutragen, der überhaupt nicht kleiner wurde. Gegen Ende des Nachmittags sah ich endlich die Schreibtischplatte wieder auftauchen.

Als ich die letzte Projektdokumentation öffnete, schob sich plötzlich ihr Gesicht zwischen die Seiten. Ihr Gesicht, wie sie entspannt dagelegen hatte. Ihr Gesicht, wie sie sich über mich beugte und mich küßte. Ihr schönes Gesicht, das mich ansah. Die Sehnsucht überfiel mich wie eine Folterqual. Ich sah auf die Uhr. Ich würde in einer Stunde zu Hause sein, wie ich gesagt hatte, aber ich wußte nicht, wann sie anrufen würde. Und ich konnte sie nicht anrufen. Wer wußte, was sie gerade tat? Das wollte ich mir lieber nicht vorstellen. Aber ich konnte es natürlich nicht verhindern. Die Bilder überfielen mich ganz von selbst. Ich sah sie mit einer anderen Frau im Bett. Ich sah, wie die andere sie küßte und streichelte. Du bist viel zu romantisch! Erinnere dich doch, was sie erzählt hat! Nein! Um Gottes Willen, nein!

Ich sprang auf und warf die Dokumentation auf den Tisch. Für heute war an Arbeit nicht mehr zu denken. Und an sie konnte ich auch nicht denken, ohne ... Ich würde das Denken noch ganz verlernen, wenn ich so wenig Auswahl hatte.

Zu Hause wartete ich unruhig auf ihren Anruf. Ich versuchte mich abzulenken. Ich legte eine CD auf, nach kurzer Zeit gefiel sie mir nicht mehr, und ich wählte eine andere, nach weiteren fünf Minuten wieder das gleiche. Beim dritten Mal fiel mir Vivaldi in die Hände. Ich sah das Cover minutenlang an. Ich legte die CD nicht auf.

Ich fing wieder an, in der Wohnung hin- und herzulaufen wie damals nach unserer ersten Nacht. Plötzlich blieb ich ruckartig stehen. Sie hatte ja gar nicht gesagt, daß sie mich anrufen würde! Und heute morgen war sie so merkwürdig reserviert gewesen. Wenn sie nun nicht anrufen würde? Wenn sie überhaupt nie wieder anrufen würde? Wenn das alles gewesen war? Ich kannte sie zu wenig, um beurteilen zu können, wie hoch die Wahrscheinlichkeit dafür war, daß sie mit mir wirklich nur ›Urlaub‹ gemacht hatte. Ein Urlaubsflirt zu Hause. Und danach das übliche: Telefonnummern, die man nie benutzte und nach einiger Zeit wegwarf.

Ich hatte doch heute morgen schon das Gefühl gehabt, daß sie den Abschied ein bißchen zu dramatisch gestaltete – nur für einen Tag!

Das Telefon klingelte. Ich erstarrte für eine Schrecksekunde, dann lief ich los.

Ich meldete mich. Die Leitung war ruhig, aber ich merkte, daß jemand da war. Wieder so ein Wichser, der Frauen belästigte! Ich holte Luft, um meine übliche Tirade abzulassen.

»Hallo«, sagte ihre Stimme.

Mein Herz machte fast einen Satz. Ich stieß die angestaute Luft aus meinen Lungen aus. »Hallo«, sagte ich. Es klang leicht krächzend. Ich räusperte mich. »Schön, daß du anrufst.«

»Wolltest du das nicht?« fragte sie. Oje, der Tag hatte sie geschafft! Sie klang erschöpft, sie klang desinteressiert, und sie klang professionell.

»Doch«, bestätigte ich, als ob ich das nicht bemerkt hätte. »Aber es ist trotzdem schön.« Ich wollte das Gespräch am Telefon eigentlich gar nicht fortsetzen. Ich wollte sie sehen. »Wie geht es dir?«

»Gut«, sagte sie. »Ein bißchen müde.« Wenn das ›ein bißchen müde‹ war, war ich die Jungfrau von Orléans!

Meine Sehnsucht wuchs. Ich hatte nicht den Eindruck, daß sie sehr erpicht darauf war, heute noch viel Gesellschaft zu haben, mich eingeschlossen. Der direkteste Weg war wahrscheinlich der beste. »Du klingst nicht müde, du klingst über alle Maßen erschöpft«, sagte ich. »Ich möchte gern etwas für dich tun.«

Zuerst war die Leitung wieder still. Sie mußte wohl darüber nachdenken, was ich mit meinem Angebot bezweckte. »Für mich?« sagte sie dann in dem gleichen erstaunten Ton, mit dem man einen Lottogewinn quittiert. Äußerst ungläubig.

»Ja«, erklärte ich gewinnend. »Und zwar nur für dich. Ich verspreche hoch und heilig, daß das kein versteckter Antrag ist.«

Sie mußte wieder eine Weile darüber nachdenken. Dann erwachte selbst in ihr die Neugier. »An was hattest du denn gedacht?« fragte sie, allerdings ziemlich skeptisch.

Ich wollte das nicht mehr länger mit ihr durch die Leitung diskutieren. Entweder sie vertraute mir oder nicht! »Du kannst es ausprobieren, wenn du möchtest, aber durchs Telefon geht das nicht.« Hatte das vielleicht zu anzüglich geklungen?

Sie dachte noch einmal kurz darüber nach. Dann gab sie sich geschlagen. »Also gut. Komm her.« Ein kleiner Seufzer in ihrer Stimme zeigte an, daß sie es wohl nur für das kleinere Übel hielt. Das kleinere Übel im Vergleich dazu, noch länger mit mir diskutieren zu müssen. Was konnte nach zehn Frauen eine elfte noch verderben? Genauso hatte es geklungen.

Aber ich war froh, daß ich sie überredet hatte. Ich legte auf, summte ein paar Walzertakte und tanzte ein paar Schritte zur Garderobe hinüber. Ich hätte den ganzen Weg bis zu ihr hin tanzen können.

Sie öffnete und sah genauso erschöpft aus, wie sie am Telefon geklungen hatte. Obwohl sich alles in mir danach sehnte, sie fest in die Arme zu nehmen, küßte ich sie zur Begrüßung nur auf die Wange. Das schien sie schon ein wenig zu erstaunen, aber sie sagte nichts.

Sie trug wieder ihren seidenen Morgenmantel, allerdings trug sie diesmal darunter auch einen seidenen Pyjama. Es mußte wunderbar sein, ihr den auszuziehen! Meine Fingerspitzen hätten in einen Ameisenhaufen getaucht sein können, so kribbelten sie. Nein, heute war sie dran – und nur sie!

»Hast du eine Wärmflasche?« fragte ich, während ich ihr durchs Zimmer folgte.

Sie blieb ziemlich abrupt stehen. Ich wäre fast auf ihren Rücken geprallt.

»Eine Wärmflasche?« wiederholte sie skeptisch, während sie sich zu mir umdrehte.

»Ja. Oder vielleicht ein Heizkissen. Obwohl – Wärmflasche ist besser.«

»Wärmflasche ist besser?« Jetzt war sie vollends davon überzeugt, daß ich irgendwelche unsäglichen Perversitäten mit ihr vorhatte.

Ich strich mit meinem Handrücken über ihre Wange. Auch da hätte ich gern nicht so schnell wieder aufgehört, aber ich beherrschte mich. Ich lachte. »Um dich zu wärmen, Liebling.« Das Kosewort klang mir noch sehr fremd, aber ich konnte es ihr wenigstens nicht nur in gewissen ausgewählten Momenten sagen. Vielleicht gewöhnte sie sich auch daran.

»Mir ist aber gar nicht kalt«, erklärte sie irritiert.

Das konnte ich mir vorstellen. Sie hatte sicher einen heißen Tag hinter sich.

»Es wird dir aber vielleicht kalt, wenn ich dich massiere.« Das war wieder so ein heikler Punkt, an dem sie abspringen konnte. »Das habe ich nämlich vor.« Ich sah die Wachsamkeit in ihren Blick steigen. Da mußte ich etwas tun. »Ich habe es dir schon am Telefon gesagt und ich sage es dir noch einmal: Du kannst ganz sicher sein, daß ich dich wirklich nur massieren werde.« Ich hob die Hand zum Schwur. »Großes Indianerinnen-Ehrenwort. Hugh!«

Sie wirkte außerordentlich irritiert. Wahrscheinlich hatte sie als Kind nie Cowboy und Indianer gespielt. Ich schon.

»Kennst du die Szene in *Victor/Victoria*, wo Toddy zu Victoria sagt, sie könne ruhig zu ihm ins Bett kommen, dort sei es viel bequemer als auf dem Sessel, auf dem sie liegt ...«, ich machte Toddys Tonfall nach, »... ›und mindestens genauso sicher‹? – Er ist eine Tunte«, fügte ich erklärend hinzu.

Sie kannte sie offensichtlich nicht. »Aber du bist doch keine –«, sagte sie nur, jetzt schon ziemlich konfus.

»Nein, bin ich nicht.« Ich lachte bei der Vorstellung. »Aber das ist genau das, was ich meine.« Ich konnte mich nicht enthalten, noch einmal Toddys Tonfall zu imitieren – ich liebte den Film! »Genauso sicher.«

So richtig überzeugt schien sie nicht – allenfalls von meinem debilen Zustand –, aber sie sagte: »Ich habe ein Heizkissen.«

Wenn das auch seidenbezogen war, war klar, warum sie keine Wärmflasche hatte: Die gab es nicht in Seide.

»Gut.« Munter ging ich über ihre Verwirrung hinweg. »Kannst du es holen?«

Etwas orientierungslos sah sie sich in der Wohnung um, als ob sie hier noch nie gewesen wäre, dann ging sie in ihr Schlafzimmer. An jeden anderen Ort wäre ich ihr gefolgt, aber hier mußte ich warten, bis ich eingeladen wurde. Sie kam tatsächlich mit einem Heizkissen wieder heraus. Und es hatte keinen Seidenbezug.

Ich sah mich um. »Tja«, sagte ich unschlüssig. »Wo soll ich dich massieren?« Der Möglichkeiten gab es ja nicht allzuviele.

Sie wirkte äußerst zwiespältig. Ich war überzeugt, sie hatte schon bis zu diesem Zeitpunkt etwas ganz anderes erwartet. Jetzt aber kamen ihre Zweifel wieder. Anscheinend entschloß sie sich dennoch, ins kalte Wasser zu springen. Sie drehte sich zu ihrem Schlafzimmer um. »Hier.«

Ich ging ihr nach. Ich war wirklich neugierig. Ihr Schlafzimmer war ziemlich luxuriös, wie ich erwartet hatte, aber weder übertrieben noch – aber das hatte ich vorher gewußt – nuttig. Ich mußte schmunzeln, als ich die seidene Bettwäsche sah. »Du liebst Seide, nicht wahr?«

»Ja. Sie ist so angenehm auf der Haut.«

Wenn jemand die Zärtlichkeit so lange entbehrt hatte wie sie, war das ein guter Ersatz. Und völlig ungefährlich. Ich dachte an ihre Haut, die selbst wie Seide war, und sehnte mich schon sehr danach, sie zu berühren. Aber heute war es ganz allein an ihr, das Tempo zu bestimmen.

Jetzt kam wieder ein schwieriger Teil. Zum Massieren würde sie sich auf den Bauch legen müssen. Mit Direktheit hatte ich heute schon einmal gute Erfahrungen gemacht. »Ich kann zwar auch einige Stellen massieren, wenn du auf dem Rücken liegst, aber für die wirklich entspannenden Sachen müßtest du auf dem Bauch liegen«, sagte ich. »Wäre das sehr schlimm für dich? Dann lassen wir's.«

Sie stand mir gegenüber, etwa drei Schritte entfernt. Ich sah ihr an, daß dies eine Situation war, die sie noch nie erlebt und mit der sie zum jetzigen Zeitpunkt auch nicht im entferntesten gerechnet hatte. Sie wußte nicht, wie sie sich verhalten sollte, und sie wußte nicht, was auf sie zukam. Zu einem großen Teil nahm sie sicher immer noch an, daß dies der Beginn einer Verführung sein sollte. Aber dann gab es da diese irritierenden Einzelheiten, die nicht so recht zu passen schienen. Die Wärmflasche zum Beispiel.

Ich konnte mir richtig vorstellen, wie es in ihr arbeitete. Heute morgen waren wir noch ein Liebespaar gewesen, oder zumindest etwas, was dem sehr nahe kam. Heute abend, nach diesem Tag, konnte sie sich unter der Bedeutung des Wortes ›Liebe‹ sicher noch sehr viel weniger etwas vorstellen als sonst. Wie paßte ich da also hinein?

Und jetzt auch das noch. Wir wußten beide, welcher Gefahr sie sich unter Umständen aussetzte, wenn sie sich einfach nur in eine

Position begab, die für die meisten Leute nichts anderes bedeutete als Entspannung. Für sie war sie offensichtlich mit einem traumatischen Erlebnis verbunden. Ich konnte mich noch gut an die Konsequenzen erinnern.

Ich machte einen Vorschlag. »Wie wäre es, wenn wir auf dem Rücken anfingen? Du kannst dich dann später auf den Bauch drehen, wenn du möchtest. Und wenn nicht, dann läßt du es eben.« Bei all seinem Luxus hatte ihr Schlafzimmer plötzlich die Atmosphäre einer Arztpraxis. Nichts, was hier ausgesprochen wurde, konnte auch nur im geringsten anzüglich sein. In jedem anderen Falle wäre das genau das Gegenteil von dem gewesen, was ich gewollt hätte. Heute war es mir gerade recht.

Sie sah mich an. Sie öffnete langsam ihren Gürtel und zog den Morgenmantel aus. Na ja, das mit der Arztpraxis war vielleicht etwas voreilig gewesen! Ich tat so, als würde ich einen Stromanschluß für das Heizkissen suchen. Dadurch konnte ich meinen Kopf hinter dem Bett verstecken, bis er einigermaßen abgekühlt war.

Als ich wieder hochkam, hatte sie sich schon ganz ausgezogen und lag unter der Decke. Ich reichte ihr das Heizkissen. »Ich habe es eingesteckt. Es wird gleich warm werden. Am besten, du legst es dir unter die Schulterblätter. Die sind meistens am ehesten verspannt.«

Sie besah sich das Kissen genau – wahrscheinlich hatte sie es noch nie benutzt – und legte es dann unter sich auf das Kopfkissen. Sie hielt die Decke über ihren Brüsten fest. Aber mich auslachen!

So, jetzt ging's los. Sie folgte mir mit ihren Blicken, während ich das Zimmer durchquerte. Ich nahm mein Massageöl aus der Jackentasche, zog die Jacke aus und krempelte die Ärmel hoch. Das Massageöl machte Eindruck auf sie. Sie war offensichtlich überrascht, als ich es aus der Tasche zog. Das erhöhte die Wahrscheinlichkeit, daß ich sie tatsächlich massieren wollte, in ihren Augen erheblich, das sah ich ihr an. Ich grinste. »So etwas hat eine gute Hausfrau immer zur Hand«, flachste ich.

Ich setzte mich auf die Bettkante und blickte fachkundig auf sie hinunter. »Ich glaube, ich fange mit den Schultern an, was hältst du davon?« Da ihre Schultern das einzige von ihr waren, was zur Zeit nackt war, brauchte sie vorerst den Schutz der Decke nicht aufzugeben.

Ich öffnete die Ölflasche und träufelte etwas davon in meine

Hände. Jetzt konnte ich üben, was Beherrschung hieß! Ich legte meine Hände vorsichtig auf ihre Schultern. Wenn *sie* nicht zusammenzuckte, war *ich* es – oder wir beide. Die seidige Empfindung ihrer Haut traf mich zwar nicht unvorbereitet, aber nichtsdestotrotz mitten in den Bauch. Den ganzen Abend hatte ich mich danach gesehnt, sie zu berühren, und jetzt lag sie da, ich berührte sie, und damit war Schluß. Aber ich hatte es ihr versprochen, und darüber hinaus wollte ich, daß sie endlich einmal das bekam, was sie brauchte.

Ich begann leicht, mit meinen Daumen ihre Muskeln zu massieren. Verspannt war gar kein Ausdruck – sie waren hart wie Stein! Sie mußte einiges durchgemacht haben heute. Als ich den Druck etwas verstärkte, gab sie einen leisen Schmerzenslaut von sich. Ich nahm den Druck wieder zurück. »Tut mir leid«, sagte ich. »Aber du bist so verspannt. Es dauert eine Weile, bis es besser wird.«

»Du massierst mich tatsächlich.« Verwunderung sprach aus ihrer Stimme.

Ich sah ein bißchen verunsichert auf meine Hände. »Äh – ja. Ich glaube, so nennt man das.«

»Aber du tust es wirklich.« Sie konnte es immer noch nicht fassen.

»Ich glaube, daß du das jetzt am meisten brauchst. Warum sollte ich es also nicht tun?« Wie konnte ich ihr nur klarmachen, daß sie ein selbstverständliches Anrecht darauf hatte? Nicht nur aufs Massieren, sondern überhaupt darauf, daß man sich um sie kümmerte. Das schien ihr absolut fremd zu sein. Ich beschäftigte mich erst einmal mit der praktischen Seite. »Wenn du eine Badewanne hättest, hätte ich dich zuerst in die Wanne gesteckt, damit die Muskeln weich werden. So dauert es länger.« Sie sollte an nichts anderes mehr denken als daran, sich zu entspannen.

Sie schloß die Augen. »Es kann gar nicht lange genug dauern«, murmelte sie schwelgerisch.

Ich massierte ihre Schultern, bis sie endlich weich wurden. Dann schob ich die Decke etwas weiter hinunter und massierte ihre Arme. Als ich die Decke das nächste Mal hinunterschob, waren ihre Brüste frei. Ich schluckte so unauffällig wie möglich. Wie konnte ich so naiv gewesen sein zu glauben, daß es möglich wäre, all meine Empfindungen im Griff zu behalten – bei diesem Körper? Ihre Brüste hoben und senkten sich mit ihrem Atem. Meine Hände begannen sich ganz von selbst auf sie zuzubewegen. Kurz bevor ich sie berührte, hielt ich mich zurück. Da gab es leider überhaupt nichts zu massieren. Ich hätte keinerlei Entschuldigung. Innerlich seufzend schob ich die Decke weiter hinunter. Ich beobachtete sie dabei genau. Ich wollte nicht, daß sie sich wieder verspannte. Sie blinzelte ein wenig. »Ist dir kalt?« fragte ich.

Es brauchte eine lange halbe Minute, bis sie überhaupt reagierte. »Nein«, antwortete sie dann. Ihre Stimme klang jetzt schon viel entspannter als vorhin. »Es ist wundervoll.«

»Du solltest dich öfter massieren lassen.« Ich begann ihre Hüften zu kneten. Beinahe hätte ich hinzugefügt: bei deinem Beruf. Ich hielt mich in letzter Sekunde zurück.

»Das tue ich vielleicht«, bemerkte sie ganz ungezwungen.

Ich wanderte weiter zu ihren Oberschenkeln und knetete auch die. Ich versuchte mit aller Gewalt wirklich nur auf ihre Schenkel zu sehen, da, wo ich sie massierte. Mir brach der Schweiß aus. Gott sei Dank fiel das bei dieser Tätigkeit nicht so auf. Ich hätte immer sagen können, es käme von der Anstrengung.

»So«, sagte ich kurz darauf. »Jetzt mußt du dich leider entscheiden. Willst du dich umdrehen?« Ich sagte es bewußt ›arztpraxismäßig‹.

Sie verspannte sich wieder ein bißchen, aber das war zu erwarten gewesen. Sie öffnete halb die Augen. Wie es schien, waren ihre Augenlider zu schwer, um sie ganz zu öffnen.

Himmel, das war ein richtiger Schlafzimmerblick, im wahrsten Sinne des Wortes! Ich schaute in eine andere Richtung.

»Ich werde es versuchen«, erklärte sie nach kurzem Zögern fest.

Ich war gerührt von ihrem Vertrauen. Schließlich hatte sie wirklich nicht die besten Erinnerungen an das letzte Mal, und genau mit mir. Ich ließ sie so langsam machen, wie sie wollte. Sie machte wirklich sehr langsam.

Als sie endlich auf dem Bauch lag, sagte ich ganz munter, während ich ihre wunderbar geschwungenen Formen betrachtete: »Ich fange wieder mit den Schultern an.« Sie sollte sich auf die Berührung vorbereiten können. Ich nahm erneut etwas Massageöl und verrieb es in meinen Händen. Noch einmal kündigte ich an: »So, jetzt geht's los.« Sie zuckte dennoch zusammen, als ich sie berührte. Mein Gott, wie mußte das das letzte Mal für sie gewesen sein? Ich schämte mich jetzt noch, wenn ich daran dachte. Auch wenn ich es nicht gewußt hatte.

Trotz der Massage von vorne waren ihre Schulterblätter noch ziemlich hart. Ihr ganzer Körper mußte eine einzige gespannte Feder gewesen sein, bevor ich kam. Ich arbeitete mich langsam von ihren Schultern über ihren Rücken zu ihrem Po hinunter. Dort blieb ich eine Weile. Das tat ihr gut, und ich konnte wenigstens ein bißchen von ihrer Haut und ihrer Wärme genießen. Zum Schluß massierte ich kurz ihre Beine.

»So«, sagte ich abschließend. Ich konnte einfach nicht an mich halten. Bevor ich mich versah, hatte ich ihr ganz leicht auf den Po geklatscht.

»Huch!« Sie schien dieser Art von Aufmerksamkeit nicht ganz abgeneigt. Inzwischen war sie anscheinend entspannt genug.

Ich fuhr fort: »Und jetzt kommt das Schönste.«

Sie verspannte sich wieder etwas. Aber diesmal war das auch meine Absicht. Bestimmt dachte sie jetzt, daß das alles nur ein – zugegebenermaßen sehr angenehmes – Vorspiel gewesen war, um sie doch noch zu verführen. Ihr Rücken lockerte sich wieder leicht. Sie würde es geschehen lassen, wenn ich es wollte.

»Dazu mußt du dich allerdings wieder auf den Rücken drehen«, sagte ich – immer noch geheimnisvoll.

Sie tat es. Sie sah mich abwartend an. Ihr Blick zeigte genau das, was ich schon vermutet hatte.

Ich nahm die Decke und deckte sie zu. »Damit du nicht frierst«, sagte ich grinsend, als ich ihr erstauntes Gesicht sah. »Ich brauche nämlich nur deine Füße.«

Ich begab mich zum unteren Teil des Bettes und schlug die Dekke etwas zurück, so daß ich nur ihre Füße sah. Ich hätte zwar lieber mehr von ihr gesehen, aber dazu hatte ich ein anderes Mal sicher auch noch Gelegenheit. Ich nahm ihre Füße und massierte sie vorsichtig. Sie stöhnte lustvoll auf. Man hätte meinen können, daß ich etwas ganz anderes mit ihr tat. »Das ist ein herrliches Gefühl!« bemerkte sie sehr verwundert.

»Ja«, bestätigte ich zufrieden. »Und jetzt entspann dich. Du kannst ruhig einschlafen dabei.«

»Das will ich aber gar nicht.« Sie protestierte jedoch nur schwach.

Ich grinste. Von ihrem Willen würde dabei nicht viel abhängen! Ich massierte jetzt den anderen Fuß. Nach nicht sehr langer Zeit hörte ich ihre tiefen Atemzüge. Sie war eingeschlafen. Ich brachte die Massage zu Ende und stand auf, ging zum Kopfende des Bettes und blickte auf sie hinunter. Sie schlief wie ein Kind, völlig gelöst. Noch nicht einmal nach der schönsten Liebesnacht hatte sie so ausgesehen. Ich liebte sie immer mehr. Wie sollte ich das nur durchstehen? Heute war doch erst der erste Tag gewesen, an dem sie ›arbeitete‹.

Ich nahm ihre Pyjamajacke und streifte sie ihr über. Sie murmelte leicht gestört im Schlaf. Ich streichelte ihr Gesicht. »Schlaf weiter«, flüsterte ich leise. »Schlaf weiter, mein Liebling.« Ich küßte sie auf die Stirn und erhob mich.

Ich wäre gern bei ihr geblieben, aber ich wollte diese Entscheidung nicht treffen, während sie schlief. Vielleicht wollte sie allein aufwachen nach so einem Tag.

Ich zog meine Jacke über, warf noch einmal einen Blick auf ihr Gesicht und lächelte. Leise zog ich die Tür ins Schloß und ging.

Ich wollte gerade morgens um acht aus dem Haus gehen, da klingelte das Telefon. Ungewöhnlich um diese Zeit. Meistens war ich da schon auf der Arbeit.

Ich nahm ab. »Guten Morgen!« sagte sie gutgelaunt. Offensichtlich war die Massage ihr bekommen.

»'n Morgen«, brummte ich. Morgens hatten wir wirklich nicht sehr viel gemeinsam!

»Oh!« neckte sie spielerisch-zärtlich. »Bist du noch nicht wach?« Sie war wirklich sehr gut aufgelegt.

»Um diese Zeit?«

Sie lachte. »Ja, ich erinnere mich. Möchtest du einen Kaffee bei mir trinken, bevor du zur Arbeit gehst?«

Ich stutzte. »Es ist eigentlich schon ziemlich spät«, wand ich ein.

»Ja, ich weiß«, gab sie zu. »Aber kannst du es nicht vielleicht einrichten? Nur ganz kurz.« Sie drängte ganz entschieden. Was hatte sie bloß?

»Ist gut«, grantelte ich etwas mißmutig. »Aber nur eine halbe Stunde.« Wenn ich erst einmal wach war, würde ich mich sehr freuen, sie zu sehen, aber jetzt ...

»Mehr brauche ich nicht«, sagte sie zufrieden. »Ich werfe schon mal die Kaffeemaschine an!« Mit deutlich hörbarem Vergnügen legte sie auf.

Ich stand mit dem Hörer in der Hand da und fragte mich, wofür sie wohl nicht mehr als eine halbe Stunde brauchte.

Die fünf Minuten Weg von mir zu ihr machten mich auch nicht wacher. Obwohl die frische Morgenluft mich an der Nase kitzelte und die Sonne schien. Ich war ein typisches Opfer des ›Night lags‹. Was andere Leute nach einem langen Flug über die Zeitzonengrenze verspürten und ›Jet lag‹ nannten, spürte ich jeden Morgen noch mindestens zwei Stunden nach dem Aufwachen, jedenfalls bis nach dem zweiten Kaffee.

Ich war angekommen und klingelte. Sie öffnete die Tür. Sie war angezogen. Ich hatte sie im Morgenmantel erwartet. Sie trug Jeans und ein blaues Hemd, das ihr wunderbar stand, wie ich selbst in meinem Tran bemerkte. Sie zog mich ohne ein Wort in die Wohnung, schloß die Tür, nahm mich in die Arme und küßte mich. Mir wurde schwindelig. Und das alles am frühen Morgen ohne Kaffee!

Sie hörte auf mich zu küssen, ließ mich ein wenig in ihrem Arm zurücksinken und sah mich an. »Ich wollte mich nur bei dir bedanken«, lächelte sie schelmisch.

»Wofür?« Ich war doch gerade erst aufgestanden!

»Für gestern«, sagte sie sanft.

»Ach das«, wimmelte ich ab – immer noch nicht ganz wach. »Hätte das nicht bis heute abend warten können?«

»Du bist wirklich ein Morgenmuffel!« lachte sie. Sie nahm meine Hand. »Komm«, befehligte sie und führte mich in die Küche. »Dein Kaffee ist schon fertig.«

Ich kletterte auf einen der hohen Stühle an der amerikanischen Küchenbar. Sie hantierte an der Kaffeemaschine herum und summte einen alten Schlager vor sich hin. Dann stellte sie die Tasse vor mich hin. Sie sagte nichts und beobachtete mich.

Ich trank den Kaffee und wurde langsam wach.

»Warum bist du nicht dageblieben?« fragte sie leise.

Ich blickte von meiner Kaffeetasse hoch. »Ich wollte dich nicht stören, wenn du aufwachst. Es hätte ja sein können, daß du lieber allein sein wolltest.«

»Das hätte ich vorher auch gedacht«, bestätigte sie lächelnd.

Ich lächelte zurück. »Dein Kaffee ist gut. Könnte ich noch einen haben?«

Sie nahm meine Tasse und stellte sie wieder unter die Maschine. Krachend wurden die Bohnen gemahlen. Dann zischte der Kaffee in die Tasse. Ich sah fasziniert zu.

»Wenn ich keine Kaffeemaschine hätte, würdest du dann auch zu mir kommen?« spöttelte sie liebevoll.

Ich sah sie aufgeschreckt an. Ich hatte sie wirklich für einen Moment vergessen. »Entschuldige«, bat ich etwas zerknirscht. »Aber morgens bin ich noch nicht ansprechbar, das weißt du doch.«

»Ich weiß.« Sie war viel zu gut aufgelegt, um sich an solch einer Kleinigkeit zu stören. Sie schob die Kaffeetasse wieder vor mich hin und sah mir tief in die Augen. »Du brauchst dich für gar nichts zu entschuldigen.« Sie sah mich noch einmal eindringlich an. »Für absolut gar nichts.«

Mit diesem Blick hätte sie Tote aufwecken können. Sie weckte zumindest *mich* damit auf. Es fing an zu kribbeln. Ich rutschte vom Barhocker. »Ich muß jetzt zur Arbeit«, sagte ich, schon halb auf dem Rückzug. Ich wollte nicht, daß sie mich noch einmal küßte. Dann würde ich heute nie mehr hier wegkommen.

Sie merkte, was ich vorhatte, und lachte wissend, aber sie blieb auf der anderen Seite der Theke stehen. »Hab einen schönen Tag im Büro!« rief sie mir nach.

Den hatte ich nicht. Mittags rief sie mich an. »Hast du schon gegessen?«

»Nein«, erwiderte ich überrascht. »Noch nicht.«

»Sollen wir zusammen essen?«

Was hatte sie vor? »Du meinst: essen gehen?« fragte ich erstaunt.

Ich hatte unseren letzten Ausflug dieser Art noch lebhaft in Erinnerung.

»Nein. Ich meinte: bei mir.«

Was sollte das alles? »Du willst kochen?« Jetzt war ich wirklich verblüfft.

»Nein, eigentlich nicht.« Ihr Tonfall hatte sich auf einmal verändert. Er klang fast bedrohlich. »Eigentlich hatte ich auch gar nicht an essen gedacht.« Sie machte eine kleine Pause, in der ich mich fragte, was sie mit ihrer Geheimnistuerei bezweckte. Wollte sie mich einfach nur verunsichern? »Ich will mit dir schlafen«, flüsterte sie plötzlich aus dem Nichts heraus. Verführerisch, verlockend, erotisch.

Der Telefonhörer schmolz mir fast in der Hand vor ihrer sinnlichen Intensität. Wenn ich nicht gesessen hätte, wäre ich umgefallen. Als ich mich wieder halbwegs gefangen hatte, flüsterte ich zurück: »Bist du verrückt? Ich bin nicht allein hier!«

»Tatsächlich? Wenn ich das gewußt hätte, hätte ich früher angerufen.« Ihr leises Lachen klang im Hörer nach. Ihr schien die Situation zu gefallen.

Mir weniger. Sie machte mich verrückt mit ihrer Stimme. Ich hatte das Gefühl, sie streichelte mich durchs Telefon an meinen empfindlichsten Stellen. »Was soll das sein?« fragte ich, fürchterlich gequält. »Telefonsex?« Zu spät! Hoffentlich verstand sie das nicht falsch.

Aber sie war gar nicht beleidigt. Ihre Stimme klang wieder wie eine streichelnde Feder. »Normalerweise biete ich das nicht an«, sagte sie fast ein wenig kichernd. »Aber mit dir könnte ich mich dafür erwärmen.«

»Hör auf!« flüsterte ich am Rande eines Zusammenbruchs.

»Komm her.« Sie ließ nicht locker. Ihre Stimme war die Verheißung selbst.

»Ich kann nicht!« Ich hätte schreien können. »Ich habe ein Arbeitsessen.« Das mußte sie doch verstehen!

»Dann komm danach«, lockte sie vielversprechend.

»Danach habe ich noch zwei Besprechungen. Die kann ich nicht absagen.« Hatte sie denn keine Kundinnen heute? Allerdings war der Vormittag vorbei. Wie konnte ich so etwas denken? Sie brachte mich wirklich um den Verstand! »Ich bin frühestens um vier Uhr fertig.«

»Schade.« Ihre Enttäuschung war deutlich zu hören. Dann gluckste sie. »Ich könnte ja auch zu dir ins Büro kommen.«

»Nein!« Jetzt hatte ich wirklich geschrien. Die anderen guckten sich nach mir um. Ich dämpfte gewaltsam meine Stimme. »Nein«, flüsterte ich entnervt, »das tust du nicht!«

Sie lachte ausgelassen. Anscheinend half ihr das Spiel mit meiner Verlegenheit ein wenig über das Scheitern ihrer Hoffnung hinweg. »In Ordnung«, willigte sie ein. »Das tue ich nicht.« Ihre Stimme wurde mütterlich streng. »Aber um vier bist du zu Hause!«

»Bei mir oder bei dir?« fragte ich nur noch völlig entkräftet.

»Hol mich bei mir ab«, bestimmte sie, ohne zu zögern.

Ich legte auf. Meine Kollegen starrten besorgt bis klatschsüchtig zu mir herüber. »Nur ein Logistik-Problem!« rief ich etwas aufgekratzt durch den Raum. Und das war es ja auch – in gewisser Weise!

Als ich ankam, mußte sie quasi schon hinter der Tür gestanden haben. Sie machte sofort auf, kam heraus und schloß die Tür von außen ab. »Laß uns gehen«, sagte sie. Sie küßte mich nicht, sie berührte mich nicht, sie sagte nicht einmal ›Hallo‹. War schon wieder etwas Unangenehmes geschehen? Ich wußte nicht, ob ich dieses Wechselbad der Gefühle lange verkraftete. Ich konnte nie sicher sein, wie ich sie antraf.

Auf der Straße ging sie neben mir her, ohne mich anzusehen. Sie machte wieder ihre langen Schritte, denen ich schon einmal hinterhergehetzt war. Aber inzwischen war ich reif für Olympia.

»Was ist passiert?« fragte ich und griff nach ihrer Hand.

Sie wich mir aus. »Faß mich nicht an!« wehrte sie heftig ab.

»Was hast du denn?« Mit mir konnte es doch nichts zu tun haben. Was hatte sich seit unserem Telefongespräch geändert?

Sie sah weiter geradeaus und stieß zwischen zusammengepreßten Lippen hervor: »Wenn ich dich jetzt anfasse, werde ich gleich hier auf der Straße über dich herfallen. Möchtest du das?«

Ach, das war es! Ich grinste ein wenig schadenfroh. Sie hatte meine Empfindungen durch das Telefonat so angeheizt, daß ich den ganzen Nachmittag über wie auf heißen Kohlen gesessen hatte.

Aber ihr selbst war es offensichtlich nicht besser ergangen. Ich sah sie an, wie sie neben mir herraste. Eher schlechter.

Wir kamen bei meiner Wohnung an. Sie stürmte die vier Stockwerke hinauf wie von unsichtbaren Geistern getrieben. So hatte ich sie ja noch nie erlebt! Wenn ein bißchen Massieren das auslösen konnte, mußte ich in Zukunft vorsichtiger sein. Obwohl – warum eigentlich? Was hatte ich zu verlieren? Eher im Gegenteil.

Sie erwartete mich ungeduldig auf dem obersten Treppenabsatz. Als ich den Schlüssel ins Schloß steckte, packte sie meinen Po und preßte mich gegen die Wand. Das hatte ich schon einmal mit ihr erlebt, aber diesmal war es ganz anders. Sie drängte sich gegen mich, und ihre Hände drückten meinen Unterleib gegen ihren. Ich spürte die Hitze zwischen ihren Beinen. Meine Güte, sie mußte innerlich kochen! Was für ein Wunder – mir ging es ja genauso!

»Bitte!« beschwor ich sie. »Laß uns wenigstens in die Wohnung gehen. Wo wir es schon bis hier geschafft haben.«

Sie ließ mir ein wenig Luft. Ich drehte den Schlüssel um, und die Wohnungstür schwang auf. Wir fielen fast hinein. Ich griff nach dem Schlüssel, zog ihn ab und warf die Tür hinter uns zu. Sie war schon an meinem Mund, an meinen Brüsten, überall. Wir sanken auf den Boden. Sie riß mein Hemd aus der Hose und öffnete sie. Sie fuhr mit ihrer Hand hinein, direkt zwischen meine Beine.

»Du bist ja ganz naß!« Es klang, als ob sie das erstaunen würde.

»Na, du bist lustig! – Nach deinem Anruf heute mittag und dem jetzt!« Manchmal fragte ich mich, woher sie ihre Naivität nahm, bei ihrer Erfahrung.

Sie grinste. »Hat dich das so angemacht?«

Ich tat betont gleichgültig. »Nein, überhaupt nicht. Mich rufen jeden Tag Frauen im Büro an und treiben mich fast bis zum Orgasmus.«

Sie zog mich auf sich herunter. »Dann komme ich das nächste Mal vielleicht doch besser bei dir vorbei.«

»Untersteh dich!« drohte ich warnend.

Ihr Mund war schon wieder an meinem und verhinderte weitere Proteste. Die Enge zwischen meinen Beinen machte mich fast wahnsinnig. Ihre Hand wurde vom Stoff der Hose aufreizend gegen die Mitte gepreßt. Ich fing an, mich daran zu reiben. Sie bewegte ihre Hand dagegen, soweit es ging. Kaum hatte sie damit angefangen, als ich auch schon erstarrte. Sie fing mich auf.

»Du lieber Himmel!« bemerkte sie. »Und ich dachte schon, *ich* wäre aufgereizt!«

Ich keuchte. »Ich hoffe, das bist du.« Ich stützte mich neben ihr ab. »Gleich geht's nämlich bei dir weiter.«

»Ähm«, machte sie, »einverstanden. Aber könnten wir vielleicht ins Bett gehen? Ich habe schon überall blaue Flecke.«

Ich rollte mich neben sie und stand auf. Sie erhob sich mit der ihr eigenen Anmut. Während sie sich lächelnd umdrehte, um zum Schlafzimmer zu gehen, begann sie automatisch ihre Manschetten aufzuknöpfen.

»Warte!« sagte ich. Sie blieb stehen. Ich ging an ihr vorbei, um ihr von vorne ins Gesicht zu sehen.

Sie schaute mich fragend an.

»Ich möchte ..., bitte ... darf ich dich ausziehen?«

Ihre Reaktion war kaum zu erkennen, aber sie war da. Sie schaltete innerlich auf Abwehr.

»Schon gut«, lenkte ich ein. »Es war nur eine Frage. Ich dachte ...« Ich dachte, du hättest Vertrauen zu mir, hatte ich sagen wollen, aber das hätte sie mehr als alles andere dazu gezwungen, meinem Wunsch zu entsprechen. Und so gut, wie sie schauspielern konnte, hätte ich vielleicht noch nicht einmal gemerkt, daß sie es gegen ihren Willen tat. Ich trat einen Schritt auf sie zu und nahm sie in die Arme. »Verzeih mir, ich will immer zu viel auf einmal von dir.«

Sie legte ebenfalls die Arme um mich. »Merkwürdig«, sinnierte sie. »Eben hätte ich es auf keinen Fall getan und jetzt ... Ich glaube, ich will es sogar.« Sie hörte sich an, als wäre sie über sich selbst verwundert.

Ich sah zu ihr hoch. »Bist du sicher?«

»Nein«, sagte sie. Sie lächelte hinreißend. »Aber wir können es ja mal versuchen.«

Wir gingen zusammen ins Schlafzimmer, und sie ließ sich auf der Bettkante nieder. Ich beugte mich zu ihr hinunter und küßte sie. Dabei zog ich langsam ihr Hemd aus der Hose. Als ich das geschafft hatte, hockte ich mich vor sie hin. Ich legte meine Hände um ihre Taille und sah sie an. War da irgendein Zeichen von Unruhe, von

Abwehr? Ich hielt ihren Blick fest und wanderte mit meinen Händen nach vorne. Sie sah mich immer noch ruhig an. Ich öffnete den Knopf und wartete. Dann beugte ich mich vor und küßte sie erneut.

Im Gegensatz zu ihrer eben noch vorhandenen Erregung war sie jetzt sehr zurückhaltend. Ich fuhr mit meinen Händen unter ihrem Hemd nach oben, bis ich die samtene Rundung ihrer Brüste spürte. Es überwältigte mich. »Ich liebe dich so«, flüsterte ich mit meinem Mund hingebungsvoll an ihrem Ohr.

Jetzt reagierte sie. Sie legte die Arme um mich und zog mich näher zu sich heran. Ich lehnte mich gegen sie, und sie sank langsam auf das Bett zurück. Ich fing an, ihr Hemd aufzuknöpfen. Sie zeigte immer noch kein Zeichen von Erregung. Ich schob das Hemd über ihre Schultern zurück. »Ich kann jederzeit aufhören, wenn du willst«, bot ich beruhigend an. Ich suchte ihre Augen.

Sie verschleierten sich. »Nein«, sagte sie rauh. Sie griff nach meinem Kopf und zog meinen Mund zu ihren Brüsten herunter. »Bitte, liebe mich!« Ihre Stimme war noch rauher als zuvor.

Ich küßte ihre Brüste und fuhr mit meinen Lippen abwärts. Sie zitterte. Ich wußte nicht, ob es Erregung war oder Abwehr. Ich hoffte, es war Erregung. Ich hörte sie heftig über mir atmen. Ich öffnete den Reißverschluß ihrer Hose und glitt mit meiner Hand hinein. Sie stöhnte. Ich sah hoch, konnte aber nicht erkennen, was ihr Gesicht ausdrückte. Langsam schob ich die Hose über ihre Hüften und legte meine Hand zwischen ihre Beine.

Sie drängte sich ihr sofort leidenschaftlich entgegen. »Ja ...«

Ich suchte die Mitte und begann sie sanft zu massieren. Ihre Hüften hoben sich an, sie stieß krampfhaft in die Luft. Ich wanderte mit meinem Mund wieder zu ihren Brüsten. Ich drang mit einem Finger in sie ein und streichelte sie. Sie stöhnte laut und keuchend. Ich schob mich etwas höher und sah in ihr Gesicht. Erregt warf sie den Kopf hin und her. Mit geschlossenen Augen flüsterte sie: »Bitte ... ich habe den ganzen Tag auf dich gewartet ...«

Ich glitt schnell an ihr hinab und drang mit meiner Zunge in sie ein. Sie wurde fast sofort steif. Sie schrie. Einen solchen Schrei hatte ich noch nie von ihr gehört. Sie sank zusammen. Ich bewegte mich wieder nach oben und nahm sie in die Arme. Sie atmete, als ob sie mehr als nur *einen* Berg bestiegen hätte. Ich hatte plötzlich das

Gefühl, daß sie sich mir heute zum ersten Mal richtig hingegeben hatte. Heute hatte sie sich entschieden, mir ganz und gar zu vertrauen.

Ich strich ihr die Haare aus dem Gesicht. »Mein Liebling«, sagte ich.

Sie zuckte. Dann lag sie ruhig da. Sie hielt die Augen weiterhin geschlossen. Sie antwortete nicht.

Ich dachte, sie wäre eingeschlafen. Ich legte sie auf das Bett und wollte aufstehen.

»Geh nicht weg«, sagte sie leise.

»Ich dachte, du schläfst.«

»Nein. Ich bin nur . . .« Sie schlug die Augen auf und sah mich an. »Einen solchen Tag möchte ich nie wieder erleben«, bemerkte sie schaudernd. »Das ist ja furchtbar.«

Es hörte sich an, als hätte sie wirklich darunter gelitten. Ich lachte. »Du bist selbst schuld. Wenn du solche Anrufe tätigst . . .«

»Ich verstehe mich selbst nicht. Du mußt mir jetzt nicht glauben, aber ich habe das wirklich noch nie gemacht.«

»Noch nie? Aber wenn man frisch –« Verdammt, da war es wieder! Frisch Verliebte taten so etwas. Aber war sie frisch verliebt? Ich war es, das wußte ich, aber sie? Für sie war Liebe vielleicht immer noch eine Bedrohung. Ich sprach es besser nicht aus. »Wenn man sich noch nicht so lange kennt, hat man schon mal solche Bedürfnisse«, stellte ich beschwichtigend fest.

»Ach ja?« Als ob das eine völlig neue Erkenntnis für sie wäre. Es konnte doch wohl nicht sein, daß sie das noch nie erlebt hatte!

»Ach ja«, bestätigte ich lachend. Ich stand auf.

Sie streckte die Hand nach mir aus. »Bleib doch.«

»Nichts würde ich lieber tun«, bedauerte ich, »aber ich muß noch packen.«

»Packen?« Das Erstaunen in ihrem Gesicht ging in Verstehen über. »Du fährst weg?«

»Nur eine Woche.« Mir kam es ja selbst unendlich lang vor. »Weiterbildung.«

»Eine Woche«, stellte sie trübsinnig fest.

Ich versuchte sie aufzumuntern. »Wir können ja jeden Tag telefonieren«, schlug ich vor. Ich versuchte einen heiter-lockeren Eindruck zu machen. »Bei deiner Stimme am Telefon ist das fast so gut wie . . .«

»Fast.« Sie schien überhaupt nicht begeistert zu sein.

»Ach komm«, tröstete ich sie – und mich. »Das geht auch vorbei.« Immerhin konnte sie sich vorstellen, in einer Woche noch mit mir zusammen zu sein. Das war doch schon etwas. »Laß uns lieber darüber nachdenken, was wir machen, wenn ich zurückkomme.«

Einen Moment wirkte sie noch bedrückt, dann fing sie an, verschmitzt zu lächeln. »Gibt es da irgendeinen Zweifel?«

»Hör auf«, sagte ich. »Du willst mich nur ins Bett zurücklotsen.« Mir wurde jetzt schon wieder heiß. Sie im Bett liegen zu sehen, war eigentlich schon Aufforderung genug. Sie sah meinen Blick. Sie räkelte sich. Ihre langen Glieder so lasziv gestreckt vor mir zu haben, hätte mich normalerweise geschafft. Ich bot all meine Beherrschung auf. »Sei doch vernünftig«, bat ich sie verzweifelt. »Ich muß nicht nur packen, ich muß auch noch Akten studieren. Sonst stehe ich morgen bei meiner Präsentation wie eine Idiotin da. Willst du das?« Ich appellierte an ihre Fürsorglichkeit. Das hatte bisher eigentlich immer geholfen.

Diesmal auch. Sie seufzte elegisch. »Du hast kein Herz.« Ihr Augenzwinkern strafte ihre Worte Lügen. Dann rollte sie sich zusammen und zog die Decke über sich. »Ich will nichts mehr mit dir zu tun haben.« Sie drehte sich auf die andere Seite.

Ich lachte über ihre Theatralik. Das war wirklich ihre größte Begabung. Na ja, vielleicht ihre zweitgrößte . . . »Wir holen alles nach, wenn ich wieder da bin. Bestimmt.« Ich drehte mich zum Schrank, um eine Tasche herauszunehmen.

»Das sagen sie immer«, murmelte sie schicksalsergeben, aber laut genug, daß ich es verstehen konnte.

»Ja, ich weiß«, sagte ich lachend. »Das Leben ist hart.«

»Pff«, machte sie verächtlich.

Ich nahm lächelnd die Tasche und fing an zu packen.

Ich hatte selbst nicht gewußt, wie lang eine Woche sein konnte. Und das, obwohl sie mich am Morgen, bevor ich gefahren war, doch noch ›überredet‹ hatte. Ihr mehr als einmal zu widerstehen erforderte wirklich übermenschliche Kräfte, und die hatte ich nicht.

Jetzt, am letzten Tag, dachte ich schon wieder mit übergroßer Sehnsucht an sie. Die Telefonanrufe hatten das Gefühl eher noch verstärkt, wie eigentlich ja auch zu erwarten gewesen war. Sobald ich ihre Stimme hörte, stand ich in Flammen. Und sie tat ihr Bestes, die Flammen nicht zu löschen.

Sie rief an.

»Ich bin schon fast auf dem Weg«, beantwortete ich ihre Frage.

»Wie lange fährst du?« Das Drängen in ihrer Stimme war unüberhörbar.

»Wenn die Bundesbahn es sich nicht anders überlegt, etwa vier Stunden. Also bin ich ungefähr um acht da.«

Während der Fahrt dachte ich fast unausgesetzt an sie. Ich fing an, mir vorzustellen, wie sie mich begrüßen würde, wie sie aussehen würde, was sie anhaben würde. Aber das war eigentlich keine Frage. Sie würde den Morgenmantel tragen, weil ich ihn so mochte. Und ich würde ihn ihr ausziehen ...

Ich brachte schnell meine Sachen nach Hause. Dann ging ich den ganzen Weg pfeifend bis zu ihr. Im Lift schloß ich die Augen und stellte mir ihr Gesicht vor. Ihre Lippen kamen näher ... Der Lift hielt.

Als ich fast an ihrer Tür war, öffnete sie sich. Aha, sie hatte mich schon kommen hören! Ich prallte zurück. Eine Frau kam aus ihrer Wohnung. Eine große Frau in Leder. Sie mußte ebenfalls stehenbleiben. Sie sah mich zuerst überrascht an, dann grinste sie anzüglich. »Sie ist gut in Form heute«, sagte sie. »Ich würde das ausnutzen.« Dann lachte sie hämisch und ging an mir vorbei.

Ich war wie betäubt. So als ob neben mir eine Bombe eingeschlagen hätte, und ich hätte nur noch nicht gemerkt, daß ich tot war. Die andere Frau hatte die Tür offen gelassen. Ich ging in immer noch gefühllosem Zustand hinein und schloß sie hinter mir.

Sie stand mit dem Rücken zu mir vor dem Bett. Als sie hörte, wie sich die Tür schloß, sagte sie wütend: »Zum letzten Mal: Nein! Geh jetzt endlich!«

»Ich bin doch gerade erst gekommen.« Ich war immer noch so betäubt, daß ich auf ihren Ausbruch automatisch antwortete, als ob sie zu mir gesprochen hätte.

Sie fuhr herum. »Du?« fragte sie entsetzt. Sie sah erhitzt aus. Offensichtlich war sie gerade dabei gewesen, ihre Weste zuzuknöpfen. Die beiden obersten Knöpfe standen noch auf, und ihre Brüste wurden dadurch auf obszöne Art nach oben herausgepreßt.

Das war nicht die Frau, die ich erwartet hatte. Sie hatte gewußt, daß ich kommen würde, und dennoch hatte sie bis zur letzten Minute ›gearbeitet‹. Ihr ganzes Gesäusel am Telefon und davor war nur gespielt gewesen. Sie wollte sich mich nur möglichst lange warmhalten. Eine dumme, verliebte Närrin, die alles für sie tun würde. Eine hübsche Ablenkung von ihrem Alltag!

»Ja, ich«, sagte ich immer noch benommen, aber langsam fühlte ich die Wut in mir hochsteigen. »Wir waren verabredet. Aber das hattest du wohl vergessen.«

Sie stand sprachlos da. Natürlich war sie entsetzt. Ich hatte sie offensichtlich bei dem Spielchen, das sie mit mir trieb, ertappt.

Ich trat einen Schritt zurück. »Es hat ja wohl keinen Sinn, daß ich bleibe.« Ich wollte mich umdrehen.

»Warte«, bemerkte sie dumpf. »Das ist ein Mißverständnis.«

»Ein Mißverständnis? Ich glaube, das hatten wir schon mal, oder erinnere ich mich da falsch?« Ich lachte voller Hohn auf. »Ich bin vielleicht dumm, aber so dumm auch wieder nicht, daß derselbe Trick zweimal bei mir klappt.«

Ich drehte mich um. Ich hatte die Türklinke schon fast in der Hand, da sagte sie: »Das ist kein Trick.« Sie hörte sich an, als wäre sie völlig am Boden zerstört. Aber ich hatte ihre schauspielerischen Fähigkeiten ja schon zur Genüge kennengelernt. Darauf fiel ich nicht mehr herein. Jetzt wollte sie mich wieder einwickeln, und wenn ich mich darauf einließ, würde sie mich alles glauben machen können, was sie wollte. Nein, da machte ich nicht mit! Ich drückte die Klinke herunter.

Im gleichen Moment spürte ich ihre Hand auf meiner Schulter.

»Bitte, geh nicht«, bat sie flehend.

Ja, das konnte sie wirklich gut! Für jede Situation die passende Stimmlage. »Was soll ich noch hier?« fragte ich beißend.

»Ich möchte dir erklären –«

»Erklärungen hatten wir eigentlich auch schon genug, findest du nicht?« Mein ganzer Körper war Ablehnung. Ich schüttelte ihre Hand von meiner Schulter und drehte mich um. Sie hatte einen Morgenmantel übergezogen, eine Art Kimono in schwarz. Ich fand, es sah eindeutig nuttig aus.

»Es geht nicht darum, daß du mit einer anderen Frau geschlafen hast. Ich weiß, das ist dein ... Job.« Ich konnte mir immer besser vorstellen, daß sie diesen Job auch wirklich ausfüllte. »Aber du hast gewußt, daß ich komme. Wir haben vor«, ich sah auf meine Uhr, »knapp fünf Stunden telefoniert. Und da hast du mir etwas vorgelogen von ›Ich warte auf dich‹. Ist dir die Zeit zu lang geworden?« Ich geriet so in Fahrt, daß ich mich kaum bremsen konnte. Aber dennoch war ich neugierig, wie sie das geradebiegen wollte.

»Ich habe dir nichts vorgelogen«, erwiderte sie müde. »Ich habe den ganzen Nachmittag auf dich gewartet.« Sie versuchte meine Augen einzufangen. Ich wich ihr aus. »Allein«, fügte sie beschwörend hinzu.

»Wie rücksichtsvoll von dir!« bemerkte ich spitz.

Sie zuckte getroffen zusammen. Aber sie wollte noch nicht aufgeben. »Sie«, sie blickte zur Tür, »kam vor einer Stunde unangemeldet hierher. Sie war schon einmal hier, aber ich mochte sie nicht. Ich hatte ihr gesagt, daß ich keine Termine mehr mit ihr mache.«

Ich war erstaunt. So etwas gab es auch?

»Sie wollte nicht gehen. Sie versuchte mich ... Sie hat es mit Gewalt versucht.« Sie drehte sich weg und ging ein paar Schritte. Dann drehte sie sich wieder um.

Das konnte ich nicht glauben. Sicher, die andere war etwa gleich groß gewesen. Aber sie war so stark! Sie sah mir an, daß ich ihr nicht glaubte.

»Ja, ich bin stark genug. Sie hat es nicht geschafft. Aber sie ließ trotzdem nicht locker. Was sollte ich tun? Die Polizei holen?«

Jetzt verstand ich. Das Ganze sollte nur eine Entschuldigung dafür sein, daß sie sich mit der Zeit verschätzt hatte. »Also hast du doch getan, was sie wollte.«

»Nicht alles«, schränkte sie ein.

»Sicher.« Ich war jetzt ganz kalt. »Warum solltest du dir das auch entgehen lassen? So unverhofft? Ist ja schließlich kein Trinkgeld, oder?«

In ihren Augen blitzte es auf. War sie jetzt wütend? Würde sie mich schlagen, nachdem sie sich mit der anderen Frau schon so offensichtlich auf Gewalt eingestimmt hatte?

»Es ist immer noch mein Beruf«, stellte sie extrem ruhig fest.

»O ja«, unterstrich ich ätzend. »Das hatte ich beinahe schon vergessen.« Mir kam ein Gedanke, und ich sprach ihn aus. »Und sie hat sicher Vergnügungszuschlag bezahlt, habe ich recht?«

Sie zuckte mit keiner Wimper. »Sie hat mehr als den üblichen Preis bezahlt«, bestätigte sie. »Das stimmt.«

»Na also«, höhnte ich. »Dann hat es sich ja wenigstens für dich gelohnt.«

Sie antwortete nicht. Ihr Blick war undefinierbar. Ich hätte nicht sagen können, was sie dachte. Aber das konnte mir ja auch egal sein. Jetzt, wo endgültig alles vorbei war.

Ich ließ sie stehen und ging.

Seit ich sie kennengelernt hatte, hatte ich mich um nichts anderes mehr gekümmert. Jedenfalls so wenig wie möglich. Das merkte ich jetzt. Ich arbeitete bis spät in die Nacht hinein. Die Kollegen witzelten schon, ich solle mir doch ein Bett mitbringen, da ich das Büro ja sowieso nicht mehr verließe. Mir war es recht. Ich unterdrückte jeden Anflug von Bedauern.

Wenn sich einmal ein Gedanke an sie in meinen Kopf einschlich, jagte ich ihn sofort wieder hinaus. Ich beruhigte mich hin und wieder – wenn es gar nicht mehr anders ging –, damit, daß eine Beziehung mit einer Nutte – jetzt sprach ich das Wort auch in Gedanken aus – sowieso von vornherein zum Scheitern verurteilt sein mußte. Jetzt war ich noch verliebt gewesen, aber wie hätte das in ein, zwei

Jahren ausgesehen? Sie hatte nie etwas davon gesagt, daß sie beabsichtigte, ihren Beruf aufzugeben, etwas anderes zu machen. Und ich hatte doch immer nur verdrängt, daß ich auf alle ihre Kundinnen eifersüchtig war. Ich wollte sie ganz für mich allein.

Ja und? Das ist ja schließlich auch normal, oder etwa nicht? Eine Beziehung mit einer Frau einzugehen, die definitiv nicht in der ›normalen‹ Welt lebte – was auch immer das heißen mochte –, die ihren Körper verkaufte wie eine Ware, war ein Widerspruch in sich. Wir hatten von Anfang an völlig verschiedene Wertvorstellungen gehabt.

Hatten wir das? Und worüber hatten wir dann gemeinsam gelacht? Ach, das war doch nur banales Zeug! Etwas, worüber man mit jeder lachen würde.

Ich wurde immer einsiedlerischer. Ich war kaum zu Hause, aber wenn ich zu Hause war, ging ich nicht ans Telefon. Und die Klingel hatte ich schon lange abgestellt. Ich fuhr zum Einkaufen in eine andere Stadt, zumindest in ein anderes Stadtviertel. So nahe, wie wir beieinander wohnten, war die Wahrscheinlichkeit sich zu treffen, einfach zu groß. Damals, als ich sie gesucht hatte, hatte das natürlich nicht geklappt. Aber jetzt, wo wir uns lieber aus dem Weg gehen wollten – ich zumindest –, wären wir sicher ineinandergelaufen.

Nach ein paar Tagen rief mich eine alte Freundin im Büro an. Als ich abnahm, sagte sie: »Na, wenigstens da bist du zu erreichen! Zu Hause scheinst du ja kein Telefon mehr zu haben. Oder wohnst du nicht mehr dort?«

»Oh, hallo Karin«, begrüßte ich sie kraftlos.

»Und besonders gut drauf scheinst du auch nicht zu sein.« Da hatte sie recht. »Bist du verliebt?« fragte sie neugierig. Sie kannte mich gut.

»Nein«, bestritt ich sofort. Der ablehnende Klang meiner Stimme sollte sie davon abhalten weiterzufragen, aber ich wußte, daß ich damit nicht viel Erfolg haben würde.

»Mhm.« Sie kannte mich schon zu lange, um sich so einfach zufriedenzugeben. »Hat sie dich verlassen?«

Ich lachte hohl. »Sie mich? Ich sie.«

»Aber glücklich bist du darüber nicht.« Das war keine Frage. Sie stellte einfach Tatsachen fest.

»Doch«, widersprach ich trotzig. »Doch, ich bin sehr froh darüber.«

»Mhm«, meinte Karin wieder. »Das ist schlimmer, als ich dachte.«

»Nichts ist schlimm.« Meine Starrköpfigkeit wuchs. »Es geht mir sehr gut!«

»Ja, das merke ich«, sagte Karin ohne besondere Betonung. Völlig zusammenhanglos fuhr sie fort: »Hast du noch Urlaub?«

»Jede Menge Überstunden.« Ich gab überrascht Auskunft. »Wieso?«

»Der Grund, warum ich anrufe, ist eigentlich der, daß ich ein paar Tage wegfahren wollte und noch eine Frau suche, die mitkommt. Und da hatte ich zuerst an dich gedacht.«

»Aber Corinna –«

»Corinna hat keine Zeit. Sie steckt mitten in den Prüfungen. Und eigentlich störe ich da nur. Deshalb wollte ich wegfahren, damit sie in Ruhe arbeiten kann.« Das hörte sich ganz logisch an.

»Ja, aber ...« Sie hatte mich schon immer mit solchen Ideen aus der Fassung gebracht. Jetzt war der Überrumpelungseffekt noch größer.

»Corinna hat nichts dagegen, wenn du mitkommst. Sie weiß, daß zwischen uns nichts mehr läuft.« Sie wirkte in keiner Weise so, als wollte sie mich überreden. Sie reihte nur eine Tatsache an die andere. Ich hatte ihre Logik schon immer bewundert.

Mir ging das alles zu schnell. »Trotzdem ...«

»Keine Widerrede! Wir fahren in die Berge. Erinnerst du dich noch an die Hütte?«

Ich erinnerte mich gut. Die Hütte war unser erstes gemeinsames Liebesnest gewesen. Dort hatten wir unsere schönsten Stunden verbracht. Mir traten die Tränen in die Augen, als ich daran dachte.

»Ja.« Ich schluckte.

Sie ignorierte meine Betroffenheit. »Ab wann könntest du dich denn loseisen?«

Ich blickte über meinen Schreibtisch. »Eigentlich ... eigentlich habe ich sehr viel zu tun. Ich bin etwas im Rückstand.«

Sie lachte. »Ich verstehe«, meinte sie. »Das war ja immer so bei dir.«

Ich war beleidigt. »Was soll das heißen?«

»Ach komm.« Sie ging einfach darüber hinweg. »Wann kannst du? Morgen, übermorgen?« So etwas wie ›nächste Woche‹ oder ›nächsten Monat‹ schien sie gar nicht im Repertoire zu haben.

Ich streckte die Waffen. Wenn sie etwas wollte, dann bekam sie es auch. Schließlich kannte ich sie gut genug. »In zwei Tagen«, schätzte ich, »könnte ich das meiste aufgearbeitet oder delegiert haben.«

»In Ordnung«, willigte sie ein, als ob sie das sowieso schon gewußt hätte. »Dann also Mittwoch. Ich hole dich um acht Uhr bei dir ab.« Sie hatte die Planung schon fertig in der Tasche.

»Um acht?« echote ich.

»Ich weiß, daß du dann noch nicht wach bist. Aber die Fahrt dauert zwei Stunden. Ich fahre. Und dann müssen wir ja noch einmal eine halbe Stunde zu Fuß laufen.« Es hörte sich wie ein feststehender Fahrplan an. Änderungen nicht inbegriffen.

Die Hütte war wirklich sehr abgelegen. Eine Autostraße dorthin gab es nicht, noch nicht einmal einen befahrbaren Weg. »Gut.« Ich gab mich geschlagen. »Wenn du fährst.«

Sie lachte. »Habe ich das nicht immer getan?« Sie wartete einen Moment, ob ich noch etwas hinzufügen wollte. »Also dann bis Mittwoch. Und sei pünktlich. Sonst schmeiße ich dich eigenhändig aus dem Bett!« Sie legte lachend auf.

Ich war ein wenig aus der Bahn geworfen. Ich hatte mich so an die Trägheit meiner melancholischen Stimmung gewöhnt, daß ich mir jetzt vorkam, als hätte plötzlich jemand den Hebel für den Schleudersitz betätigt.

Am Mittwoch fuhren wir fast pünktlich los. Karin hatte mich wirklich mit Ach und Krach um acht Uhr aus dem Bett gejagt. Sie strich kurzerhand meinen Morgenkaffee – trotz meines entschiedenen Protestes –, und wir fuhren los, kaum daß ich angezogen war. Ich grummelte noch eine Weile vor mich hin, dann schlief ich neben ihr im Auto ein. Als ich wieder aufwachte, fuhr sie schon den Paß hoch. Sie merkte, daß ich wach war. »Wir sind gleich da, siehst du? – Du bist wirklich eine Schlafmütze!«

»Ja, ja«, brummelte ich wieder. Sie machte mich nervös mit ihrer Energie. Das erinnerte mich an … Schluß! Das war kein Thema mehr!

Sie stellte den Wagen am Paß ab, und wir beluden uns mit den Rucksäcken.

»Ich dachte, wir bleiben nur ein paar Tage?« protestierte ich, als ich das Gewicht des Rucksacks spürte, den sie mir gab.

»Du wirst ja wohl kaum vergessen haben, daß wir alles hinaufschleppen müssen, was wir in der Zeit brauchen«, erklärte sie gutgelaunt und drückte mir noch eine Tasche in die Hand. »Und auch wieder hinunter. Hier gibt es weder Supermarkt noch Müllabfuhr.«

»Das hat mich schon damals gestört«, nörgelte ich mißmutig.

Sie sah mich kokettierend an. »Ich kann mich nicht erinnern, daß du dich damals viel darüber beklagt hättest.«

Ich winkte ab. »Das war doch was ganz anderes.«

Sie war nicht von ihrer guten Laune abzubringen. »Je länger wir hier herumstehen, desto später kommst du zu deinem Kaffee. Den schleppst du nämlich auch in deinem Rucksack hoch.«

Ich seufzte. »Deshalb ist er so schwer.«

»Also dann!« Fröhlich wie die Leiterin einer Pfadfinderinnengruppe marschierte sie los. Ich stapfte ihr hinterher.

Oben angekommen, mußten wir die Hütte erst einmal für die Benutzung vorbereiten, da sehr lange niemand hier gewesen war. Das hieß, alles in Gang setzen, Heizung, Boiler, Gas. Bis ich zu meinem Kaffee kam, war eine weitere Stunde vergangen.

Als wir saßen, fixierte Karin mich genau. »Und jetzt erzähl.« Sie war ganz ernst.

»Da gibt es nichts zu erzählen«, wehrte ich schroff ab.

»Offensichtlich doch«, beharrte sie ruhig. »Sonst würdest du dich nicht so wehren.«

Ich zuckte die Schultern. »Es war eben eine Affäre. Eine ziemlich kurze dazu. Das ist doch nicht besonders wichtig.«

»So unwichtig, daß du dich in ein Eremitinnendasein zurückziehst? Oder hattest du immer schon vor, ins Kloster zu gehen?« Sie sah mich an. Sie wußte Bescheid. Sie kannte mich zu gut, um irgend etwas von dem zu glauben, was ich mir hätte ausdenken können. Sie gab mir Hilfestellung. »Du hast dich also vor nicht allzulanger Zeit in eine Frau verliebt.«

»Eine Frau!« Ich schnaubte verächtlich. »Sie ist eine –« Wie konnte ich ihr das erklären?

Karin blickte etwas irritiert. »Na, eine Frau wird sie ja wohl sein, egal, was sie sonst noch ist, oder?«

»Ja.« Ich konnte ihrer Logik einfach nichts entgegenhalten. »Ja, eine Frau ist sie ohne Zweifel. – Und was für eine!« Ich machte erneut eine verächtliche Geste.

»Was hat sie dir denn bloß getan, daß du so wütend auf dich bist?«

Ich hörte erst nicht, was sie gesagt hatte, dann fiel es mir auf. »Wütend auf mich? Höchstens wütend auf sie!« Was hatte *ich* denn damit zu tun? Ich hatte doch nichts falsch gemacht, oder?

»Nein, das glaube ich nicht. Ich weiß, wie du dich benimmst, wenn du wütend auf jemand anderen bist. Dann flippst du nicht so aus. Das tust du nur, wenn du glaubst, du hast selbst einen schweren Fehler begangen.« Sie hatte ihre Erfahrungen mit mir gemacht.

Ich mußte widerwillig zugeben, daß sie recht hatte. »Was ist es denn anderes als ein schwerer Fehler, sich in eine Frau zu verlieben, die ...« Ich konnte es nicht aussprechen. Denken hatte ich es vielleicht noch können, aber aussprechen konnte ich es nicht.

»Du bist eifersüchtig«, stellte Karin bestimmt fest, ohne daß ich weitersprechen mußte. »Hat sie dich mit einer anderen Frau betrogen?«

»Mit einer?« Ich lachte gallig auf.

Karin schaute mich interessiert an. »Das hört sich an, als wäre sie eine Nymphomanin.«

»Sie ist keine Nymphomanin.« Das glaubte selbst ich nicht. »Sie ist eine Nutte.« Jetzt war es raus!

»Oh.« Sie war zwar überrascht, aber nicht besonders erschüttert. »Das ist neu.«

»Ist das alles, was du dazu zu sagen hast?« Ich bot ihr meine Verzweiflung dar, und sie fand das einfach nur ›neu‹?

Karin sah mich mitfühlend an. »Aber du sagtest, sie hat dich mit anderen Frauen betrogen. Schläft sie denn nicht auch mit Männern?« Sie zögerte. So einfach war es für sie auch nicht. Für sie war es auch ziemlich ›neu‹! »Ich meine ... beruflich?«

Obwohl ich glaubte, mich schon daran gewöhnt zu haben, hörte sich das Wort in diesem Zusammenhang erneut obszön an. »Nein«, bemerkte ich wegwerfend. »Soviel ich weiß, nicht.«

Karin rechnete im Kopf eins und eins zusammen. »Das heißt, sie ist eine Nutte für Frauen?«

»Ja.« Mit der Zeit hatte ich mich wieder an das Thema gewöhnt. »Das ist sie: eine Nutte für Frauen.«

Karin stieß einen Pfiff aus. »Ich habe davon gehört, daß es so etwas gibt, aber irgendwie habe ich das immer nicht glauben können. Daß die Nachfrage da groß genug ist...« Sie erörterte das Ganze wie einen betriebswirtschaftlichen Gegenstand. Eine einfache Sache von Angebot und Nachfrage.

»O ja«, versicherte ich bitter. »Die ist größer, als du denkst.«

»Entschuldige bitte.« Karin sah mich wieder teilnehmend an. »Ich behandele das wie ein abstraktes Problem, aber für dich ist es natürlich sehr konkret.«

»Ist es nicht.« Halsstarrig leugnete ich. »Jetzt nicht mehr.«

Sie lächelte verständnisvoll. »Deshalb regst du dich auch gar nicht darüber auf, nicht wahr?«

Ich fuhr hoch. »Ach, wenn du wüßtest... Das ist ja noch lange nicht alles!«

»Okay«, meinte sie und lehnte sich bequem in ihren Hüttensessel zurück. »Dann erzähl mir doch einfach alles.«

Zuerst wollte ich nicht. Es gab ja so vieles, was ich selbst nicht verstand. Aber dann taute ich unter ihren teilnehmenden Blicken langsam auf. Und ich erzählte ihr wirklich alles.

Sie hörte ruhig zu und ließ mich reden. Sie fragte nicht nach, sie stellte meine Sicht der Dinge erst einmal nicht in Frage. Als ich fertig war, sagte sie: »Da hast du aber eine Menge mit dir rumgeschleppt!«

Obwohl mir das im Moment auch nicht weiterhalf, beruhigte es mich auf Anhieb, machte meine Wut auch für mich selbst weitaus verständlicher.

Sie ging zum Herd und holte für uns beide neuen Kaffee. Währenddessen sagte sie nichts. Sie dachte nach. Nachdem sie sich wieder gesetzt hatte, erklärte sie: »Du bist immer noch in sie verliebt.« Sie hob sofort abwehrend die Hand, als ich zum Protest ansetzte. »Und wenn ich das richtig beurteile – so, wie ich dich kenne –, würde ich sogar sagen, du liebst sie wirklich.«

Jetzt konnte ich nichts mehr sagen, weil ich völlig verwirrt war. Wie konnte sie das mit solcher Bestimmtheit sagen? Etwas, das so falsch war?

Sie lächelte mich verständnisinnig an. »Ich erinnere mich noch sehr gut an deine Eifersuchtsanfälle. Du bist dann völlig irrational. Nach allem, was du mir erzählt hast, glaube ich nicht, daß sie die Frau ist, die du jetzt beschreibst. Ich kenne sie zwar nicht, und meine Erfahrungen mit Nutten sind eigentlich eher beschränkt«, sie lachte ein wenig auf, »aber ich habe schließlich keinen Grund, sie zu verteidigen. Ob *sie* allerdings nach diesem Auftritt noch einmal mit dir spricht, wage ich zu bezweifeln.« Ihr Fazit war ebenso logisch wie einleuchtend. Ich hatte dem nichts entgegenzusetzen.

»Das glaube ich auch. Aber eine solche Beziehung hätte ja eh keine Zukunft.« Das stand für mich unwiderruflich fest.

»Das mag sein.« Karin überlegte kurz und sprach dann weiter. »Es ist sogar sehr wahrscheinlich. Aber das ist noch lange kein Grund, sich wie ein Elefant im Porzellanladen zu benehmen.« Sie sah mich mit leicht strafendem Blick an. »Milde ausgedrückt.«

Ich war beschämt. In mir arbeitete es. Die Erinnerungen kamen wieder. Vor allem die guten Erinnerungen. Aber ich konnte das immer noch nicht zulassen. Ich schüttelte sie ab.

Die Tage mit Karin waren eine tiefe innere Erholung. Sie kannte mich. Sie wußte, wie ich in einer Beziehung reagierte, und sie hatte selbst mit meiner Eifersucht gekämpft, als wir noch zusammen gewesen waren.

Ich fühlte mich, als wenn sie mir erlaubt hätte, in ihrer Zuneigung und Sympathie zu baden. Mein Körper entspannte sich, ich merkte, wie sehr ich ihn malträtiert hatte. Der Schlafentzug machte sich bemerkbar, und ich schlief manchmal die halben Tage zusätzlich zu den Nächten durch. Die Einsamkeit der Hütte tat ein übriges. Es gab kein Telefon, kein Radio, keine Verbindung zur Außenwelt außer der, die wir mit unseren eigenen Füßen aufnehmen konnten.

Am letzten Abend öffneten wir unsere letzte Flasche Wein, die wir mühsam hochgeschleppt hatten. Karin hatte so gut geplant, daß wir fast leere Rucksäcke mit hinunternehmen würden.

Ich war immer noch nicht zu einem Entschluß gekommen. »Ich

weiß, daß ich es auf Dauer nicht ertragen kann, immer daran zu denken, was sie tut«, sagte ich zu Karin. »Und ignorieren kann ich es auch nicht.«

Karin schüttelte etwas ärgerlich über meine Sturheit den Kopf. »Aber das ist es doch nicht, woraus eine Beziehung besteht. Wer mit wem schläft und mit wie vielen.« Sie sah mich eindringlich an. »Zumal in diesem Fall, wo es wirklich keine Bedeutung hat.«

»Ich weiß«, sagte ich. »Das hast du damals schon gesagt. Aber ich kann es nicht ändern. Ich bin eifersüchtig. Ich kann zwischen Liebe und Sex nicht trennen.« Ich legte den Kopf in die Hände und blickte sie von unten herauf an. »Und ausgerechnet *mir* muß das passieren: eine Frau kennenzulernen, deren Beruf es ist.«

Karin lachte. »Geschieht dir ganz recht. Wenn ich daran denke, wie du mich damals verrückt gemacht hast. Ich durfte einer anderen Frau ja noch nicht einmal hinterhersehen!«

»Das mußt du ja auch nicht gerade tun, wenn ich neben dir herlaufe, oder?« Daß ich so etwas Selbstverständliches immer betonen mußte!

»Wann hätte ich es dann tun sollen? Wir waren ja fast immer zusammen.« Karin sah mich wohlwollend an. »Sie schaut sicher nicht anderen Frauen auf der Straße hinterher – bei ihrem Beruf, oder?«

»Nein«, sagte ich widerstrebend. »Sie geht überhaupt nicht gern raus.«

»Das kann ich gut verstehen.« Karin nickte. Dann lachte sie, als ihr plötzlich ein Gedanke kam. »Das gibt doch eine wunderbare ›Inhouse‹-Beziehung. Das müßte doch eigentlich dein Ideal sein!«

Ich wollte mich nicht so einfach überzeugen lassen. »Ja, aber . . .«

»Kein ›Ja, aber . . .‹!« Karin stieß einen Stoßseufzer aus. »Sie schläft mit anderen Frauen. Das wird sie auch weiterhin tun. Damit verdient sie ihr Geld.« Ich zuckte zusammen. Karin sah es und fuhr mitfühlend fort: »Aber das viel Wichtigere ist doch, miteinander zu reden, miteinander zu lachen, miteinander vor dem Fernseher zu sitzen und Erdnüsse zu knabbern, das sind die Dinge, die verbinden. Einfach die banalsten Dinge miteinander zu tun. Darüber zu reden, was man heute abend kochen möchte, zusammen einzukaufen, sich ein faules Wochenende zu machen und einfach nur zu genießen, daß die andere da ist.« Karin sah mich noch einmal prüfend an.

»Das ist für mich der Unterschied zwischen einer Affäre und einer Beziehung. Natürlich ist die Basis eine andere. Da muß auch sexuelle Anziehung dabeisein, aber aus wieviel Prozent Sex besteht eine Beziehung? Vielleicht fünf Prozent – fünfundneunzig Prozent muß man anders ausfüllen.«

Ich protestierte mit einem energischen Gebrummel.

Karin lachte nachsichtig. »Ja, ich weiß, am Anfang ist es mehr – wesentlich mehr. Ich erinnere mich noch sehr gut an unsere ersten Wochen.« Sie grinste. Dann wurde sie wieder ernst. »Es sind nicht die Nächte, die man überstehen muß, sondern die Tage.« Sie beugte sich vor und strich mir über die Haare. »Möchtest du heute nacht bei mir schlafen?« fragte sie freundlich.

Ich sah sie erstaunt an. Ich hatte bisher nicht den Eindruck gehabt, daß sie daran interessiert war. Ich wand mich etwas. Sie hatte so viel für mich getan in diesen paar Tagen, dennoch konnte ich mir nicht vorstellen, ihr in dieser Form dafür zu danken. Aber ich wollte sie auch nicht verletzen. »Ich glaube, besser nicht«, sagte ich und hoffte, sie würde es nicht falsch verstehen.

Sie verstand es vollkommen richtig. »Oh, das war kein sexuelles Angebot«, stellte sie richtig, mit einer Selbstverständlichkeit, die ich in diesen Dingen nie erreichen würde. »Ich dachte nur, ein bißchen Kuscheln könnte dir nicht schaden.«

Ich wußte, daß das ungewöhnlich für sie war. »Bist du denn jetzt monogam?« fragte ich unwillkürlich.

Karin lachte laut. »Das kannst du dir nicht vorstellen, oder?« Sie beruhigte sich wieder. »Und du hast recht. Ich bin nicht monogam.« Als sie meine Reaktion sah, fuhr sie fort: »Aber das heißt noch lange nicht, daß ich ununterbrochen an Sex denke und jede Frau vernasche, vor allem eine Ex-Freundin, mit der die Beziehung an meiner Nicht-Monogamie und ihrer Eifersucht gescheitert ist.«

Ich mußte schlucken. »Trotzdem ...«, sagte ich, obwohl ich mir ein bißchen Kuscheln mit ihr sehr angenehm vorstellen konnte.

»Trotzdem«, wiederholte sie ernst, »bist du ihr treu.«

Mein Blick fuhr hoch. Daran hatte ich doch überhaupt nicht gedacht!

Karin sagte ernst, aber mit einem Lächeln in den Augen: »Du sagst, du haßt sie. Du willst sie nie mehr wiedersehen. Aber du könntest sie jetzt niemals betrügen.« Sie kam zu mir und küßte mich auf die Wange. »Du liebst sie«, schloß sie ruhig.

Ich saß da und war bewegungsunfähig.

Sie ging zur Tür. Dann drehte sie sich noch einmal um. »Mein Angebot steht immer noch«, sagte sie lächelnd. »Und ich verspreche bei allem, was mir heilig ist, daß ich ihr nichts wegnehmen werde.«

Am nächsten Tag betrat ich meine Wohnung in etwas anderer Stimmung, als ich sie verlassen hatte. Dennoch war ich immer noch unsicher. Es würde ein paar Tage dauern, bis ich alles, was ich mit Karin auf der Hütte besprochen hatte, verarbeitet haben würde. Und dann – was würde ich dann tun? Ich wußte es wirklich nicht. Eins war klar: Mit der Situation, wie sie jetzt bestand, konnte ich nicht leben. Ich würde wahrscheinlich in eine andere Stadt umziehen müssen. Das war der einfachste Weg.

Etwas beruhigt ging ich in die Küche, um Kaffeewasser aufzusetzen. Ich hatte den Kessel schon in der Hand, als das Telefon klingelte. Ich hatte es mir so zur Gewohnheit gemacht, nicht abzunehmen, daß ich zuerst nicht darauf reagierte. Es hörte nicht auf. Es machte mich nervös – aus mehreren Gründen. Dann fiel mir ein, daß Karin versprochen hatte anzurufen, wenn sie zu Hause war. Ihre Ermahnungen im Ohr ging ich ran.

In der Leitung atmete jemand schwer. Diesmal nahm ich gar nicht erst an, daß es ein Wichser war.

»Was willst du?« fragte ich, schroffer, als ich eigentlich beabsichtigt hatte.

Die Atemzüge wurden noch lauter. Es klang sehr mühsam. Plötzlich wurde es ganz still. Dann kam ein undefinierbares Geräusch aus dem Hörer. Wieder war es kurz still. Von Telefonsex zu Telefonterror? Vielleicht hätte *sie* mit Karin auf die Hütte fahren sollen!

»Melde dich«, sagte ich ziemlich drohend, »sonst lege ich auf.« Wieder dieses undefinierbare Geräusch und dann – plötzlich – ihre

Stimme.

»Bitte ...«, sagte sie sehr leise.

War das wirklich ihre Stimme? Es klang, als käme sie aus dem Keller oder aus einem Berg von Watte oder beides.

»Ja?« fragte ich abwartend, genauso, wie sie es das erste Mal mit mir gemacht hatte.

»Bitte ...«, klang es wieder sehr leise aus dem Hörer. »Kannst du kommen?«

So schnell? Und Karin hatte gemeint, sie würde nicht einmal mehr mit mir sprechen! Ihr Atem war immer noch schwer. Was machte sie denn da?

Ich konnte nicht. Heute abend nicht. Ich mußte erst über das nachdenken, was mir in den letzten Tagen alles durch den Kopf gegangen war.

»Ich bin noch keine Viertelstunde zu Hause«, sagte ich. »Ich wollte heute eigentlich nicht mehr weggehen.«

Wieder dieses undefinierbare Geräusch, diesmal lauter. Nein, es war gar nicht undefinierbar – es hörte sich an wie Stöhnen!

»Bitte, hilf mir!«

Was war nur los? Konnte ihre Sehnsucht nach mir so groß sein?

»Was ist denn?« fragte ich irritiert.

»Bitte, komm«, flüsterte sie noch einmal ganz schwach.

Da stimmte doch irgend etwas nicht! Die Leitung war still. Ich hörte kein Atmen mehr, aber aufgelegt hatte sie auch nicht.

Ich wartete eine Weile, dann legte ich auf. Was sollte ich jetzt tun? Ihre Stimme hatte wirklich sehr merkwürdig geklungen. Richtig verzweifelt. Andererseits kannte ich ihre Fähigkeiten auf diesem Gebiet. Was hatte ich zu erwarten, wenn ich zu ihr ging?

Ich ging langsam in die Küche zurück. Meine Unruhe wuchs. Ich konnte nicht einfach hierbleiben. Ich mußte wissen, was los war. Und wenn sie sich an mir rächen wollte, wenn sie sich etwas ausgedacht hatte, um es mir heimzuzahlen, würde ich das ja bald erfahren.

Ich nahm meine Jacke und machte mich zögernd auf den Weg. Ich klingelte an der Haustür. Der Summer kam sofort. Ich fuhr mit dem Lift nach oben. An ihrer Tür zögerte ich. Dann legte ich meinen Daumen auf die Klingel. Die Tür ging langsam auf. Sie war nicht zu sehen. Ich ging hinein und blickte mich vorsichtig um. Dann wollte ich die Tür schließen. Da sah ich sie.

Sie stand zusammengekrümmt hinter der Tür und stützte sich an der Wand ab. Sie hatte ihren schwarzen Kimono an, aber sie hatte den Gürtel nicht geschlossen. Darunter war sie nackt. Sie hielt den Kopf gesenkt. Dann blickte sie hoch.

»Mein Gott!« schrie ich entsetzt. Ihr Gesicht war blutüberströmt, ihre Augen konnte ich nicht mehr sehen. Ich sprang auf sie zu und versuchte sie zu stützen. Sie stöhnte schmerzgepeinigt auf. »Mein Gott«, hörte ich mich selbst nochmals sagen. Ich nahm ihre Arme und versuchte ihre Schmerzenslaute zu ignorieren. »Komm«, sagte ich sanft. »Du mußt ins Bett.«

Sie stöhnte bei jedem Schritt auf. Ich öffnete die Schlafzimmertür und legte sie so vorsichtig, wie ich konnte, hin. Sie stöhnte furchtbar. Ich sah sie an und fühlte mich völlig hilflos. Ich setzte mich zu ihr aufs Bett. Schon diese leichte Bewegung entlockte ihr wieder einen wimmernden Laut. Ich wollte sie streicheln, aber wie konnte ich das, wenn ihr alles weh tat? »Was ist passiert?« fragte ich.

Sie versuchte zu antworten, aber ihre Lippen waren aufgeplatzt und völlig verschwollen.

Ich winkte ab. »Laß – das ist ja jetzt nicht so wichtig. Ich rufe einen Krankenwagen.« Ich griff zum Telefon auf dem Nachttisch.

»Nein!« Sie röchelte fast.

Ich verstand sie nicht. »Aber du mußt unbedingt ins Krankenhaus. Du mußt in ärztliche Behandlung!«

Sie versuchte wieder zu sprechen. »Kein Krankenhaus«, wisperte sie mühsam. »Keine Polizei.«

Daran hatte ich noch gar nicht gedacht. Die Polizei mußte ich sicher auch benachrichtigen. Warum wollte sie das nicht? Sie war doch offensichtlich überfallen worden.

»Aber sei doch vernünftig – ich kann dir nicht helfen! Du bist schwer verletzt. Laß mich den Krankenwagen rufen, bitte.«

Sie schüttelte mühsam mit schmerzverzerrtem Gesicht den Kopf.

Ich war ratlos. Meine medizinischen Kenntnisse gingen über das bißchen Massage nicht hinaus, und das würde ihr jetzt bestimmt nicht helfen.

Sie lag da und stöhnte wieder. Ich mußte etwas tun. Ich rief Karin an.

»Ich hab's schon dreimal bei dir versucht«, begrüßte sie mich fröhlich. »Schläfst du schon wieder?«

»Nein«, antwortete ich gedämpft.

Sie merkte es sofort. »Was ist los?«

»Ich brauche einen Arzt«, sagte ich.

Sie war erschreckt. »Was hast du denn gemacht?« fragte sie. »Wir sind doch gerade erst angekommen.«

»Nicht für mich.«

Das schien für sie merkwürdigerweise alles zu erklären. »Du bist bei ihr«, sagte sie, eine Feststellung, keine Frage.

»Ja«, bestätigte ich.

»Gib mir die Adresse«, verlangte sie. Sie fragte nicht, warum. Sie verwies mich nicht aufs Krankenhaus. Wenn ich nicht schon in den letzten Tage hätte feststellen können, wie hilfreich ihr selbstverständliches Engagement war, spätestens jetzt hätte ich es gewußt. Sie war etwas ganz Besonderes. Ich gab ihr die Adresse.

»Ich versuche, eine Ärztin zu erreichen, die ich kenne«, sagte sie. »Ich hoffe, sie ist zu Hause.«

»Das hoffe ich auch. Und, bitte, beeil dich!« drängte ich.

Karin sagte nichts mehr und legte auf. Ich wußte, sie würde tun, was sie konnte. Jetzt konnte ich nur noch warten.

Ich wartete eine Ewigkeit. Ich versuchte ihr mit einem Lappen das Blut abzuwaschen. Sie stöhnte so gequält, daß ich es aufgab. Es klingelte. Ich sah auf die Uhr. Eine Dreiviertelstunde war vergangen. Ich ging zur Tür und öffnete.

Eine Frau, grauhaarig, Mitte fünfzig, stürmte herein. Ich nahm an, das war die Ärztin. Sie stellte sich nicht vor. »Wo ist sie?« fragte sie barsch.

Ich deutete auf die Schlafzimmertür. Sie stürmte sofort weiter. Ich lief ihr hinterher. Sie stand schon neben dem Bett und krempelte die Ärmel ihrer weißen Bluse hoch. Sie nahm ein Stethoskop aus ihrer Tasche. Sie sah auf das Bett hinunter. »Diese verdammten Kerle!« sagte sie wütend.

Ich schaute sie an und sagte nichts, aber ich war mir ziemlich sicher, daß das kein ›verdammter Kerl‹ gewesen war.

Die Ärztin untersuchte sie schnell und professionell. Sie stöhnte. Die Ärztin sagte beruhigend: »Ist schon gut, Kindchen, ist gleich vorbei.« Als sie fertig war, richtete sie sich auf. »Ich glaube, sie hat Glück gehabt. Keine inneren Verletzungen, soweit ich das beurteilen kann. Aber sie sollte auf jeden Fall geröntgt werden.«

Vom Bett kam ein schwacher, entsetzt protestierender Laut.

Die Ärztin drehte sich um. »Ich weiß Bescheid, Kindchen. Ich habe das Bett schon gesehen.« Zu mir gewandt fuhr sie fort: »Ich denke, es besteht keine akute Lebensgefahr. Sobald sie wieder laufen kann, bringen Sie sie ins Krankenhaus und lassen sie röntgen. Die werden dann keine Fragen mehr stellen.« Sie blickte mich streng an. »Versprechen Sie mir das!«

Es war ein Befehl. Ich nickte.

»Ist sie Ihre Freundin?«

Ich war völlig überrumpelt. Zu jedem anderen Zeitpunkt hätte ich auf diese Frage nicht geantwortet, noch nicht einmal eine Antwort gewußt. Jetzt nickte ich, genauso wie zuvor.

Die Ärztin seufzte. »Ihr Mädels solltet besser aufeinander aufpassen, in eurem Beruf!«

Sie hielt mich auch für eine ...! Trotz des Ernstes der Situation mußte ich lächeln. »Ich werde auf sie aufpassen«, versprach ich. »Sobald sie laufen kann, wird sie geröntgt.«

Die Ärztin blickte mir direkt ins Gesicht. »Gut. Ich glaube, Sie meinen es ernst.« Sie nahm einen Rezeptblock und schrieb etwas auf. »Das holen Sie jetzt gleich aus der Nachtapotheke. Und Sie geben ihr jede Stunde eine Tablette, die nächsten zwölf Stunden.«

Ich nickte wieder gehorsam. Etwas anderes hätte sie sowieso nicht akzeptiert.

Sie drehte sich um und raste zur Tür.

Ich streckte den Arm aus. »Ja, aber ...«

Sie stand in der offenen Tür. »Es ist alles erledigt«, sagte sie. Dann war sie verschwunden.

Ich stand immer noch völlig verdattert da. Ein leises Stöhnen vom Bett brachte mich wieder zur Besinnung. Ich ging hinüber und sah auf sie hinunter. Aus einem Augenschlitz blickte sie mich an. Das andere Auge war ganz zu. »Ich gehe schnell in die Apotheke«, kündigte ich an. »Deine Tabletten holen.«

»Nein«, protestierte sie schwach. Ich konnte sie kaum verstehen.

Ich kniete mich vor das Bett. »Ich bin gleich wieder da. Aber ich muß gehen. Ich werde die Wohnungstür von außen abschließen. Wo hast du deinen Schlüssel?«

Wenn ich die Richtung ihres einen Auges richtig interpretierte, deutete sie auf eine Handtasche. Ich öffnete sie und fand den Schlüssel auch. Ich nahm ihn heraus. »Ich bin gleich wieder da«, versicherte ich noch einmal beruhigend. Ich strich in der Luft über ihr Gesicht, da ich sie nicht berühren und ihr neue Schmerzen verursachen wollte. Dann ging ich schnell los.

Die Nacht war ein einziges Meer voller Qualen für sie, trotz der Tabletten, die ich ihr mühsam jede Stunde einflößte. Sie konnte kaum schlucken.

Ich saß nur bei ihr und beobachtete sie. Wenn ich ihr die Tablette gegeben hatte, schlief sie meistens etwas, aber selbst im Schlaf gab sie gequälte Laute von sich. Einmal schrie sie laut »Nein!« Davon wachte sie auf, und obwohl die Stunde noch nicht herum war, gab ich ihr eine neue Tablette.

So ging es bis zum Morgen. Dann fiel sie in einen unruhigen Schlaf, der sie aber nicht mehr aufwachen ließ. Ich setzte mich mit einer Decke in einen Sessel und war kurz darauf eingeschlafen. Von ihrem Stöhnen wachte ich auf. Als ich endlich wach genug war, sah ich, wie sie versuchte aufzustehen.

Ich sprang hoch. »Bist du verrückt? Bleib liegen!«

Sie sank stöhnend zurück. »Es muß doch gehen«, flüsterte sie durch ihre aufgesprungenen Lippen hindurch. Sie sah fast noch schlimmer aus als in der Nacht. Jetzt sah ich auch ihren Oberkörper, von dem der Kimono hinuntergerutscht war. Ihre Haut war mit Blutergüssen übersät, genauer gesagt, zwischen ihren Blutergüssen blitzte ab und zu ein Stückchen Haut hervor.

»Es muß gar nichts«, ordnete ich streng an. »Du bleibst liegen und sagst mir, was du willst. Ich hole es dir dann.«

»Ich will nichts«, resignierte sie mühsam.

»Gut«, sagte ich. Ich ging zu ihr ans Bett und kniete mich daneben. »Hast du große Schmerzen?« Dumme Frage – das war offensichtlich!

»Es geht«, behauptete sie. Im nächsten Moment verzog sie das

Gesicht.

»Willst du eine Tablette?« fragte ich besorgt.

Sie flüsterte. Ich beugte mich zu ihr hinunter, so daß ihr Mund fast an meinem Ohr war. »Ich ... will ... von ... hier ... weg.« Es war eine peinigende Anstrengung.

Das konnte ich gut verstehen! »Soll ich dich zu mir bringen?« Mir grauste jetzt schon vor den vier Etagen, aber wenn sie wollte ...

Sie schüttelte kaum merklich den Kopf und stöhnte trotzdem vor Schmerzen. »Paris«, hauchte sie fast unhörbar.

»Nach Paris?« Wie wollte sie das denn machen? Und dann: Wollte sie in ihrem Zustand tagelang in einem Hotel liegen, bevor sie aufstehen konnte? Das konnte sie doch besser hier. »Wenn es dir wieder besser geht, fahren wir nach Paris«, versprach ich sanft.

Ihre Hände ballten sich krampfhaft zu Fäusten. »Jetzt!« verlangte sie mit aller Kraft, die ihr noch zur Verfügung stand.

Ich sprach beruhigend auf sie ein. »Das geht nicht. Das kannst du nicht aushalten. Du mußt ein paar Tage warten.«

»Bitte ...«, flehte sie ganz erschöpft.

Was sollte ich dem entgegenhalten? Ich seufzte. »Also gut. Ich bringe dich nach Paris. Ich weiß zwar noch nicht wie, aber ich verspreche es dir.« Die Spannung in ihrem Körper ließ nach. Ich stand auf. »Ich werde ein Zimmer reservieren. Möchtest du in ein bestimmtes Hotel?«

Sie versuchte wieder, etwas zu sagen. Zuerst verstand ich es nicht, dann hörte ich: »Kein Hotel.«

»Kein Hotel? Willst du in deinem Zustand unter den Brücken schlafen?« Langsam bezweifelte ich, ob nur ihr Körper von den Verletzungen betroffen war.

»Wohnung«, sagte sie schwach. Sie hob ihre Hand und zeigte wieder auf ihre Handtasche.

Ich war verwirrt. Eine Wohnung in der Tasche? Ich nahm die Tasche und legte sie neben sie auf das Bett.

Sie sagte: »Aufmachen.« Ich tat es. Dann sagte sie: »Adressen.« Ich nahm an, daß sie ein Adreßverzeichnis meinte, und suchte so etwas. Ich fand einen kleinen Taschenkalender, nicht das voluminöse Lederbändchen, das sie für ihre Termine benutzte. Sie atmete sehr schwer. Mit einer letzten Anstrengung stieß sie hervor: »Erste Seite.«

Ich schlug den Kalender auf. Auf der ersten Seite stand ihr Name und eine Adresse in Paris. Ich sah sie fragend an. »Willst du da hin? Wohnst du da immer, wenn du in Paris bist?«

Sie nickte mit geschlossenen Augen. Jedenfalls interpretierte ich es als Nicken.

»Soll ich da anrufen? Wer wohnt dort?«

Sie wisperte undeutlich. Ich beugte mich wieder näher zu ihr. »Meine ...«, verstand ich. Wer? Ihre Freundin, Mutter, Cousine? Mir fiel auf, daß ich noch nie darüber nachgedacht hatte, daß sie auch eine Familie haben mußte. Sie holte tief Luft, soweit sie das konnte. »Meine ... Wohnung«, sagte sie.

»Das ist deine Wohnung?« Sie reagierte nur schwach, aber ich nahm an, daß es Zustimmung signalisieren sollte. Was das jetzt wieder zu bedeuten hatte, darüber wollte ich im Moment nicht nachdenken. Ich kannte die Adresse, ich wußte, was sie wollte. Jetzt blieb nur noch das Transportproblem.

Ich dachte laut darüber nach. »Laufen kannst du nicht. Ich kann mir nicht vorstellen, daß ich dich so in einen Zug oder ein Flugzeug kriege.« Ich lief im Zimmer herum. »Damit bleibt nur mein Wagen.« Ich sah sie an, sah ihren erbarmungswürdigen Zustand im Spiegel einer stundenlangen Autofahrt. »Ich weiß nicht, wie du das überstehen willst.«

Sie murmelte wieder. »Ich ... schaffe ... es.« Sie wollte es unbedingt. Und ihr Wille konnte Berge versetzen, hoffte ich. Oder zumindest ihren Körper nach Paris.

»Also gut.« Ich gab resignierend auf. Wenn es nicht gehen sollte, würde ich das merken, und dann mußte sie sich eben damit abfinden hierzubleiben, bis es ihr besser ging. »Ich gehe jetzt in meine Wohnung und packe ein paar Sachen. Dann komme ich mit meinem Wagen hierher. Es dauert nicht lange.«

Sie hatte versucht, ihre verschwollenen Augen in einer unwillkürlichen Angstreaktion aufzureißen und schmerzhaft feststellen müssen, daß das nicht ging. Sie stöhnte gepeinigt auf.

»Ich komme gleich zurück. Ich werde wieder von außen abschließen. Das hat letzte Nacht doch auch gut geklappt. Hab keine Angst!« Ich nahm den Schlüssel und ging.

In meiner Wohnung warf ich ein paar Sachen zusammen, suchte

Geld und Schecks heraus und beeilte mich, so sehr ich konnte. Ich nahm alles an weichem Material mit, was ich fand. Bettdecken, Kissen und – unverzichtbar! – eine Wärmflasche. Endlich hatte ich alles im Auto. Ich fuhr verbotenerweise durch die Fußgängerzone und parkte den Wagen direkt bei ihr vor der Tür. Als ich in der Wohnung ankam, hatte sie wieder versucht, allein aufzustehen. Bis zu einer bizarren Mischung zwischen Liegen und Sitzen war es ihr gelungen.

Ich half ihr, sich ganz hinzusetzen. »Ich fürchte, jetzt geht's schon los«, bereitete ich sie vor. »Wir müssen dich anziehen.« Ich ging an ihren Kleiderschrank. Offensichtlich hielt sie hier auch eine strikte Teilung zwischen Beruf und privat ein. Es gab kein einziges Stück in Leder.

Ich suchte ein paar weite, bequeme Sachen heraus, fand nichts anderes als seidene Dessous und nahm auch die. Im Schrank fand ich eine Tasche. Ich legte die Sachen hinein bis auf das, was ich ihr anziehen wollte, den Jogginganzug. Ein Glück, daß sie wenigstens so etwas besaß. Aber ich hatte ja schon einmal festgestellt, daß sie sportlich war.

Ich kam zu ihr ans Bett zurück. »Meinst du, du kannst mir helfen?« Sie nickte schwach. Ich gab ihr das Oberteil. Sie konnte die Arme allein nicht heben und ließ sie enttäuscht wieder sinken. »Ist schon gut«, beruhigte ich sie. »Ich tue es.« Danach wollte ich zuerst die Tasche mit ihren Sachen in mein Auto bringen. »Dann hole ich dich.«

»Nein.« Sie protestierte. Sie wollte nicht mehr allein bleiben.

Ich warf mir die Tasche über die eine Schulter und hob ihren Arm über die andere. Sie stöhnte. Ich ignorierte es, legte meinen Arm um ihre Taille und zog sie hoch. Sie stöhnte lauter, aber stützte sich, soweit sie konnte, auf mir ab. Wo sollte das enden? Wir waren ja noch nicht einmal aus dem Schlafzimmer!

»Willst du es dir nicht noch einmal überlegen?« fragte ich vorsichtig.

Ihre Reaktion war sehr heftig. Sie spannte ihren ganzen Körper an und machte einen Schritt. Ich unterstützte sie. Wir kamen mit großer Mühe bis zum Auto. Ich packte sie in die Decken und Kissen auf dem Rücksitz und hoffte, daß es ausreichen würde. Sie fiel erschöpft zusammen, als ich mich hinter das Steuer setzte. Vielleicht schlief sie ja ein. Ich hatte ihr in der Wohnung noch eine Tablette gegeben. Wach würde sie die Schmerzen sicher nicht aushalten.

Als ich losfuhr, schrie sie auf. Ich blickte in den Rückspiegel. »Geht es wirklich?«

Sie biß wieder die Zähne zusammen. »Ja«, grollte sie. Das fragte ich sie besser nicht mehr!

Die ersten Kilometer, bis wir auf der Autobahn waren, waren äußerst qualvoll. Ich wäre am liebsten umgekehrt oder hätte mir zumindest Ohropax in die Ohren gestopft. Sie stöhnte ununterbrochen. Dann, als ich auf die Autobahn eingebogen war, hörte ich plötzlich nichts mehr von ihr. Sie war ohnmächtig geworden. Das war das beste. Ich hoffte, daß dieser Zustand möglichst lange anhalten würde.

Während der Fahrt machte ich zweimal Pause, ohne daß sie aufwachte. Ich betrachtete sie still. Ihre zugeschwollenen Gesichtszüge waren verkrampft. Die Ohnmacht schützte sie vielleicht davor, die größten Schmerzen bewußt wahrzunehmen, aber ihr Körper empfand sie trotzdem. Zwischendurch stöhnte sie immer wieder, aber Gott sei Dank wachte sie nicht auf.

Nach dem letzten Halt tauchten dann plötzlich die Industrieregionen der Pariser Umgebung vor mir auf. Wie immer war ich von dem unvermittelten Übergang überrascht. Eben noch kaum Häuser, nur ein paar bäuerliche Dörfer, und dann auf einmal breite Straßen und endlose Industriekomplexe links und rechts.

Diese künstliche Landschaft schien gar nicht aufhören zu wollen. Endlos zogen die grell beleuchteten Phantasiebauten an mir vorbei. Hohe Gebäude, deren oberste Begrenzung ich aus dem Auto nicht sehen konnte, dazwischen – vereinzelt und fast wehrlos wirkend – flache Lagerhallen, dann wieder spitze, beinahe futuristisch anmutende korallenartige Gebilde, die durch die Beleuchtung nahezu filigran erschienen.

Die Ästhetik dieser Konstruktionen nahm mich gefangen. Ich nahm die Umgebung so wahr, als ob sie auf einer Leinwand an mir vorbeiziehen würde, wie von einem Kinosessel aus.

Ich wußte nicht, wieviel Zeit vergangen war, als die Landschaft wechselte. Die armen Vororte von Paris konnten mit ihrer eigenen

Ästhetik nicht mit der Industrieregion konkurrieren. Welche Perversion! Hier wohnten die Menschen, die dort draußen in dieser Science-Fiction-Welt arbeiteten.

Ich mußte mich auf den Verkehr konzentrieren. Selbst nachts kam ich mir in Paris vor wie in der Hauptverkehrszeit. Ich mußte durch die Stadt. Mir würde das unvergleichliche Erlebnis des mehrspurigen Kreisverkehrs um den Arc de Triomphe zuteil werden! Jetzt nachts fühlte ich mich dem durchaus gewachsen, aber tagsüber würde ich diesen Weg nicht noch einmal freiwillig nehmen.

Ich fuhr und suchte auf der anderen Seite die Abfahrt für die Richtung, in der ihre Wohnung lag. Es war nicht mehr weit. Sie stöhnte. Ich sah in den Rückspiegel. »Bist du wach?«

Als Antwort kam ein gequälter Laut von ihr. Dann so eine Art Räuspern. Es klang, wie wenn Metall auf Metall reibt. »Wo …?« fragte sie kaum verständlich.

»Wir sind in Paris«, eröffnete ich ihr betont fröhlich. »Deine Wohnung muß ganz hier in der Nähe sein.« Ich war sehr gespannt, wie die Wohnung sein würde. Ich hoffte inständig, daß sie einen Fahrstuhl hatte.

Ich fand das Haus und parkte in der zweiten Reihe. Wozu war ich schließlich in Paris? Ich gab mir und ihr noch eine Minute der Erholung, dann stieg ich aus und öffnete die hintere Tür. »Kannst du aussteigen?« fragte ich behutsam.

Sie bewegte sich ein wenig. »Ich versuch's«, sagte sie leise.

Ich nahm die Tasche aus dem Wagen und suchte nach dem Schlüssel. In einer Innentasche, ganz versteckt, fand ich ihn. Es war ein wunderschöner Anhänger aus Silber daran befestigt. Ich hielt ihn kurz in der Hand und bewunderte ihn. Sie gab einen klagenden Laut von sich. Ich drehte mich schnell zu ihr hin. Ihr Gesicht war wieder schmerzverzerrt. Ich ging auf sie zu und legte ihren Arm erneut über meine Schulter und meinen Arm um ihre Taille, brachte sie zur Tür und schloß auf. Langsam ging ich mit ihr hinein. Die Tür fiel von selbst schwer hinter uns ins Schloß.

Wir standen in einer Eingangshalle mit enormen Ausmaßen. Links und rechts schwang sich eine Freitreppe in weitem Bogen nach oben. »Ach du je!« Ich war überwältigt und schwer beeindruckt. Sie zuckte in meinem Arm. Das holte mich wieder auf den

Boden der Tatsachen zurück. Ich sah nirgends einen Lift. Das Ganze schien original achtzehntes Jahrhundert zu sein.

»In welchem Stock ist die Wohnung?« fragte ich beklommen.

»Erster.« Es klang sehr schwach. Sie hob die Hand kaum merklich und zeigte nach rechts. »Lift.«

Ich war ein wenig beruhigt. Erster Stock hatte ja nicht so schlimm geklungen, aber wahrscheinlich war das, was ich oberhalb der Treppe sah, hier erst das Erdgeschoß. Und überhaupt – diese Treppe mußte ja kilometerlang sein! Da war mir ein Lift schon lieber.

Ich führte sie langsam nach rechts, obwohl ich keinerlei technische Installationen entdecken konnte. Als wir die Ecke der Halle schon fast erreicht hatten, sah ich endlich die Fahrstuhltür. Völlig versteckt hinter einem Pfeiler und sehr viel Stuck und Marmor. Wir betraten den Lift. Ich schloß von innen das Gitter und suchte den Knopf mit der »1«. Wie ich schon vermutet hatte, war es eigentlich der zweite. Dazwischen war noch ein Geschoß. Wir fuhren hinauf.

Auf der Etage, die hier die erste war, gab es zwei Eingangstüren. Sie schlug sofort die Richtung nach links ein. Ich brachte sie zur Tür und öffnete mit dem zweiten Schlüssel am Bund. In der Wohnung zeigte sie mir wortlos den Weg ins Schlafzimmer – wenn man dieses französische Boudoir so nennen konnte!

Ich legte sie aufs Bett, einen französischen Traum in Samt und Seide, und zog ihr die Schuhe aus. Sie jetzt umzuziehen, wollte ich ihr nicht zumuten. Ich schlug die Decke über sie und sah sie an. Sie konnte sich kaum noch wachhalten. Ich beugte mich hinunter und küßte sie andeutungsweise auf die Nase. Das schien der unverletzteste Teil an ihr zu sein. »Schlaf«, sagte ich. »Du bist jetzt in Paris.«

Sie schloß die Augen.

Ich mußte eine halbe Stunde in der Gegend herumfahren, bis ich einen Parkplatz gefunden hatte, und der war noch nicht einmal besonders nah. Ich war mir nicht sicher, ob ich ihn je wiederfinden würde. In meinem übermüdeten Zustand flimmerten die Straßenschilder vor meinen Augen. Ich stellte den Wagen aufseufzend ab und fand nach einigem Suchen tatsächlich das Haus wieder.

Zuerst sah ich nach, ob sie noch schlief. Das tat sie, zu Tode erschöpft und dennoch unruhig. Daran konnte ich im Moment nichts ändern. Ich war zu müde, um die Wohnung genauer in Augenschein zu nehmen. Ich hatte nur den Eindruck, daß sie sehr groß war.

Im dem Zimmer neben ihrem Schlafzimmer sah ich eine Chaiselongue, die für mich zum Schlafen ausreichen würde. Außerdem konnte ich sie hören, wenn ich die Tür offenließ. Trotz der Größe ihres Bettes wollte ich nicht neben ihr schlafen. Ich hatte Angst, sie im Schlaf zu berühren und ihr Schmerzen zu verursachen.

Am nächsten Morgen wachte ich auf und mußte mich erst einmal zurechtfinden. In meinem morgendlichen Dämmerzustand ging ich die Möglichkeiten eine nach der anderen durch. Meine Wohnung war es nicht, ihre auch nicht. Dann hörte ich ein leises Stöhnen aus dem Nebenraum. Paris! Endlich war ich wach.

Ich stand auf und sah nach ihr. Sie drehte sich unruhig hin und her, aber sie schlief. Ich glaubte nicht, daß es eine Verbesserung sein würde, sie zu wecken. Ich setzte mich vorsichtig auf das Bett und betrachtete sie. Mir schien, daß ihr Gesicht noch bläulicher verfärbt war als gestern. Es sah grauenhaft aus, besonders wenn man es mit ihrer sonstigen Schönheit verglich. Aber ich verließ mich auf das, was die Ärztin gesagt hatte. Und alle äußeren Verletzungen würden wieder heilen. Was mit den inneren Verletzungen war, den nichtkörperlichen, das konnte ich nicht beurteilen.

Ich sah, daß sie wahrscheinlich noch eine Weile weiterschlafen würde. Etwas Besseres konnte sie ja auch nicht tun. Ich erhob mich vom Bett und sah mich um. Ihrem Schlafzimmer war direkt ein Badezimmer angegliedert. Ich ging hinein. Hier hatte sie eine Badewanne, und was für eine! Ein riesiges freistehendes Exemplar mit Löwenfüßen. Das ganze Bad war eine einzige Orgie des Luxus. Das hieß, nein, Orgie war eigentlich zuviel gesagt. Es war einfach alles da, was man brauchte, um sich wohlzufühlen, und das in erstklassiger Ausführung. Ich konnte mir vorstellen, wie sehr sie ihre Aufenthalte hier genoß.

Ich verließ das Badezimmer wieder und warf noch einen Blick auf das Bett. Sie schlief immer noch ein wenig unruhig, atmete aber gleichmäßig. Ich betrat den Flur vor dem Zimmer. Nach links ging es wohl in die Wirtschaftsräume, nach rechts sah ich eine Tür in ein Zimmer und ein paar antike Möbel. Louis Quinze wahrscheinlich. Ich wählte den Weg nach links. Dort vermutete ich die Küche, und das, was ich jetzt am nötigsten brauchte, war Kaffee.

Ich hatte recht. Die Küche war am Ende des Ganges. Es war eine Küche, wie man sie in einer solchen Umgebung erwarten konnte. Groß, alt und perfekt ausgestattet. Ich fragte mich, wofür sie das brauchte, wenn sie doch nie kochte. Dann suchte ich die Kaffeemaschine. Es gab zwei. Die eine ähnelte derjenigen, die ich schon in ihrer amerikanischen Küche gesehen hatte. Die andere war das typische französische Handmodell zum Zudrehen. Ich wählte das Handmodell. Das gab das richtige Feeling für den ersten Tag in Paris. Kaffee fand ich auch, aber keine Milch, noch nicht einmal in haltbarer Form. Also würde ich auf Café au lait vorerst verzichten müssen. Als der Kaffee fertig war, nahm ich meine Tasse mit und ging wieder ins Schlafzimmer. Sie war immer noch nicht wach. Um so besser. Also setzte ich meinen Erkundungsgang durch die Wohnung fort.

Hinter der Küche hatte ich zuvor noch ein weiteres kleines Zimmer entdeckt. Wahrscheinlich hatten dort früher die Dienstboten geschlafen. Zeiten waren das! Und von dem Flur vor der Küche ging noch eine Speisekammer und ein Zimmer ab, das vielleicht dem gleichen Zweck gedient hatte.

Als ich ihr Schlafzimmer wieder verließ, wandte ich mich diesmal nach rechts. Die erste Tür auf der rechten Seite gab den Blick auf ein Zimmer frei, das wie ein weiteres Schlafzimmer aussah, aber anscheinend nicht benutzt wurde. Auf der linken Seite ging es in eine Art Bibliothek. Zumindest deuteten die alten Regale an den Wänden und einige Bücher darauf hin. Jetzt wurde der Raum offensichtlich für etwas anderes benutzt. Ein großer Arbeitstisch stand am Fenster, mit einer zum Teil schrägen Platte. Ich ging darauf zu. Auf der horizontalen Platte lagen einige Collagen, auf dem schräggestellten Teil war eine filigrane Bleistiftzeichnung befestigt. Sie zeichnete! Ich war so überrascht, daß ich mich erst einmal hinsetzte.

Ich spürte, wie mir die Tränen in die Augen stiegen. Ich wollte Karin noch nicht vollends recht geben, aber tief in meinem Innern wußte ich, daß ich sie liebte, wie ich noch nie eine Frau in meinem Leben geliebt hatte. Ich saß da, erschüttert und beschämt. Wenn es ihr nicht so schlecht gegangen wäre, wäre ich sofort zurückgefahren. Aber damit mußte ich zumindest warten, bis es ihr besser ging.

Dann würde sie ohnehin wahrscheinlich nichts mehr von mir wissen wollen. Sie hatte in ihrer Verzweiflung sicher nur nicht gewußt, wen außer mir sie anrufen konnte. Wenn sie nicht mehr auf meine Hilfe angewiesen war, würde sie sich sehr gut an das erinnern, was bei unserer letzten Begegnung passiert war. Aber dann würde ich schon weg sein.

Ich erhob mich und wischte meine Tränen ab. Auf der anderen Seite des Zimmers war eine Verbindungstür. Durch sie kam ich in einen kleinen, dezenten Salon. Man sah, daß sie sich hier oft aufhielt. Es gab einen bequemen Ohrensessel vor einem kleinen Kamin, daneben ein kleines Tischchen, auf dem ein Buch lag und darauf – ich glaubte es kaum – eine Lesebrille! Beinahe wären mir wieder die Tränen gekommen. Ich wollte sehen, was sie las. *Baudelaire, Fleurs du Mal*, auf französisch! Ob das die richtige Lektüre war? Für die Zeit der Genesung würde ich ihr etwas Leichteres besorgen müssen.

Auf der gegenüberliegenden Seite des Zimmers war wieder eine Verbindungstür. Dahinter kam ich in den großen Salon, den ich zum Teil schon vom Flur her gesehen hatte, mit den Louis-Quinze-Möbeln. Er schien eher repräsentativen Zwecken zu dienen und war nicht so gemütlich wie der kleine Salon nebenan. Ein großer Kachelofen beherrschte die eine Ecke. Auf dem Parkett lagen vereinzelt ein paar Teppiche, die man sicher nicht im Ausverkauf bekam. Die Möbel waren sehr elegant und – wie ich fürchtete – echt.

Damit hatte ich meinen Rundgang beendet. Ich schaute aus einem der hohen Fenster auf die Straße. Das typische französische Treiben brachte mich zum Lächeln. Viele Menschen gingen mit ihren Baguettes unter dem Arm über die Straße, ein Motorroller streifte einen Passanten, und der schimpfte ihm temperamentvoll hinterher. Zwei Frauen trafen sich und unterhielten sich mit Händen und Füßen, wie es in einer deutschen Stadt undenkbar gewesen wäre. Das war es, was ich an Frankreich so liebte.

Vor allem brachte es mich auf einen Gedanken. Ich mußte etwas einkaufen, für sie und für mich. Das war etwas ganz Neues. Es würde mir Spaß machen. Ich ging zurück in die Küche, nahm mir noch eine zweite Tasse Kaffee und durchsuchte die Schränke. Sie kochte offensichtlich wirklich nie, auch hier nicht. Außer dem Kaffee und verschiedenen Sorten Tee gab es noch ein paar gefrorene Gerichte – für den Notfall, nahm ich an –, und dann war auch schon Schluß.

Ich überlegte. Ein paar Tage würde sie ganz sicher nicht ausgehen können. Aber sie brauchte etwas Stärkendes, um wieder gesund zu werden. Und für mich selbst würde ich weder auf Baguette noch auf Café au lait verzichten wollen. Damit war alles klar. Ich machte mir eine kleine Liste und ging zurück in das Zimmer, in dem ich geschlafen hatte. Ich zog mich an. Bevor ich ging, sah ich noch zu ihr hinein. Sie schlief immer noch. Das war gut.

Ich genoß den Einkauf wirklich. Allein schon französisch sprechen zu können, obwohl es etwas holprig war, nachdem ich es so lange nicht getan hatte. Und dann die Menschen, die einfach lachten und schimpften und schrien und sich im nächsten Moment in die Arme fielen. Es war einfach herrlich. Der Einkauf entsprach zum Schluß zwar kaum mehr der kleinen Liste, die ich angelegt hatte, aber das Vergnügen war es wert.

Ich ging pfeifend zur Wohnung zurück. Menschen, die ich traf, wünschten mir fröhlich »Bonjour!«, und ich antwortete genauso fröhlich. In der Wohnung angekommen, verstaute ich meine Einkäufe in der Küche, leiser pfeifend, um sie nicht zu wecken. Ich setzte einen Topf für die Milch auf – für den ersten Café au lait heute! – und ging in ihr Schlafzimmer. Als ich hereinkam, sah sie mich an. Ich hörte sofort auf zu pfeifen. Sie konnte ja nicht wissen, was ich erlebt hatte, und würde es vielleicht etwas unpassend finden.

Ich ging zu ihr ans Bett. »Habe ich dich geweckt?« fragte ich besorgt.

»Nein«, erwiderte sie, immer noch leise, aber es ging ihr offensichtlich besser. »Ich war schon wach.« Ihre Artikulation war etwas undeutlich aufgrund ihrer immer noch geschwollenen Lippen.

Ich hätte sie gern in die Arme genommen, um ihr meine Freude über die Besserung zu zeigen. Aber das ging ja nicht. »Ich war einkaufen«, erklärte ich. »Möchtest du vielleicht etwas essen?«

»Nein«, sagte sie wieder. »Ich habe mich schon gefragt, wo du bist.«

Oje, das klang nicht gut! Trotz ihrer leisen Stimme hörte ich das Eis knirschen. Was hatte sie gemeint, wo ich war? Daß ich sie alleingelassen hatte? Nach Hause gefahren war? Sie war zu krank, um das jetzt mit ihr zu diskutieren. »Ich mache mir gerade einen Café au lait«, erzählte ich ihr, als ob ich die Verstimmung nicht bemerkt hätte. »Meinst du, du kannst etwas trinken?«

Sie zögerte. Ich weitete mein Angebot aus. »Ich habe auch Orangen. Ich könnte dir einen Saft pressen. Das wäre wahrscheinlich sowieso besser für dich. Außerdem hast du eine bemerkenswert schöne Orangenpresse.« Ich grinste aufmunternd.

»Habe ich das?« bemerkte sie düster.

Sie konnte von Glück sagen, daß sie so krank war! Andernfalls hätte ich ihr jetzt gesagt, was sie mich konnte. Aber so bestätigte ich nur: »Ja, hast du. Also Orangensaft. – Nützt's nix, schad's nix!« fügte ich betont aufgeräumt hinzu.

»Wie bitte?« Wenn ich nicht ganz sicher gewesen wäre, daß wir uns früher schon mal gesehen hatten – und mehr –, hätte ich jetzt ernsthafte Zweifel daran gehegt.

»Wenn es nichts nützt, so schadet es doch auch nichts«, wiederholte ich in meinem bestartikulierten Hochdeutsch.

Sie sah mich nur an.

Ich seufzte innerlich. Dann setzte ich ein freundliches Lächeln auf. »Also ich gehe jetzt in die Küche und presse deinen Orangensaft. Zudem wird meine Milch wahrscheinlich gleich überkochen.« Ich drehte mich um und ging.

In der Küche fragte ich mich, was ihr Verhalten zu bedeuten hatte. Sie war schrecklich zugerichtet worden. In ihrer Verzweiflung hatte sie mich angerufen, Ich hatte sie hierhergebracht. Bereute sie vielleicht schon, daß sie auf diese Art gezwungen worden war, wieder Kontakt mit mir aufzunehmen? Wollte sie mich jetzt, wo sie hier war – offensichtlich an ihrem bevorzugten und privatesten Aufenthaltsort –, wieder los sein? Das konnte sie haben! Aber erst, wenn sie so weit wiederhergestellt war, daß ich sie unbesorgt sich selbst überlassen konnte. So lange würde sie mich ertragen müssen!

Ich preßte den Orangensaft, goß ihn in ein Glas und nahm einen Strohhalm aus der Packung, die ich gekauft hatte. Ich stellte alles auf ein Frühstückstablett – so etwas hatte sie merkwürdigerweise – und brachte es ihr.

Es mußte ihr wirklich besser gehen, denn sie hatte sich schon ohne meine Hilfe aufgesetzt. Ich stellte das Frühstückstablett über ihren Schoß und nahm meine Kaffeeschale herunter. Dann setzte ich mich – ihrer schlechten Stimmung zum Trotz – ihr gegenüber auf das Bett. Ich deutete auf den Strohhalm. »Ich dachte, das wäre angenehmer für dich.«

Sie nahm vorsichtig das Glas. »Ja.« Sie trank einen Schluck. »Danke, daß du daran gedacht hast.« Sie blickte mich nicht an. Ihrer Stimme war nicht zu entnehmen, ob sie es ernst meinte, oder ob es nur eine höfliche Floskel war.

»Deine Wohnung ist einfach zauberhaft«, schwärmte ich. Wie du, wollte ich hinzufügen, auch wenn sie das jetzt nicht hören wollte. Aber dann ließ ich es doch. Vielleicht war es dafür noch zu früh.

»Findest du?« entgegnete sie denn auch erwartungsgemäß reserviert.

Ich fuhr fort, ihre Stimmung zu ignorieren. »Ich habe sie mir angesehen, während du geschlafen hast. Ich hoffe, das war erlaubt.«

Sie sah mich durch ihre schmalen Augenschlitze an. Obwohl sie ihre Augen momentan beim besten Willen nicht weiter öffnen konnte, sah es wie Absicht aus. Es paßte zu ihrem Tonfall. »Ich mußte das bis jetzt noch nie entscheiden«, sagte sie.

Bei allen Erfahrungen, die ich bisher mit ihr gemacht hatte, wußte ich genau, daß es für sie das Unverzeihlichste war, wenn man in ihre Privatsphäre eindrang. Ich konnte es nicht ändern. Ich hatte weder ihre Liebesbriefe gelesen – ob sie je welche geschrieben oder bekommen hatte? – noch ihre Schränke durchwühlt – bis auf die Küche, aber das war ja wohl etwas anderes.

»Das hoffe ich.« Ich tat unbeeindruckt. Sie sollte merken, daß ich mich nicht auf ihre Abwehrhaltung einließ.

Sie merkte es. »Ich bin dir dankbar für alles, was du für mich getan hast«, sagte sie wieder, ohne daß ich entscheiden konnte, ob sie es als Floskel meinte oder nicht.

»Wie geht es dir?« fragte ich. Dahinter konnte sie nun wirklich keine böse Absicht vermuten.

»Besser.« Sie schien wenig auskunftsfreudig.

Ich reagierte nun doch leicht verärgert. »Das ist schön«, bemerkte ich künstlich gelassen. Langsam hatte ich die Nase voll. Was sollte das eigentlich? »Zieh dein Sweatshirt aus!« forderte ich unvermittelt. Ein kleiner Schock würde ihr guttun.

Es funktionierte. »Was?« Aufgeschreckt blickte sie hoch.

Ich ließ sie noch ein wenig zappeln. Dann erklärte ich ihr, was ich wollte. »Ich habe eine Salbe gekauft für deine Blutergüsse. Ich werde dich damit einreiben. Außerdem habe ich ein medizinisches Bad besorgt. Darin wirst du heute nachmittag baden. Und den Jogging-Anzug mußt du sowieso ausziehen. Den hast du schon seit gestern an.« So – dagegen sollte sie mal etwas sagen!

Sie sagte auch nichts dagegen. Sie starrte mich nur mit ihren verquollenen Augen an wie eine Frau vom Mars.

Ich stellte meine Kaffeeschale auf ihr Frühstückstablett und stand auf. »Wo hast du deine Pyjamas?« fragte ich. Wenn ich ihre Schränke durchwühlt hätte, hätte ich das sicher gewußt, oder?

Sie zeigte auf den mittleren Teil eines antiken Kleiderschrankes. Ich öffnete ihn und sah mindestens ein Dutzend seidene Pyjamas. Ich drehte mich um. »Hast du auch etwas anderes als Seide?«

Sie schluckte. Ich hatte sie wirklich überrumpelt. »Nein«, erklärte sie, wesentlich kooperativer als zuvor, »sie –«

»Ich weiß«, lächelte ich warm. »Sie ist so angenehm auf der Haut.« Ich nahm einen heraus und legte ihn aufs Bett, ging in die Küche und holte die Salbe. Als ich zurückkam, hatte sie sich nicht gerührt. Sie war wohl immer noch perplex.

Ich nahm ihr das Frühstückstablett weg und stellte es zur Seite. Ich sah sie an. Sie tat mir jetzt schon leid. Alles, was sie jetzt tun mußte, würde weh tun. Aber es mußte sein. »Ich helfe dir.« Ich griff an ihre Taille und zog das Sweatshirt hoch. Sie stöhnte. Langsam zog ich ihre Arme über ihren Kopf und das Sweatshirt darüber. Ihr Stöhnen wurde lauter. Endlich war es geschafft. Ihre Arme fielen herunter, und sie gab wieder einen Schmerzenslaut von sich. »Jetzt noch die Hose.« Ich zog ihr die Decke weg. »Am besten, du legst dich hin.«

Sie schob sich langsam und stöhnend in eine liegende Position. Ihr die Hose auszuziehen war einfacher. Dabei brauchte sie nicht viel zu tun. Ich konnte sie kaum ansehen. Es war alles grün und blau. Ich fragte mich, wer das getan hatte. *Sie* würde ich das sicher nie fragen. Ich nahm die Salbe. »Wenn es weh tut, schrei«, sagte ich. »Ich werde so vorsichtig wie möglich sein.« Ich wußte, daß ihr das die Schmerzen nicht ersparen konnte. Zumal sie wahrscheinlich mehr auszuhalten bereit war, als ich ihr zumuten würde.

Ich begann die Salbe aufzutragen. Sie zuckte bei jeder Berührung zusammen. Nach einer Weile fing sie an, leise zu stöhnen. Bevor sie sich umdrehen mußte, gönnte ich ihr eine Pause. »Schrei doch«, bat ich sie gequält. »Es hört dich doch keiner.« Ich hätte es am liebsten für sie getan.

Sie sah mich mutlos an. »Ich kann nicht«, sagte sie.

Wir brachten die ganze Prozedur hinter uns. Ich zog ihr den Pyjama über, danach schlief sie erschöpft ein.

Immer mehr wurde mir klar, daß ich Rachegelüste gegenüber der Person bekam, die ihr das angetan hatte. Jetzt beim Einreiben hatte ich wunde Striemen an ihren Handgelenken entdeckt. Jemand mußte sie gefesselt haben. Kein Wunder, daß sie so aussah. Sie hatte sich überhaupt nicht wehren können.

Es war mir immer noch ein Rätsel, wie es geschehen war. Sie hatte mir glaubwürdig versichert, daß sie diese Art von Gewalt ablehnte. Wie konnte sie also in eine Situation geraten, in der sie gefesselt werden konnte? Oder hatte sie es doch freiwillig getan? Ich konnte mir das einfach nicht vorstellen.

Aber bis vor kurzem hatte ich mir vieles nicht vorstellen können. Einiges davon war mir mittlerweile im Zusammenhang mit ihr selbstverständlich geworden. Daß sie eine Nutte war und daß ich sie liebte, zum Beispiel. Ich war nicht glücklich darüber, ganz sicher nicht über ihren Beruf. Aber dennoch war ich jetzt mehr als am Anfang dazu in der Lage, es zu akzeptieren. Vielleicht nicht in einer Beziehung, zumindest aber als ihre Lebensform.

Was das für mich bedeutete, war mir jetzt schon klar. Ich würde sie immer lieben, aber wir würden nicht zusammen sein. Wenn ich großes Glück hatte, würde sie mich vielleicht als ihre platonische Freundin akzeptieren. Ich lächelte kummervoll. Platonisch – bei ihrer erotischen Ausstrahlung! Das konnte ich jetzt schon vergessen.

Ich merkte plötzlich, daß ich Hunger bekam. Ich ging in die Küche und suchte die Sachen zusammen, die ich am Morgen fürs Frühstück eingekauft hatte. Mit ihr brauchte ich da wohl für längere Zeit nicht zu rechnen. Ich nahm das Baguette und den Käse mit hinüber in den kleinen Salon.

Ich wußte, warum das ihr Lieblingsplatz war. Ich konnte die innere Wärme spüren, die der Raum abstrahlte. Wieder suchte sie bei Dingen die Wärme, die sie bei Menschen nicht bekam. Konnte ich das nicht ändern? Es mußte doch möglich sein, ihr etwas von dem zurückzugeben, was sie so im Übermaß verteilte, vielleicht ohne es zu wissen. Die Freude an der Schönheit, Liebe.

Ich hätte mich gern in den Ohrensessel gesetzt, aber ich wollte ihr ihren Platz nicht streitig machen. So setzte ich mich in den Sessel gegenüber und stellte mir vor, sie säße in dem anderen und läse ihr Buch. Es mußte wunderbar sein, die Abende mit ihr zu verbringen, in Ruhe dazusitzen und zu lesen, aufzuschauen und ihr schönes Gesicht zu betrachten. Ob ich das je erleben würde?

Ich ließ mich in dem Sessel zurücksinken und gab mich meinen Träumereien hin. Ich mußte wohl eingenickt sein, denn plötzlich wurde ich durch ihren Schrei geweckt. Es war ein derart entsetzter Aufschrei, daß ich sofort in ihr Zimmer stürzte. Sie war nicht wach. Sie schrie vor Schmerzen, aber nicht denen, die ihr Körper jetzt empfand. Es war ein Alptraum. Ich rannte zu ihr und schüttelte sie. Wenn ich ihr jetzt weh tat, war das immer noch besser, als wenn sie dieses grauenhafte Erlebnis noch einmal durchmachen mußte.

Sie wachte immer noch schreiend auf. Jetzt nahm ich sie in die Arme, auch wenn es ihr weh tun mußte. Ich strich über ihr Haar und versuchte sie zu beruhigen. »Ganz ruhig«, besänftigte ich sie. »Ich bin bei dir. Und außer mir ist niemand hier. Du bist in Paris. Du bist in Sicherheit.« Ihr ganzer Körper war ein einziges Zittern. Sie wurde von Krämpfen geschüttelt. Ich sah in ihre Augen. Sie waren tränenlos. »Wein doch«, drängte ich verzweifelt. »Weinen hilft.«

Es schüttelte sie wieder, aber sie weinte nicht. Wie sollte sie den Schmerz und die Spannung da loswerden?

Es dauerte lange, bis sie sich so weit beruhigte, daß sie wieder normal atmen konnte. Sie war nicht ansprechbar. Ich ließ sie langsam los. Ich wollte ihr keine zusätzlichen Schmerzen verursachen. Sie sank auf das Bett zurück und stöhnte weiter, jetzt von den Schmerzen, die sie momentan empfand.

Einige der Wunden waren aufgeplatzt und fingen an zu bluten. Ich sah es durch den Pyjama sickern. Der war hin! Aber das war das geringste Problem. Ich holte eine der Tabletten, die die Ärztin verschrieben hatte, und gab sie ihr. Wenn sie nur wieder einschlafen konnte! Ich würde über ihren Schlaf wachen und sie, wenn auch nur ein Anzeichen eines Alptraums auftauchte, sofort wecken.

Sie quälte sich immer noch. Sie sah mich an, aber ich wußte nicht einmal, ob sie mich erkannte. Dann endlich fiel sie stöhnend in Schlaf. Ich holte eine Decke aus dem Nebenzimmer und blieb auf einem Sessel bei ihr sitzen. Wenn das noch lange so weiterging, würde ich besser in Sesseln als in Betten schlafen können! Als ich das Gefühl hatte, sie schliefe jetzt wirklich, ging ich in die Bibliothek hinüber und suchte nach einem Buch.

Etwas Leichtes hatte sie überhaupt nicht. Das meiste war auf französisch, und was sie auf deutsch las, war auch nicht gerade entspannend. Daß sie keine Liebesromane las, konnte ich mir ja noch vorstellen, aber nicht einmal Agatha Christie oder *Der Name der Rose*? Also nahm ich *Madame Bovary* – warum sie das hatte, fragte ich mich wirklich! – und ging zu ihr zurück. In der Schule hatte ich mich immer geweigert, dieses Buch auf französisch zu lesen. Ich hätte nie geglaubt, daß ich einmal in eine Situation kommen könnte, in der ich das freiwillig tat.

Ich las, und wenn sie stöhnte, blickte ich jedes Mal zu ihr hin. Sie schlief mit der Zeit etwas ruhiger. Ich versenkte mich immer mehr in das Buch. Nach drei Stunden konnte ich immer noch nicht verstehen, was Emma Bovary dazu trieb, diesen Kerl zu lieben.

Mir fiel auf, daß sich etwas geändert hatte. Sie stöhnte nicht mehr. Ich blickte zum Bett. Sie beobachtete mich. Ich schlug das Buch zu und legte es weg. »Du bist wach?« fragte ich überflüssigerweise.

»Ja.« Sie sah mich weiter mit diesem fixierenden Blick an. Mir wurde mulmig. Was hatte sie jetzt wieder?

»Kann ich irgend etwas für dich tun?« fragte ich ziemlich förmlich. Ich stand auf. »Ich habe ein paar Suppen gekauft. Ich glaube, das wäre jetzt gut für dich.« Ich wollte mich auf den Weg in die Küche machen, um diesem Blick zu entkommen.

»Bleib«, befahl sie, kaum daß ich einen Fuß in Richtung Tür gesetzt hatte.

Ich blieb stehen. Ich verstand sie ja. Sie fühlte sich wirklich elend. Aber mußte sie ihre schlechte Laune immer an mir auslassen? An wem sonst? Es ist ja niemand anderes da. Ich stand mit dem Rücken zu ihr und fragte ergeben: »Ja?«

»Bitte, komm her zu mir.«

Ich drehte mich um und ging zu ihr. Ich blieb neben dem Bett stehen.

»Setz dich«, sagte sie.

Ich setzte mich ganz knapp auf die Bettkante. Sie hob ihren Arm und verzog dabei etwas das Gesicht. »Nicht«, protestierte ich.

»Doch.« Sie streichelte leicht über meine Wange. Dann ließ sie den Arm ermüdet wieder sinken. Sie wollte lächeln, aber es kam nur ein schmerzverzerrtes Grinsen dabei heraus. »Das wollte ich tun, solange ich einigermaßen bei Bewußtsein bin«, sagte sie.

Ich wollte sie küssen, sie umarmen. Ich seufzte. Das Selbstverständlichste war im Moment gar nicht einfach. Ich sah sie an. Selbst in ihrem Zustand schien sie mir die begehrenswerteste Frau der Welt zu sein. »Es freut mich, daß es dir besser geht.« Zärtlich sah ich auf sie hinunter.

»Ohne dich täte es das nicht«, stellte sie sehr ernst fest.

»Ich fürchte, das stimmt nicht ganz«, bemerkte ich seufzend. »Ohne mich müßtest du heute nachmittag zum Beispiel kein medizinisches Bad nehmen.«

Sie ließ sich nicht auf die Ablenkung ein. »Ohne dich wäre ich nicht in Paris.«

»Das wahrscheinlich nicht«, gab ich notgedrungen zu.

Sie wollte wohl über meine komische Beschämtheit lachen, aber die Schmerzen hinderten sie wieder daran.

»Siehst du«, trumpfte ich auf. »Wenn ich nicht wäre, hättest du dir die Schmerzen jetzt sparen können.«

»Bitte, mach mir die Suppe.« Sie versuchte mühsam, sich das Lachen zu verbeißen. »Sonst muß ich dir noch recht geben.«

Ich stand auf und sah sie lächelnd an. Dann drehte ich mich um und ging in die Küche.

Ich packte wieder alles auf das Frühstückstablett, Suppe, Baguette und Orangensaft mit Strohhalm, und brachte es ihr. Wie zuvor hatte sie sich allein aufgesetzt. Aber diesmal sah sie wesentlich entspannter aus.

»Ich habe sogar Hunger«, bemerkte sie erstaunt. Was glaubte sie denn? Daß ihr Körper endlose Reserven hatte?

»Um so besser«, scherzte ich. »Die Suppe gab es nur im Literpack. Es ist noch eine Menge da.«

Sie hustete, wahrscheinlich wieder, um das Lachen zu vermeiden, aber das eine wie das andere verursachte ihr natürlich im Moment gleich viel Schmerzen. »Au«, machte sie leicht unterdrückt. Dann sah sie mich an. Sie sagte nichts. Sie nahm den Strohhalm und trank den Saft. Dann aß sie vorsichtig die Suppe. Sie hatte erhebliche Schwierigkeiten, den Löffel geradezuhalten. Er zitterte in ihrer Hand.

»Soll ich dir helfen?« fragte ich.

Sie schüttelte den Kopf und versuchte den nächsten Löffel. Es landete alles wieder im Teller. »Vielleicht doch«, willigte sie ein. »Aber sag, bitte, nicht ›Einen Löffel für Mama, einen Löffel für Papa ...‹ «

Ich lachte. »Sicher nicht!« Sie war wirklich auf dem Wege der Besserung. Ich hätte hüpfen können vor Freude. Ich nahm den Löffel und fütterte sie.

Als der Teller leer war, sagte sie: »Unter diesen Umständen möchte ich auf den Rest des Liters lieber verzichten. Wärst du sehr böse ...?«

»Nein, gar nicht.« Ich fühlte mich sehr erleichtert. »Ich bin ja froh, daß du überhaupt etwas gegessen hast.«

Sie lehnte sich zurück und gab ein leichtes Stöhnen von sich.

»Tut dir etwas weh?« fragte ich erschreckt.

»Etwas?« fragte sie zurück. »Alles! Ich komme mir vor, als ob ich durch den Fleischwolf gedreht worden wäre.« Das war sie ja wohl auch.

Ich wollte sie nicht fragen, aber mein Gesichtsausdruck sagte wohl alles.

»Ich möchte nicht darüber sprechen.« Sie verschloß sich wieder.

»Das brauchst du auch nicht«, beruhigte ich sie. Ich verstand sie. Wer konnte ihr das verdenken! Ich dachte auch lieber in eine andere Richtung. »Möchtest du jetzt lieber weiterschlafen oder dich gleich der Tortur des Badens unterziehen?« fragte ich so fröhlich, als ob sie die Wahl hätte zwischen Austern und Kaviar.

Sie stöhnte – etwas übertrieben. »Könnte ich nicht morgen baden?« erkundigte sie sich hoffnungsvoll.

»Wenn du es heute tätest, ginge es dir morgen schon wesentlich besser.«

Sie seufzte. »Ich sehe es ein«, gab sie zu. »Aber dann gleich. Geschlafen habe ich sowieso genug.«

Das würde sie nach dem Bad auch anders sehen! »Ich möchte dir nicht unnötig weh tun«, begann ich. »Kannst du allein aufstehen? Ich stütze dich dann.«

»Ja«, sagte sie heldinnenhaft. »Ich versuche es.« Sie schaffte es auch wirklich, und mit ein bißchen Hilfe meinerseits kamen wir im Bad an.

Ich drehte die Hähne auf. Das Wasser schoß in Fontänen heraus. Ich zog ihr den Pyjama aus und half ihr in die Wanne. Als das Wasser ihre Wunden berührte, stöhnte sie gequält. »Du mußt nicht lange drinbleiben.« Ich empfand ihren Schmerz fast wie meinen eigenen. »Nur eine Viertelstunde. Kannst du das aushalten?«

Sie nickte mit zusammengebissenen Zähnen. So, wie sie aussah, hatte sie sehr viel mehr aushalten müssen.

Nachdem das Bad beendet war und ich sie in einen neuen Pyjama und ins Bett gepackt hatte, schlief sie sofort wieder ein. Denkste – geschlafen habe ich genug!

Sie erholte sich zusehends. Ihre Blutergüsse wechselten die Farbe ganz nach grün und dann in ein blasses Gelb. Mit Entsetzen hatte ich feststellen müssen, daß sie auch Wunden im Gesicht hatte. Sie würde Narben behalten. Allerdings wahrscheinlich keine sehr großen. Aber ich machte mir Sorgen um ihr Selbstbewußtsein. Von ihrem Äußeren hing so viel für sie ab. Ich wunderte mich über mich selbst. Ich machte mir Sorgen, daß sie vielleicht ihren Beruf nicht mehr würde ausüben können?

Ich saß im kleinen Salon und las. Seit es ihr besser ging, brauchte ich sie nicht mehr ständig zu beobachten.

Unversehens stand sie plötzlich in der Tür. Sie hatte sogar ihren weißen Morgenmantel an. Sie kam lächelnd herein. Sie bewegte sich sehr langsam. Ihren anmutigen Gang hatte sie noch nicht wiedergefunden. Sie setzte sich mit großer Mühe in ihren Ohrensessel. »Warum sitzt du da drüben?« fragte sie.

Ich deutete auf ihr Buch und ihre Lesebrille. »Das ist offensichtlich dein Platz«, erklärte ich.

Sie sah mich an. Dann lächelte sie wieder. Es war noch nicht dasselbe wie früher, aber es kam dem schon sehr nahe. »Ich wollte nur sehen, was du machst, wenn ich schlafe.«

»Das siehst du ja«, lächelte ich. »Ich feiere Orgien.«

Sie ging anstandslos auf meinen leicht ironischen Ton ein. »Ja, das sehe ich«, lächelte sie ebenfalls. Ihr Blick wanderte durch den Raum. Ich hatte den Eindruck, daß ihr jetzt erst richtig bewußt wurde, wo sie war. Sie betrachtete den Raum und die Einrichtung mit liebevollem Wiedererkennen. Ich merkte, hier war sie wirklich zu Hause. Sie setzte sich gerade hin. »Ich werde mich anziehen.«

»Du bist noch zu schwach!« protestierte ich bestürzt. »Du mußt noch ein paar Tage im Bett bleiben.«

»Nein«, widersprach sie bestimmt. »Heute bleibe ich noch zu Hause, aber morgen will ich endlich sehen, daß ich in Paris bin.«

Wollte sie ausgehen? Ich hatte mich so daran gewöhnt, daß sie nicht ausging, daß ich von allein nie auf den Gedanken gekommen wäre. Aber hier, in Paris, galt das Ausgehverbot natürlich nicht. Sie hatte keine Kundinnen hier. Hier war sie frei. Ich merkte, daß ich noch nie darüber nachgedacht hatte, ob sie hier auch ihrem Beruf nachgegangen war. Als ich erfuhr, daß sie hier eine Wohnung hatte, hatte ich es instinktiv vielleicht sogar angenommen. Ich sollte mich wirklich schämen! »Du wirst dich überanstrengen.« Ich war ernsthaft um sie besorgt. Sie schien so lebenshungrig zu sein. Und sie war wirklich noch sehr schwach, auch wenn sie das nicht wahrhaben wollte.

Sie lachte. »Du würdest mich in Watte packen, wenn du könntest!«

»Ja«, sagte ich, »würde ich.«

»Es muß ja nicht gleich das *Ritz* sein. Das Bistro um die Ecke tut es auch. Würde dich das beruhigen?«

»Ja.« Sie hatte mich noch nicht ganz überzeugt, das merkte sie.

»Wenn du dir das antun willst, kannst du mich ja überallhin begleiten«, schlug sie kompromißbereit vor.

Ich lachte. »Das hatte ich ohnehin vor. So leicht wirst du mich nicht los. Nicht in deinem Zustand.«

Sie schmunzelte. »Wenn man dich so hört, könnte man meinen,

ich stünde kurz vor der Niederkunft.«

Ich sah sie interessiert an und stellte sie mir hochschwanger vor. Auch dann würde sie einfach hinreißend aussehen.

»Tss, tss«, machte sie kopfschüttelnd. »Du erwartest doch nicht von mir, daß ich dir diesen Wunsch erfülle?«

»Welchen?« fragte ich irritiert.

»Mich schwanger zu sehen«, sagte sie amüsiert.

Ich sah woanders hin. »Ich glaube, es geht dir wirklich gut genug.« Kaum setzte sie einen Fuß aus dem Bett, machte sie sich schon wieder über mich lustig!

Sie erhob sich mühsam. »Ich werde mal anfangen mich anzuziehen. Ich muß doch für morgen üben.« Sie sah auf mich hinab. »Möchtest du mir helfen?« Das war doch nicht die Möglichkeit! Sie flirtete mit mir!

»Nein«, entzog ich mich stur. »Ich glaube, das kannst du alleine.«

»Ja«, pflichtete sie scherzend bei. »Aber mit dir würden mir meine Schmerzen viel mehr Spaß machen.«

»Amüsier dich gut«, bemerkte ich säuerlich.

Immer noch ein wenig lachend ging sie langsam hinaus. Wer war ich denn?

Nach einer ziemlich langen Zeit kam sie wieder herein. Gut, daß ich daran gedacht hatte, die weiten Sachen einzupacken. Sie trug das blaue Hemd, das ich schon damals an ihr bewundert hatte. Die Jeans hatte sie sicher schon Jahre. Sie formten genau ihre Figur nach. Das löste einige Empfindungen bei mir aus. Ich mußte schlukken. Sie war noch nicht einmal halbwegs wiederhergestellt, und ich dachte schon wieder an so etwas!

Ich musterte ihr Gesicht. Das Blau des Hemdes hob die changierenden Farben eher noch hervor. Sie sah meinen Blick. »Ach das«, beschönigte sie meinen Eindruck. »Das läßt sich mit ein bißchen Schminke korrigieren.«

Mit ein bißchen Schminke korrigieren? Sie hatte durchaus Ähnlichkeit mit Frankensteins Monster. Aber das konnte ich ihr natürlich nicht sagen. »Wenn du meinst«, bemerkte ich so wenig zweifelnd wie möglich.

»Ja«, versicherte sie harmlos. »Darin habe ich Erfahrung.«

Es hob mich fast vom Sitz. Erfahrung? Worin? Im Schminken

oder darin, die Spuren zu ›korrigieren‹, die die ›Leidenschaft‹ ihrer Kundinnen bei ihr hinterlassen hatte? Ich wußte so wenig, wie sie lebte. Bis auf das eine Mal hatte sie nie darüber gesprochen. Sie verschonte mich damit. Ich dachte über die Fesselungsmale an ihren Handgelenken nach. Waren das auch Spuren, die sie normalerweise mit Schminke ›korrigierte‹?

Sie hatte Gott sei Dank nicht auf mich geachtet, sondern sich voll darauf konzentrieren müssen, sich in den Ohrensessel zu setzen. »So, hier bleibe ich«, verkündete sie jetzt.

Ich mußte mich von meinen trüben Gedanken lösen. »Bis morgen?« versuchte ich zu scherzen.

Sie freute sich schon darauf. Das merkte ich ihr deutlich an. Sie wirkte fast beschwingt. »Wenn es sein muß. Jedenfalls ist das besser, als im Bett zu liegen. Da wird es langsam langweilig.«

Sie langweilt sich im Bett? Das läßt sich ändern! Bist du wohl still!

Gegen ihren Willen mußte sie nach einer Weile zugeben, daß ein längeres Aufbleiben noch zu anstrengend für sie war. Sie verabschiedete sich wieder von mir. Stunden später, als ich ins Bett ging, schlief sie zum ersten Mal seit Nächten ganz ruhig. Ich sah ihr eine Weile zu, bis ich die Liebe ganz warm in mir spürte. Sie brauchte ihren Körper gar nicht dazu, mich zum Schmelzen zu bringen. Sie war so unendlich liebenswert. Wenn sie das nur auch selbst glauben würde!

Am nächsten Morgen wurde ich früh wach, aber sie war schon auf. Als ich ins Bad kam, lag sie in der Wanne. Ich wußte nicht, woher sie diese unbändige Energie nahm. Vor drei Tagen hatte sie kaum einen Finger rühren können. Ich lächelte sie an und hockte mich zu ihr. »Lohnt es sich noch, wenn ich mir einen Kaffee mache, oder gehen wir gleich ins Bistro?«

»Ich fürchte, es lohnt sich noch«, bekannte sie etwas zerknirscht. »Bis ich mit meinen Vorbereitungen hier fertig bin, dauert es wohl noch eine Weile.«

Ich stand auf. »Gut, dann bin ich in der Küche.« Ich ging hinaus. Viel länger hätte ich ihren Anblick in der Wanne auch nicht ausgehalten – trotz Schaumbad!

Während ich in der Küche meinen Kaffee trank, hörte ich sie klappern, zuerst im Bad, dann in ihrem Zimmer. Als ich schon bei meiner zweiten Schale war, kam sie in die Küche. Sie hatte es wirklich geschafft. Ihr Gesicht sah aus, als wäre es nie verletzt gewesen. Allerhöchstens hätte man vermuten können, daß sie eine etwas leidenschaftliche Nacht hinter sich hatte.

»Wie sehe ich aus?« fragte sie im Hinblick auf ihr Werk.

»Atemberaubend!« Ich war ehrlich überwältigt.

»Danke«, äußerte sie wohlerzogen, »aber das meinte ich eigentlich nicht.« Sie lächelte.

Warum mußten wir überhaupt weggehen? »Es ist nichts zu sehen«, bestätigte ich ihr wahrheitsgemäß.

Sie war zufrieden. »Den Eindruck hatte ich auch.« Sie sah auf meine Schale. »Können wir gehen?«

Ich nickte.

Es war ein Vergnügen zu beobachten, mit welcher Selbstverständlichkeit sie hier frei umherging. Sie hatte ihre volle Beweglichkeit noch nicht wiedererlangt und wirkte etwas steif. Wenn diese Einschränkung nicht gewesen wäre, hätte sie die Verkörperung der Beschwingtheit darstellen können. Ich hatte ständig das Gefühl, sie bremsen zu müssen. Sie sprühte vor Lebensfreude.

Ich lief einfach staunend neben ihr her. Das nächste Bistro war wirklich nur um die Ecke. Sie ging locker hinein und grüßte nach allen Seiten. Sie war hier offensichtlich bekannt. Welch ein Unterschied zu dem gehetzten Verstecken, bei dem ich sie beobachtet hatte!

Der Mann hinter der Theke begrüßte sie mit echter Begeisterung. »Bonjour, Madame! Wieder einmal in Paris?« Es war ihm anzusehen, daß er das Geschenk ihrer Schönheit durchaus zu würdigen wußte.

»Bonjour, Jean«, erwiderte sie liebenswürdig. Auch ihr war die Begeisterung anzumerken.

Er hatte schon einen Café noir vor sie hingestellt. Er sah mich höflich an. »Madame?« Ich nahm dasselbe.

Ich war völlig fasziniert von dem Schauspiel ihrer Eingebundenheit in diese Welt. Wie alle StammkundInnen – hier hatte das Wort keinen unangenehmen Beigeschmack – blieb sie einfach an der Theke stehen, rührte Zucker in ihren Café und parlierte in einem brillanten Französisch mit dem Barkeeper. Sie sprachen über nichts Besonderes, das Wetter, die Preise, die Kinder des Barmanns. Aber das

Ganze hatte für mich einen fremdartigen Reiz. Hier war sie eine ganz normale Frau, hier war sie zu Hause.

Sie hatte mich völlig vergessen. Ich sah ihr zu und wünschte mir, sie nie mehr anders zu erleben. Nach einer Weile fiel ihr ein, daß sie nicht allein gekommen war. Sie drehte sich zu mir um. »Es tut mir leid«, rechtfertigte sie sich schuldbewußt lächelnd. »Das ist immer so, wenn ich herkomme. Ich wollte dich nicht –«

Ich unterbrach sie. »Du brauchst dich nicht zu entschuldigen. Es ist ganz wunderbar hier.« Ich fügte leiser mit Blick auf den Barmann hinzu: »Versteht er deutsch?«

Sie sah mich verwundert an. »Kein Wort.«

»*Du* bist wunderbar«, betonte ich.

Wenn sie nicht so überaus geschickt geschminkt gewesen wäre, hätte ich sehen können, wie sie rot wurde. So ahnte ich es nur. Sie drehte sich zum Barmann um und ließ einen hochinteressanten Schwall von Bemerkungen über das Wetter los. Er fiel ein und half ihr, ihre Verlegenheit zu überwinden, die er wohl gar nicht bemerkt hatte.

Ich setzte mich auf einen der schönen Bistrostühle und beobachtete sie noch ein bißchen. Das würde wohl noch länger dauern. Jetzt hatten sich auch andere Stammgäste – wie ich annahm – dazugesellt, und es war ein einziges Reden und Lachen. Ich sah aus dem Fenster und ließ das Treiben auf der Straße an mir vorbeiziehen. Hin und wieder kam jemand herein, begrüßte sie und die anderen, redete mit oder auch nicht, blieb oder ging wieder.

Offensichtlich gab es Unterschiede in der Intimitätsskala. Die einen begrüßten sie mit Handschlag, die anderen in der typischen romanischen Art mit Küßchen rechts, Küßchen links, Küßchen rechts auf die Wangen. Sie mußte schon sehr lange hier bekannt sein.

Wieso blieb sie nicht einfach hier? Warum quälte sie sich damit, aus dieser Freundschaft und Liebe in ihr Leben dort zurückzukehren?

Während ich mich das fragte und sie dabei beobachtete, suchte sie meinen Blick. Sie wehrte die Proteste der anderen charmant ab, so daß ihr alle freundlich hinterherblickten, und kam zu mir an den Tisch. »Es tut mir leid«, sagte sie noch einmal. »Du hast dir das sicher anders vorgestellt.«

Ich hatte mir eigentlich gar nichts vorgestellt. Ich wollte nur auf sie aufpassen. »Es ist sehr interessant.« Ich lächelte sie beruhigend an. »Ich liebe es, in Paris in einem Bistro zu sitzen und zu beobachten, wie wohl du dich fühlst. Du könntest mir keine größere Freude machen.«

Sie war wieder verlegen. Ich wollte sie beruhigen und griff nach ihrer Hand. Sie zog sie weg. Hoppla – das wußten sie also nicht! Ich grinste. Wenigstens etwas, das der gewohnten Umgebung entsprach. »Keine Angst«, versicherte ich. »Ich werde ganz brav sein.«

Es war ihr höchst unangenehm. Sie wand sich. »Du mußt verstehen ...«

»Ich verstehe«, bezeugte ich immer noch grinsend. »Ich bin nicht erst seit gestern lesbisch.«

Sie sah mich verdutzt an. Dann brach sie in ein fröhliches, wie Regentropfen perlendes Gelächter aus. »Wieso ...?« fragte sie. Dann setzte sie neu an. »Wieso ist das kein Problem für dich?«

»Weil ich kein Problem damit habe. Es gibt viele Dinge, die ich nicht in der Öffentlichkeit tue, und die meisten haben nicht das geringste damit zu tun, mit wem ich schlafe.«

Sie war immer noch ein bißchen verdutzt. »Komisch«, stellte sie fest. »Das habe ich bisher immer anders gehört.«

»Hast *du* ein Problem damit?« fragte ich sie wirklich neugierig. So etwas interessierte mich immer.

Sie überlegte. »Nein, eigentlich nicht. Ich habe bisher noch nie so richtig darüber nachgedacht.«

Ich verstand das sehr gut. Sie war so vielen Einschränkungen ausgesetzt, daß es ihr auf diese eine sicherlich nicht mehr ankam. Daran brauchte sie keinen Gedanken zu verschwenden. Außerdem, mit wem sollte sie Händchen halten? Mit ihren Kundinnen?

»Aber irgendwie finde ich es trotzdem nicht richtig.« Sie runzelte die Stirn und gab es sofort zusammenzuckend wieder auf. So gesund, wie sie sich gab, war sie eben doch noch nicht.

»Nein«, pflichtete ich ihr bei, »richtig finde ich es sicher nicht. Aber es ist nicht mein Problem, sondern das derjenigen, die nicht hingucken können, wenn zwei Frauen zärtlich zueinander sind.« Ich zuckte die Schultern. »Dafür ist mir meine Zeit zu schade und das Leben zu kurz. Die sollen ihre Probleme allein lösen.«

»Ich glaube, du hast recht«, grübelte sie. »Ich muß noch mal darüber nachdenken.« Sie blieb eine Weile sinnend sitzen.

Ich schaute sie an und bemerkte, daß sie fast dabei war einzuschlafen. »Sollten wir nicht besser nach Hause gehen?« fragte ich sie eindringlich.

Sie fuhr ein bißchen hoch. »Ja, ich bin plötzlich furchtbar müde. Das habe ich vorher gar nicht bemerkt.« Natürlich nicht – sie war in einem Meer von Seligkeit geschwommen!

»Hast du schon bezahlt?« Ich hatte wirklich Angst, daß sie mir gleich hier umkippen würde. Sie sah sehr erschöpft aus, trotz der ganzen Schminke.

Sie winkte ab. »Das brauchen wir nicht. Der Begrüßungstrunk ist immer umsonst.«

Sie raffte sich auf und ging noch einmal an den Tresen, nahm ihre letzte Kraft zusammen und ließ zum Abschied ihren Charme sprühen. Es war offensichtlich, daß alle von ihr hingerissen waren. Sie wollten sie am liebsten festhalten. Sie lehnte das bedauernd ab und vertröstete sie auf das nächste Mal.

Wir gingen zurück um die Ecke. Als wir außer Sichtweite waren, lehnte sie sich gegen die Hauswand. Sie war grau unter der Schminke. Ich hatte Angst um sie. Warum mußte sie es auch immer so übertreiben? »Soll ich dich stützen?« fragte ich. Irgendwie mußte ich sie ja nach Hause kriegen.

Sie schüttelte den Kopf. »Ich schaffe es schon. Laß mich nur einen Moment ausruhen.« Sie schloß die Augen.

Ihre Körperbeherrschung war wirklich unglaublich. Nach einer Minute öffnete sie die Augen wieder und sagte: »Wir können gehen.« Sie sah immer noch nicht besonders gut aus, aber sie ging über die Straße, als hätte sie nichts weiter als einen etwas anstrengenden Arbeitstag hinter sich. Ich wußte nicht, wie weit ihre Kraft noch reichte. Ich versuchte so nahe wie möglich bei ihr zu bleiben.

Sie kam bis in die Wohnung. Hinter der Wohnungstür brach sie zusammen. Ich fing sie auf und stützte sie bis ins Schlafzimmer. Dort fiel sie aufs Bett und gab keinen Laut mehr von sich. Ich hatte zuerst Zweifel, ob sie überhaupt noch atmete. Ich hielt mein Ohr an ihren Mund und war beruhigt. Ich legte sie etwas bequemer hin, zog ihr die Schuhe aus, deckte sie zu und ließ sie allein.

Morgen würde sie wieder einen Ausflug machen, nahm ich mir fest vor, aber zum Röntgen!

»O nein!«, stöhnte sie abwehrend.

»O doch!« Ich bestand darauf. »Heute gehst du zum Röntgen. Ich habe es der Ärztin versprochen. Wenn ich sie je noch einmal treffen sollte und ihr dann sagen muß, daß ich mein Versprechen nicht gehalten habe, wird sie mich lynchen.«

Sie versuchte noch einmal, sich davor zu drücken. »So schlimm wird sie schon nicht sein.«

Ich mußte eine Bestätigung dafür haben, daß sie gesund war. Seit sie gestern zusammengebrochen war, machte ich mir erneut Sorgen um sie. »Doch, so schlimm ist sie. Du hast sie ja gar nicht richtig mitgekriegt. Aber ich schon.«

Das mußte sie zugeben. »Ja, das stimmt.« Sie seufzte ergeben. »Gegen euch beide komme ich sowieso nicht an. Also wann?«

»Gleich nach dem Frühstück«, bestimmte ich sehr energisch. Ich wollte nicht, daß sie allzulange darüber nachdenken konnte.

Als ich sie später beim Arzt wieder abholte, informierte sie mich: »Es ist alles in Ordnung. Ich soll mich noch eine Woche schonen. Bist du nun zufrieden?«

»Ja«, sagte ich. »Das war alles, was ich wissen wollte.« Ich sah sie an. »Hat er dich sonst irgend etwas gefragt?«

»Nichts Besonderes.« Sie zuckte achtlos die Schultern. »Die Geschichte mit der Treppe glauben sie doch immer.«

Mein Gott! Wie oft hatte sie das schon gemacht?

Langsam kam ich mir vor, als ob ich mein bisheriges Leben in einem Glashaus zugebracht hätte, abgeschirmt von den bösen Seiten der Welt. Vieles hatte ich einfach als gegeben hingenommen, für selbstverständlich gehalten. Rücksichtnahme zum Beispiel und gegenseitigen Respekt, daß sich Menschen nicht mit Absicht verletzten oder daß alle Menschen das gleiche Recht auf ihre Würde hatten.

Ich fragte sie nicht weiter. Wie konnte ich ihr Leben in Frage stellen, wenn ich all das so selbstverständlich genoß, was für sie offensichtlich ein Luxus war, den sie sich nur ab und zu hier in Paris gönnen konnte? Lieber wollte ich dafür sorgen, daß dieser Aufenthalt sich für sie noch so angenehm wie möglich gestaltete. »Was hättest du gern als Belohnung, daß du so brav warst?« fragte ich sie deshalb munter neckend.

»Darf ich mir das aussuchen?« Sie schmollte ein wenig. »Das ist ja ganz etwas Neues.«

Ich hielt sie fest, legte einen Arm um ihren Nacken, zog sie zu mir herunter und küßte sie sanft auf die Lippen. »Darfst du«, sagte ich zärtlich. »Alles, was du willst, Liebling.«

Sie war zu überrascht gewesen, um zu reagieren, dann stutzte sie bei ›Liebling‹, zum Schluß bemerkte sie: »Ich dachte, du tust das nicht in der Öffentlichkeit.«

Ich lachte. »Ich habe nicht gesagt, daß ich das generell nicht tue. Bis jetzt hatte ich nur noch nie Lust dazu.« Ich musterte sie. »Wenn es dich stört, tue ich es nie wieder.«

Sie sah mich mit einem undefinierbaren Blick an. Dann beugte sie sich zu mir hinunter und küßte mich auch ganz leicht. »Es stört mich nicht.« Ihr Gesicht hellte sich auf. »Ich glaube sogar, ich könnte es mögen.« Sie legte ihren Arm um meine Taille, und wir gingen ein paar Schritte so nebeneinander her.

»Also«, fragte ich noch einmal. »Was möchtest du?«

Sie blieb stehen. »Ich weiß nicht genau. Ich möchte nicht noch einmal den gleichen Fehler machen wie gestern.«

»Das war kein Fehler«, sagte ich warmherzig. »Die Menschen haben dir so gut getan.«

»Ja«, gab sie zu, »aber es war zu anstrengend. Heute möchte ich einmal keine Menschen sehen.«

Ob sich das auch auf mich bezog? Ich sah sie fragend an. »Willst du in der Wohnung bleiben?«

Sie schüttelte den Kopf. »Nein, das auch nicht.«

Ich kannte die Alternativen nicht, die sie im Kopf wälzte, deshalb wartete ich einfach ab.

»Bist du gern auf dem Land?« fragte sie unvermittelt.

»Kommt drauf an«, erwiderte ich unschlüssig. Das war eine etwas vage Beschreibung.

»Ich würde gern hinausfahren. Einfach so in die Gegend.« Sie sah mich zweifelnd an. »Wenn du magst.«

»Wenn *du* magst«, unterstrich ich nachdrücklich. »Ich kenne die Gegend um Paris herum überhaupt nicht. Ich war bisher immer nur in der Stadt.« Ich lächelte sie auffordernd an. »Zeigst du mir die Schönheiten der Landschaft?«

Jetzt erst ließ sie merken, wieviel ihr an dem Ausflug lag. »Ja, gern.« Sie strahlte. Es war wirklich nicht einfach, ihr einen Wunsch zu erfüllen!

Nachdem ich mein Auto wiedergefunden hatte, fuhren wir nach Süden aus der Stadt hinaus. Als sich links und rechts nur noch Wiesen erstreckten, deutete sie auf einen Feldweg. »Da kannst du reinfahren. Wir können dann zu Fuß weitergehen.«

Ich folgte ihren Anweisungen, und wir liefen direkt in einen Wald hinein. Es war, als ob die Riesenstadt Paris gar nicht mehr existierte, obwohl sie so nah war. Sie blieb stehen und atmete tief durch.

Ihr Anblick versetzte mir einen Stich. Sie paßte hierher genauso gut wie in das Bistro in Paris oder in die Wohnung dort. Sie bereicherte jede Umgebung mit ihrem Charme und ihrer Schönheit. Ich fragte mich, was ich ihr eigentlich geben konnte. Sie gab mir so viel. Und ich? Ich konnte sie pflegen, wenn sie krank war. Aber sie würde nicht immer krank sein.

Lächelnd drehte sie sich zu mir um. »Ist es nicht schön hier?« Sie war so entspannt. Man sah ihr die Blessuren kaum noch an. Natürlich hatte sie sich wieder geschminkt, aber das war es nicht allein. Hier bedrohte sie niemand, und sie war ganz sie selbst.

Die Liebe zu ihr peinigte mich tief innerlich. Sobald ich genau wußte, daß sie wieder ganz gesund war, würde ich sie verlassen müssen. Ich erwiderte ihr Lächeln. »Wunderschön«, bestätigte ich und meinte nicht nur die Landschaft.

»Komm«, forderte sie mich auf. »Laß uns ein Stück laufen.«

»Aber nicht zu weit«, warnte ich.

Sie lachte über meine Besorgnis. »Ich verspreche, daß ich nicht zusammenbrechen werde. Ich werde vorsichtig sein.«

Wir liefen ruhig nebeneinander her. Sie hob einen Zweig vom

Boden auf und roch daran. Dann hockte sie sich hin und untersuchte irgendwelche Blumen, die im Unterholz wuchsen. »Du bist gern in der Natur«, stellte ich fest.

»Ja«, erklärte sie ganz beiläufig, »ich bin auf dem Land aufgewachsen.«

»Auf dem Land – du?« fragte ich höchst verblüfft.

Sie sah aus der Hocke zu mir hoch. »Du hast mich für ein Stadtkind gehalten, nicht?«

»Ehrlich gesagt, ja. Ich wäre von selbst nie auf einen anderen Gedanken gekommen.« Ihre äußere Erscheinung lud dazu ja auch wirklich nicht gerade ein. Eine Frau wie sie!

»Heute bin ich das ja wohl auch«, bedauerte sie, während sie um sich blickte. Sie erhob sich und wischte die mit Walderde bedeckten Hände an ihrer Jeans ab.

»Nicht ganz.« Ich lachte und zeigte auf die dreckigen Flecken an ihrer Hose. »Ich glaube, einer Stadtfrau würde so etwas nicht passieren.« Das machte sie noch liebenswerter!

Sie sah an sich hinunter und lachte ebenfalls. »Wahrscheinlich nicht. Wenn ich hier draußen bin, denke ich nie an so etwas.« Sie seufzte und blickte zum Waldrand. »Nur leider bin ich viel zu selten hier draußen.«

Ich ging zu ihr hin und legte meinen Arm um ihre Taille. »Aber jetzt bist du es.« Ich sah zu ihr hoch. »Laß es uns genießen. Wo sind die schönsten Plätze?«

Ihr Blick wanderte nach links. Sie hob den Arm. »Da hinten ist eine Lichtung, ganz versteckt im Wald. Da bin ich manchmal den ganzen Tag, wenn ich Zeit habe.«

Ich hatte den Eindruck, daß das ein sehr privater Ort war. »Aber das ist dein Platz«, wandte ich ein.

Sie lächelte bezaubernd auf mich hinunter. »Ich zeige ihn dir.«

Wir gingen langsam hinüber. Der weiche Waldboden federte unter jedem meiner Schritte. Hier konnte man stundenlang laufen, ohne müde zu werden. Der Asphalt der Großstadt schien mir mit einem Mal eine höchst perverse Erfindung zu sein.

Die Lichtung hätte ich niemals dort vermutet, wo sie war. Wenn man nicht wußte, wo man suchen mußte, konnte man immer wieder daran vorbeilaufen, ohne sie zu entdecken. »Das ist ja wie auf der

Suche nach dem Schatz von Troja«, staunte ich. »Ein richtiges Abenteuer!«

»So etwas ähnliches habe ich das erste Mal auch gedacht. Ich habe sie rein zufällig entdeckt. Und ich habe hier noch nie jemanden getroffen.« Sie schob einen letzten Ast zur Seite, und wir standen mitten in einer Art natürlichem Hain.

Als ich nach oben blickte, drehten sich die Wipfel über mir im Sonnenlicht. Die Strahlen brachen sich nach unten Bahn und verteilten Bänder goldenen Lichts. »Ich habe so etwas schon auf Fotos gesehen«, sinnierte ich träumerisch, »aber noch niemals in Natur.«

Sie blickte ebenfalls nach oben. »Es ist wie eine eigene Welt. Eine eigene Sonne, eigenes Licht. Und keine Menschen.« Sie senkte ihren Kopf wieder und sah mich an. »Außer dir und mir.«

Ich registrierte die Spannung, die auf einmal entstanden war, und wollte der Situation ein wenig die Intimität nehmen. »Wie Eva und Eva«, witzelte ich, »ohne Adam.« Wo sollte das hinführen? Sie war doch noch viel zu mitgenommen.

Sie war offensichtlich anderer Meinung. Sie kam auf mich zu und lehnte sich neben mich an einen Baum. Wenn die Schlange Eva im Paradies so verführerisch erschienen war, war es kein Wunder, daß sie den Apfel gepflückt hatte! Sie streckte die Arme aus. »Komm«, sagte sie leise.

Ich konnte ihr nicht widerstehen. Ich sehnte mich die ganze Zeit schon so nach ihr. Sie ließ sich an dem Baum etwas abwärts gleiten, so daß sie auf gleicher Höhe mit mir war. Ich war wie hypnotisiert von ihrem Mund. Ich ließ mich in ihre Arme sinken und küßte sie.

Zuerst war es wie eine Erlösung, sie endlich wieder berühren, sie küssen zu dürfen. Dann merkte ich, daß ihr Kuß anders war als sonst. Sie küßte mich zurück, ja, aber weniger mit Leidenschaft als mit Erfahrung, und davon hatte sie so viel, daß man den Unterschied kaum merkte. Ich zog mich zurück. »Du hast Schmerzen«, stellte ich fest.

»Nein«, widersprach sie sofort. Sie wollte mich wieder zu sich hinziehen.

Ich stemmte mich am Baumstamm ab. »Doch«, behauptete ich mich. »Du küßt sonst anders.«

Sie hob ihr Gesicht zu mir und fuhr mit ihren Lippen lockend über meine. »Ist es nicht gut?«

Oh, jetzt mußte ich aufpassen! Das driftete in eine ganz falsche Richtung. Aber ich konnte nicht. Ihre Nähe machte mich völlig wehrlos. »Nicht«, bat ich. Sie sah mich nur an. Ich ließ mich wieder nach vorn sinken und küßte sie erneut. Ich versuchte vorsichtig zu sein, aber sie wurde immer fordernder. Sie wußte, daß ich ihren Küssen nicht widerstehen konnte. Ich hatte es ihr selbst gesagt.

Langsam ließ sie sich an dem Baumstamm abwärts gleiten. Der weiche Waldboden war bequemer als jedes Bett. Sie lag neben mir. Ich streichelte an ihrem Schenkel aufwärts, dann ihren Po und ließ meine Hand dort liegen. Sie begann mich auszuziehen. Als ich wieder anfing, ihren Po zu streicheln, begann sie zu stöhnen. Das erinnerte mich an etwas. Ich schob sie sanft von mir weg. »Du spielst«, stellte ich entschieden fest.

»Nein.« Sie bestritt es sofort. »Ich will dich.« Sie schob wieder ihre Hand unter mein Hemd und versuchte mich zu überzeugen. »Komm, laß mich. Du willst es doch auch.«

Ihre Hand auf meiner Haut hätte mich eigentlich zum Schmelzen bringen müssen, aber ich wehrte mich dagegen. »*Ich* will«, gab ich zu. »Das weiß ich. Aber daß du keine Lust hast, spüre ich auch.«

Sie zog ihre Hand zurück. »Das ist ja das Schlimme«, erklärte sie entmutigt. »Ich habe Lust. Aber nur im Kopf. Mein Körper empfindet gar nichts.«

»Also hast du doch Schmerzen.« Ich hatte es doch gewußt.

»Ja«, gab sie zögernd zu. »Aber die sind eigentlich gar nicht so schlimm.« Sie sah mich an. »Du mußt mir das glauben. Ich will dich wirklich.«

Wenn sie mich so ansah, hätte ich ihr alles geglaubt!

»Ich glaube dir«, sagte ich ehrlich. »Aber deshalb mußt du mir doch nichts vorspielen. Wir müssen eben warten.«

»Aber du brauchst nicht zu warten.« Sie streichelte wieder meine Haut unter dem Hemd. »Nicht meinetwegen.« Ihre Hand wanderte zu meiner Brust hinauf. Mich traf ein Feuerstrahl. Ich stöhnte unwillkürlich auf. »Du wirst keinen Unterschied merken«, versicherte sie.

Das brachte mich wieder zur Vernunft. Ich wurde wütend. Aber sie konnte ja nichts dafür. Sie wollte mir nur etwas Gutes tun. Ich beherrschte mich. Ich legte meine Hände auf ihre Schultern und hielt sie auf Abstand. »Ja, ich weiß«, sagte ich. »Du bist ein Profi.« Sie sah mich bestürzt an. »Ich meine das nicht negativ«, beschwichtigte ich sie. »Ich weiß, daß du genug Erfahrung besitzt, um mir die allergrößte Befriedigung zu verschaffen, auch wenn du selbst gar nichts davon hast.«

»Das würde ich gerne«, meinte sie ernst.

Ich lächelte sie an. »Ja. Aber für mich gehören immer zwei dazu.« Ich betrachtete sie verständnisvoll. »Ich werde warten.«

»Du hast mir gesagt, wie sehr du mich begehrst. – Und ich habe es gespürt.« Sie senkte den Kopf. »Ich wollte, daß du –«

»Ich weiß«, unterbrach ich sie. »Aber ich werde trotzdem warten.« Ich lachte gutmütig. »Das ist eine gute Übung für mich!«

Sie wurde wütend. »Aber ich begehre dich *auch*! Nur dieser Körper will einfach nicht!« Sie schlug sich mit der Faust auf den Schenkel. Sofort schrie sie vor Schmerz auf. Sie wollte noch einmal zuschlagen.

Ich hielt ihren Arm fest. »Hör auf! Was tust du da?«

Sie sah mich mit blitzenden Augen an. »Wie lange willst du warten? Vielleicht empfindet er nie wieder etwas!«

Ich hielt ihren Arm immer noch fest. Was machte sie nur so wütend? Das war doch eine ganz natürliche Reaktion.

Sie versuchte sich loszumachen. »Sie ist schuld!« Sie schrie es wütend heraus. »Sie ist schuld!«

Ich war zu überrascht, um schnell genug zu schalten. »Wer?« fragte ich unwillkürlich.

»Sie!« zischte sie abgrundtief böse. »Du hast sie doch selbst gesehen!«

Ich war viel zu betroffen, um im Moment wegen unserer letzten unangenehmen Begegnung beschämt zu sein. Das würde später kommen. *»Sie?«* fragte ich entsetzt. »*Sie* hat dir das angetan?«

Sie lachte bitter. »Nicht allein natürlich. Sie wußte, daß sie es dann nicht schaffen würde.« Jetzt konnte ich sie nicht mehr aufhalten. Es strömte aus ihr heraus wie galliger Morast. »Sie kamen an dem Abend wieder unangemeldet. Ich war eigentlich schon fertig.« Sie setzte sich auf und schlang die Arme um ihre Knie. »Weiß der Himmel, warum ich überhaupt aufgemacht habe.« Sie sah zu mir herüber. »Ich habe eine Kundin, die manchmal um diese Zeit kommt. Vielleicht dachte ich, sie wäre es.« Sie sah wieder nach vorne über ihre Knie hinweg. »Zuerst versuchten sie mich zu überreden. Ein paar spezielle Spiele zu dritt – sehr speziell. Ich lehnte ab. Dann wurden sie direkter. Sie drohten mir. Aber ich habe schon oft die Erfahrung gemacht, daß nichts dahintersteckt. Ich bin zu groß. Das schreckt die meisten ab. Also nahm ich das zuerst nicht ernst. Aber plötzlich hatte die eine Handschellen in der Hand. Die andere lenkte mich ab, und dann konnte ich nichts mehr tun.«

Sie mußte eine Pause machen. Sie erlebte offensichtlich alles noch einmal. Sie legte den Kopf auf die Knie und sprach in ihren Schoß hinein. »Sie haben alles mit mir gemacht, was ich ihr das letzte Mal verweigert hatte. Sie haben mich geschlagen, sie haben mich vergewaltigt.« Ihre Stimme war immer leiser geworden, bis sie zum Schluß ganz erstarb.

Ich war völlig gelähmt. Ich hatte sie ja gesehen, hatte gesehen, wie sie ausgesehen hatte. Aber es jetzt von ihr zu hören und diese große Frau in Leder vor mir zu sehen, wie sie sie schlug ... Und die Vergewaltigung? War das vielleicht der Grund, warum sie jetzt so völlig gefühllos war? Deshalb war sie so wütend! Ich richtete mich auf und nahm ihren zusammengekrümmten Körper in meine Arme. Ich ging vorsichtig zu einer Schaukelbewegung über. Ihr Rücken zuckte. Ich schwang mit ihr hin und her, hin und her, wie eine Glokke. Langsam wurden die Zuckungen stärker. Ich konnte nichts tun als sie halten.

Plötzlich schrie sie auf. Dann flüsterte sie schmerzerfüllt: »Es hat so weh getan. Es hat so furchtbar weh getan!«

Ich schaukelte sie weiter. Auf einmal fühlte ich ihre Tränen. Sie weinte – endlich! Ich ließ sie weinen, bis nichts mehr kam. Sie war völlig am Ende. Ich legte mich mit ihr auf die Erde und ließ den warmen Waldboden den Rest tun. Sie schlief völlig entkräftet ein.

Nach einer Stunde wurde es zu kalt, um liegenzubleiben. Ich weckte sie behutsam auf. Sie fand sich nicht gleich zurecht. Desorientiert blickte sie um sich und schließlich auf mich. Dann erinnerte sie sich allmählich wieder. Sie schob sich höher und lehnte sich sitzend gegen den Baum, von mir weg. »Was habe ich dir erzählt?« Sie wirkte wieder sehr abweisend. Ich konnte es ihr nicht verdenken.

Sie hatte Angst.

»Alles«, sagte ich ruhig.

Sie schlug die Hände vors Gesicht. »Nein, das nicht!« Sie stöhnte entsetzt auf.

Ich stand auf und hockte mich vor sie hin. Dann nahm ich ihre Handgelenke und zog sie sachte weg. Sie senkte den Kopf. Ich küßte ihr linkes Handgelenk. Die Spuren waren noch sehr deutlich. Die Handschellen hatten sich so tief eingegraben, daß auch das deckende Make-up nicht alles vertuschen konnte. Sie hatten sie nicht nur damit gefesselt. Sie mußten sie auch noch irgendwo festgebunden haben. Ich fühlte die Qual fast körperlich. Es fehlte nicht viel, und ich hätte selbst aufgestöhnt. Ich nahm mich zusammen. *Mich* hatten sie schließlich nicht geschlagen – an das andere wollte ich gar nicht denken –, *sie* hatte es aushalten müssen. Ich küßte auch das andere Handgelenk und dann die Innenfläche ihrer Hand. »Komm.« Ich versuchte sie durch meinen Tonfall sanft zu ermutigen. »Ich bringe dich nach Hause.« Sie blickte nicht auf. Sie hielt den Kopf tief auf die Brust gesenkt. Ich legte mich neben sie und sah sie von unten herauf an. Ich sah, was sie dachte. »Nein!« stieß ich bestürzt hervor. »Du schämst dich doch nicht etwa?«

»Ich hätte dir das nie erzählen dürfen«, murmelte sie düster.

Ich kniete mich neben sie hin. »Aber *du* bist doch nicht schuld!« Ich beugte mich vor und nahm sie in die Arme. Sie ließ es geschehen, aber sie fühlte sich an wie eine weiche, leblose Puppe. »Du bist nicht schuld«, wiederholte ich noch einmal. »Du mußt dich doch nicht auch noch schämen für das, was sie dir angetan haben.« Wie konnte sie überhaupt auf so etwas kommen?

Sie blickte immer noch nicht hoch. »Ich bin, was ich bin«, flüsterte sie selbstquälerisch. »Bei einer anderen wären sie gar nicht auf den Gedanken gekommen.«

»Das wage ich zu bezweifeln«, entgegnete ich energisch. Diese Selbsterniedrigung mußte ein Ende haben! »Wenn sie so etwas vorhatten, hätten sie immer ein Opfer gefunden. Dich oder eine andere.«

Sie ließ sich nicht so leicht überzeugen. Ihre Selbstverachtung saß zu tief. »Ich bin ja dafür da.« Ihre Widerstandsfähigkeit schien aufgebraucht.

»Dafür bist du nicht da!« Ich stand auf und riß sie mit mir hoch.

Sie schrie schmerzgepeinigt auf. »Es tut mir leid«, bedauerte ich, »aber du mußt endlich aufwachen.« Sie sah mich verstört an. Ihre Augen waren immer noch verschwollen vom Weinen. »Was du mir erzählt hast, ist einfach furchtbar, aber du bist nicht dafür verantwortlich!« Ich hatte mit großem Nachdruck gesprochen, aber sie stand da, als ob sie mich nicht gehört hätte. Ich schüttelte sie. Sie stöhnte wieder vor Schmerz auf. Lange konnte ich das nicht durchhalten! Es fuhr mir bis ins Mark. »Hörst du?« unterstrich ich laut und vernehmlich. »Du warst es nicht. *Sie* haben es getan!«

»Sie haben es getan«, wiederholte sie gehorsam wie in der Schule. Es hörte sich immer noch so an, als hätte es nichts mit ihr persönlich zu tun.

»Ja«, seufzte ich dennoch um eine Spur erleichtert. Ich nahm sie wieder in die Arme. »Nicht du. Sie waren es.«

»Sie«, echote sie noch einmal tonlos. Sie legte ihren Kopf an meine Schulter. Gleich darauf spürte ich wieder ihre Tränen. Wenigstens das hatte es bewirkt. Daß sie weinen konnte.

Ich ließ sie ein bißchen ausruhen, dann sagte ich weich: »Komm, wir gehen.«

Ihre Apathie hielt an, bis wir in der Wohnung waren. Ich setzte sie in die Küche und überredete sie, etwas zu essen. Dann kochte ich Kaffee, und wir gingen in den kleinen Salon. Sie sah wieder sehr erschöpft aus, aber sie wollte nicht schlafen. Wahrscheinlich hatte sie Angst vor Alpträumen, nachdem ihr jetzt alles wieder so frisch in Erinnerung war. Wir setzten uns und tranken schweigend unseren Kaffee.

»Mußt du eigentlich gar nicht arbeiten?« fragte sie plötzlich. Wollte sie mich loswerden?

»Die paar Tage hatte ich sowieso noch frei«, gab ich bereitwillig Auskunft. Ich beobachtete ihre Reaktion. Es gab keine. »Wenn ich nächste Woche noch hierbleiben muß, kann ich anrufen.«

»Du mußt nicht hierbleiben.« Sie widersprach mit ausdrucksloser Stimme, als ob sie das immer noch alles nichts anginge.

»Ich bleibe so lange, bis du ganz gesund bist.« Diese Entscheidung hatte ich getroffen. Da konnte sie machen, was sie wollte!

»Ich bin gesund«, behauptete sie immer noch ausdruckslos.

»Der Meinung bin ich nicht.« Ihr eine Freude zu machen war

nicht einfach, mit ihrer Sturheit zu kämpfen anscheinend ebensowenig. Aber stur sein konnte ich auch. Mal sehen, wer besser war!

»Der Arzt hat gesagt –«, begann sie.

Ich fiel ihr ins Wort. »Der Arzt hat gesagt, du sollst dich noch eine Woche schonen.« Wenn das Schonung war, dieser Kampf mit ihren quälenden Erinnerungen, wollte ich nicht wissen, wie Anstrengung aussah!

Sie saß da, in ihrem Ohrensessel, und sah ungeheuer allein aus. Sie antwortete mir nicht, wahrscheinlich hielt sie es für sinnlos.

Ich ging zu ihr hinüber. Ich hockte mich vor sie hin und legte meine Hände auf ihre Knie. Ich sah in ihr Gesicht, das ganz verschlossen vor sich hinstarrte. »Du bist süß.« Es war nur eine schlichte Aussage. Anderen Argumenten war sie jetzt sicher noch viel weniger zugänglich. »Weißt du das eigentlich?«

Ihr Blick kam zu mir, etwas verständnislos. Das hatte sie nicht erwartet.

»Kannst du dir nicht vorstellen«, erklärte ich, »daß ich das gern für dich tue?« Sie konnte es nicht. Das sah ich ihr an. Ich versuchte ihre Aufmerksamkeit mit meiner Stimme festzuhalten. »Du bist die liebenswerteste Frau, die ich je getroffen habe. Du erweckst so viele Gefühle in mir, daß ich gar nicht weiß, wie ich dir das zurückgeben soll.« Während ich mit ihr sprach, beobachtete ich ihr Gesicht. Es entspannte sich etwas, die Verständnislosigkeit aber blieb. »Ich liebe dich und ich begehre dich auf eine Art, die ich bisher noch nicht gekannt habe.«

Aha! Jetzt hatte sie einen Anhaltspunkt gefunden. Sie hakte, wenn auch etwas verständnislos, ein. »Aber du willst nicht mit mir schlafen, solange ich nichts empfinde.« Sie sah mich klar an. Dieses Terrain war ihr vertraut. »Obwohl du mich begehrst.« Daß ihr mein freiwilliger Verzicht immer noch unverständlich war, ging aus ihrem Gesichtsausdruck deutlich hervor. Und daß sie das für einen ausreichenden Grund hielt, sie zu verlassen, auch.

»Hältst du das für so wichtig?« Wie konnte ich sie nur dazu bringen, die Situation mit meinen Augen zu sehen und das selbstverständlich zu finden?

»Aber wenn du nicht mit mir schlafen kannst ...«, wandte sie verunsichert ein.

Ich mußte lächeln. Sie war so daran gewöhnt, sie konnte sich gar nichts anderes vorstellen. »Was ist dann?« fragte ich mit Absicht einfältig.

Die Konsequenz war für sie absolut unzweifelhaft. »Dann kannst du mich auch nicht ...«

»Dann kann ich dich auch nicht lieben?« Ich sprach es für sie aus. »Glaubst du, daß meine Liebe von deiner körperlichen Verfügbarkeit abhängt?«

»Ja, natürlich.« Davon war sie überzeugt. Es kam wie aus der Pistole geschossen. Kaum hatte sie es ausgesprochen, plagten sie wieder ihre professionellen Gewissensbisse. »Hast du denn nicht gern mit mir geschlafen?« Sie war wirklich unwiderstehlich, wenn sie so zerknirscht aussah! Ich mußte schlucken. »Habe ich –?« setzte sie an.

»Nein, du hast nichts falsch gemacht.« Ergeben seufzte ich auf. Ich konnte ihren Gedankengängen in dieser Hinsicht mittlerweile problemlos folgen. Aber ich mußte sie doch irgendwie überzeugen können. »Ich schlafe sehr gern mit dir.« Was für eine Frage! »Wie sollte ich auch nicht? Es ist wundervoll, mit dir zu schlafen. Es ist jedes Mal neu und anders.«

»Ich habe eben sehr viel Erfahrung«, bekundete sie finster.

»Ja«, bescheinigte ich. Wenn sie unbedingt wollte ..., »das hast du.« Jetzt beharrte ich mit Absicht auf dem Thema. Ich lachte leicht verlegen, als mir etwas einfiel. »Ich war so eifersüchtig, daß ich sogar schon einmal ausgerechnet habe, wie viele Frauen du wohl schon hattest. Ich bin darauf gekommen, daß es Hunderte gewesen sein müssen.«

»Hunderte.« Ihre Stimme klang, als ob das ein Verbrechen wäre.

Ich sah sie an und nahm ihr Gesicht in meine Hände. So mußte sie mich ansehen. Ich beschwor sie eindringlich. »Und genau das ist es. Ich bin mir nie wie die Hundertste vorgekommen, sondern immer wie die erste.«

Wenn sie einmal auf dem Profitrip war, ließ sie sich nicht so leicht davon abbringen. »Dann war ich wohl sehr gut«, konstatierte sie leidenschaftslos.

»Das zu bestreiten wäre zweifellos eine unverschämte Lüge«, bezeugte ich munter. Munterer, als ich mich fühlte. »Dennoch.« Dabei konnte es ja nicht bleiben. »Oder vielleicht gerade deshalb. Ich habe mich nicht nur wie die erste gefühlt, sondern wie die einzige.« Ich sah ihr noch einmal ernst ins Gesicht. »Ich habe mich gefühlt wie die Frau, die du liebst.«

Das war ein harter Schlag für sie. Sie hatte sich immer eingeredet, sie könnte alle ihre wahren Gefühle hinter der Fassade ihrer Erfahrung verstecken. Jetzt stand sie da. Mitten im Rampenlicht.

Ich wiederholte: »Du hast mit mir geschlafen wie mit der Frau, die du liebst.«

»Nein.« Sie widersprach automatisch, aber es klappte nicht ganz. »Ich –«

Ich provozierte sie noch mehr. »Sag es«, forderte ich sie auf. »Sag, daß du mich nicht liebst. Wenn du das Gegenteil nicht sagen kannst, müßte dir das doch leichtfallen.« Ich ließ sie los. Ich wollte sie nicht weiter zu irgend etwas zwingen. Das kannte sie schon zu gut. Aber sie mußte sich einmal darüber klarwerden, was sie für mich empfand. Nur dann konnte sie verstehen, daß ich mindestens ebensoviel für sie fühlte und bereit war, meine eigenen Wünsche ihren Bedürfnissen unterzuordnen.

Sie sah mich stumm an. Ihre Augen blickten verzweifelt. Sie war unfähig, das auszudrücken, was sie empfand, aber sie hätte es gerne getan. Sie litt unter ihrer Sprachlosigkeit mehr, als ich es jemals hätte tun können. »Ich kann nicht«, erklärte sie endlich mühsam.

Ich lächelte und legte meinen Kopf in ihren Schoß. »Ich dich auch«, sagte ich glücklich.

Ich saß eine Weile so da, ohne an etwas anderes zu denken. Auf einmal spürte ich eine Berührung an meinem Haar. Sie streichelte mich. Es war ein zögerndes Streicheln, als ob sie so etwas noch nie zuvor getan hätte. Vielleicht war das auch so. Ziemlich sicher hatte sie seit Jahren keine Frau mehr ohne erotische Absicht gestreichelt. Es mußte ein fremdes Gefühl für sie sein. Ich genoß es. Ich fühlte mich ganz und gar nicht unerotisch. Im Gegenteil. Aber das war jetzt *mein* Problem.

Sie fuhr mit ihren Händen über meinen Rücken bis zur Taille. Meine Haut kribbelte wie verrückt, aber ich versuchte ruhig zu bleiben. Erst große Sprüche klopfen und sich dann nicht daran halten – das fehlte noch! Sie ließ ihre Hände liegen und lehnte ihren Oberkörper über meinen Rücken. So verharrte sie, ohne sich zu rühren.

Ich spürte sie, ich spürte sie überall bis hinunter in die Zehenspitzen. Es war fast unerträglich. Aber ich erinnerte mich daran, was sie ertragen hatte, und wurde etwas ruhiger. Dann fing es wieder an. Ich fragte mich, ob ich ihr nicht zuviel versprochen hatte. Daß es so schwer sein würde, hatte ich mir nicht vorgestellt.

Sie atmete ruhig. Es lag ganz sicher keine erotische Absicht in ihren Bewegungen. Auch wenn sie es nicht ausgesprochen hatte, sie hatte mir offensichtlich geglaubt. Jetzt war es an mir, ihren neu gewonnenen Glauben nicht zu erschüttern. Aber im Moment hatte ich noch ein anderes Problem. Ich zog scharf die Luft ein. Es war nicht genug. So sehr ich es genossen hätte, weiter in ihrem Schoß zu liegen, es ging nicht. Ich schob mich langsam unter ihr zur Seite. Sie richtete sich auf.

»Es tut mir leid.« Diesmal war ich zerknirscht. »Aber ich bekomme einfach keine Luft mehr.«

Sie lächelte und streichelte mein Gesicht, auch ganz unerotisch. Dann beugte sie sich vor und küßte mich leicht auf die Lippen, ebenfalls ohne jede erotische Absicht – von ihrer Seite aus! »Das war sehr schön«, bemerkte sie ganz versonnen.

Ich stand auf und schüttelte meine Beine aus. »Eingeschlafen!« meinte ich lachend. Das stimmte zwar, aber ich wußte zu genau, daß das Kribbeln auch noch andere Gründe hatte. Ich reckte meine Arme in die Luft, um sie ebenfalls wieder zum Funktionieren zu bringen. »Ich glaube, ich gehe ins Bett«, gähnte ich. Selbstbeherrschung war wirklich anstrengend! Ich bewunderte sie immer mehr für ihre Fähigkeiten.

Sie stand gleichfalls auf und dehnte sich vorsichtig. Ihre Muskeln verursachten ihr sicher noch einiges an Unannehmlichkeiten. Sie verzog ein bißchen das Gesicht. »Möchtest du nicht bei mir schlafen?« fragte sie ganz unschuldig. »Das Bett ist bequemer als die Chaiselongue.«

»Zweifellos.« Sie führte mich schwer in Versuchung. »Aber entschuldige bitte.« Sie konnte das doch nicht ernsthaft von mir erwarten! »Dir zu widerstehen, ist so schon schwer genug. Dabei neben dir im Bett zu liegen, geht über meine Kraft, fürchte ich. Und ich möchte mein Versprechen gerne halten.«

»Oh«, sagte sie, »daran habe ich gar nicht gedacht.« Sie sah wirklich ganz unschuldig aus.

»Eben.« Ich ging auf sie zu und nahm sie in den Arm. Das zumindest war relativ ungefährlich. »Und vielleicht hast du auch vergessen, daß du eine äußerst attraktive Frau bist?« Ich sah sie fragend an. Sie erwiderte meinen Blick, als ob sie meine Aussage bestätigen wollte. Ich lachte unwillkürlich. Die meisten schönen Frauen waren so eingenommen von ihrer Schönheit, daß sie es nie auch nur für einen Moment vergessen würden, und sie? Sie war wirklich ein Wunder. Ich lehnte mich an sie und sog ihren Duft ein, der jetzt mit so vielem gemischt war. Aber es war immer noch ihr ureigener Duft. Ich würde ihn überall wiedererkennen. Bedauernd löste ich mich von ihr. »Ich gehe jetzt auf meine Chaiselongue«, verkündete ich so locker wie möglich. »Bitte sei mir nicht böse.«

»Ich bin dir nicht böse«, lächelte sie. »Es tut mir nur leid.«

»Mir auch.« Ich unterstrich mein Bedauern mit einem etwas verrutschten Grinsen. In diesem Moment verfluchte ich innerlich meine heroische Ader, die mich dazu verdammte, immer alles zu halten, was ich versprach, und in diesem Fall großmütig zu verzichten. Das war ja schön und gut. Aber mußte es unbedingt jetzt sein?

Wie gingen gemeinsam hinüber, und ich ging mit Todesverachtung an ihrem Bett vorbei. Einen eigenen Eingang hatte der Raum nicht, in dem ich schlief.

Sie sagte: »Gute Nacht.«

Ich antwortete: »Schlaf gut«, ohne mich umzudrehen. Als sie das Licht ausmachte, schloß ich die Verbindungstür. Heute nacht würde ich nicht dafür garantieren können, daß ich nicht schlafwandelte.

Die nächsten Tage verliefen relativ ruhig. Ich meldete mich noch für eine Woche als Urlauberin ab. Ich wußte jetzt schon, daß ich danach beim besten Willen nicht mehr würde behaupten können, daß sie noch nicht gesund war.

Sie sah jetzt schon aus wie das blühende Leben. Sie ging jeden

Tag ins Bistro, manchmal fuhr sie auch mit der Metro zum Einkaufen und kam glücklich und beladen zurück. Sie kaufte fast nur Unsinn, aber offensichtlich hatte sie das auch noch nicht sehr oft in ihrem Leben getan. Sie genoß es in vollen Zügen. Und jedes Mal, wenn ich nicht mitgewesen war, brachte sie mir ein Geschenk mit. Auf diese Art war ich nun auch zu einem seidenen Pyjama gekommen, den ich aber noch nicht ausgepackt hatte, außer um ihn am ersten Tag auf ihren Wunsch hin anzuprobieren.

Obwohl ich sie am liebsten nicht aus den Augen gelassen hätte, zwang ich mich, sie immer öfter allein gehen zu lassen. Ihr gefiel das überhaupt nicht. Aber ich mußte mich daran gewöhnen, sie nicht mehr dauernd zu sehen. Bald würde ich sie überhaupt nicht mehr sehen können. Ich wollte den Schock etwas mildern. Sie nahm einfach an, daß ich ab und zu allein sein wollte.

Wenn wir beide in der Wohnung waren, war sie sehr zärtlich und auch sehr zärtlichkeitsbedürftig. Sie ließ mich kaum einmal in Ruhe irgendwo sitzen, ohne daß sie kam, um mich zu streicheln oder sich an mich zu kuscheln. Sie kam mir vor wie eine große, schmusige Katze. Meine Argumentation hatte sie anscheinend vollends überzeugt. Sie fühlte sich nie mehr dazu verpflichtet, mir das Angebot zu machen, mit ihr oder bei ihr zu schlafen.

Einmal, als ich im Sessel saß und las – mittlerweile hatte ich mir auch etwas leichtere Lektüre besorgt –, kam sie und setzte sich auf meinen Schoß. Ich spannte alle meine Muskeln an, um sie nicht sofort an mich zu reißen und zu küssen. »Na?« Ich lächelte sie an. Sie sollte meine Anspannung nicht spüren.

»Störe ich dich?« Das würde ich so eigentlich nicht sagen! Sie war einfach unbeschreiblich süß. Je länger sie in Paris war, desto entspannter wurde sie. Die täglichen Demütigungen, die sie sonst am Boden hielten, existierten hier nicht. Sie war eine völlig andere Person.

»Nein«, sagte ich freundlich lächelnd. »Möchtest du etwas Bestimmtes?«

»Eigentlich nicht.« Sie seufzte und lehnte sich an mich. Ich wollte fast schon weiterlesen, da rutschte sie unruhig hin und her. »Eigentlich möchte ich doch etwas«, lächelte sie auf bezaubernde Weise unsicher.

Ich zog fragend die Augenbrauen hoch. »Was denn?«

»Ich weiß nicht, ob du magst.« Sie wirkte schüchtern und verlegen.

»Ist es denn so schlimm?« fragte ich neckend.

»Nein, nein.« Sie schüttelte energisch den Kopf. »Es ist überhaupt nicht ... Gehst du gern tanzen?« Es brach aus ihr heraus, als hätte sie es schon lange zurückgehalten. Sie sah mich wieder unsicher an.

Ich lachte überrascht auf. »Tanzen? Ist das alles?«

»Ja«, sagte sie. Es schien ihr sehr wichtig zu sein.

»Du möchtest gern tanzen gehen?« fragte ich sie noch einmal.

»Ja«, sagte sie. »Sehr gern. Aber nur, wenn du Lust hast.« Sie konnte sich nicht daran gewöhnen, einfach ihre Wünsche in den Vordergrund zu stellen.

»Gut«, sagte ich. »Wann willst du gehen?«

»Heute abend!« Es kam wie aus der Pistole geschossen. Darauf hatte sie nur gewartet. Sie strahlte übers ganze Gesicht.

Ich gab ihr einen Kuß und drückte sie an mich. Ich freute mich mit ihr, aber jetzt mußte sie von meinem Schoß verschwinden, sonst konnte ich für nichts mehr garantieren.

Doch darum brauchte ich mich nicht mehr zu kümmern. Sie sprang auf und wirkte plötzlich sehr konzentriert. »Was soll ich anziehen?«

Mit dieser Frage hatte ich mich in meinem Leben äußerst selten beschäftigt. Sie schien mir belanglos. Deshalb fragte ich nur: »Was ist denn das für ein Lokal, wo wir hingehen? Meinetwegen kannst du so gehen, wie du bist.«

Sie sah mich an und lachte laut. »So, wie ich bin?« In meinen Augen sah sie ganz passabel aus. Aber ich machte mir auch nicht viel aus Discos. Sie lächelte geheimnisvoll. »Ich hatte eher an ein Abendkleid gedacht.«

Ich fiel fast vom Stuhl. »Du besitzt ein Abendkleid?«

»Nicht nur eins«, sagte sie. Sie streckte die Hand aus. »Komm, ich zeige sie dir.« Sie führte mich in ihr Schlafzimmer und öffnete einen der riesigen eingebauten Schränke. Es stimmte. Sie besaß nicht nur *ein* Abendkleid.

Ich war völlig erschlagen von den sich bauschenden Stoffen und

Farben. »Himmel!« sagte ich. »Wann trägst du die?«

Sie seufzte. »Leider viel zu selten.« Sie fuhr über die raschelnde Seide – was auch sonst? – und nahm ein Kleid heraus. Sie hielt es sich an. Augenblicklich erkannte ich sie kaum wieder. Und sie hatte es noch nicht einmal an! »Was hältst du von dem?« fragte sie zweifelnd.

»Es ist wunderschön«, stotterte ich. Ich räusperte mich. »Nur ... Ich frage mich, was *ich* anziehen soll. Ich hatte nicht damit gerechnet, daß wir zu einem Ball gehen.«

Sie seufzte wieder. »Du hast recht. Das tun wir ja auch nicht. Ich fürchte, die Idee mit dem Abendkleid war nicht so gut.« Sie hängte es zurück in den Schrank und strich noch einmal bedauernd darüber. »Ich hätte so gern mal wieder so etwas angezogen.«

»Es muß phantastisch aussehen.« Ich bewunderte immer noch die großartige Auswahl. »Ich habe noch nie eine Frau gekannt, die Abendkleider trägt.«

Sie lächelte. »Es ist ein aufregendes Gefühl. Schade, daß es heute nicht mehr viele Gelegenheiten dazu gibt.« Sie grinste ein bißchen. »Vielleicht solltest du es auch einmal versuchen?«

»Ich?« Ich protestierte inbrünstig. »Ich glaube nicht, daß das das richtige für mich ist. Ich würde mir kostümiert vorkommen.«

Sie lachte. »Vielleicht stimmt das.«

Ich sah sie liebevoll an. Zu ihr paßte es sicher hervorragend. »Ich bin davon überzeugt, daß du überwältigend in einem Abendkleid aussiehst. Ich hoffe sehr, daß ich das einmal erlebe.«

Sie sah mich an und sagte nichts. Dann schloß sie den Schrank und drehte sich um. »Damit wäre das erledigt«, seufzte sie. »Und somit stellt sich wieder die gleiche Frage wie am Anfang.«

Eine Stunde später hatte sie dann entschieden, was sie anziehen wollte. Wie immer sah sie höchst beeindruckend aus, aber ich entnahm ihrer Kleidung, daß ich nicht allzu negativ auffallen würde. Mit ihr konnte ich eh nicht konkurrieren. Sie hatte sich etwas auffallender geschminkt als sonst, aber das war auch fast schon alles. Ich war sehr neugierig, was mich erwartete.

Als wir das Lokal betraten, war ich dennoch überrascht. Im Gegensatz zu allen ähnlichen Lokalen, die ich kannte, hatte ich hier das Gefühl, es mit Privilegierten zu tun zu haben. Die Französinnen waren sehr gut angezogen, und es dominierte eine ausgesprochen weibliche Note. Im vorderen Teil des Lokals war eine lange Theke, an der viele Frauen auf Barhockern saßen. Freie Plätze gab es kaum. An dieser Theke vorbei ging es in einen tiefen Raum, der mit Tischen und kleinen Nischen ausgestattet war. Weiter hinten befand sich die Tanzfläche. Das Ganze war sehr großzügig gestaltet, aber auch sehr intim. Das Licht war außerhalb der Tanzfläche eher dürftig.

Wie wahrscheinlich in jeder Lesbenbar der Welt richteten sich zuerst einmal fast alle Blicke auf uns, als wir das Lokal betraten. Obwohl die meisten Frauen ziemlich teuer gekleidet und sorgfältig gepflegt aussahen, fiel sie auch hier auf. Erst einmal durch ihre Größe, die in Anbetracht der durchschnittlich ziemlich kleinen Französinnen natürlich noch mehr hervorstach, und dann auch wieder durch ihre Schönheit und ihre Haltung. Ich fühlte im Rücken, wie uns die Blicke folgten, als wir an der Theke vorbei in den hinteren Teil des Lokals gingen.

Ich hatte mich auf dem Weg hierher gefragt, ob sie hier wohl viele Frauen näher kennen würde, und wenn ja, wie. Ich konnte von diesen Gedanken einfach nicht loskommen. Über ihr Leben in Paris wußte ich ja noch weniger als über das an ihrem ›Arbeitsort‹.

Sie ging völlig unbeeindruckt von den Blicken nach hinten und steuerte eine Nische an. »Da haben wir aber Glück gehabt«, lachte sie. »Ich hätte nicht gern den ganzen Abend gestanden.«

Eine Bedienung kam an unseren Tisch und fragte nach unseren Wünschen. Sie war ziemlich leicht angezogen, wie ich fand. Wir bestellten etwas zu trinken. Als die Getränke kamen, lehnte ich mich zurück und beobachtete die Frauen auf der Tanzfläche.

Die Musik war dem Ambiente entsprechend ziemlich gediegen. Im Moment spielten sie Fünfziger-Jahre-Titel, mal mehr rockig, dann wieder eher schmusig. Die Frauen konnten anscheinend alle sehr gut tanzen. Auch das war anders, als ich es kannte.

Ich war so fasziniert von den gleitenden und schwingenden Bewegungen, daß ich es fast nicht mitgekriegt hätte, als eine Frau an unseren Tisch kam und sie begrüßte. Es sah aus, als ob sie sie kannte. Die andere Frau freute sich offensichtlich, sie zu sehen. Einen Moment blitzte der Gedanke in mir auf, es könnte eine Kundin sein, aber ihr Verhalten sprach dagegen.

Sie schüttelte lächelnd den Kopf, freundlich, aber bestimmt. Die andere Frau zuckte bedauernd die Schultern, dann strich sie ihr mit der Rückseite der Hand über die Wange. Sie drehte sich um und entschuldigte sich bei mir. Dann verabschiedete sie sich und ging.

Ich saß wohl etwas perplex da. Sie sah mich an und begann leise zu lachen. »Ich weiß, ich sehe wahrscheinlich etwas bedeppert aus.« Genauso fühlte ich mich. »Aber wofür hat sie sich bei mir entschuldigt?«

Sie lachte immer noch amüsiert. »Dafür, daß sie mich ohne deine Erlaubnis angefaßt hat«, erklärte sie gewissenhaft.

»Ohne meine Erlaubnis? Was habe ich denn da zu erlauben?« Mir war der Zusammenhang überhaupt nicht klar.

»Ich bin offensichtlich deine Begleiterin«, stellte sie fest, als ob sich dadurch alles erklären würde.

»Ja«, stimmte ich immer noch irritiert zu, »und ich deine.« Ich hatte so etwas noch nie erlebt.

»Nein«, widersprach sie. »Das stimmt nicht ganz. Du führst mich aus, nicht umgekehrt.«

Das stimmte ja nun mit den Tatsachen überhaupt nicht überein! Ich sah wohl sehr verwirrt aus.

Sie lachte vergnügt. »Du hast das Recht, zu bestimmen, mit welcher Frau deine Begleiterin tanzt und von welcher sie sich anfassen läßt, wie auch immer.«

»Ich habe das Recht? Die spinnt doch wohl! Du bist schließlich erwachsen.« Ich war ehrlich empört.

Sie genoß meine Empörung sichtlich. »Schon eine Weile«, bestätigte sie. »Aber das ist hier so üblich.«

»Üblich!« Daß sie das nicht störte! Im Gegenteil. »Du scheinst jedenfalls deinen Spaß daran zu haben!« schimpfte ich weiterhin aufgebracht.

»Mehr an dir«, ergänzte sie. Sie konnte das Lachen nur noch mit Mühe zurückhalten. »Daran, wie du dich darüber aufregst.«

»Findest du das etwa nicht richtig?« funkelte ich sie an.

Sie zügelte ihre Belustigung etwas. »Mehr als das«, flüsterte sie. »Ich finde es süß.« Sie schenkte mir einen tiefen Blick. »Ich finde *dich* süß.« Meine hilflose Verlegenheit amüsierte sie offenbar königlich. »Sie hat mich überhaupt nur angefaßt, weil sie mich schon kannte. Sonst hätte sie dich vorher gefragt.« Gespielt unschuldig sah sie mich an und wartete auf meine Reaktion.

Mir war das alles zuviel. Und daß sie so aufgekratzt war und sich gleichzeitig über mich lustig machte, fand ich nun wieder gar nicht komisch. Ich gönnte ihr ihre gute Laune wirklich, aber ich hätte sie lieber mit ihr zusammen genossen statt auf meine Kosten. Ich verzichtete auf eine Antwort. Allerdings hätte ich doch gern gewußt, wie gut sie diese Frau kannte.

Fit, wie sie war, sah sie mir das an. »Ich habe nur mit ihr getanzt«, erklärte sie ungefragt. »Sonst nichts.«

»Das wollte ich gar nicht wissen«, widersprach ich ärgerlich.

»Ach nein?« fragte sie süffisant. Sie war allerbester Stimmung.

Eine weitere Frau kam an unseren Tisch, und diesmal hielt sie die Konvention, die hier herrschte, vollkommen ein. Sie fragte mich, ob sie mit ihr tanzen dürfe.

Ich explodierte fast, aber ich wollte mich nicht streiten. Auf französisch schon gar nicht. »Bitte sag ihr, daß sie *dich* fragen soll, wenn sie mit dir tanzen will«, knirschte ich zwischen den Zähnen hervor. Die Frau schaute irritiert. Sie wußte nicht, was meine Reaktion zu bedeuten hatte.

Sie linste keck über den Tisch herüber und fragte: »Hast du etwas dagegen, wenn ich mit ihr tanze?«

»Nein«, knirschte ich gefährlich leise.

Sie lachte samtweich. Sofort schmolz ich dahin, aber ich würde den Teufel tun, ihr das zu zeigen. »Ich hatte den ersten Tanz eigentlich für dich reserviert«, bemerkte sie liebenswürdig.

»Ich kann sowieso nicht tanzen«, erklärte ich etwas ruhiger.

»Das glaube ich nicht.« Sie lächelte und stand auf. Die Frau, die sie auffordern wollte, stand immer noch ganz irritiert daneben. »Ich möchte nicht unhöflich sein, deshalb werde ich jetzt mit ihr tanzen. Aber beim nächsten Tanz bist du dran.«

»Nein«, widersprach ich.

»Doch«, bestimmte sie entschieden. Dann schenkte sie der armen Frau, die so lange auf sie gewartet hatte, ein bezauberndes Lächeln und sagte etwas zu ihr. Die andere zog beglückt mit ihr zur Tanzfläche ab.

Ich beobachtete sie. Ich hätte es mir vorher denken können, aber als ich es jetzt sah, war ich wieder völlig hingerissen. Sie tanzte hervorragend. Da sie so groß war, hätte ich gedacht, daß sie führen würde. Das tat sie aber nicht. Zudem paßte sie sich ihrer Tanzpartnerin so gut an, daß der Größenunterschied überhaupt nicht auffiel. Ich fragte mich, wie sie das machte. Sie sahen beide gleich groß aus.

Ihre Bewegungen waren anmutiger denn je. Ganz sicher hatte sie keine Schmerzen mehr. Als der Tanz zu Ende war, wollte ihre Partnerin sie zu einem weiteren überreden. So sah es jedenfalls aus. Aber sie lehnte ab. Dennoch kam sie nicht allein an den Tisch zurück, sondern die Frau, die sie aufgefordert hatte, gab sie wieder bei mir ab. Genau dieses Gefühl hatte ich, und es brachte meine Empörung wieder zum Ausbruch.

»Das ist doch unglaublich!« schimpfte ich, als die Frau weg war.

»Sie konnte nicht anders«, erklärte sie auffällig grinsend.

»Ja, ja, weil es hier so üblich ist«, fauchte ich wütend.

»Das auch.« Verschmitzt blinzelte sie mich an. »Aber ich habe ihr zudem gesagt, daß du es nicht besonders magst, übergangen zu werden.« Jetzt lachte sie wirklich. »Und was du dann tust.«

»Du . . .!« Ich wußte wirklich nicht, was ich mit ihr anfangen sollte. Das konnte ja ein heiterer Abend werden!

»Komm«, forderte sie mich auf, als die Musik wieder einsetzte. Es war ein langsames Lied.

»Ich habe dir doch gesagt, ich kann nicht tanzen.« Ich sah schon einige Frauen zu ihr herüberschauen. Sie würde keinen Mangel an Tanzpartnerinnen haben. »Es gibt genug Frauen hier, die sich glücklich schätzen werden, mit dir tanzen zu dürfen.«

»Das interessiert mich im Moment nicht besonders«, entschied sie unnachgiebig. »Ich will mit *dir* tanzen.«

»Aber das bringt doch nichts«, argumentierte ich in meinem vernünftigsten Tonfall. »Warum willst du dir das Vergnügen verderben? Du tanzt so wahnsinnig gut.«

»Dann kannst du es doch mal ausprobieren.« Sie versuchte mich sanft zu überreden. »Ich werde dir zeigen, wie es geht.«

Ich hob abwehrend die Hände. »Führen lassen kann ich mich schon gar nicht! Das habe ich schon mal versucht.«

»Dann führst du eben.« Sie stand neben mir und legte ihre Hand auf meine Schulter.

Schon die Berührung allein machte mich weich, aber ich wollte nicht nachgeben. »Ich –«

»Komm«, verlangte sie mit einem derartig lockenden Ton in der Stimme, daß meine Abwehr zusammenbrach. Ich stand auf und folgte ihr willenlos.

Auf der Tanzfläche fühlte ich mich vollkommen verloren. Sie nahm meinen einen Arm und legte ihn in ihre Taille, den anderen hob sie bis in die Höhe ihrer Schultern. Dann legte sie ihre übriggebliebene Hand auf meine Schulter. Das sah ja schon ganz gut aus als Tanzposition, nur was sollte ich damit machen?

Sie begann sich einfach zu bewegen. Sie ging rückwärts, und ich mußte ihr folgen. Es sah aus, als würde ich führen, aber das war beileibe nicht der Fall. Bei den ersten Schritten stolperte ich etwas, dann merkte ich, daß sie sich genauso bewegte, wie es für mich am einfachsten war. Ich versuchte einen Schritt in die andere Richtung. Sie war sofort da, als ob sie es vorausgeahnt hätte.

Ich hörte auf die Musik. Bei diesem langsamen Stück konnte selbst ich mir ausdenken, was als nächstes kommen mußte. Langsam wurde ich mutiger. Sie ließ sich tatsächlich von mir führen, obwohl sie es tausendmal besser konnte. Sie lag weich und aufregend in meinem Arm. Sie schmiegte sich an. Ich spürte ihren ganzen Körper an meinem. Mir wurde heißer, als es der langsame Tanz verursacht haben konnte. Er war zu Ende. Schnell machte ich zwei Schritte rückwärts und löste mich von ihr.

»Hab ich's dir nicht gesagt?« triumphierte sie strahlend.

Die Hitze verzog sich ein wenig. »Ja«, bemerkte ich, immer noch verwundert. »Es geht wirklich.«

Das nächste Stück begann. Diesmal führte ich von Anfang an. Sie war so anschmiegsam, daß ich das Gefühl hatte, ich hätte noch nie etwas anderes getan als mit ihr getanzt. Obwohl ich es gar nicht konnte. Allerdings merkte ich, daß ich einen weiteren Tanz mit ihr nicht durchhalten würde. Mein ganzer Körper war ein einziges Sehnen. Deshalb blieb ich hart, als sie weitertanzen wollte.

Ich tat erschöpft. »Ich kann nicht«, behauptete ich. »Ich bin das nicht gewöhnt.«

Als sich herausstellte, daß ich nicht mit ihr weitertanzen würde, stand die Ablösung schon auf der Matte. Sie rissen sich fast um sie.

Ich überließ sie der nächsten Frau und ging zum Tisch zurück.

Jetzt tanzte sie Rock 'n Roll. Sie war ausgelassen und wild. Einige der Frauen standen auf der Tanzfläche und klatschten den Rhythmus. Kaum war der Tanz zu Ende, klatschte die nächste ab. Hatte sie schon wieder die nötige Kondition? Wie lange würde sie das durchhalten? Aber sie sah wirklich unheimlich fit aus. Als ob ihr Körper die beiden letzten Wochen gar nicht erlebt hätte.

Sie wollte es jetzt wissen. Ich genoß ihren Anblick und versuchte mir keine Sorgen zu machen. Die Frauen waren von ihr begeistert. Es gab keine Pause. Zur Erholung folgte ein Walzer. Diesmal führte sie. Sie schwebte mit ihrer Partnerin über die Tanzfläche, als ob sie den Boden gar nicht berühren würde. Nun wirkte sie genauso groß, wie sie auch tatsächlich war.

Danach wehrte sie alle ihre Verehrerinnen ab und kam an den Tisch zurück. Sie war ein wenig erhitzt, aber das machte sie nur noch begehrenswerter. Von weitem hatte ich meine Erregung im Griff behalten können, aber so aus der Nähe flammte das Verlangen mit unverminderter Kraft auf.

Sie setzte sich neben mich. Auch das noch! »Aber gleich tanze ich noch einmal mit dir«, kündigte sie vor Energie überschäumend an.

»Laß mich doch«, bat ich sie. »Ich schaue dir viel lieber zu. Das ist das größere Vergnügen für mich.«

Sie war etwas im Zwiespalt, dann siegte ihr Wunscherfüllungsbedürfnis. »Na gut«, sagte sie. Sie beugte sich zu mir und legte ihren Arm um mich. Sie schmuste ein bißchen. Ich versuchte, die aufkommende Hitze zwischen meinen Beinen und in meinem ganzen Körper zu ignorieren. Sie hörte wieder auf. Ich atmete unauffällig durch. Lange dauerte es nicht, dann wurde sie wieder zum Tanzen geholt. Ich wehrte mich nicht mehr gegen das Ritual. Ich sagte einfach ja.

Während ich ihr zusah, bemerkte ich überhaupt nicht, wie die Zeit verging. Zwischendurch überredete sie mich doch noch zu einem Walzer, und ich fühlte mich genauso von ihr schwebend über den Boden getragen, wie ich es auch mit der anderen Frau gesehen hatte. Was hatte mir eigentlich immer solche Probleme bereitet beim Geführtwerden? Mit ihr war es ein reines Vergnügen und vollkommen selbstverständlich.

Ich hatte ständig Angst, daß sie sich zu sehr verausgaben würde, und versuchte immer wieder, sie zu angemessenen Pausen zu überreden, aber länger als ein Lied hielt sie es nicht aus. Sie wurde sofort unruhig. Dann ließ ich sie wieder gehen. Die anderen Frauen maßen mich ohnehin schon mit Blicken, die mich eindeutig als Spielverderberin klassifizierten.

Langsam wurde ich müde. Mir fielen fast die Augen zu, obwohl ihre Bewegungen auf der Tanzfläche eher dazu angetan waren, mich wachzuhalten. Sie kam an den Tisch. »Der Rausschmeißer-Tango«, stellte sie bedauernd fest. Sie lächelte auffordernd. »Den tanzt du aber noch mit mir.«

»Ich bin so müde!« protestierte ich lahm.

Sie zog mich einfach hoch. »Keine Widerrede. Das ist der letzte Tanz. Den kannst du mir nicht abschlagen.«

Ich hatte noch nie Tango getanzt, nicht einmal andeutungsweise. Aber mit ihr war es wieder, als ob ich noch nie etwas anderes getan hatte. Als sie mich fast bis zum Boden nach rückwärts beugte und ich ihren Mund mit den geöffneten Lippen so verführerisch nah über mir sah, wußte ich, weshalb Tango ein so erotischer Tanz war. Ich wollte sie. Hier. Jetzt. Sofort. – Und es war unmöglich.

Sie richtete mich auf und lachte. »Schade«, bedauerte sie. »Jetzt müssen wir gehen.«

Das hätte eine schöne Aussicht sein können, wenn mein Versprechen nicht gewesen wäre und nicht die Ursache, ihre Empfindungslosigkeit.

Das Neonlicht vertrieb uns endgültig aus dem Lokal. Als wir vor die Tür traten, stellte ich fest, daß schon die Dämmerung heraufgezogen war. Die Pariser Straßen lagen unter einem grauen Schleier, und vereinzelte Nachtschwärmer teilten sie sich mit den ersten Frühaufstehern, die zur Arbeit unterwegs waren. Die Reinigungsfahrzeuge der Müllabfuhr setzten mal wieder ganz Paris unter Wasser, um den Dreck der Stadt wegzuschwemmen. Wir mußten einigen Sturzbächen aus den oberen Regionen der Straßen ausweichen, als wir uns zum Taxistand durchkämpften. Sie hüpfte übermütig von einem Tümpel zum anderen und zog mich mit. Ich konnte ihr kaum folgen. Sie quietschte wie ein Kind, wenn sie ins Wasser trat, und küßte mich zwischendurch schnell auf den Mund. Es ging ihr gut.

Mir nicht so sehr. Ich war wirklich müde. Das würde helfen, wenn wir in der Wohnung waren. Sie war immer noch ziemlich aufgedreht. Sie schien gar keine Müdigkeit zu kennen. Obwohl ich mich gleich in mein Schlafzimmer zurückziehen wollte, als wir in der Wohnung angekommen waren, schaffte ich es nicht.

»Bitte tanz noch einmal mit mir.« Ihre Augen flehten mich an. Wie sollte ich dem widerstehen? Sie ging vor in den großen Salon. Den hatten wir noch nie richtig benutzt, seit ich hier war, aber der Parkettboden war natürlich zum Tanzen ideal geeignet.

»Aber nur Walzer oder so was«, beugte ich schon mal vor. »Für heißere Rhythmen bin ich wirklich zu müde.«

»Kein Problem.« Sie legte eine CD auf. Walzerklänge erfüllten den Raum. Sie ging zur Tür. »Ich bin gleich wieder da.«

Ich winkte kraftlos mit der Hand, setzte mich in einen der Louis-Quinze-Sessel und streckte die Beine aus. Wenn sie wiederkam, würde ich ihr sagen, daß ich doch ins Bett ginge. Ich war wirklich hundemüde. Es dauerte etwas länger, bis sie zurückkam. Ich war schon fast auf dem Wege, tatsächlich ins Bett zu gehen. Hätte ich ihr doch bloß nicht den einen Tanz versprochen!

Es raschelte plötzlich, und sie stand in der Tür. Im Abendkleid!

Atemberaubender hätte kein Auftritt in einem Film sein können. Und ganz sicher gab es auf der ganzen Welt keine Schauspielerin, die ein Abendkleid so perfekt zu tragen wußte wie sie. Ich hoffte, daß ich sie nicht mit offenem Mund anstarrte. Bewegen können hätte ich mich jetzt nicht.

Was für eine Idee, mir um diese Zeit das Abendkleid vorzuführen! Sie kam anmutig auf mich zu. Ihre nackten Schultern waren eine einzige Versuchung, ihr Gang war die Verführung selbst.

Ich mußte jetzt schnell ins Bett, bevor das schon den ganzen Abend in mir schwelende Feuer zum Ausbruch kam. Wenn ich mein Versprechen ihr gegenüber brach, würde ich mir selbst nicht mehr in die Augen sehen können. Ob das ging – ein Leben ohne Spiegel?

Meine Gedanken verwirrten sich vollends. Die Erotik beim Tanzen, die Übermüdung und jetzt sie in diesem Kleid, das für nichts anderes als Verführung geschaffen schien ... Ich erhob mich schnell, bevor sie mich ganz erreicht hatte. Gut, daß der Raum so groß war.

Sie blieb stehen und lächelte. »Gefällt es dir?«

Ich mußte meinen Blick von ihren Schultern und ihrem Dekolleté losreißen. Mich wunderte wirklich, daß diese Art Kleider in der Öffentlichkeit getragen werden dürften. Mir schien, es wurden weitaus harmlosere Dinge verboten. Ich lächelte sie an. »Du hast mich nur so aus der Fassung gebracht in diesem Kleid. Das muß ich erst mal verkraften. Du siehst einfach ...«, ich konnte mir kein Wort vorstellen, das den überwältigenden Eindruck wiederzugeben in der Lage war, den sie auf mich machte, »... fabelhaft aus.«

»Danke.« Sie nahm das Kompliment in der gewohnt wohlerzogenen Art entgegen. »Dann hat es sich ja gelohnt, daß ich mich umgezogen habe.«

»Hat es.« Es verschlug mir immer noch die Sprache.

Sie kam näher. »Würde es dir etwas ausmachen, zu führen? In diesem Kleid ...«

Ich verstand sie. Es paßte einfach nicht zueinander. Sie wollte das Gefühl voll genießen. Ich scherzte, um meine Unsicherheit zu kaschieren. »Wenn es dir nichts ausmacht, gegen die Möbel zu stoßen.«

Sie lachte ihr samtweiches Lachen. »Ich vertraue dir.« Der nächste Walzer begann. Diesmal tat sie nichts. Sie überließ alles mir. Ich nahm sie in den Arm und mußte tief durchatmen. Zu zweit allein und kein Abstand mehr zwischen uns! Das Kleid war ungewohnt. Ich begann mit ihr zu tanzen, und wie immer schmiegte sie sich völlig an. Das Kleid schwang um sie herum und verstärkte ihre Bewegungen. Mein Verstand setzte aus. Ich konnte in diesem Zustand nicht mit ihr tanzen! Das konnte nur zu einem führen. Ich konnte sie aber auch nicht loslassen. Ein Tanz – nur ein Tanz! Ich schwang sie herum, und sie folgte mir bereitwillig. Ich führte sie wirklich nur knapp an den Möbeln vorbei, trotz der Größe des Raums. Jetzt wußte ich, warum die Ballsäle in großbürgerlichen Häusern so enorm viel Raum boten. Mit diesen Kleidern war das das absolute Minimum.

Ich genoß es immer mehr. Die Seide war dünn, obwohl sie sich so bauschte. Ich spürte ihre Schenkel deutlich an meinen. Es war ein aufregendes Gefühl, wie sie gesagt hatte. Bislang hatte ich immer gemeint, solche Kleider wären bis auf das ausgeschnittene Dekolleté eher züchtig. Das konnte ich jetzt nicht mehr behaupten. Sie boten im Gegenteil genau die richtige Mischung von verhüllter Nacktheit, von geheimnisvoller Empfindung zwischen Stoff und Haut, indirekt und gerade deshalb doppelt aufreizend.

Ich konnte nicht aufhören, als die Musik wechselte. Ich schwebte mit ihr dahin – es war mir durchaus bewußt, daß das wesentlich mehr ihr Verdienst war als meines – und wünschte mir, sie nie mehr loslassen zu müssen. Außer aus einem einzigen Grund: um ihr das Kleid auszuziehen. Die Nähe ihres Körpers und unsere gemeinsamen Bewegungen beim Tanzen steigerten meine Erregung immer mehr. Wenn ich jetzt nicht Schluß machte, würde ich sie gleich ins Bett zerren, mit oder ohne Kleid!

Der Walzer endete, und ich wirbelte mit ihr auf der Stelle herum. Sie warf den Kopf in den Nacken vor Begeisterung. Danach fing ich ihren Schwung schwer atmend ab und ließ sie los, als sie wieder fest auf dem Boden stand.

Sie rang auch etwas nach Luft und sah mich freudestrahlend an. »Was hast du gesagt: Du kannst nicht tanzen?«

Ich winkte ab. »Du weißt genau, daß du das meiste gemacht hast. Deshalb war es für mich einfach.«

Sie lachte ausgelassen. »Ja, manchmal war es tatsächlich etwas schwierig für mich, dir zu folgen. Du machst da so einen Zwischenschritt, den ich nicht kenne.«

»Siehst du.« Ich stieß einen demütigen Seufzer aus. »Und ich habe nichts davon gemerkt.«

Sie sah mir direkt in die Augen. »Ich lasse mich gern von dir führen.« Oha! Da war etwas im Busch! Ihr Blick glänzte verführerisch.

»Ich werde es nicht tun«, versuchte ich vorzubeugen.

Sie tat mit Absicht so, als hätte sie mich nicht verstanden. »Was nicht tun?«

»Ich werde nicht mit dir schlafen, solange du nichts empfindest.« Wenn sie es denn unbedingt noch einmal hören mußte!

»Wer sagt dir, daß es so ist?« Sie beugte sich vor und küßte mich. Leidenschaftlich. Erregt.

Aber ich war nicht sicher. Sie hatte sich einmal verraten. Sie machte nie den gleichen Fehler zweimal. Schon gar nicht in ihrem Beruf.

Sie zog sich ein wenig zurück und sah mich an. Sie atmete erregt. Das Kleid unterstrich es noch. Ich sah, wie sich ihre Brüste hoben und senkten.

Ich legte meine Hände auf ihre nackten Schultern. »Bitte«, beschwor ich sie. »Revanchiere dich nicht für den Abend. Nicht so.«

Sie sah mich verständnislos an. Dann begriff sie. »Denkst du das?« Sie schien nicht verärgert.

»Ich weiß nicht.« Ich stockte unsicher und zögerte. »Ich weiß nur, daß ich es nicht ertragen könnte, wenn du mir etwas vorspielst.«

»Und wenn ich das nicht tue?« Sie fuhr leicht mit ihren Lippen über meine Wange.

»Da bin ich eben nicht sicher«, gestand ich ehrlich, obwohl mir ihre Berührung Schauer durch den ganzen Körper jagte. »Du kommst auf die merkwürdigsten Ideen, wenn du dich bedanken willst.«

Jetzt hörte sie auf. Sie lachte leise. »Merkwürdig?«

»Na ja.« Sie wußte genau, was ich meinte. Ich sah sie ratlos an. »Ich möchte nicht, daß du es nur für mich tust. Bitte . . .«

Sie sagte nichts. Sie blickte in mein Gesicht. Ich konnte ihren Ausdruck nicht deuten. Langsam beugte sie sich vor. Ihre Lippen kamen immer näher. Sie küßte mich sehr liebevoll. Ihre Zunge durchforschte sanft meinen Mund. Sie streichelte meine Zungenspitze mit ihrer, bis ich anfing zu stöhnen. Sie strich noch einmal von innen über meine Lippen, dann zog sie sich zurück. »Du willst es also«, stellte sie zufrieden fest.

Mir zitterten die Knie. »Natürlich.« Ich rang nach Atem und war völlig verwirrt. »Das ist doch nicht die Frage.« Es ging schließlich um sie!

»Doch«, erwiderte sie. »Für mich schon. Du hast dich sehr zurückgehalten in letzter Zeit.«

»Das hatte ich dir ja auch versprochen«, bemerkte jetzt ich etwas verständnislos.

Sie lächelte zärtlich. »Daß du dich immer an deine Versprechen hältst, irritiert mich manchmal ein bißchen.«

»Warum? Wozu sind Versprechen denn sonst da?« Und darüber hinaus war es mir schwer genug gefallen!

Sie legte ihre Wange an meine und seufzte. »Wie selbstverständlich dir das ist. Ich bin das nicht gewöhnt. Ich dachte, du wolltest mich nicht mehr. Du hast nie reagiert. Selbst heute abend nicht. Bis eben.«

Ich lachte verblüfft. »Ich dich nicht wollen? Ich wollte die ganze Zeit nichts anderes. Aber ich werde nichts tun, wenn du nichts davon hast.« Ich sah sie forschend an. »Du kannst mich jederzeit verführen, wenn du es unbedingt willst. Das solltest du eigentlich wissen. Ich kann dir nur widerstehen, wenn ich dich auf Distanz halte.« Ich mußte lachen. Ich hielt eine Hand zwischen uns. »Auf diese Distanz allerdings nicht!« Ich zog die Hand wieder hervor, legte meine Arme um ihre Schultern und zog sie zu mir heran. »Ich will dich. Ich will dich so sehr«, flüsterte ich in ihr Ohr.

Das Kleid raschelte. Ich hatte noch nie ein erotischeres Geräusch gehört. Sie schmiegte ihren ganzen Körper an mich an und blieb ruhig stehen. »Ich dich auch!« Ihre Stimme hatte plötzlich einen ganz verzweifelten Ton angenommen. »Wenn ich dich doch nur davon überzeugen könnte! Ich sehne mich nach dir. Es tut richtig weh. Aber du wirst immer denken, ich spiele.«

Ich liebte sie so. Und ich wollte ihr so gern glauben. Ich küßte wieder ihre Schulter und ließ meinen Mund zu ihrem Hals wandern. Ich fühlte ihren Puls an meinen Lippen pochen. Ich wechselte die Richtung und glitt bis zu ihren Brüsten hinunter. Sie atmete heftiger. Der Ausschnitt des Kleides stoppte mich. Ich fuhr wieder höher und suchte ihren Mund. Sie war mehr als bereit. Ich lehnte meinen Kopf gegen die Wand.

Sie drang mit ihrer Zunge ein und küßte mich immer noch verzweifelt. Sie grub ihre Finger in mein Haar. »Glaub mir doch!« flüsterte sie an meinem Mund.

Ich konnte an nichts anderes mehr denken, als daß ich mich nach jeder ihrer Berührungen, nach ihren Küssen, nach ihrem Körper sehnte. Nach ihrer Hingabe, die so süß war. Was sollte ich mit all meiner Liebe, wenn ich sie ihr nicht geben konnte? Ich wollte keine Zweifel mehr haben, nichts mehr davon wissen. Ich wollte mich ihr hingeben, mich ihren erfahrenen Händen anvertrauen, die jedes Gefühl hervorrufen konnten, das ich mir wünschte. Ich kapitulierte. »Überzeug mich.« Wie konnte ich meiner eigenen Sehnsucht widerstehen?

»Das werde ich, wenn du mich läßt.« Sie drang wieder in meinen Mund ein und küßte mich mit einer Leidenschaft, die mich vollends um den Verstand brachte, wenn ich überhaupt noch einen hatte. Ihre Hände fuhren an meinem Körper abwärts. Ich stöhnte. Ich wünschte mir, sie würde mich ausziehen. Sie tat es nicht. Ich streichelte ihre Schultern. Sie schauderte.

Mit meinen Händen fuhr ich langsam ihren nackten Rücken entlang. Jetzt stöhnte sie. Als ich den Rand des Kleides berührte, fragte ich mich, warum Jeans je in Mode gekommen waren. Der Übergang von ihrer Haut zu der Seide des Kleides war etwas vom Erotischsten, was ich je gespürt hatte. Ich suchte nach einem Reißverschluß.

Sie lachte unterdrückt an meiner Schulter. »Es hat keinen.«

Vor Überraschung fand ich meine Logik wieder. »Wie ziehst du es dann an?«

»Es hat Haken«, erklärte sie.

Ich suchte mit meinen Fingern danach und fand sie auch. Es waren unzählige. »Ach du liebe Güte!« Das konnte ja Stunden dauern!

Sie lachte wieder leise. »Du brauchst nur ein paar aufzumachen, nicht alle.«

Es war gar nicht so einfach, den Mechanismus herauszufinden. Als ich es hatte, begann ich, einen nach dem anderen zu öffnen. Ich fuhr mit meiner Hand unter den Stoff und streichelte sie. Sie stöhnte wieder. Ich wollte ihr das Kleid eigentlich gar nicht so schnell ausziehen. Es war erregend, immer wieder zwischen dem Stoff und ihrer Haut zu wechseln. Von Mal zu Mal nahm ich die Ähnlichkeiten und die Unterschiede deutlicher wahr. Ihre Wärme und die Kühle der Seide, ihre Weichheit und die fließende Festigkeit des Kleides. Ich wollte gar nicht mehr aufhören. Sie stöhnte immer heftiger. Ich hatte die Haken jetzt doch fast alle geöffnet und streichelte ihren nackten Rücken bis zu ihrer Taille hinab.

»Ich hätte es nie anziehen sollen.« Ihre Stimme klang etwas gezwungen.

Ich hörte überrascht auf sie zu streicheln. »Wieso?«

Sie rang nach Atem, jetzt, wo sie den Reizen einen Moment nicht ausgesetzt war. »Ich hätte mich daran erinnern sollen. Du bist eine Seidenfetischistin.«

»Ich?« Wer schlief denn hier in Seidenpyjamas und seidener Bettwäsche?

»Ja, du«, behauptete sie weiter ungerührt und ohne eine Miene zu verziehen. »Ohne meinen Morgenmantel hätte ich keine Chance bei dir gehabt.«

Sie nahm mich auf den Arm! Ich lachte. »Bevor ich dich kannte, wußte ich kaum, wie sich Seide anfühlt. Besonders auf der Haut einer Frau.«

Sie beugte sich in meinem Arm nach hinten und sah mir ins Gesicht. »Möchtest du nicht vielleicht wissen, wie sich die Frau unter der Seide anfühlt?« Bevor ich antworten konnte, trat sie elegant einen Schritt zurück. Das Kleid fiel zu Boden.

»Trägst du eigentlich nie etwas darunter?« fragte ich keck in Erinnerung an den Beginn unserer Bekanntschaft.

Sie erinnerte sich natürlich auch. »Bei dir?« Sie lachte verführerisch. »Das würde sich wirklich kaum lohnen!«

Als sie meinen wilden Blick sah, rannte sie los in Richtung Schlafzimmer. Ich rannte hinterher. Ich holte sie kurz vor dem Bett ein und warf mich auf sie. Wir landeten zusammen mitten auf der Matratze. Ich sah sie an. In ihrer Nacktheit lag nichts Laszives. Ihre Schönheit überwältigte mich erneut. »Aphrodite hätte sich nicht mit dir messen können.« Ich fühlte mich fast ein wenig entrückt in ihrer Gegenwart.

»Aber!« wehrte sie entschieden ab. »Jetzt übertreibst du wirklich!«

»In der Liebe gibt es keine Übertreibungen«, erklärte ich ernst. »Und ich liebe dich.«

Das war wieder der Punkt, an dem sie nichts mehr sagen konnte. Sie sah mich kurz an, dann drehte sie sich weg.

Ich schob mich hinter sie und nahm sie in den Arm. Ich kuschelte mich an sie. »Ich verlange nichts von dir dafür«, erklärte ich. »Nur, daß du es akzeptierst.«

»Das kann ich nicht«, antwortete sie ausdruckslos.

»Ich hoffe, daß sich das eines Tages ändert.« Ich drehte sie behutsam auf den Rücken. »Ich liebe dich«, wiederholte ich noch einmal. Ich wollte sie sacht küssen, aber sie ließ es nicht zu. Sie warf ihre Arme um meinen Nacken und zog mich zu sich herunter. Ihr Kuß forderte den Beweis für meine Worte. Ich gab ihn ihr. Jetzt hatte ich keinerlei Zweifel mehr, daß sie mich begehrte. Und ich begehrte sie.

Die ganze aufgestaute Kraft der immer wieder unterbrochenen Leidenschaft der vergangenen Stunden brach los. Sie keuchte in meinem Mund. Wir rollten auf dem Bett von einer Seite zur anderen, manchmal nahe daran, herunterzufallen. Ich war immer noch angezogen, aber das störte sie offenbar nicht. Mich schon eher. Aber sie gab mich keine Sekunde frei.

Ihre leidenschaftliche Wildheit versetzte mich in äußerste Erregung. Ich hielt sie fest und nahm ihre Brustwarzen zwischen meine Lippen. Sie waren so hart, daß meine Zunge mit ihnen spielen konnte wie mit kleinen Murmeln. Ich fuhr immer wieder darüber. Sie wand sich ekstatisch unter mir. Ich streichelte mit meinen Händen abwärts bis zu ihrem Bauch. Sie stöhnte laut und hob mir ihre Hüften entgegen. Ich verließ ihre Brüste und zeichnete den Weg, den meine Hände vorgezeichnet hatten, mit meinem Mund nach. Sie schrie fast schon vor Lust. Ich fuhr mit meinen Lippen über die Innenseiten ihrer Schenkel. Sie griff in meine Haare und drückte meinen Kopf zwischen ihre Beine. Sie ließ los und lag einen Moment ganz still. Nur ihr schwerer Atem war zu hören. »Bitte ...« Es kam ganz schwach. Ich ließ meine Zunge kurz ihre Perle berühren. Sie zuckte hoch. »Bitte ...«, flüsterte sie fast noch geschwächter. »Laß mich nicht länger warten.«

Ich ließ meine Zunge nur über ihre Mitte kreisen. Sie war total überreizt. Bei jeder Berührung wölbte sie sich hoch und fiel wieder zusammen. Dann endlich schrie sie ihre Lust hinaus und blieb erschöpft liegen.

Ich richtete mich langsam auf und betrachtete sie. Ich deckte sie zu. Dann stand ich auf und zog mich aus. Ich schlüpfte zu ihr unter die Decke und genoß endlich ihre Wärme an meiner nackten Haut. Als ich mich an sie kuschelte, hörte ich ihre gleichmäßigen Atemzüge. Sie schlief. Kurz darauf war ich auch eingeschlafen.

Ich wachte von einem angenehm kitzelnden Gefühl auf. Sie streichelte mich mit einer Feder.

»Uh.« Wohlige Schauer durchrieselten mich.

»Ist es zu kitzlig?« fragte sie aufmerksam.

»Das sage ich dir, wenn du noch eine Weile weitergemacht hast«, antwortete ich genußsüchtig. Sie machte weiter.

Leise lachend fragte sie lange Zeit später: »Immer noch nicht?«

»Mhm«, gab ich nur schwelgerisch von mir.

»Da auch nicht?« Sie kitzelte mich frech zwischen den Beinen.

Ich wand mich und versuchte ihr zu entkommen. »Doch, da schon«, kicherte ich.

»Na wunderbar.« Die Auskunft schien sie zu befriedigen. Aber ich hatte noch etwas anderes herausgehört. Erwartungsvoll verfolgte ich ihre Bewegungen. Sie streichelte mich weiter, jetzt abwechselnd mit ihrer Hand und der Feder. Ihrer Hand bog ich mich immer mehr entgegen, vor der Feder versuchte ich mich zu verstekken. Jedes Mal steigerte sie den Reiz etwas mehr. Meine Haut prikkelte, die Hitze in mir hatte brodelnde Ausmaße erreicht. Ich stöhnte. »Was machst du mit mir?« Sie berührte mich mit der Feder. Ich zuckte nur noch zusammen.

Sie legte die Feder weg und drang in mich ein. Ich gab einen kehligen Laut von mir. Sie ließ ihre Finger, wo sie waren, und kam hoch, um mich zu küssen. Sie streichelte mich. Beides zusammen trieb mich mit Gewalt zum Höhepunkt. Ich explodierte ohne Vorwarnung. Sie beobachtete mich dabei und lächelte liebevoll. Als ich dann befriedigt dalag, bemerkte sie: »Schade, daß du dich nicht dabei sehen kannst. Du bist wunderschön.«

Ich wußte nicht, was ich dazu sagen sollte. »Dabei ist doch jede Frau schön«, meinte ich dann.

Sie lachte. »Durchaus nicht!« Da konnte ich ihr kaum widersprechen, bei ihrer Erfahrung. Sie küßte mich leicht auf die Lippen. »Aber du bist es«, sagte sie sehr zärtlich.

»Danke«, sagte diesmal *ich* wohlerzogen. Mehr fiel mir wirklich nicht dazu ein.

»Ich glaube, es kommt von innen«, sinnierte sie.

Ich sah sie an. Ich glaube, es kommt daher, daß du mich liebst, dachte ich, aber ich wollte uns nicht aus der Stimmung reißen, deshalb sprach ich es nicht laut aus. Irgendwann würde sie sich damit auseinandersetzen müssen. Wenn ich dann noch da war.

⁂

Vor Verliebtheit lag ich neben ihr wach. Ich sah ihr beim Schlafen zu. Je näher der Abschied rückte, desto schlimmer wurde es.

Gedankenverloren betrachtete ich den Mondschein auf ihrem Gesicht. Er würde sie immer noch streicheln, wenn sie mich schon vergessen hatte. Ganz sacht strich ich über ihr Haar. Sie blinzelte.

»Ich wollte dich nicht wecken.« Ich sprach leise. Vielleicht war sie noch gar nicht richtig wach und würde es auch nicht werden.

»Hm.« Es hörte sich an wie eine Bestätigung.

Im Mondschein sah es aus, als wären ihre Augen kleine tiefe Seen, in denen sich das Mondlicht spiegelte. Warum mußte Liebe so weh tun? Ich legte mich wieder auf den Rücken und versuchte gegen meine Gefühle Barrieren zu errichten.

»Was ist?« Sie war wohl immer noch nicht ganz wach. Ihre Stimme klang schläfrig.

Ich tat mein möglichstes, ihr meine Gefühle nicht zu zeigen. »Nichts. Es tut mir leid, daß ich dich geweckt habe. Schlaf doch einfach weiter.«

»Du hast mich gestreichelt«, bemerkte sie jetzt wesentlich klarer.

»Ja«, bekannte ich reumütig. Ich dachte, sie hätte tiefer geschlafen. Ich wiederholte: »Es tut mir leid.«

»Es tut dir leid, daß du mich gestreichelt hast?«

»Nein, daß ich dich geweckt habe.« Warum konnte sie nicht einfach weiterschlafen?

»Du hast doch irgend etwas.« Bemerkenswert, wie schnell sie sich in einem vollständig funktionsfähigen Zustand befand, sobald sie aufgewacht war. Anscheinend konnte sie das nicht nur morgens, sondern auch mitten in der Nacht. Das würde ich nie verstehen.

»Ich werde morgen zurückfahren.«

Sie drehte sich auf den Rücken und verschränkte die Hände unter dem Kopf. »Das mußte schließlich irgendwann sein«, sagte sie ruhig.

»Ja, sicher.« Ihre unerwartet gleichmütige Reaktion brachte mich durcheinander, weil ich mich auf etwas anderes vorbereitet hatte. Aber wenn sie ruhig bleiben konnte, konnte ich es auch. Vielleicht machte es ihr auch nicht soviel aus wie mir. Nach diesen Tagen voller Zärtlichkeit und Liebe – auch wenn sie sich weigerte, es so zu nennen – hatte ich zwar etwas anderes erwartet, aber sie war mir in vielen Dingen immer noch ein Rätsel. Ihre Gefühle waren ihr geheimster Besitz, den sie nicht gern teilte. Deshalb konnte ich oft nicht beurteilen, was sie wirklich empfand. Ich hoffte nur, daß es dasselbe war, was ich in der gleichen Situation empfinden würde, oder etwas ähnliches. Sie lag da und sagte immer noch nichts. Ich wollte zumindest eines wissen: »Willst du ... wirst du hierbleiben?«

»Ja«, antwortete sie sofort. »Noch ein paar Tage wahrscheinlich.«

Ich sah zu ihr hinüber. Der Mondschein ließ ihr Gesicht aufleuchten. Deutliche Konturen zeichneten sich ab, ihre Stirn, ihre Nase, ihr Mund. Dieser herrlich geschwungene Mund, der so wunderbar küssen konnte! Er zog mich magisch an.

Ein lähmender Schrecken erfaßte mich plötzlich. Wie würde die Situation jetzt sein? Sie konnte doch unmöglich einfach wieder so ihren Beruf ausüben! Die Gefahr, daß etwas ähnliches passierte, wie es schon einmal passiert war, war zu groß. Und sie würde sich einfach weigern, die Gefahr zur Kenntnis zu nehmen. Sie war so gut im Verdrängen und Verharmlosen, insbesondere, wenn es um ihre Person ging. Es versetzte mir einen Stich. Mein Körper verspannte sich. Ich würde da sein, aber ich würde sie nicht schützen können. Und es konnte sogar schlimmer ausgehen als beim letzten Mal.

»Nein!« Ich hatte vor Anspannung laut gesprochen.

Sie drehte den Kopf. »Was: nein?«

Ich konnte es nicht mehr zurückhalten. »Ich habe Angst. Ich mache mir Sorgen um dich«, erklärte ich mühsam.

»Sorgen? Wieso?«

Ich wußte, ich würde mir ihren Zorn zuziehen, aber jetzt, wo es schon einmal herausgerutscht war, mußte ich die Gelegenheit beim Schopfe packen. »Willst du deinen Beruf wieder ausüben?«

Sie drehte ihren Kopf weg. Ich sah, wie ihr Profil zu einer steinernen Maske wurde. »Ich wußte, daß du noch damit ankommen würdest.« Ihr beherrschter Tonfall signalisierte höchste Alarmstufe.

»Nicht, wie du meinst«, korrigierte ich schnell, auch wenn das nicht ganz der Wahrheit entsprach. »Ich will dich nicht davon abhalten, nur ...«

Sie starrte geradeaus an die Decke. »Nur?« Es klang höchst uninteressiert. Aber ich wußte, daß das nicht stimmen konnte.

»Nur ... Ich habe fürchterliche Angst um dich.« Ich schluckte. »Daß wieder so etwas passiert.« Das Geschehene an sich konnte sie schließlich nicht ableugnen.

Ihre Augen starrten immer noch auf dieselbe Stelle. »Das tut es nicht.« Sie verharmloste die Geschichte genauso, wie ich es mir vorgestellt hatte. »Das passiert nicht jeden Tag.«

Nicht jeden Tag – Himmel! »Aber die Gefahr besteht«, beharrte ich. Wie konnte sie mit dem Gedanken leben, wie konnte sie sich vorstellen, die Tür zu öffnen und nicht zu wissen, was auf sie zukam?

»Dann dürfte ich meinen Beruf überhaupt nicht mehr ausüben«, folgerte sie immer noch ruhig.

Ja. Bitte! Ich hätte sie gern angefleht, wenn ich irgendeinen Sinn darin gesehen hätte. Aber so ...? Ich sagte nichts.

»Das hättest du gern, nicht?« Sie sprach meine Gedanken aus. Ohne jede Betonung.

»Das weißt du genauso gut wie ich«, sagte ich leise.

»Ja. Das weiß ich.« Ihre Ruhe war beängstigend. »Ich habe vom ersten Augenblick an, als ich dich kennenlernte, gewußt, daß du es niemals würdest ertragen können.«

Ich stützte mich auf dem Ellbogen auf und blickte in ihr Gesicht, soweit ich es sehen konnte. »Ich würde es so gerne können.« Meine Verzweiflung wuchs. »Ich liebe dich so.« Das war ja genau der Grund! »Ich weiß nicht, wie ich ohne dich leben soll.« Jetzt hatte ich es gesagt.

Aber sie hatte das sowieso schon erwartet. »Du willst mich nicht mehr sehen.« Die Feststellung hätte auch so schon hart geklungen, aber ihre Stimme machte es noch schlimmer. Sie war unerbittlich.

»Nein!« Es war fast ein Schrei. »Ich *will* dich sehen. Jeden Tag, jede Minute, jede Sekunde. Und *das* ist es eben.«

»Du kannst mich nicht für dich allein haben«, stellte sie immer noch erschreckend ruhig fest. Es war grausamer als alles, was ich mir vorgestellt hatte. Sie sprach aus, wovor ich mich die ganze Zeit fürchtete.

Ich ließ mich zurück auf das Bett fallen. »Ich weiß.«

»Und dann willst du mich lieber gar nicht.« Ihre Stimme

schwebte ausdruckslos im Raum.

Wenn ich doch nur das Gegenteil hätte behaupten können! Daß ich sie unter allen Umständen wollte. Aber das konnte ich nicht. »Wenn es doch anders wäre! Wenn du und ich die Rollen tauschen könnten ...«

Sie gab ein hohles, resigniertes Lachen von sich. »Kaum.«

Ich wollte sie berühren, sie halten, nicht daran denken, daß es das letzte Mal war. Ich beugte mich zu ihr hinüber und strich über ihre Schulter.

Sie drehte den Kopf und sah mich an. »Ich –« Sie brach ab.

Ich hätte wetten können, daß sie sagen wollte, ich liebe dich, aber sie konnte es nicht. Das war ihr Knackpunkt. Meiner war die Eifersucht, aber ihrer hinderte sie ebensosehr daran, zu tun, was sie wollte.

Ihr in Mondlicht getauchter Körper drehte sich leicht zu mir hin. Allein die Bewegung machte mich verrückt vor Verlangen. Ich suchte ihren Mund und küßte sie. Ihre Lippen antworteten sofort. Sie hatte dasselbe Bedürfnis wie ich, zu vergessen und den letzten Moment zu genießen. Ich strich über ihre Brust. Sie stöhnte auf. Die Brustwarze wurde hart unter meiner Hand. Ich strich weiter über ihre Haut bis zu ihrem Schenkel hinunter. Sie wand sich leidenschaftlich.

»Leg dich auf mich«, flüsterte sie heiser. »Ich will dich ganz spüren.«

Ich schob mich auf sie, bis ich sie überall fühlen konnte. Ihre Haut war heiß und trocken. Sie bewegte ihre Hüften unter mir, als ob ich fast kein Gewicht hätte. Ich spürte die Hitze zwischen ihren Beinen.

Ich stieß hart gegen sie, vor Wut über mich selbst, vor Verzweiflung. Warum? schrie es in mir. Warum konnte ich sie nicht einfach so nehmen, wie sie war? Mit allem, was dazugehörte? War das wirklich Liebe? Liebe fragt doch nicht, oder doch? Ich wußte nicht mehr ein noch aus. Meine Stöße wurden immer härter.

Sie legte ihre Hände auf meine Hüften. »Bitte«, sagte sie leise. »Du tust mir weh.«

Ich hörte abrupt auf und ließ meinen Kopf schwer neben sie auf das Kissen sinken. Ich atmete sie ein. Doch, es war Liebe, ich wußte es. Ich liebte sie, und ich wollte sie, und doch ...

»Du kannst es doch nicht aus mir herausficken«, bemerkte sie vernünftig.

Ich schämte mich. Sie hatte es erfaßt. Dann mußte ich gegen meinen Willen grinsen. »Ich wußte gar nicht, daß du solche Wörter kennst.« Ich schränkte ein: »Privat, meine ich.«

Sie war offensichtlich froh, daß wir uns für den Moment wiedergefunden hatten. »Tue ich auch nicht«, scherzte sie ebenfalls. »Das muß wohl so rübergerutscht sein.« Sie ließ ihre Hände von meinen Hüften auf meinen Rücken wandern. Ich schauderte.

Meine eben noch empfundene Scham machte einem anderen Gefühl Platz. »Obwohl«, sagte ich leise an ihrem Ohr, »es hat was. Es ist irgendwie . . .«

Sie lachte verstehend. Gleichzeitig begann sie wieder, leicht ihre Hüften unter mir kreisen zu lassen. ». . . geil?« vollendete sie meinen Satz.

Oje, wo hatte ich sie da hingeführt? Das klang überhaupt nicht mehr privat! »Ja«, sagte ich widerstrebend. »Das ist es. Aber wir sollten jetzt aufhören damit.«

»Das müssen wir nicht«, offerierte sie sehr zuvorkommend und sehr professionell. »Ich kann dir alles sagen, was du gerne hören möchtest.«

Ob ich sie von dem Trip wieder runterbrachte? Ich stemmte mich hoch und ließ mich mit ganzer Wucht auf sie hinunterfallen.

Sie stieß pfeifend die Luft aus und japste. »Muß das sein?« Sie gestattete sich zumindest eine Andeutung empörten Protestes.

»Dasselbe wollte ich dich gerade fragen.«

»Oh!« Sie war betroffen.

»Mhm«, machte ich bestätigend.

»Tut mir leid.« Sie schien verunsichert.

Ich sah auf sie hinunter. »Ich war schuld. Ich hätte nicht davon anfangen sollen.«

Sie begann wieder, unter mir zu rotieren, aber diesmal hatte ich das Gefühl, daß sie es wirklich wollte. Sie schnappte nach meinen Lippen und knabberte daran. »Im Moment möchte ich eigentlich nur die Frau sein, die du dir wünschst.« Sie kam mit ihren Lippen wieder ganz nahe an meinen Mund. »Alles, was du dir wünschst.« Sie küßte mich.

Ihr Kuß war so brennend, daß ich mir wünschte, er möge nie mehr aufhören. Als sie mich dann endlich wieder frei atmen ließ, japste *ich* nach Luft.

»Das war die Rache«, sagte sie grinsend. Sie verkörperte anscheinend wieder ihr privates Ich.

Wieso mußten wir uns trennen? Wie konnte das sein? Ich mußte den Gedanken wegdrängen. Ich sah sie ernst an. »Du bist alles, was ich mir wünsche. Du bist meine Traumfrau.«

Sie versuchte sich wegzudrehen, aber ich lag ja auf ihr, und so konnte sie es nicht. Sie mußte mich ansehen. »Sag das nie wieder«, zischte sie.

»Wie sollte ich?« Die Aussicht auf eine Zukunft ohne sie machte mich unendlich traurig. »Wir werden uns nicht mehr sehen.« Das brachte die Sehnsucht in ihr und in mir zurück. Wir waren beide am Ende unserer Beherrschung. Mein Kopf war zu schwer, um ihn zu halten. Ich ließ ihn wieder neben sie auf das Kissen sinken. »Warum?« fragte ich leise.

Sie strich mit ihren Händen über meinen Rücken. »Schicksal«, folgerte sie mutlos. »Wir können es nicht ändern.« Ihre Hände glitten zu meinem Po hinab und preßten mich an sie. Ihre Hitze war wieder da. »Ich will jetzt nicht mehr darüber nachdenken.« Sie atmete heftig. »Ich will *dich*.«

Meine Erregung stieg sprunghaft an. Sie tat mit ihren Bewegungen unter mir ein übriges. Ich konnte mich kaum mehr auf ihr halten. Ich ließ ein Bein zwischen ihre gleiten. Die Reibung, die sie durch ihre Leidenschaft verursachte, wurde jetzt noch unerträglicher, und ich begann mich mit ihr im gleichen Rhythmus zu bewegen. Sie strich weiter über meinen Rücken. Es prickelte wie Nadeln auf meiner Haut. Sie suchte wieder meinen Mund und küßte mich. Ihre Zunge trieb mich mit süßem Streicheln immer höher. Ich stöhnte laut auf. Ich spürte, wie sich die Hitze in mir staute. Gleich . . .! Sie hörte auf mich zu küssen und lag plötzlich ganz still.

»Was . . .?« keuchte ich verwirrt.

»Nicht so schnell.« Sie neckte mich.

Ich stützte mich neben ihr ab. »Bist du des Wahnsinns?« Ich keuchte immer noch. Die Hitze verging nur langsam. »Ich war kurz davor!«

»Ja, das habe ich gemerkt.« Sie lachte leise. Dann ließ sie das Lächeln langsam aus ihrem Gesicht gleiten. »Ich möchte mich umdrehen.« Ihre Stimme war plötzlich rauh und erregt.

Ich verstand sie nicht. »Wie umdrehen? Auf den Bauch?« Das war ja nicht gerade ihre Lieblingsstellung! Ich wunderte mich.

»Nein«, bemerkte sie ungeduldig. »Aber du mußt mich erst mal lassen.« Sie legte ihre Hände auf meine Schultern und schob mich ein wenig weg. Ich ließ mich von ihr hinuntergleiten.

Sie drehte sich tatsächlich um, aber nicht so, wie ich gedacht hatte. Sie fuhr mit ihrem Mund über meinen Bauch. Im selben Moment tauchte ihr Bauchnabel vor mir auf. Ein ausnehmend hübscher Bauchnabel, wie ich schon öfter festgestellt hatte, allerdings noch nie in dieser Position. Ich streckte mich mehr neben ihr aus und zupfte mit meinen Lippen an ihrer Haut oberhalb des Dreiecks. Sie war schon ein bißchen weiter. Ich spürte sie zwischen meinen Beinen. An den Innenseiten meiner Schenkel entlang fuhr sie mit ihrer Zunge bis zu den Kniekehlen.

Als sie sie berührte, warf ich mich fast herum. Ich stöhnte. »Ich wußte nicht, daß das so ein erotischer Punkt ist!« Bis zum äußersten gereizt keuchte ich nur.

»Die meisten wissen das nicht.« Sie lachte sinnlich.

Ich konzentrierte mich wieder auf ihren Bauchnabel. Ich fuhr erst mit meiner Zunge um ihn herum, dann wanderte ich langsam hinein.

Sie zuckte. »Das ist aber auch nicht gerade unerotisch«, preßte sie hervor.

»In *der* Position ist alles erotisch.« Das konnte man wohl sagen.

Sie seufzte zufrieden und vertiefte sich wieder in meine Kniekehlen, bevor sie zurück über meine Schenkel zwischen meine Beine wanderte. Ich hielt ihre Hüften fest, damit sie nicht zu weit nach oben rutschte. Ich wollte ihre entscheidenden Stellen in der Reichweite meiner Zunge behalten. Ich merkte, wie sie meiner empfindlichsten Stelle immer näher kam. Ich ließ meine Lippen über ihre Leistengegend fahren. Sie stöhnte und versuchte dem Reiz zu entkommen. Ich hielt sie fest.

»Du mußt nicht . . .«, wehrte sie fahrig ab.

»Mhm«, murmelte ich mit meinem Mund schon fast zwischen ihren Beinen. Dann riß ich mich noch einmal kurz los. »Ich mache auch immer 69, damit nur *eine* etwas davon hat.«

»Ich meinte ja nur ...« Immer diese Diskussionen, wenn sie befürchtete, sie könnte auch etwas davon haben!

Ich schob meine Zunge über ihren Venushügel. »Komm«, flüsterte ich erregt. »Hör auf zu reden.«

Ihre Pobacken zogen sich zusammen, als ich weiter zu ihrem Mittelpunkt vorstieß. Sie tat dasselbe bei mir. Ich versuchte meine Beine stillzuhalten, aber es gelang mir nicht. Sie konnte ihre Hüften auch nicht mehr beherrschen. Ich spürte ihre Zungenspitze an meinem Eingang. Wir drangen beide gleichzeitig ein. Ich spürte, wie ihr Stöhnen von unten durch mich hindurchging. Sie mußte dasselbe fühlen. Ich war auch nicht leise.

Ihre Zunge in mir war mindestens so erregend wie sie gleichzeitig zu liebkosen. Ich konzentrierte mich auf sie. Nach einer Weile konnte ich nicht mehr. Ich mußte mich auf mich konzentrieren. Sie stellte ihre Liebkosungen ein. »Nicht schon wieder!« stöhnte ich gequält.

»Nein.« Sie lachte leise. Ihre sinnliche Stimme trieb mich noch eine Stufe höher. Sie drang wieder ein. Diesmal streichelte sie mit ihrer Zunge weiter. Ich konnte kaum mehr stöhnen vor Erregung. Mir blieb die Luft weg. Plötzlich überfiel mich eine Flut von Empfindungen. Ich hatte sie nicht kommen fühlen. Ich hatte keine Luft zum Schreien, aber ich mußte. Ich konnte es nicht aushalten. Sie streichelte mich weiter mit ihrer Zunge und ließ mich nicht zur Ruhe kommen.

»Hör auf«, ächzte ich. »Ich kann nicht mehr!«

Sie hörte kurz auf, um etwas zu sagen. Ich fiel zusammen. »Ich höre bei zwei Dutzend auf. Einverstanden?«

Sie fuhr über meine Perle. Ich explodierte sofort. »O nein!«

»O doch!« versprach sie lachend. »Die Hälfte hast du schon.«

Ich ergab mich. Wenn sie wollte, konnte sie wirklich äußerst anstrengend sein. Ich stöhnte wieder. Solange die Anstrengung *so* aussah ...!

Ich hatte nicht mitgezählt, aber irgendwann waren die zwei Dutzend wohl erreicht, oder sie war zufrieden. Ich brach zusammen, als ob ich einen Marathonlauf hinter mir hätte. Sie blieb liegen und kuschelte ihren Kopf zwischen meine Beine. Es kitzelte immer noch süß. Aber *einen* Gefallen würde ich ihr sicher nicht tun: jetzt einzuschlafen! Ich ruhte mich kurz aus, dann erinnerte ich mich an ihren Bauch vor meiner Nase. Ich fuhr mit meinen Lippen darüber.

Sie zuckte zusammen. »Was machst du da?«

»Rat mal«, griente ich keck.

»Du bist zu erschöpft.« Ihre Stimme klang süß besorgt.

»Das hättest du wohl gerne?« Sie hatte wohl nicht damit gerechnet, daß ich nach ihrer Behandlung auch nur meine Zungenspitze rühren konnte. Aber ich konnte! Ich wartete nicht erst, bis sie sich von ihrer Überraschung erholt hatte. Ich fuhr mit meiner Zunge zwischen ihre Beine und ließ sie aufstöhnen. »Wieviel möchtest du?« Rache ist süß! »Drei Dutzend?«

»Nein!« Sie krallte sich in meine Schenkel.

»Wir werden sehen.« Ich spielte ein bißchen mit der Idee, sie nie mehr aus dem Orgasmus herauskommen zu lassen. Zuerst schien es, daß sie zumindest überredet werden wollte, aber dann öffnete sie ihre Beine und gab sich mir hin. Sie stöhnte ununterbrochen. Ich konnte nicht zählen, selbst wenn ich es gewollt hätte. Sie schien sich die gesamte Zeit ganz oben auf dem Plateau zu befinden.

Sie flehte mich an. »Laß mich ... bitte ...« Ihre Stimme war kaum zu verstehen. Ich hörte kurz auf. Sie dachte schon, sie hätte es hinter sich. Ich wartete einen Moment. Dann drang ich erneut in sie ein und trieb sie mit dem Streicheln meiner Zunge noch einmal hoch. Sie stöhnte. »Liebling!« Das hatte ich hören wollen! Ich ließ sie los und kuschelte mich in ihren Schoß, ebenso, wie sie es getan hatte. In dieser Stellung schliefen wir ein.

Ich packte meine Sachen. Sie stand an den Türrahmen gelehnt mit verschränkten Armen da und beobachtete mich mit unbewegtem Gesicht. Ich wünschte sehnlichst, ich wäre schon unterwegs. Gleichzeitig wollte ich die Trennung so lange wie möglich hinausschieben.

Endlich war ich fertig. Ich hatte ja ohnehin nur sehr wenig eingepackt. Dafür hätte ich eigentlich keine zehn Minuten gebraucht. Ich nahm meine Tasche und sah sie an. Ich hätte heulen können. Es gab keinen Grund. Wir wollten uns beide. Und dennoch hatten wir keine andere Wahl. Trotz ihres unbeweglichen Gesichts merkte ich ihr die Anspannung so deutlich an, als würde ich sie selbst empfinden.

Ich ging zur Tür. Ich konnte sie jetzt nicht mehr berühren. Das würde mich zum Überfließen bringen. Ich öffnete die Tür. Sie kam mir nach, erst zögernd, dann mit langen Schritten. Sie nahm mich in die Arme. Ich stand da und wollte nichts anderes.

»Bleib bei mir«, flüsterte sie mit erstickter Stimme.

Ich ließ die Tasche fallen und umarmte sie ebenfalls. Ich schmiegte mich an sie, um sie ein letztes Mal zu spüren. »Ich kann nicht.« Ich sprach in ihre Schulter hinein. Ich roch sie. Ich schmeckte sie fast. Ich wollte sie mehr als alles auf der Welt. Ich riß mich los, griff nach meiner Tasche und rannte die Treppe hinunter. Die Tränen liefen mir übers Gesicht. Ich sah mich nicht um.

Die Fahrt zurück verlief fast wie in Trance. Ich bog auf die Autobahn ein, bezahlte die Péage, fuhr weiter. Je öfter sich der Vorgang wiederholte, desto ruhiger wurde ich. Ich hatte die Frau meines Lebens gefunden und sie wieder verloren. Keine große Affäre, oder? Passiert doch jeder mal! Ich konnte mich nicht belügen. Ich wußte, daß ich nie mehr so etwas erleben würde. Es würde immer meine wunderbarste und gleichzeitig traurigste Erinnerung sein.

Nachdem ich angekommen war, steckte ich erst einmal das Telefon aus und stellte die Klingel ab. Ich wollte niemanden sehen oder sprechen. Ich packte aus, warf eine Waschmaschine an, sichtete meine Post, die zum Teil schon auf der Treppe gelegen hatte, weil mein Briefkasten überfüllt gewesen war. Die Alltäglichkeit dieser Beschäftigungen verschaffte mir eine kleine Ruhepause.

Ich ließ mir ein Bad ein und legte mich in die heiße Wanne. Das war immer entspannend und beruhigend für mich gewesen. Eine meiner Lieblingsbeschäftigungen. Die Entspannung setzte auch ein. Aber als ich wie üblich die Leere in meinem Kopf genießen wollte, waren da zu viele Gedanken. Nein, es war nur *ein* Gedanke: sie.

Ich dachte daran, wie sie in Paris in ihrer Badewanne gelegen hatte. Was ich dabei empfunden hatte. Zusätzlich zu der Hitze des

Wassers, die mich von außen wärmte, empfand ich eine neu aufsteigende Hitze von innen. Das würde vergehen. Mit der Zeit... Ich würde andere Frauen kennenlernen, ich würde mit ihnen schlafen, sie würden die Erinnerung verdrängen. Vielleicht würde ich mit einer von ihnen leben. *Das* war meine Zukunft, nicht sie. Vielleicht würde ich auch allein bleiben. Dieser Zustand schien mir im Moment der erstrebenswerteste zu sein. Wenn ich sie nicht haben konnte, war der Unterschied nicht so groß.

Und Sex? Du bösartige kleine Erscheinung! Kannst du mich nicht in Ruhe lassen? Meinst du, daß sich deine Bedürfnisse einfach auflösen?

Nein. Nein, natürlich nicht. Aber was konnte nach ihr schon kommen? Sex mit ihr war ein unglaubliches Erlebnis. Ich konnte mich nicht von der Vorstellung lösen. Ich meinte, ihre Hände auf meiner Haut zu spüren. Ich seufzte. Die Berührung an meinem Bauch war so real, das Kribbeln war sowieso echt. Ich fuhr mit meiner Hand über die Stelle, um es zu vertreiben. Das hätte ich nicht tun sollen!

Die im Wasser so herrlich gleitende Bewegung steigerte die Empfindung noch um einiges. Ich verlangte nach mehr. Ich sah ihr Gesicht vor mir, ihre Lippen, die sich langsam öffneten. Ich sehnte sie herbei. Ich stellte mir vor, sie wäre da und ihre Hand glitte im Wasser zwischen meine Beine. Ich schloß die Augen. Ich wußte, daß sie es nicht war, aber ich bemühte all meine Phantasie, um mir einzubilden, daß es eine fremde Hand war – ihre –, die mich streichelte. Ich stöhnte, während die Empfindung mich überrollte. Ich brauchte meine Hände nicht zu befehligen. Sie taten es von selbst. Sie fuhren über meine Brüste. Im Wasser richteten sich die Brustwarzen spitz auf. Ein Hitzepfeil schoß wie über eine direkte Verbindung zwischen meine Beine. Ich ließ eine Hand hinuntergleiten. Ich sah sie, wie sie sich über mich beugte. Ich streichelte mich, *sie* streichelte mich. Ich stöhnte ihren Namen. Ich konnte gar nicht mehr aufhören damit. Ich wollte ihre Gegenwart herbeizwingen. Ich rutschte tiefer in die Wanne und wand mich erregt. Das Wasser schwappte über. Meine streichelnde Bewegung wurde immer schneller. Ich verkrampfte mich und stöhnte auf. »Mein Liebling.« Ich ließ die Hand zwischen meinen Beinen liegen, um die Empfindung noch ein wenig auszukosten. Ich lag tief im Wasser. Ich schlief fast ein. Ich öffnete die Augen. Ich zog die Hand zurück. Mit offenen Augen war es nur noch *meine* Hand. Und es war nichts weiter als Selbstbefriedigung.

War es das? War das die Zukunft? Das hatte mich doch früher nie gestört. Ich hatte es immer gern getan, wenn ich allein war und das Bedürfnis hatte. Egal, ob ich mit jemand zusammen war oder nicht. Aber jetzt erschien mir die Aussicht ausgesprochen schal.

Ich würde mich damit abfinden müssen.

Ich hatte wieder eine einsiedlerische Phase und kompensierte meine Frustration mit Arbeit. Aber diesmal war es anders. Ich wußte, es war vorbei. Es gab kein Zurück. Ich war nicht wütend auf sie oder mich. Wir hatten uns nicht im Streit getrennt. Ich war einfach empfindungslos.

Ich lachte, wenn mir jemand einen Witz erzählte. Ich schimpfte mit meinen Kollegen über die Geschäftsleitung, die wieder einmal eine falsche Entscheidung getroffen hatte. Ich fluchte ungehemmt, wenn ein Projekt nicht so lief, wie ich es geplant hatte. Aber eigentlich berührte mich das alles nicht wirklich. Meine Gefühle waren wie in einer Kiste eingeschlossen. Zwischen mir und der Außenwelt existierte eine unüberwindliche Mauer. Nicht so hart vielleicht. Mein Kopf und mein Körper fühlten sich meistens an, als wären sie in Schaumstoff verpackt.

Abends, wenn ich nach Hause kam, hielt ich automatisch die Wohnung in Ordnung. Sie war noch nie so aufgeräumt gewesen. Alles war an seinem Platz. Kein Buch lag herum, keine schmutzige Wäsche, keine CD zeigte auf dem Gerät liegend, daß sie abgespielt worden war.

Ich las nicht, ich hörte keine Musik. Wenn ich meine Einkäufe und das Staubtuch wieder verstaut hatte, saß ich einfach da, bis ich müde wurde. Dann ging ich ins Bett und schlief traumlos. Ich hatte keine Zweifel, daß es von nun an immer so weitergehen würde, aber ich hatte nicht einmal das Bedürfnis, dagegen aufzubegehren. Das Leben war eben grau. War es nicht immer so gewesen?

Ein paar Tage nach meiner Rückkehr dachte ich plötzlich an sie. Ob sie schon wieder hier war? Die Wahrscheinlichkeit sprach dafür. Aber was sollte das? Ich ließ den Gedanken in ein schwarzes Loch fallen und verriegelte die Falltür.

Wieder ein paar Tage später saß ich im Büro grübelnd über einem Projektbericht. Das Telefon klingelte. Ich hob ab und sagte abwesend: »Ja?«

»Ich kann nicht mehr«, sagte sie.

Ich saß ruckartig kerzengerade auf dem Stuhl. »Nicht!« flüsterte ich abwehrend.

Ihre Stimme klang erstickt. »Ich sehne mich so nach dir. Ich kann nicht schlafen. Und ich kann nicht ... Ich muß dich sehen!«

»Das geht nicht«, sagte ich. »Dann wird es nur noch schlimmer.« Ich merkte es jetzt schon. Meine Mauer war mit einem Schlag zusammengebrochen.

»Es kann nicht schlimmer sein als jetzt«, sagte sie müde.

»Doch«, quetschte ich mit eisernem Willen hervor. Ich wäre am liebsten zu ihr hingeflogen. »Bitte, ruf mich nicht mehr an. Wir quälen uns doch nur gegenseitig.« Ich legte auf, ohne ihre Antwort abzuwarten.

Ich brauchte lange, um mich von dem Anruf zu erholen. Der Nachmittag war gelaufen. Gegen Abend hatte ich mir eingeredet, daß jetzt alles wieder in Ordnung wäre. Sie würde nicht mehr anrufen. Das war nicht ihre Art. Sie würde genauso damit leben müssen wie ich.

Ich ging einkaufen und dann nach Hause. Als ich dort ankam, saß sie auf der Treppe vor meiner Wohnungstür. Ich wollte mit der Einkaufstüte in der einen und dem Schlüssel in der anderen Hand wieder umkehren, aber wohin sollte ich gehen? Ich ging die letzten Stufen hinauf. Sie stand auf. Jetzt, wo sie sogar noch zwei Stufen höher stand, überragte sie mich um mehr als eine halbe Körperlänge.

Ich sah zu ihr hoch. »Es hat doch keinen Sinn«, erklärte ich matt.

»Bitte.« Sie sprach nicht, sie flehte.

Ich ging an ihr vorbei und schloß die Tür auf. Sie bewegte sich nicht. Ich drehte mich um und sah sie an. »Komm rein«, seufzte ich.

»Auf deine Verantwortung.«

Sie kam mir nach und schloß die Tür hinter sich. Ich ging in die Küche. »Willst du einen Kaffee?« rief ich zurück in den Flur, als ich den Wasserkessel aufsetzte. »Wenn du schon mal da bist.«

Sie kam und blieb auf der Schwelle zur Küche stehen. Die Tür bildete einen Rahmen für sie wie für ein Bild. Sie schien nicht antworten zu wollen.

Ich wies auf den Schaukelstuhl. »Bitte, setz dich. Ich kann nicht sehen, wie du da rumstehst.« Meine Nerven lagen jetzt schon blank. Ich hielt mich nur durch die banale Beschäftigung des Kaffeekochens noch einigermaßen im Gleichgewicht.

Sie tat, was ich ihr gesagt hatte. Ich versuchte so zu tun, als wäre das ein ganz normaler Besuch. Ich setzte mich ihr gegenüber, mit dem Tisch zwischen uns. Ich spürte jetzt schon, daß dieser Abstand auf die Dauer nicht reichen würde. Ihre Ausstrahlung hatte mich bereits in ihren Bann geschlagen.

»Wohin soll das führen?« fragte ich scheinbar ruhig.

Sie hatte den Kopf gesenkt und sprach kaum hörbar. »Ich weiß es nicht.« Sie blickte hoch. Einen Augenblick dachte ich, ihre Augen wären mit Tränen gefüllt, so verschleiert waren sie. »Ich weiß nur, daß ich dich brauche.« Brauchen, nicht lieben. Sie war selbst jetzt nicht imstande, es auszusprechen.

Ich stützte meinen Kopf in die Hände. »Du weißt, daß es nicht geht. Wir würden uns gegenseitig kaputtmachen.«

»Und was tun wir jetzt?« Sie konstatierte es glasklar, obwohl ihre Stimme immer noch belegt klang.

In der Einschätzung der Situation stimmten wir sicher überein. Ich konnte ihr nur beipflichten. »Ja, du hast recht. Aber das geht vorüber. Es dauert nur seine Zeit.«

»Wie lange, glaubst du?« Wollte sie sich oder mich überzeugen? »Wie lange wird es dauern, bis wir so abgestumpft sind, daß wir keine Sehnsucht mehr empfinden? Bis wir vielleicht überhaupt nichts mehr empfinden?«

»Woher soll ich das wissen?« Abgrundtiefe Verzweiflung ergriff mich.

»Ich habe dich so sehr vermißt.« Die Zärtlichkeit in ihrer Stimme machte mich wehrlos.

Ich vergrub meinen Kopf noch tiefer in den Händen. »Bitte«, beschwor ich sie. »Tu das nicht!«

Sie stand auf und kam zu mir herüber.

»Nein«, sagte ich.

Sie stellte sich hinter meinen Stuhl und beugte sich nach vorne. Ihre Hände glitten über meine Arme. An meinem Rücken spürte ich ihre Brüste. Sie seufzte. »Es ist so gut, dich zu spüren«, sagte sie leise an meinem Ohr.

Ich drängte mein Verlangen zurück. »Wir dürfen das nicht. Dann fängt alles wieder von vorne an.«

»Nicht von vorne«, korrigierte sie. »Von jetzt.«

»Wo ist da der Unterschied?« fragte ich resigniert.

Sie sagte nichts. Ihre Hände glitten über meinen Bauch und öffneten den Bund meiner Hose.

Ich lehnte mich zurück. »Nicht«, bat ich sie. »Sei doch vernünftig.«

»Ich bin vernünftig«, flüsterte sie. »Was kann daran unvernünftig sein?« Sie küßte mich auf den Hals.

Ich stöhnte. »Alles. Einfach alles daran ist unvernünftig.«

Sie küßte mich wieder. Ihre Zunge fuhr in die Kuhle zwischen Hals und Schlüsselbein.

Ich löste mich fast schon auf. Ich wollte, ich wollte so sehr!

»Ich will nicht!« Ich sprang auf. »Ich will das alles nicht noch einmal durchmachen!«

Ich hatte sie durch mein Aufspringen zurückgestoßen. Sie mußte um ihre Balance kämpfen. Ich drehte mich von ihr weg. Sie kam wieder zu mir und umarmte mich von hinten. Ich versteifte meinen Körper, um ihr zu widerstehen. Aber es war sinnlos.

Sie streichelte mich mit ihrer Stimme, wie sie es so gut konnte. »Denk doch nicht so viel.« Sie redete mir zu wie einem kranken Pferd. »Laß einfach los.« Jetzt streichelte sie mich auch mit ihren Händen. Sie öffnete meinen Reißverschluß.

Ich ließ es geschehen. »Was tust du da?« flüsterte ich mit letzter Kraft.

Sie lachte leise. »Was glaubst du?« Ihre Hand streichelte meinen Bauch unter dem Stoff.

Ich schmolz dahin. »Bitte«, verlangte ich dennoch, »denk noch einmal darüber nach!« Ich lehnte mich gegen sie. Ich konnte nichts mehr sagen.

Sie schob jetzt mit beiden Händen die Hose über meine Hüften hinunter. Als das Hindernis beseitigt war, legte sie ihre Hände auf meine Schenkel und begann sie langsam nach innen zu bewegen. Ich hob ihr meine Hüften entgegen. Sie schob beide Hände zwischen meine Beine.

Meine Knie wurden schwach. Ich hob meine Arme und legte sie um ihren Hals. Mein Körper war wie ein Bogen nach rückwärts gespannt. Ich merkte, daß ich das nicht lange durchhalten würde. »Ich kann nicht«, keuchte ich mühsam. »So im Stehen.«

Sie kümmerte sich nicht um meine Einwände. »Ich halte dich.« Ihre sanfte Beruhigung lullte mich für einen Moment ein. Ihre eine Hand blieb liegen, mit der anderen wanderte sie um meinen Schenkel herum von hinten zwischen meine Beine. Sie begann mich zu streicheln. Von beiden Seiten.

Ich stöhnte. »Heiliger Himmel!« Sie ließ sich nicht aus der Ruhe bringen. Warum mußte ich das in einer solchen Stellung ertragen? Es gab doch wirklich bequemere Möglichkeiten! Ihr Streicheln hatte mir ohnehin schon den Verstand geraubt. Ich stöhnte wieder. Während sie vorne weitermachte, drang sie von hinten zwischen meinen Beinen ein. Ich fand das nicht besonders angenehm. »Hör auf«, verlangte ich. »Ich mag das nicht.«

»Du wirst«, behauptete sie zuversichtlich. Sie drang tiefer in mich ein. So lange Finger konnte doch selbst sie nicht haben! Sie dehnte mich immer mehr aus.

»Du wirst mir weh tun«, gab ich nervös zu bedenken. »Ich bin zu eng.«

Sie drang weiter vor. »Bist du nicht«, flüsterte sie erregt. »Wart's ab.«

Gleich würde sie mich zerreißen. Das konnte nicht gutgehen! Ich spürte eine Berührung ganz tief in mir. Noch nie hatte ich dort etwas gespürt. Es kam mir vor, als wäre sie von innen an meiner Bauchdecke. Ich schrie auf, als mich die Explosion plötzlich überrollte. Die Spannung in meinem ganzen Unterleib steigerte die Empfindung bis ins Unerträgliche. Das war kein Orgasmus, das war ein Vulkanausbruch. Sie zog sich langsam zurück. Ich fiel in mich zusammen. Sie hielt mich wirklich fest. Als Kinder hatten wir das Räuberleiter genannt. Ich ritt auf ihren Händen.

»Phantastisch!« keuchte ich erschöpft.

»Und? Hat es weh getan?«

»Zuerst war es ... ein bißchen unangenehm«, räumte ich wahrheitsgemäß ein. »Aber dann ... einfach unglaublich!«

»Ich hätte es nicht tun sollen«, sagte sie plötzlich.

Warum das denn nicht? Jetzt war doch alles vorbei, und sie hatte meine Bestätigung.

»Ich habe das noch nie bei einer Frau gemacht, die noch nie mit Männern zu tun hatte.«

Ach stimmt, das hatte ich ihr ja erzählt. Ich wurde mißtrauisch. »Das waren doch nur deine Finger, oder?«

»Nein, es war meine Hand.« Sie wirkte befangen.

»O nein!« Ich riß noch im nachhinein überrascht die Augen auf. »Wenn ich das gewußt hätte!«

»Dann hättest du dich verkrampft.« Sie zog ihre Hände vorsichtig weg und umarmte mich dann. »Es war nur ein Teil meiner Hand, nicht die ganze«, erklärte sie beruhigend. Sie ließ mich langsam los.

Ich fühlte mich so wohlig und erschöpft, daß ich mir nur einen Ort vorstellen konnte, an dem ich jetzt mit ihr sein wollte. Ich schob meine Hände um ihre Taille und legte meinen Kopf an ihre Schulter. »Komm, laß uns ins Bett gehen.«

»Nein.« Ihre Haltung wurde plötzlich abweisend. »Das würde auch nichts ändern.« Sie versuchte sich aus meiner Umarmung zu winden.

»Was nicht ändern?«

»Daß ich dich benutzt habe.« Es war, als hätte sie es fast gegen ihren Willen ausgesprochen.

»Benutzt? Wofür?« Ich wußte gar nicht, wovon sie sprach.

»Für das, was ich eben mit dir getan habe.«

Ich war mir eigentlich nicht sehr benutzt dabei vorgekommen, eher befriedigt. »Ich habe dir doch gesagt, das war phantastisch.« Ich versuchte, das Ganze ins Scherzhafte zu ziehen. »So kannst du mich gern öfter benutzen.«

»Das ist nicht lustig!« Sie wurde ärgerlich.

»Dann sag mir doch, was daran so furchtbar traurig ist.« Wie sollte ich das wissen? Ich konnte keine direkte Ursache erkennen.

Sie richtete sich auf und blickte starr nach rechts zum Fenster hinaus über die umliegenden Dächer. Ihr Kinn bildete fast einen rechten Winkel mit ihrem Hals. Ich sah, wie ihr Kiefer mahlend ihre Wangenhaut zusammenzog. »Ich bin vor einer Woche zurückgekommen.« Dann hatte sie es aber nicht mehr sehr lange allein in Paris ausgehalten! »Ich habe sofort wieder angefangen zu arbeiten.« Das hätte sie mir nicht zu sagen brauchen, das hatte ich fast schon angenommen. »Die ersten Tage ging alles gut. Ich war nicht besonders engagiert, und deshalb bekamen meine Kundinnen nicht immer genau das, was sie hätten verlangen können. Aber offensichtlich war es immer noch genug.« Sie lachte selbstverachtend. »Profi bleibt eben Profi!«

Auch ihre diesbezüglichen Fähigkeiten hatte ich noch nie bezweifelt. Nach unseren letzten Tagen in Paris, in denen sie so völlig verändert gewesen war, fühlte ich doppelt schmerzhaft, wie sie das Leben, das sie hier führte, um ihre Selbstachtung brachte.

Sie sprach weiter. »Bis gestern dachte ich, so geht es jetzt weiter.« Genau wie ich!

Ich bekam plötzlich Angst. »Was ist gestern passiert?« Ich blickte auf ihre Arme. Sie sah nicht aus, als ob sie geschlagen worden wäre. Mein erschreckter Tonfall rüttelte sie ein wenig wach.

»Nicht, was du denkst«, beruhigte sie mich. Ich atmete aus. Sie fuhr fort: »Gestern kamen zwei Frauen, ein Paar. Ich kenne sie schon lange. Sie kommen ab und zu, nicht sehr oft. Ich mag sie wirklich. Und sie sind immer sehr nett zu mir.«

Na, wenigstens einmal ein paar Kundinnen, die nett zu ihr waren! Ich stellte mir vor, wie es gewesen wäre, wenn ich mit Karin als Paar zu ihr gekommen wäre. Das mußte merkwürdig sein. Ich wäre nie auf den Gedanken gekommen. Aber ich hatte ja anscheinend vieles noch nicht ausprobiert. Fast wäre ich rot geworden. Ich erinnerte mich an das, was sie mit mir gemacht hatte. Aber das war jetzt nicht der Punkt.

»Und eben weil sie so nett zu mir waren, war es so furchtbar.« Sie schilderte es wie einen Traum. »Bei den anderen hatte ich noch abschalten können. Ich war einfach nicht da, nicht wirklich anwesend, aber mit den beiden ...« Ihre Schultern schüttelten sich ein wenig.

»Ich sah ihnen zu, wie sie zärtlich zueinander waren. Ich wäre fast davongelaufen. Dann wollten sie mich einbeziehen, wie immer.« Wieder durchlief sie ein Schauer. »Sie streichelten mich. Sie wollten mich verwöhnen. Ich hatte das sonst eigentlich immer genossen, obwohl sie Kundinnen waren. Aber diesmal ... Ich konnte nicht. Und ich konnte es ihnen auch nicht zurückgeben, obwohl ich es wollte.« Sie schwieg. Ich dachte schon, das wäre alles gewesen, da begann sie noch einmal zu sprechen. »Ich schickte sie fort. Ich entschuldigte mich bei ihnen und ließ sie nicht bezahlen, obwohl sie das wollten. Ich dachte, es liegt nur daran, weil sie ein Paar sind. Ich konnte den Anblick ihrer Zärtlichkeit nicht ertragen.«

Das konnte ich mir lebhaft vorstellen!

»Aber das war es nicht.« Es ging immer noch weiter. »Bei der nächsten Kundin konnte ich mich kaum mehr konzentrieren. Ich konnte mich kaum überwinden, sie anzufassen. Sie beschwerte sich über meinen schlechten Service.« Was für ein Ausdruck! Jetzt lachte sie wirklich etwas erheitert von der Erinnerung. »Ich habe sie hinausgeworfen. Ich konnte sie ohnehin nicht besonders gut leiden. Aber ich habe das trotzdem in meiner ganzen Laufbahn noch nie getan.«

Das war ein ausgesprochener Fortschritt!

»Dann hatte ich ein paar Stunden später noch einen Termin. Mit der Frau hatte ich eigentlich nie Probleme. Sie war mir ziemlich gleichgültig. Also dachte ich, ich könnte es.« Sie brach ab. Dann sagte sie heftig: »Aber ich konnte es nicht! Ich *konnte* es einfach nicht.« Sie war mehr überrascht als verzweifelt. Es kratzte an ihrem professionellen Bewußtsein, an ihrer Profi-Ehre. »Ich komplimentierte sie ebenfalls hinaus. Sie war sehr verständnisvoll.« Was war ihr auch anderes übriggeblieben?

»Und dann ...« Was, noch eine? Hatte sie es noch nicht oft genug probiert? »Dann mußte ich an dich denken. Ich konnte nichts anderes mehr tun.« Sie lachte etwas verlegen. »Die Espresso-Maschine ist heute nacht heißgelaufen.« Sie war unglaublich süß. »Ich habe den Kaffee literweise weggeschüttet.«

»Den Rest weißt du«, schloß sie jetzt ruhiger. »Ich habe dich angerufen.«

Ich mußte beschämt an meine Reaktion denken. »Ich –«

Sie unterbrach mich. »Du konntest nicht anders. Ich weiß das. Aber ich wollte dich unbedingt sehen. Deshalb kam ich her.« Jetzt versteifte sich ihr Rücken wieder, und ihr Gesicht wurde hart. »Und dann habe ich an dir ausprobiert, ob ich überhaupt noch eine Frau zum Orgasmus bringen kann.«

Das war absolut das letzte, was ich ihr glauben würde! »Mhm.« Ich tat so, als ob ich die Möglichkeit, daß es so gewesen sein könnte, ernsthaft in Betracht ziehen würde. »Und du bist nur hergekommen, um mich zu ficken.« Vielleicht brachte eine brutale Ausdrucksweise sie zur Besinnung. Mein Stil war das eigentlich nicht.

»Ja.« Sie tat hart und unbeugsam. »Nur deshalb.«

»An etwas anderes hast du nicht gedacht?« Ich erinnerte mich daran, wie sie vor meiner Tür gesessen hatte wie ein Häufchen Elend. Wie sie von Sehnsucht gesprochen hatte. Das war glaubhaft gewesen. Das jetzt nicht.

»Nein.« Sie wollte es nicht zugeben.

»Erzähl das deiner Großmutter«, meinte ich nachlässig.

»Ich habe keine ...« Sie stutzte. »Wie meinst du das?«

»Genauso, wie ich es sage. Meinetwegen kannst du es auch *meiner* Großmutter erzählen. Ich habe eine. Aber selbst *sie* würde dir das nicht glauben.« Das war klipp und klar. Ich war dieses Drumherumgerede leid.

Sie hatte ihren Blick wieder in meine Richtung gelenkt. »Warum glaubst du mir nicht?« Sie war irritiert.

Ich seufzte. »Ich hasse es, mich dauernd zu wiederholen, aber wenn du willst ...« Ich zählte die Gründe auf. »Erstens: ich liebe dich. – Bleib hier!« Ich hielt sie am Ärmel fest, als sie abhauen wollte. »Zweitens: Du liebst mich auch, auch wenn du dich standhaft weigerst, es auszusprechen.« Sie schüttelte mit zusammengekniffenen Lippen den Kopf. Ich kümmerte mich nicht darum. »Drittens: Deshalb kannst du nicht mehr mit anderen Frauen schlafen. Viertens: Aus den gleichen Gründen möchtest du mit mir schlafen. Das ist mehr als normal. Quod erat demonstrandum!« Für irgend etwas mußte dieses blöde Abitur ja schließlich gut gewesen sein! Ich nutzte ihre Verwirrung aus. »Und jetzt komm ins Bett«, bestimmte ich. Ich nahm ihre Hand und zog sie hinter mir her ins Schlafzimmer.

Sie blieb vor dem Bett stehen, als ich sie losließ, und blickte darauf hinunter, als ob sie noch nie eines gesehen hätte. Ich mußte lachen. »Das ist mein Bett«, stellte ich vor. »Erinnerst du dich?« Sie sagte nichts. Ich strich leicht über ihren Arm. »Zieh dich schon mal aus. Ich werde dich massieren. Dann geht es dir gleich besser.« Ich drehte mich um. »Ich hole die Wärmflasche und das Öl.«

Obwohl sie noch ein wenig abwesend zu sein schien, begann sie ihr Hemd aufzuknöpfen. Das hätte man ihr im tiefsten Schlaf befehlen können, und sie hätte es sofort getan. Wie fast alles, was ihre Kundinnen bei Gelegenheit von ihr verlangten. Wie sollte das nur weitergehen?

Im Moment auf jeden Fall mit Massage! Ich lief ins Bad und holte die nötigen Utensilien. Die Wärmflasche füllte ich mit heißem Wasser. Dann ging ich ins Schlafzimmer zurück. Sie stand immer noch fast in der gleichen Art vor dem Bett, mit dem einzigen Unterschied, daß sie jetzt nackt war.

Hatte ich mir das wirklich gut überlegt mit der Massage? Wollte ich nicht vielleicht lieber etwas anderes? Ich genoß kurz den Anblick ihrer nackten Schönheit, trat hinter sie und küßte sie mitten zwischen die Schulterblätter, ohne sie sonst zu berühren. Sie gab einen leise erschreckten Laut von sich. Dann lief ein Schauer von oben bis unten durch ihren Körper, und ein Relief von kleinen Punkten überzog ihre Haut. Sie legte den Kopf zurück. Ansonsten bewegte sie sich nicht. »Mehr«, flüsterte sie.

Gut, daß meine Hände besetzt waren, sonst hätte ich mich sicher nicht beherrschen können! Ich schluckte mein Begehren hinunter. »Gleich. Erst die Massage.« Sie blieb genauso stehen. »Bitte, leg dich hin.« Ich hätte nie gedacht, daß ich ihr das einmal befehlen müßte. »Auf den Bauch.« Vielleicht würde sie das abkühlen!

Aber sie war mittlerweile nicht mehr so ängstlich in dieser Beziehung, jedenfalls nicht bei mir. Sie legte sich mit absoluter Selbstverständlichkeit auf das Bett und streckte sich erwartungsvoll aus. Ich steckte die Wärmflasche unter die Bettdecke. Ihr war schon warm genug! Ich nahm das Öl und verrieb ein wenig davon in meinen Händen.

»Hm, das riecht gut«, bemerkte sie träumerisch.

»Zimt und Nelken.«

»Und ein Hauch von Moschus«, stellte sie fachkundig fest.

Ich lächelte. »Ich glaube, das ist eher dein Parfum.«

»Kann sein«, meinte sie, »aber es mischt sich so gut. Ich rieche das sonst kaum noch.«

Dafür roch ich sie um so mehr! Ihr Duft wehte zu mir herüber. Die Mischung war wirklich umwerfend. Ich mußte jetzt anfangen. Ich begann ihre Fersen sanft zu massieren, ganz langsam, ganz ruhig, minutenlang. Dann drückte ich meine Finger behutsam in die Mitte ihrer Fußsohle. Ich streichelte langsam hoch bis zu ihrer Kniekehle und drückte sie sanft. Dann strich ich von dort über ihre Wade hinunter bis zu ihrem Knöchel. Ich setzte einen kurzen Moment aus, um mich neben ihr auf dem Bett niederzulassen.

»Das ist aber anders als das letzte Mal.« Etwas verwundert nahm sie den Unterschied wahr.

»Ja«, bestätigte ich. Ich wußte, was sie fühlte, und sie würde gleich noch viel mehr fühlen. Ich fuhr ihre Wirbelsäule entlang, vom Nacken bis zu ihren Fersen. Dann noch einmal bis zum Ende ihres Rückens. Dort legte ich meine flache Hand auf und drückte ein wenig.

»Was machst du da?« Sie bewegte ihre Hüften unruhig hin und her. Ich spürte ihr Blut unter meiner Hand pochen. Dasselbe mußte sie in ihrem Unterleib spüren. Ihre Reaktion bestätigte das. »Darf ich mich jetzt umdrehen?« fragte sie ungeduldig.

»Ja«, gestattete ich.

Als sie auf dem Rücken lag, sagte sie mit belegter Stimme: »Meine Brüste brennen.« Sie sah mich mit einem erregten Glanz in den Augen an. »Ich möchte, daß du sie berührst.«

Nichts hätte ich lieber getan. Aber ich berührte ihre Brüste nicht. »Später«, vertröstete ich sie.

Sie stöhnte enttäuscht. Ich begann wieder, sie zu massieren. Ich legte meine Hände flach auf ihre Hüften und drückte sie in die Laken. Sie warf den Kopf herum. Ich massierte erneut an ihren Beinen entlang bis hinunter zu ihren Knöcheln. Sie stöhnte. »Ich will dich küssen. Bitte ...«

»Noch nicht.« Es kostete mich eiserne Beherrschung, ihr diese Bitte abzuschlagen. Ich nahm ihren Mittelfinger in den Mund und saugte daran. Mit meiner Zunge fuhr ich über die Nagelkante. Sie grub ihre andere Hand in meine Haare. Ich löste mich von ihren Händen und begann wieder, von ihren Knöcheln an aufwärts zu streicheln, an den Innenseiten ihrer Beine entlang bis zu ihren Oberschenkeln. Nicht weiter. Das wiederholte ich ungefähr ein Dutzend Mal. Dann fuhr ich über die Innenseiten ihrer Leisten und massierte sie dort. Sie stöhnte bei jeder leichten Berührung laut auf und atmete in kurzen erregten Stößen.

Ich konnte sie nicht mehr länger warten lassen. Ich strich mit meinen Fingern ganz leicht und zart über ihre Perle. Sie kam in Sekunden mit einer Heftigkeit, die das Ausmaß ihrer Erregung deutlich widerspiegelte. Als sie sich langsam beruhigt hatte, zog ich mich aus und legte mich neben sie.

Sie drehte ihren Kopf zu mir. Sie lächelte. »Das war keine Massage.«

»Doch«, protestierte ich. »Das war eine erotische Massage.«

»Das habe ich gemerkt. Ein paar von den Punkten habe ich auch schon benutzt. Aber ich wußte nicht, wie intensiv das ist.« Das hieß, sie hatte ihren Kundinnen ein Vergnügen verschafft, das sie selbst gar nicht kannte, oder nur theoretisch. Sie schüttelte leicht den Kopf. »Mein Bauch fühlt sich herrlich warm und weich an. Als ob die Verspannungen einfach weggeschmolzen wären.«

»So soll es auch sein.« Ich war für den Moment ganz zufrieden. Ich kuschelte mich an sie und zog die Decke über uns, die durch die Bettflasche herrlich vorgewärmt war.

Sie schob ihren Arm unter meinen Kopf und zog mich enger an sich heran. »Als du zum tausendsten Mal von unten bis oben meine Beine gestreichelt hast und immer kurz vor dem entscheidenden Punkt stehengeblieben bist, hätte ich dich umbringen können!« Sie lachte.

»Nicht tausend, höchstens zwölf«, korrigierte ich.

»Das hat mir schon gereicht. Ich mache so etwas in der Art bei einer Kundin höchstens dreimal. Und das ist manchmal schon zuviel.« Sie sprach ganz locker und entspannt.

Ich sah sie an. Im Augenblick konnten wir wirklich über alles sprechen. Das war wunderbar. Aber ich wollte nicht nur reden. Ich beugte mich zu ihr hinüber und küßte sie. Sie küßte mich auf eine neue Art zurück. Es war erotisch, ja, aber auch vertraut, wie wenn wir uns schon jahrelang kennen würden und keinerlei andere Verständigung mehr brauchten.

Das Telefon klingelte. Ich lag gerade so schön bei ihr, warum sollte ich abnehmen? Ich ließ es klingeln.

Sie hörte auf, mich zu küssen. »Willst du nicht rangehen?« fragte sie.

»Wieso sollte ich?« antwortete ich übermütig. »Du kannst es ja nicht sein. Du bist hier.«

Sie lächelte. »Vielleicht gibt es ja auch noch andere Leute, mit denen du ab und zu mal reden möchtest.«

»Im Moment nicht.« Ich ignorierte das Klingeln weiterhin und suchte wieder ihren Mund.

Doch sie entzog sich mir. »Es tut mir leid«, sagte sie, »aber das macht mich nervös.« Sie machte Anstalten aufzustehen.

Ihr Telefon klingelte nur aus *einem* Grund. Ich verstand, warum sie nervös war. Ich hatte es kaum mitbekommen, da hatte sie fast schon den Hörer in der Hand. »Nein!« rief ich. Sie sah gekränkt aus. »Es könnte meine Mutter sein«, erklärte ich. »Und sie ist immer so irritiert, wenn fremde Frauen bei mir ans Telefon gehen.«

Sie schüttelte den Kopf, hob den Hörer ab und reichte ihn mir.

»Ach, Karin!« Ich war zugegebenermaßen erleichtert, als ich hörte, wer dran war. Eines der stundenlangen Telefongespräche mit meiner Mutter hätte ich jetzt kaum verkraftet.

»Ich habe gehört, daß du schon eine ganze Weile zurück bist. Und du hast dich nicht bei mir gemeldet!« Als meine beste Freundin beanstandete sie mein Schweigen sicherlich zu Recht. Der Vorwurf in ihrer Stimme war echt, aber ich konnte sicher sein, daß sie es mir nicht wirklich übelnahm.

»Ich bin doch erst acht Tage wieder da.« Ich wußte, daß das keine Rechtfertigung war, in Karins Augen schon gar nicht.

»Zehn«, sagte sie leise aus dem Hintergrund. Ich winkte heftig ab und signalisierte ihr, ruhig zu sein.

»Das ist doch kein Grund«, bemängelte Karin gerade wie erwartet. »Schließlich ist vorher in acht Tagen auch einiges passiert.«

»Stimmt«, gab ich zu. Ich quiekte. Sie hatte mich auf den Po geküßt. Ich drehte mich empört um.

»Was hast du?« fragte Karin ein wenig besorgt. Unser letztes Telefongespräch war schließlich ernsterer Natur gewesen.

»Nichts«, behauptete ich schnell. »Ich habe mir nur den Finger am Telefon gequetscht.«

»Am Telefon?« Karin war etwas irritiert.

Ich konnte im Moment nichts sagen. Sie küßte mich auf den Nacken und streichelte gleichzeitig meinen Bauch. Das tat sie nur, um mich zu ärgern! »Ja.« Ich versuchte etwas atemlos weiterzureden. »Ich habe so ein neues Ding mit allen Schikanen.« Sie hörte nicht auf. Jetzt streichelte sie meinen Schenkel. Ich zog die Luft ein.

Karin lachte. »Jetzt verstehe ich. Du bist nicht allein.«

»Nein«, bestätigte ich. Zu mehr war ich nicht fähig. Sie fuhr mit ihren Lippen an meiner Brust entlang.

»Ist sie bei dir?« fragte Karin interessiert. Sie wollte das Gespräch anscheinend fortsetzen.

»Ja.« Ich konnte nur noch gepreßt antworten. Sie hatte jetzt eine Brustwarze in den Mund genommen und fuhr mit ihrer Zungenspitze darüber.

Karin gluckste. »Und ihr scheint euch nicht gerade zu streiten!«

»Überhaupt nicht«, sagte ich zu Karin. »Aber gleich!« zischte ich in *ihre* Richtung. Sie hob ganz unschuldig die Augenbrauen, ließ meine Brust für einen Augenblick los und wartete.

»Weshalb ich anrufe ...«, fuhr Karin harmlos fort. Im gleichen Moment nahm sie die andere Brustwarze und reizte sie. Ich stöhnte unterdrückt.

Karin fragte: »Geht es dir wirklich gut?« Sie wußte genau Bescheid. Es machte ihr wahrscheinlich einen Heidenspaß.

»Ihr seid eine wie die andere«, quetschte ich zwischen den Zähnen hervor.

Karin gluckste erneut. »Ich wollte dich fragen, ob wir uns heute abend im Pub treffen können.« Sie unterdrückte offensichtlich ein Kichern. »Du kannst sie ja mitbringen. Wenn ihr wieder angezogen seid.«

»Karin!«

Karin tat ganz unschuldig. »Also früher hast du dich dabei jedenfalls immer ausgezogen. Machst du das heute nicht mehr?«

»Hör auf!« sagte ich, an beide gerichtet. Ihre Hand glitt zwischen meine Beine. Ich konnte nicht mehr. »Wir kommen ins Pub.« Ich konnte mich nur noch mit allem einverstanden erklären. Ich war völlig fertig.

»Um acht«, präzisierte Karin. Sie lachte. »Und viel Spaß noch!«

Sie legte auf.

Ich ließ den Hörer fallen und kippte um. Sie zog ihre Hand zurück und lachte. Sie lachte ausgelassen und übermütig wie nach einem gelungenen Schulstreich.

»Das war gemein!« wütete ich.

»Ja, das stimmt.« Sie lachte immer noch, versuchte sich aber zu fangen. »Aber es hat soviel Spaß gemacht!«

»Dir!« schimpfte ich weiter. »Vielmehr euch beiden!«

»Sie hat es gemerkt?« fragte sie schmunzelnd.

»Natürlich!« fauchte ich. »Sie kennt mich schließlich gut genug von früher.«

»O ja«, bemerkte sie gedehnt. »Ich bin davon überzeugt, daß sie deine Geräusche interpretieren kann.« Sie hob die Arme über den Kopf, um sich gegen das Kissen zu schützen, das ich nach ihr warf.

Ich drehte ihr den Rücken zu. Ich merkte, wie sie sich vorsichtig hinter mich schob. Ihre Arme legten sich um mich. »Bitte sei mir nicht böse«, flüsterte sie in mein Ohr. »Du sahst so verführerisch beschäftigt aus.«

»Dafür hast du eine Vorliebe, nicht? Mich am Telefon fast bis zum Wahnsinn zu treiben.« Ich schimpfte wie ein Rohrspatz.

»Ich habe das erst mit dir entdeckt. Und du machst das wirklich gut!« Sie lachte neckend.

»Und was habe ich davon?« Ich versuchte noch ärgerlich zu klingen, aber ich war eigentlich schon wieder versöhnt.

Sie lehnte sich an mich. »Ich hoffe, viel.« Wenn ein Tonfall verführerisch genannt werden konnte, war es ihrer. Ihre Hände begannen über meinen Körper zu wandern. Kurze Zeit später mußte ich ihr recht geben. Ich hatte ziemlich viel davon.

Als es Abend wurde, fiel mir plötzlich ein, daß sie noch gar nichts von Karins Einladung wußte. Und ich hatte einfach zugesagt. Unter den gegebenen Umständen verständlich, aber hier waren wir nicht in Paris. Ich wußte nicht, ob ich sie überreden konnte mitzugehen.

Wir lagen gerade nebeneinander im Bett und waren ausnahmsweise mit nichts anderem beschäftigt, als uns zu erholen. Ich drehte mich zu ihr um und strich über ihre Wange. Sie wandte mir ihr schönes Gesicht zu. Ich konnte sie kaum anschauen. Es warf mich jedesmal aufs Neue um. Sie lächelte. Ich fuhr mit meinen Fingern durch ihr Haar.

»Du bist so schön«, bemerkte ich zum ich-weiß-nicht-wievielten Mal, seit ich sie kannte.

»Das hilft auch nichts«, schränkte sie ein. Sie war nicht direkt traurig, nur realistisch. Sie lachte. »Und es ist ein Fehler, der mit dem Alter abnimmt.«

Ich fühlte die Zärtlichkeit für sie warm in mir. »Du wirst noch mit achtzig wunderschön sein.«

Sie zog die Augenbrauen hoch. »Wenn ich das noch erlebe, werde ich deine Aussage überprüfen«, scherzte sie.

Ich spielte immer noch mit ihrem Haar. »Hast du heute abend schon etwas vor?« fragte ich harmlos.

Sie sah mich erstaunt an. »Wie kommst du darauf?«

»Es könnte ja sein.« Ich zuckte die Schultern.

»Du meinst: Termine?« Sie sah verärgert aus. Ihr Gesicht verschloß sich. Ich fing es einfach immer falsch an!

»Nein«, stellte ich rasch richtig. »Das hatte ich eigentlich nicht gemeint. Es geht um etwas anderes.« Sie sah immer noch verschlossen aus. Ich seufzte. »Karin hat mich vorhin gefragt, ob wir uns heute abend mit ihr im Pub treffen können.« Die diplomatische Tour lag mir eben nicht! Ich würde mein Leben lang zur Direktheit verdammt sein.

»Wir?« Sie hatte den entscheidenden Punkt sofort erfaßt.

»Ja«, bestätigte ich ganz selbstverständlich. »Und ich habe zugesagt.« Sie setzte zu einem Kopfschütteln an. Ich fügte schnell hinzu: »Du bist nicht ganz unschuldig daran. Ich konnte ja zu dem Zeitpunkt überhaupt nicht mehr denken.«

Sie erinnerte sich und mußte lächeln. Das war doch schon etwas! »Trotzdem ...« Sie war vorsichtig. Ihre Miene wurde wieder ernst.

Ihre Bedenken waren dieselben wie das letzte Mal, als ich mit ihr essen gehen wollte, das konnte ich mir vorstellen. Und sie waren ja auch nicht ganz unbegründet, wie ich selbst miterlebt hatte. »Im Pub wirst du niemanden treffen, den du kennst«, erklärte ich beruhigend.

»Weißt du das so genau?« widersprach sie abwehrend.

Ich lachte. »Die Leute dort können gerade mal ihre Pizza bezahlen.« Verdammt, was hatte ich mir wieder dabei gedacht? Eben nichts, das war der Fehler. Und schon kam ihre zu erwartende Reaktion.

»Du meinst, die Frauen dort können sich mich nicht leisten?« So würde ich ihre Begeisterung sicher nicht wecken!

»Entschuldige bitte«, bat ich etwas kleinlaut. »Ich habe wieder mal nicht nachgedacht. So war es nicht gemeint.«

Sie war noch nicht bereit, sich besänftigen zu lassen. »Wahrscheinlich hast du sogar recht«, bekräftigte sie hart.

Ich schob mich näher an sie heran und streichelte ihr Gesicht. Sie ließ es einfach so geschehen. Sie schien absolut nichts dabei zu empfinden. »Bitte. Laß uns diese Diskussion jetzt nicht führen. Ich weiß, ich habe einen Fehler gemacht. Aber ich möchte nicht, daß uns dadurch der ganze Abend verdorben wird.«

Sie ließ sich nicht erweichen. Ihr Gesicht blieb unbeweglich. Ich beugte mich hinunter und küßte sie nur leicht auf die Lippen, die kühl und abweisend waren. »Kannst du mir noch einmal verzeihen?« wisperte ich an ihrem Mund. »Ich werde mich bessern. Ich verspreche es.«

In ihren Mundwinkeln zuckte es. »Aber nur noch einmal.«

Ich hatte sie – Gott sei Dank! Ich umarmte sie und rollte mich mit ihr herum. Jetzt lag sie auf mir. Ich knetete ihre Pobacken. Am liebsten hätte ich sie ganz in mich hineingezogen. »Gehst du mit?« fragte ich lockend.

»Nein.«

Ich knetete ihre Pobacken fester und preßte sie gegen mich. »Wirklich nicht?« fragte ich wieder.

»Nein.« Sie blieb stur.

Ich ließ ein Bein zwischen ihre gleiten und hob es leicht an. Gleichzeitig preßte ich sie noch fester auf mich und begann mich unter ihr zu bewegen. »Du wirst es bereuen«, warnte ich.

»Das tue ich jetzt schon«, sagte sie. Als ich eine Hand von hinten zwischen ihre Beine schob, stöhnte sie auf. Es hörte sich fast an, als täte sie es gegen ihren Willen.

»Bitte, sag ja«, bat ich sie. »Karin wird sehr enttäuscht sein, wenn du nicht kommst.«

»Du willst mich nur vorführen«, widersprach sie mühsam. Ihre Hüften hatten sich meiner Bewegung angeschlossen.

»Ja, das stimmt zum Teil«, gab ich zu. »Ich will *auch* mit dir angeben. Ich kenne keine Frau, die es mit dir aufnehmen kann.«

»In welcher Beziehung?« fragte sie mißtrauisch. Ihre Stimme klang jetzt schon sehr gepreßt.

»In jeder.« Ich lag still. »Ich will dich zu nichts zwingen«, erklärte ich ruhig. »Ich möchte, daß du es freiwillig tust.«

Sie lag auch still. Ihr Atem kam noch etwas schwer. »Freiwillig«, wiederholte sie, wie wenn sie darüber nachdenken müßte, was das Wort bedeutete. Ich wartete ab. Sie veränderte das Wort etwas. »Aus freiem Willen«, sagte sie jetzt. Ich streichelte ihren Rücken. Sie entspannte sich auf mir. »Das muß schön sein«, philosophierte sie ganz in sich versunken. »Etwas aus freiem Willen zu tun.« Sie brachte mich fast zum Heulen mit ihren laut ausgesprochenen Gedanken. Endlich hatte sie sich entschieden. »Ich glaube, ich werde es tun. Aus freiem Willen«, fügte sie mit besonderer Betonung hinzu.

Ich zog ihren Kopf zu mir herunter und küßte sie. »Ich freue mich so.«

Karin düste durch die Schwingtür in den Pub herein. Sie sah mich und kam an unseren Tisch. Bevor sie mich überhaupt begrüßte, sah sie meine Begleiterin an. »Das ist sie also.« Karin blickte strafend zu mir. »Warum hast du so untertrieben?« Ich blickte fragend zurück. Was meinte sie? »Venus würde tot umfallen vor Neid«, ergänzte sie. Wenn ich Karin nicht so gut gekannt hätte, hätte ich angenommen, sie flirtete nur. Aber ich wußte, wenn sie je etwas ernst gemeint hatte, dann diese Aussage. »Du bist die schönste Frau, die ich je gesehen habe«, sagte sie zu *ihr*. Es war ein ehrliches Kompliment.

Ich nahm neben mir eine abwehrende Bewegung wahr. Karin sah es auch und setzte sich hin. Sie griff nach der Hand, die neben meiner auf dem Tisch lag. Wie damals bei mir im Bistro war die Reaktion ein Wegziehenwollen. Karin ließ es nicht zu. »Nein, nein«, drohte sie schalkhaft. »Hier sind wir unter uns.« Sie blickte wild um sich. »Und im übrigen soll da mal einer was sagen!« Sie wurde ernster.

»Ich freue mich, daß es dir wieder gutgeht. Nach dem, was Tante Hildegard angedeutet hat – erzählen dürfte sie ja nichts, wegen der ärztlichen Schweigepflicht –, hatte ich große Angst, daß etwas bleiben könnte.« Sie deutete auf die kleine Narbe in dem schönen Gesicht, die selbst durch das Make-up hindurch zu sehen war. »Ist das alles?«

Die Angesprochene schluckte. »Ja«, sagte sie. Sie ließ Karin jetzt ihre Hand halten.

»Tante Hildegard?« fragte ich noch ganz erschlagen. »Die Ärztin ist deine Tante?«

»Na ja, mehr eine Nenntante. Wir wohnten früher im gleichen Haus, als ich ein Kind war. Sie war die Verrückte, die Arbeitswütige, mit der niemand so recht etwas anzufangen wußte. Nicht verheiratet und so weiter. Sie war immer schon sehr engagiert in ihrem Beruf. Eine Weile hat sie fast ausschließlich Prostituierte betreut, meistens kostenlos.«

Bei dem Wort Prostituierte zuckte sie neben mir zusammen. Dann kam es gepreßt: »Deshalb hast du sie zu mir geschickt.«

Karin wirkte ganz unbefangen. »Nein, nicht deshalb. Ich hätte einfach sonst niemanden gewußt. Wegen Tante Hildegard wäre ich selbst beinahe Ärztin geworden. Aber ich dachte, damit kann man kein Geld verdienen, weil ich sie immer vor Augen hatte.« Sie lachte. »Was für ein Irrtum!«

Neben mir starrte ein schönes Gesicht immer noch düster vor sich hin.

Karin nahm die Hand, die sie die ganze Zeit schon gehalten hatte, jetzt in ihre beiden Hände. »Ich weiß, was du bist«, sagte sie. »Und es hat keinerlei Bedeutung für mich. Könntest du es vielleicht für heute abend einfach vergessen?« Karin wechselte den Gesichtsausdruck. »Etwas anderes ist viel schlimmer«, behauptete sie jetzt scherzhaft.

»Was?« fragte ich, obwohl ich es fast schon ahnte.

»Du bist *ihre* Freundin.« Sie sah *sie* an und deutete mit dem Daumen auf *mich*. »Und das wärst du nicht, wenn ich dich zuerst getroffen hätte!«

»Karin!« rief ich warnend.

»Paß gut auf sie auf.« Karin zwinkerte mit beiden Augen. »Du weißt, daß ich nicht monogam bin.«

»Nur zu gut«, seufzte ich theatralisch.

Karin beugte sich herüber und gab mir einen freundschaftlichen Kuß.

Der Gegenstand unserer spielerischen Auseinandersetzung hatte sich ein bißchen mit dem Oberkörper von mir weggelehnt und sah zwischen uns hin und her wie bei einem Tennismatch. »Darf ich dazu vielleicht auch etwas sagen?« fragte sie leicht indigniert.

»Nein!« verboten wir beide sofort wie aus einem Mund.

Sie errötete leicht, entzog Karin jetzt endgültig ihre Hand und stand auf. »Ich komme dann wieder, wenn das Duell vorbei ist«, meinte sie. »Ich pudere mir solange die Nase.« Sie machte ein paar Schritte, dann drehte sie sich noch einmal um. »Ich nehme die Siegerin.« Sie schien jetzt wieder vergnügt, schenkte uns ihr charmantestes Lächeln und ging.

»Mein Gott!« rief Karin. »Sie ist umwerfend. Wie hältst du das nur aus?«

»Gar nicht.« Ich furchte meine Stirn und sah wahrscheinlich wie ein begossener Pudel aus.

Karin blickte mich mitfühlend an. »Habt ihr immer noch die gleichen Probleme?«

»Ich weiß nicht.« Das konnte ich im Moment wirklich nicht beantworten. »Ich glaube, sie wird ihren Beruf für eine Weile nicht ausüben.« So hatte es jedenfalls heute nachmittag geklungen.

»Für eine Weile?« Karin zog ein wenig die Augenbrauen hoch. Ich mochte die Geste auch an ihr, aber es war etwas ganz anderes als bei der großen Liebe meines Lebens.

»Wir haben nicht darüber gesprochen.«

»Mhm«, resümierte Karin. »Du willst mir nichts über die Gründe sagen.« Sie kannte mich besser als ich mich selbst.

»Ich kann nicht«, widersprach ich. »Es ist ihre Sache.«

Karin nickte anerkennend. »Dann hast du immerhin schon etwas gelernt.«

»Ich glaube schon«, konnte ich nur zugeben. Ich war von der plötzlichen Erkenntnis selbst überrascht. Karin sagte nichts und sah mich nur an, wartete. »Ich liebe sie so!« Es brach aus mir heraus. Mit einem verzweifelten Blick fügte ich hinzu: »Ich kann nicht mehr ohne sie leben!«

Karin lächelte. »Das kann ich gut verstehen.« Sie nahm meine Hand. »Sie ist eine wundervolle Frau.« Sie schüttelte den Kopf. »Es ist kaum zu glauben, daß sie ...«

»... daß sie eine Nutte ist?« vollendete ich bitter.

»Ja.« Karin schüttelte leicht den Kopf. »Ich habe noch nie eine Frau getroffen, die weniger danach aussieht als sie.«

»So ist es«, bestätigte ich aufseufzend. »Aber das ändert nichts an der Tatsache.«

»Vielleicht doch.« Karin äußerte ihre Zweifel in gewohnt logischer Art. »Wenn ihr Innerstes so wenig mit bestimmten Äußerlichkeiten wie zum Beispiel ihrem Beruf übereinstimmt, wird sie sich eines Tages entscheiden müssen.«

Das hatte etwas für sich. »Und wenn nicht?« Diese Möglichkeit bestand schließlich auch.

Karin zuckte die Schultern. »Das wäre sicher schlimm für sie.«

»Und für mich.« Ich führte Karins Gedanken weiter. »Ich weiß nicht, wer von uns beiden dann zuerst verrückt würde.«

Karin lächelte ermutigend. »Ich glaube, so weit wird es nicht kommen.« Sie lächelte noch mehr. »Ihr beide seid ein schönes Paar.«

Ich senkte den Kopf, um meine Verlegenheit zu verbergen. »*Sie* ist schön«, versuchte ich zu berichtigen.

»Ach?« bemerkte Karin neckend. Sie ließ sich auf so etwas nicht ein. »Und du bist häßlich?«

Ich wand mich. »Nein«, gab ich zu, »aber verglichen mit ihr ...«

»Sie ist umwerfend schön«, stellte Karin fest, »das stimmt.« Sie umschloß meine Hand energischer. »Aber eure gemeinsame Schönheit spiegelt etwas anderes wider. Ihr liebt euch wirklich.«

Ich versuchte ihr meine Hand zu entziehen. Sie ließ es ebensowenig zu wie vorhin bei der Frau, von der hier die Rede war.

»Sie hat es mir noch nie gesagt«, bemerkte ich unsicher.

»Sie wird.« Karin war davon überzeugt. Ich nicht. »In Anbetracht der Umstände kann ich gut verstehen, daß es ihr nicht leichtfällt, es auszusprechen.«

»Du meinst: in Anbetracht ihres Berufes?«

»Ja«, sagte Karin. »Es hat eine andere Bedeutung für sie als für uns. Und die Gefahr ist für sie größer.«

»Welche Gefahr?« fragte ich begriffsstutzig. Ich wußte es eigentlich schon.

»Die Gefahr, in eine Abhängigkeit zu geraten, aus der sie nicht mehr herauskommt. Die Gefahr, erpreßbar zu sein. Was du willst. Die Konsequenzen könnten für sie tödlich sein.« Karin sah aus der Distanz heraus mehr als ich.

»*Ihr Beruf* könnte für sie tödlich sein«, konkretisierte ich gepreßt.

Karin sah mich an. »Hast du Angst, daß wieder so etwas passieren könnte?« fragte sie.

»Und wie!« Ich war wirklich verzweifelt. »Ich kann diese Gefahr nicht einfach ignorieren.« Ich deutete mit dem Kopf in die Richtung, in die sie verschwunden war. »Sie kann es.«

Karin schüttelte den Kopf. »Das glaube ich nicht. Das redet sie sich höchstens ein.«

Ich seufzte resigniert. »Solange sie ihren Beruf nicht ausübt, brauche ich mir darum keine Sorgen zu machen. Aber dann ...?«

»Du wirst mit ihr darüber reden müssen.« Karin brachte zum Ausdruck, was ich auch schon wußte, aber mir fehlte bis jetzt die konkrete Lösung des Problems.

»Das habe ich schon versucht«, erklärte ich. »Sie verharmlost die ganze Sache. Sie sagt, das passiert nicht jeden Tag.«

»Womit sie zweifellos recht hat.« Karin nickte.

»Jetzt unterstütze sie auch noch in ihrer Verdrängungstaktik!« empörte ich mich.

»Das tue ich nicht«, stellte Karin richtig. »Ich bin nur nicht so vorbelastet wie du.« Sie nahm meine Hand und küßte die Finger. »Jedenfalls werden wir das Problem nicht lösen, wenn wir darüber reden. Das müßt ihr zwei miteinander ausmachen.« Sie ließ meine Hand los. »War es vorhin noch schön im Bett, nachdem ich aufgelegt hatte?« fragte sie plötzlich mit einem ganz unschuldigen Augenaufschlag.

Ich mußte vor Überraschung schlucken. »Das geht dich gar nichts an«, moserte ich. Dann mußte ich doch lächeln. »Aber wenn du es unbedingt wissen willst: Es war sehr schön.«

Sie grinste frivol. »Ihr Beruf hat auch seine Vorteile, oder?«

»Und Nachteile, die du dir nicht vorstellen kannst«, ergänzte ich. »Gerade im Bett.«

Das war ein Thema, von dem ich sie schon früher schwer abbringen konnte. »Ich wette, daß die Vorteile im Bett überwiegen«, bohrte sie neugierig weiter.

Ich ließ sie zappeln. »Wenn du meinst«, sagte ich grinsend.

»Komm schon«, drängte sie. »Erzähl ein bißchen.«

Ich warf ihr einen Brocken hin. »Sie ist einfach phantastisch«, stichelte ich. »Was soll ich dir darüber erzählen?«

»Du hattest schon immer eine sadistische Ader.« Das behauptete sie wirklich völlig zu Unrecht. »Aber ich werde es schon noch aus dir rauskitzeln!« Sie lehnte sich gespielt frustriert zurück.

Ich mußte laut lachen. Das war einer der seltenen Fälle, in denen ich gegen sie gewonnen hatte.

Unser Gesprächsthema kam an den Tisch zurück. »Es scheint ja ausgesprochen lustig zu sein, wenn ich nicht dabei bin«, bemerkte sie und setzte sich wieder neben mich. Ich hätte sie am liebsten abgeküßt.

»Es hatte nichts mit dir zu tun«, versuchte ich abzulenken.

»Doch, hatte es.« Karin wollte gar nicht weg von dem Thema. Provozierend und höchst vergnügt blitzte sie mich an.

»Worum ging es denn?« fragte die Frau an meiner Seite harmlos.

»Das erzähle ich dir später.« Ich wollte endlich über etwas anderes sprechen. Es war mir so schon peinlich genug.

»Im Bett.« Karin konnte sich nicht enthalten, ihre Anzüglichkeiten fortzusetzen.

»Wenn du nicht sofort damit aufhörst, wirst du es bereuen!« fauchte ich sie an.

Karin machte ein Gesicht, als hätte sie gar nichts getan. Während wir beide uns noch anblitzten, lehnte sich der Grund unserer Aufregung – wenn zwei sich streiten, freut sich die dritte – kurz gegen meine Schulter und lachte auf. »Ihr habt über den Telefonanruf gesprochen!« Es wäre auch ein Wunder gewesen, wenn sie bei ihrem Training die Sache nicht wenigstens zum Teil erfaßt hätte. Gott sei Dank den harmloseren Teil.

Ich musterte Karin warnend. Endlich schloß sie sich meiner Strategie an. »Ja, genau. Wir haben über den Telefonanruf gesprochen.« Sie grinste wieder. »Ich dachte, ich höre nicht recht!«

»Aber aufgelegt hast du auch nicht!« nörgelte ich immer noch leicht erbost.

»Also bitte!« Karin reagierte, als ob ich sie in ihrer Ehre gekränkt hätte. »Sollte ich mir dieses Vergnügen entgehen lassen? Außerdem ...«, sie rückte etwas von mir ab, »außerdem habe ich solche Geräusche schon lange nicht mehr von dir gehört.« Sie hatte sich sicherheitshalber auf meine Reaktion vorbereitet und sprang auf. Sonst wäre meine Faust in ihrer Magengrube gelandet.

»Soll ich euch vielleicht lieber alleinlassen? Ich störe so ungern beim Turteln.« Die amüsiert verzogenen Mundwinkel der Dritten im Bunde zeigten an, daß sie die Umstände bei weitem mehr genoß als ich.

»Turteln?« begehrte ich empört auf. »Ich glaube, du verkennst die Situation!«

»Nein.« In solchen Dingen war sie sich völlig sicher. Da konnte ihr niemand etwas vormachen. »Ihr mögt euch sehr.«

Karin sah mich und sie an. »Das stimmt«, bestätigte sie und ergänzte dann: »Ich mag *euch beide* sehr.« Sie beobachtete uns. »Ihr gehört zusammen«, behauptete sie im Brustton der Überzeugung. Während sie jetzt ausschließlich meine Begleiterin ansah, fügte sie hinzu: »Ich bin froh, daß sie dich endlich gefunden hat.« Sie deutete auf mich. »Sie hat lange nach dir suchen müssen.«

Es war eine Situation, die ich unmöglich länger verkraften konnte. »Du bist furchtbar lieb, Karin«, erklärte ich den Tränen nahe. »Wärst du böse, wenn wir jetzt trotzdem gehen?«

»Nein.« Karin war ganz zufrieden. »Ich kann das gut verstehen.« Sie lächelte. »Ich war gar nicht sicher, daß ihr überhaupt kommen würdet.«

Wir verließen das Lokal. Auf der Straße gingen wir eine Weile schweigend nebeneinander her. Wir kamen an die Gabelung, die ihren von meinem Heimweg trennte. »Zu mir oder zu dir?« fragte ich.

Sie blickte mich an. Ich konnte nicht ausmachen, was sie dachte. »Ich gehe zu mir, und du gehst zu dir«, bestimmte sie dann undefinierbar.

Hatte der Abend mit Karin sie jetzt doch wieder auf unerwünschte Gedanken gebracht? Hatten wir sie mit unseren Anspielungen an ihren Beruf erinnert?

Sie sah, daß ich etwas unschlüssig herumstand, und sprach weiter. »Das hat nichts mit dir zu tun«, erklärte sie. »Ich würde sehr gern mit dir zusammensein heute nacht, aber ich muß über einiges nachdenken.« Sie zögerte. »Ich gehe jetzt nach Hause.« Ihre Worte klangen bedauernd.

»Aber nicht allein.« Mein Einwurf kam etwas plötzlich.

Sie wollte protestieren. »Ich habe dir doch gesagt –«

»Ich bringe dich bis zur Haustür«, beharrte ich unnachgiebig. »Wie es sich gehört.«

Sie erinnerte sich. »Ah ja, stimmt«, meinte sie. »Du bist ja so gut erzogen.« Sie lächelte. »Ich würde doch eher sagen: galant, aber das magst du ja nicht.« Sie zögerte dennoch. »Na gut«, räumte sie schließlich ein, allerdings fügte sie warnend hinzu: »Aber wirklich nur bis zur Tür!«

Ich legte eine Hand auf mein Herz. »Aber selbstverständlich!« Ich unterstrich die chevalereske Geste noch durch eine ironisch angedeutete Verbeugung. »Ich verpfände Ihnen meine Ehre, Madame!«

»Dann bin ich ja beruhigt.« Sie stimmte amüsiert zu.

Ich legte meinen Arm um ihre Taille, und wir gingen in Richtung ihrer Wohnung. Leider war es nicht sehr weit. Als wir angekommen waren, ließ ich sie bedauernd los. Ich wollte nicht gehen. Ich konnte mich nicht von ihrem Anblick losreißen. »Also dann«, bemerkte ich zögernd.

»Bis morgen«, sagte sie. »Ich melde mich.«

Huch, das war neu! »Aber nicht wieder im Büro, bitte.« Ich verdrehte gespielt flehentlich die Augen. »Das halte ich nicht aus.«

»Ich auch nicht.« Ihre Stimme klang heiser. Sie trat auf mich zu und nahm mich in den Arm. Sie küßte mich. Ihre Zunge versetzte mich in einen wirbelnden Taumel. Sie schob ihren Schenkel zwischen meine Beine und drückte mich gegen den Türeingang. Ihre Hand fuhr seitlich an meinem Po entlang. »Ich möchte so gern, daß du bleibst«, flüsterte sie an meinem Mund. »Aber ich muß wirklich allein sein.« Sie küßte mich noch einmal leidenschaftlich, dann ließ sie mich los und trat zurück.

Ich blieb mit geschlossenen Augen an den Eingang gelehnt stehen. Ich spürte noch immer ihre Zunge in meinem Mund und ihren Schenkel zwischen meinen Beinen. Das Blut pochte in meinen

Adern.

Sie berührte mich leicht an der Schulter. »Wach auf.« Sie lachte leise.

Ich hielt meine Augen weiterhin geschlossen. »Wie kannst du das von mir verlangen?« fragte ich verträumt. »Ich bin im Land deiner Küsse.«

»Wirklich?« Sie scherzte. »Da war ich noch nie.«

»Kein Wunder«, bemerkte ich immer noch verträumt. »Du küßt dich ja auch nicht selbst.«

»Komm«, entschied sie. »Geh mit rauf.« Sie schloß die Tür auf.

Jetzt öffnete ich die Augen. »Ich habe meine Ehre verpfändet.« Anscheinend hatte sie das vergessen.

»Ich habe dich eingeladen«, antwortete sie. Mit einer Weigerung meinerseits schien sie nicht gerechnet zu haben. Sie war überrascht.

»Das macht keinen Unterschied.« Ich trat vor und küßte sie auf die Wange. »Gute Nacht.« Ich winkte ihr zu und ging.

Sie stand im erleuchteten Türrahmen und sah mir verblüfft nach.

Sie rief mich doch am nächsten Tag im Büro an. »Bist du verrückt geworden?« fragte sie zur Begrüßung.

Ich tat, als wüßte ich nicht, wovon sie sprach. »Nein«, meinte ich unschuldig. »Wieso?«

»Und was machen dann die fünfzig roten Rosen in meiner Wohnung? Die müssen ja ein Vermögen gekostet haben!« Sie war regelrecht empört.

»Ach?« tat ich immer noch unschuldig. »Jemand hat dir fünfzig rote Rosen geschickt?«

»Nicht jemand. Du!« empörte sie sich weiter. »Hör auf, es zu leugnen!« Es war herrlich, wie sie sich aufregte. Ihre Stimme überschlug sich fast.

Ich lachte. »Ich leugne es ja gar nicht«, sagte ich friedlich. Ich liebte sie! Sie war so hinreißend temperamentvoll.

»Also bist du doch verrückt geworden!« Es klang richtig triumphierend.

»Ich liebe dich«, sagte ich leise. »Wenn das verrückt ist, will ich gern mein ganzes Leben lang verrückt sein.«

Einen Moment lang war die Leitung ganz still. »Sie sind wunderschön«, bemerkte sie dann ebenso leise.

»Hoffentlich. Ich habe jede einzelne selbst ausgesucht.«

»Jede einzelne?« Sie war entgeistert.

»Natürlich. Wie hätte ich das jemand anderem überlassen können?« Ihre Stimme weckte schon wieder die Sehnsucht in mir. Und es war noch so lang bis zum Abend.

»Du *bist* verrückt«, behauptete sie zärtlich.

»Laß uns aufhören«, bat ich sie so vernünftig wie möglich. »Das artet schon wieder in Telefonsex aus.«

»Kommst du heute zu mir?« fragte sie übergangslos.

»Wenn du willst.« Ich war mir nicht sicher, was das zu bedeuten hatte.

»Ich will«, betätigte sie knapp. Sie war die Entschiedenheit selbst. Höchst ungewöhnlich. Ob sie das jetzt zu ihrem Prinzip machen wollte? Seit gestern hatte sie es jedenfalls durchgezogen. »Wann machst du Schluß?«

»So um sieben.« Schaudernd vor Sehnsucht nach ihr rebellierte mein Gefühl, aber ich mußte dennoch die Realitäten anerkennen, die sich in Form fast unüberschaubarer Papierstapel vor mir aufbauten.

»Das ist nicht dein Ernst«, protestierte sie.

»Doch.« Ich mußte diesmal standhaft bleiben. Ich konnte nicht noch länger alles stehen und liegen lassen, sobald sie im Spiel war, so sehr ich auch wollte. Die Arbeit häufte sich, und die Termine drängten. Ich versuchte ihr das zu erklären. »Du müßtest mal meinen Schreibtisch sehen.«

Das interessierte sie offensichtlich überhaupt nicht. »Dann komme ich«, verkündete sie energisch.

»Nicht schon wieder!« Fast hätte ich in einer instinktiven Abwehrreaktion die Hände gehoben, aber ich brauchte mindestens eine, um den Hörer zu halten. Ich versuchte es noch einmal mit Vernunft. »Du weißt, daß das nicht geht.«

»Nein, nein«, widersprach sie. »Diesmal lasse ich mich nicht abwimmeln. Entweder du stehst hier um vier Uhr auf der Matte oder ich in deinem Büro.« Sie klang überaus entschlossen.

»Hier in meinem Büro auf der Matte?« Ich konnte mich nicht enthalten, mir das vorzustellen und sie damit aufzuziehen. »Das wäre mal etwas Neues.«

Sie lachte. »Jetzt betreibst du aber Telefonsex.«

Ich gab es zu. »Ich werde früher kommen«, versprach ich. »Aber ich weiß nicht, ob ich es um vier Uhr schaffe.«

»Komm nicht zu spät«, flüsterte sie sinnlich. »Ich warte auf dich.«

»Mein Gott«, seufzte ich auf. »Ich wünschte, ich wäre schon da.«

»Ich auch.« Ich konnte ihre Ungeduld förmlich durch den Hörer spüren. »Bis dann. Ich werde solange die Rosen ertränken.« Sie machte eine Pause. »Ich denke an dich.« Sie legte auf.

Ich küßte den Telefonhörer und sagte: »Ich denke auch an dich.« Dann legte ich ihn weg. Ich kam mir bescheuert vor, als ich den Plastikgriff betrachtete.

Ich schaffte es bis fünf. Als ich ihre Wohnung betrat, begrüßte sie mich mit einem langen Kuß. Meine Knie wurden weich.

Erstaunlicherweise ließ sie mich dann aber los. Sie schob mich von sich weg. »Setz dich.« Es war keine Bitte, mehr ein Befehl, wenn auch in höflichem Ton vorgetragen. »Ich werde dir einen Kaffee machen.«

Sie wirkte entschieden hausfraulich. »Hast du auch Filzpantoffeln für mich?« fragte ich irritiert.

Sie drehte sich über die Schulter zurück. »Noch nicht«, sagte sie. »Aber ich kann dir welche besorgen, wenn du möchtest.« Sie schien es ganz ernst zu meinen.

»Um Himmels Willen!« Ich war fassungslos. Dieser Empfang entsprach irgendwie nicht ganz meinen Erwartungen. »Was ist los mit dir?«

Sie setzte die Espresso-Maschine in Gang und kam zu mir zurück. Ich stand immer noch verdattert da. Sie stupfte mich mit ihrem Finger auf die Nase. »Ich genieße es, wenn du müde von der Arbeit nach Hause kommst und ich dich versorgen kann. So etwas hatte ich bis jetzt noch nie«, erklärte sie als Antwort auf meine Frage. Sie schob mich zum Sofa.

Ich ließ mich fallen. »Laß das bloß nicht zur Gewohnheit werden«, wandte ich ein. »Ich bin so faul, daß wir unsere Abende dann gemütlich vor dem Fernseher verbringen können, wenn das schon so anfängt.«

Sie lehnte sich über mich und fuhr mit ihren Lippen sinnlich streifend über meine Wange. Dann suchte sie meinen Mund und küßte mich erneut. »Das werde ich zu verhindern wissen«, sagte sie leise lachend. Sie stand auf. »Außerdem habe ich keinen Fernseher und du auch nicht, soviel ich weiß.«

»Doch. Im Keller«, widersprach ich.

»Und da wird er auch bleiben.« Sie lachte wieder. »Jedenfalls, solange ich das Programm bestimme.« Das tat sie eindeutig. Ich hatte keine Ahnung, was das Ganze sollte.

Sie ging zurück in die Küche und brachte mir den Kaffee. Dann setzte sie sich neben mich auf das Sofa, wie beim ersten Mal, als ich zu ihr gekommen war. Sie schlug genauso wie damals die Beine übereinander. Nur war sie heute angezogen. Unabhängig davon spürte ich, wie ich sie begehrte. Ich nahm die Kaffeetasse und trank. Über den Rand hinweg schaute ich sie an.

Sie sah mir zu und fing meinen Blick auf. Ihr Arm lag locker auf der Sofalehne. »Soll ich mich umziehen?« fragte sie. Sie lachte, als sie meinen entsetzten Ausdruck sah. »Ich meine, damit du die Situation genauso genießen kannst wie damals.« Sie hatte genau gewußt, was sie tat!

»Laß das«, bat ich unbehaglich. »Du weißt, daß ich das nicht mag.«

»Aber du hast dich daran erinnert.« Im Gegensatz zu mir fühlte sie sich offenbar wohl genug, um amüsiert zu sein.

»Ja, sicher«, gab ich zu. »Du hast die Szene auch ziemlich gut wiederholt.«

»Du warst zum Vernaschen süß.« Sie schwelgte richtig in der Erinnerung. »Ich wußte sofort, daß du in mich verliebt warst.«

»Ich muß dich wie eine Idiotin angestarrt haben.« Ich war immer noch peinlich berührt.

»Angestarrt: ja. Wie eine Idiotin: nein«, korrigierte sie.

Sie beherrschte die Situation souverän. Ich kam mir wirklich fast wieder vor wie damals. »Ich habe es im übrigen nicht besonders genossen.« Schon allein der Gedanke daran trug dazu bei, daß ich leicht gereizt reagierte. »Es war furchtbar.«

»Meine Kundin zu sein.« Sie war jetzt wieder ernst.

Worauf wollte sie hinaus? Sie sprach das Thema doch sonst nicht von sich aus an.

Sie beugte sich vor und nahm eine Rose aus der Vase, die sie auf den Sofatisch gestellt hatte. Sie roch daran. »Die hatte ich damals nicht.« Sie sah mich an. »Ich habe überhaupt noch nicht sehr oft rote Rosen bekommen.« Sie lachte überwältigt. »Und schon gar nicht so viele!«

Das konnte ich mir wiederum überhaupt nicht vorstellen. Es mußten doch im Laufe ihres Lebens massenhaft Leute in sie verliebt gewesen sein, Männer wie Frauen!

»Das erste Mal bekam ich rote Rosen mit siebzehn«, erzählte sie unvermutet plötzlich, während sie die Rose in ihrer Hand immer noch eingehend betrachtete. »Von einem Mann.« Sie lachte verächtlich. »Und er wollte natürlich eine Gegenleistung dafür!« Sie sagte nicht, ob sie ihm gegeben hatte, was er verlangte. Ich wollte es auch gar nicht wissen. Sie sah mich wieder an. »Dann habe ich sehr lange keine mehr bekommen. Bis vor ein paar Jahren.« Diesmal sagte sie nicht, von wem. Sie fuhr fort: »Und jetzt von dir.«

Das war wirklich wenig für eine Frau wie sie!

Sie streckte leicht ihren Arm aus und kitzelte mich mit der Rose an der Wange. Sie streichelte damit bis zu meinem Ohr hin und wieder zurück zu meinen Lippen. Sie streichelte auch die. Der Duft der Rose unter meiner Nase war berauschend, obwohl das ganze Zimmer davon erfüllt war. Die Rosenblätter berührten weich und samtig meine Lippen. Ich zupfte eins ab und hielt es fest. Sie behielt die Rose in der Hand, beugte sich vor und legte ihren Arm auf meine Schulter. Sie kitzelte mit der Rose meinen Nacken. Sie bog sich mir entgegen. Ihre Lippen legten sich von der anderen Seite um das Rosenblatt. Unsere Lippen berührten sich ganz leicht. Nur wie ein Hauch. Ich stöhnte dennoch. Sie zog das Blatt und damit gleichzeitig meinen Mund mit ihren Lippen zu sich heran, bis sie mich küssen konnte. Unsere Zungen spielten mit dem Blatt. Sie schob es in meinen Mund und ich wieder in ihren zurück, bis ich den Reiz fast nicht mehr ertragen konnte. Ihr ging es offenbar genauso. Sie drückte mich auf das Sofa hinunter und legte sich auf mich. Die Rose legte sie neben uns und befreite mich von dem Blatt. »Das brauchen wir jetzt nicht mehr«, hauchte sie leise und erregt.

Ich legte meine Hände an ihre Taille und begann sie auszuziehen. Als ich ihre nackte Haut spürte, schob ich meine Finger nach vorne und öffnete ihre Hose. Sie stöhnte tief auf. Ich streichelte ihren Bauch zwischen uns. »Warte«, befahl sie. Ich bewegte mich nicht. Sie umklammerte meinen Schenkel mit ihren Beinen und rieb sich an mir. Sie kam schnell und heftig.

Ich umarmte sie, als sie erschöpft auf mir lag. »Es tut mir leid«, bemerkte sie nach einer kurzen Atempause. »Das wollte ich nicht.«

»War es schön für dich?« fragte ich sie weich.

»Ja.« Wie immer gab sie es nur widerwillig zu. »Aber –«

»Dann ist es doch in Ordnung.« Ich legte meine Arme fester um sie. »Alles ist in Ordnung«, wiederholte ich beruhigend.

»Du bringst mich noch zum Heulen.« Sie hatte ihren Kopf neben mir auf dem Sofakissen, so daß ich ihr Gesicht nicht sehen konnte.

Ich streichelte ihren Rücken. »Dann tu es doch. Das kann nichts schaden.«

»Doch!« begehrte sie unerwartet heftig auf. Sie sprang mit einem Ruck hoch, stopfte ihr Hemd in die Hose und machte den Reißverschluß zu. »Und nichts ist in Ordnung!« Sie hatte Schwierigkeiten mit dem Knopf. Sie ließ ihre Hände fallen und sah mich ganz verzweifelt an. »Ich kann noch nicht mal mehr meine Hose zumachen!« Sie war wirklich den Tränen nahe, aber ihre Hose war sicher nicht der Grund.

Ich setzte mich auf. »Komm her«, bat ich sie. Sie kam, und ich schloß den Knopf. Ich zog sie herunter auf meinen Schoß. »Also was ist los?«

»Ich kann meinen Beruf nicht mehr ausüben«, erklärte sie. Ich hatte mir schon gedacht, daß es damit etwas zu tun hatte. »Jedenfalls vorübergehend nicht«, schränkte sie sofort ein.

Wann das vorübergehen würde, wollte ich sehen!

Sie drehte sich ein wenig auf meinem Schoß und sah mich an. »Du freust dich natürlich darüber«, warf sie mir gereizt vor.

Das konnte ich schlecht abstreiten. »Ja, einerseits schon«, bestätigte ich deshalb wahrheitsgemäß. »Aber andererseits bin ich traurig, wenn du traurig bist.«

»Ich bin nicht traurig!« Sie hüpfte fast von meinem Schoß vor lauter Protest. »Ich bin überhaupt nicht traurig! Aber in absehbarer Zeit werde ich nicht mehr wissen, wovon ich leben soll.«

Mir kam ein Gedankenblitz. »Du könntest mich heiraten«,

scherzte ich.

»O ja!« Jetzt war sie endgültig aufgebracht. »Und dir Filzpantoffeln kaufen!«

»So ernst hatte ich es eigentlich nicht gemeint.« Ich versuchte sie etwas hilflos zu beschwichtigen. Immer noch kam ich mir wie in einem Stück vor, in dem ich eine Rolle zu spielen hatte, aber das Drehbuch nicht kannte.

»Wie?« Sie reagierte noch erboster als zuvor. »Du willst mich gar nicht wirklich heiraten? Warum machst du mir dann einen Antrag?«

Jetzt war ich völlig baff. »Doch«, widersprach ich nun vollends verwirrt. »Ich würde dich sofort heiraten, wenn ich könnte und du wolltest. Aber bis Hella von Sinnen und Conny Scheel das durchgeboxt haben, werden wir wahrscheinlich am Krückstock gehen.«

Sie beruhigte sich etwas. »Ach so«, sagte sie. Sie mußte wirklich ziemlich durcheinander sein!

»Aber ich verdiene genug für zwei.« Wenn ihr das Thema gefiel, konnten wir ja mal die Alternativen erörtern. Warum nicht? Ich sah mich um. »Allerdings diesen Luxus kann ich dir nicht bieten.«

»Das brauchst du auch nicht.« Sie wirkte abwesend. »Ich werde die Wohnung verkaufen.« Sie erhob sich von meinem Schoß und lief mit großen Schritten durch das Zimmer, immer hin und her. »Ich könnte auch die Wohnung in Paris verkaufen«, überlegte sie laut. »Davon könnte ich sicher eine Weile leben.«

Sie besaß zwei Wohnungen und machte sich Sorgen um ihre Zukunft? »Ich glaube, *ich* sollte aufhören zu arbeiten und lieber *dich* heiraten.« Ich fühlte mich geradezu benommen.

Sie sah mich ganz in Gedanken an. »Die Wohnung hier bringt nicht viel.« Sie sprach wie eine Buchhalterin. »Sie ist kaum abbezahlt.«

Es tat mir jetzt schon weh, wenn ich daran dachte, daß sie die Pariser Wohnung würde aufgeben müssen, doch ich fragte trotzdem. »Aber die Wohnung in Paris muß doch eine Menge wert sein.«

»Ja, wahrscheinlich«, bemerkte sie, ohne richtig auf mich zu achten. »Ich weiß es nicht genau.«

»Du weißt es nicht? Aber hast du sie denn nicht gekauft?« Ich war erstaunt.

»Nein.« Sie antwortete unaufmerksam, als ob sie mit ihren Gedanken ganz woanders wäre und ich sie nur davon abhalten würde, sich darauf zu konzentrieren. »Ich habe sie geerbt.«

»Geerbt?« War ihr brillantes Französisch dann vielleicht doch ihre Muttersprache? »Bist du Französin?«

»Nein.« Sie sah mich jetzt etwas klarer an und stellte ihr Herumgelaufe ein. »Nein, leider nicht. Eine Kundin hat sie mir vermacht.« Sie lief etwas langsamer wieder los.

»Eine Kundin?« Vielleicht hatte ich mir doch den falschen Beruf ausgesucht! »Was ... wie ...?« Ich wußte nicht, wie ich fragen sollte.

Sie verstand sofort, was ich meinte. »Sie ist vor zwei Jahren gestorben und hat sie mir hinterlassen.«

Einfach so? Irgendeine Kundin? Eine Luxuswohnung in Paris? Das konnte ich mir nicht vorstellen. Dann fiel mir etwas anderes auf. »Vor zwei Jahren«, sinnierte ich nachdenklich.

Sie blieb abrupt stehen. »Du merkst aber auch alles.« Das klang nicht besonders schmeichelhaft. »Ja, du hast recht. Sie war die letzte Frau vor dir, mit der ich ...« Sie brach ab, als hätte sie schon zuviel gesagt. Sie drehte sich von mir weg und stand da. Sie stützte ihren einen Arm mit dem anderen ab und legte ihre Stirn in die Hand. Irgend etwas daran ging ihr mordsmäßig an die Nieren.

Nur eine Kundin? Ich wußte, daß das nicht stimmen konnte. Mit einer Kundin wäre sie niemals so weit gegangen, sich fallenzulassen. »Ihr wart ein Liebespaar«, formulierte ich in plötzlicher Erkenntnis.

»Nein!« Sie fuhr hoch. Liebe war anscheinend fast das schlimmste, was man ihr unterstellen konnte. »Sie war nur eine Kundin!«

Ich sah ihr an, daß sie schwer um ihre Fassung rang. »Sie muß mehr gewesen sein als das«, widersprach ich überzeugt. »Wenn sie dir die Wohnung vermacht hat.«

»Sie hat mich bezahlt. Also war sie eine Kundin.« Sie blieb stur.

An meiner Vermutung mußte etwas dran sein. Sonst hätte sie nicht so sehr das Bedürfnis gehabt, sich zu rechtfertigen. »Wic lange wart ihr zusammen?« fragte ich unverdrossen weiter.

»Wir waren nicht zusammen!« Jetzt explodierte sie endgültig. »Ich hatte immer meine eigene Wohnung.«

Damit bestätigte sie ungewollt meine ursprüngliche Annahme. Je vehementer sie es leugnete, desto mehr war ich davon überzeugt. »Sie muß dich sehr geliebt haben.«

»Ja, ja!« Ihr unwilliger Protest ging noch stärker in Abwehr über. »Wahrscheinlich hat sie es für Liebe gehalten.«

»Und du hast sie nicht geliebt?« Auf jeden Fall hatte sie es ihr sicher nicht gesagt, wie ich sie kannte.

Ein langes Schweigen zeigte an, daß sie sich immer noch nicht darüber im klaren war oder sein wollte. »Nein«, sagte sie endlich.

»Was ist passiert?« Das Schweigen setzte sich eine Weile fort. Ich konnte nichts anderes tun, als so lange zu warten, bis sie erzählte.

»Sie war älter als ich – wesentlich älter. Sie hat sich wohl in mich verliebt.« Das war leicht! Sie drehte sich halb zu mir um und verschränkte die Arme vor der Brust. »Sie konnte es ebensowenig ertragen wie du, daß ich meinen Beruf ausübte. Aber ich wollte nicht von ihr abhängig sein. Sie bat mich darum, flehte mich an, mehr als einmal. Mit ihr zusammenzuleben. Sie hätte genug Geld, sagte sie, das würde für mehr als ein Leben reichen.« Sie schüttelte den Kopf. »Aber für ihr Leben hat es nicht gereicht. Alles Geld der Welt konnte die Krankheit in ihrem Körper nicht aufhalten.« Das war die Ursache für viele ihrer Reaktionen! Sie war wieder ganz in sich versunken wie schon einmal.

»Ich wußte nichts davon. Sie hat es vor mir verheimlicht.« Sie drehte sich noch mehr zur Wand und starrte auf ein Bild. »Zum Schluß hatte sie mich überredet, keine anderen Frauen mehr zu sehen. Sie gab mir Geld – mehr als genug für meinen ›Verdienstausfall‹. Nur damit ich nicht mehr mit anderen Frauen schlief. Sie war zwei Jahre lang meine einzige Kundin. Und ich dachte mir, wenn sie keine bessere Verwendung für ihr Geld hat, warum soll ich es dann nicht nehmen?«

Sie schlug die Hände vors Gesicht. »Und dann fuhr sie weg. Zur Kur, sagte sie. Sie wäre in zwei Wochen wieder da. Sie sagte mir nicht, wohin.« Sie ließ die Hände langsam sinken. »Ich hörte die ganze Zeit nichts von ihr. Nach zwei Wochen kam sie nicht wieder. Ich wartete ein paar Tage. Ich dachte, sie hätte mich verlassen. Ich war wütend und verletzt. Ich schlief mit der erstbesten Frau, die zu bezahlen bereit war. Ich nahm das Leben wieder auf, das ich vorher geführt hatte.«

Langsam durchquerte sie das Zimmer, blieb vor der Küchentheke stehen und suchte Trost bei der Espresso-Maschine. Sie sprach weiter. »Dann – nach sechs Wochen – kam ein Brief von einem Anwalt in Frankreich. Sie war in der Schweiz in einem Spezialkrankenhaus gestorben. Sie hatte mir die Wohnung in Paris vermacht.« Das mußte ein furchtbarer Schock für sie gewesen sein. Sie war jetzt noch ganz erschüttert.

Sie seufzte resigniert. Ihre Stimme klang fast unbeteiligt, als sie fortfuhr. »Ich habe mich als ihre Tochter ausgegeben und mit dem Arzt gesprochen, der sie zum Schluß behandelt hatte. Er sagte, wenn sie früher gekommen wäre, hätte er vielleicht noch etwas machen können. Mit langwierigen Behandlungen und Sanatoriumsaufenthalten. Aber das habe sie immer abgelehnt. Sie hätte wohl eine Person gehabt, die sie nicht habe alleinlassen wollen oder können. Das habe sie durchblicken lassen.«

Ihr Kopf war während des Sprechens immer mehr auf ihre Brust gesunken. Jetzt drehte sie sich zu mir um und blickte mit tränenlosen, leeren Augen auf. »Sie hat meinetwegen auf die Behandlung verzichtet.« Sie verschärfte die Aussage noch. »Sie ist meinetwegen gestorben.«

Ich wollte sie trösten, aber ich wußte, daß sie das jetzt nicht zulassen würde. In gewisser Weise hatte sie recht, und sie mußte mit ihren Schuldgefühlen irgendwie fertigwerden. Aber in einem Punkt hatte sie entschieden unrecht. »Und obwohl du das glaubst – was ich nicht tue –, nennst du sie immer noch eine Kundin?«

»Sie hat mich bezahlt. Sie hat sogar ein Konto für mich eingerichtet. Und es war immer gut gefüllt!« Sie wollte es einfach nicht wahrhaben!

»Ja, natürlich. Weil sie dich nicht verlieren wollte.« Das konnte ich sehr gut verstehen!

Das Wort brachte sie endgültig zum Überkochen. »Verlieren? Mich nicht verlieren?« Sie sah mich jetzt höchst aggressiv an. »Glaubt ihr denn alle, ihr könnt mich besitzen?« Sie drehte sich wieder mit einem Ruck von mir weg. »Ihr bezahlt mich, und dafür glaubt ihr, ihr könnt mich behandeln wie eine Ware. Kaufen und benutzen. Besitzen und verlieren.« Sie lachte verächtlich.

Auf diese Art der Diskussion konnte und wollte ich mich nicht einlassen. Ich wußte, daß vieles nur ihrer Erregung zuzuschreiben war. Ich blieb ruhig. »Wer ist ›ihr‹?« fragte ich.

Sie drehte sich so schnell um, daß sie fast stolperte. »Na ihr«, stieß sie hervor. »Meine –« Sie brach fast ebenso schnell ab, wie sie begonnen hatte.

»Ich bin keine Kundin«, sagte ich. Ich versuchte immer noch ruhig zu antworten. »Ich bezahle dich nicht und ich will dich auch nicht besitzen. Ich liebe dich.« Es fiel mir schwer, das so ruhig auszusprechen. Ich merkte, wie die Angst in mir hochstieg. Sie schien den Bezug zu mir und zu ihren Gefühlen für mich völlig verloren zu haben. Konnte ich überhaupt zu ihr durchdringen? Sie stand immer noch stumm da. Ich mußte etwas sagen, sonst würde ich vor Verzweiflung in Tränen ausbrechen. »Ich bin überzeugt, daß es ihr ebenso gegangen ist.« Sie schien mich nicht zu hören oder zumindest nicht zu begreifen, was ich sagte. »Und mir geht es genauso wie ihr. Ich will dich nicht verlieren.« Ich wußte nicht, wieviel davon bei ihr ankam. Ich hoffte, daß sie antworten würde.

Sie reagierte nicht gleich. Mir erschien es wie eine Ewigkeit, bis sie wieder sprach, sehr leise. »Ich will dich auch nicht verlieren.«

Ich war im ersten Moment wie vom Donner gerührt. Das hatte ich nicht erwartet. Was ging in ihr vor? War es nur ein vorübergehender Ausrutscher, oder meinte sie wirklich, was sie sagte? War ihr überhaupt bewußt, daß sie sich zum ersten Mal, seit wir uns kennengelernt hatten, zu mir bekannte?

Ich ging langsam auf sie zu und blieb dann vor ihr stehen. Ich berührte sie nicht. Sie stand unbeweglich da und starrte mit in sich gekehrtem Blick über mich hinweg. Sie sah offensichtlich weder mich noch irgend etwas anderes, was jetzt, in diesem Moment, real war. Die Bilder, die in ihr, vor ihrem geistigen Auge, abliefen, hatten sich schon vor langer Zeit in ihr Gedächtnis eingebrannt. Ich wartete ab.

»Sie war so gut zu mir. Und ich brauchte sie so sehr.« Wenn eine Stimme tonlos genannt werden konnte, so war es ihre. »Und dann hat sie mich verlassen.«

Ich streckte die Hand aus und legte sie leicht auf ihren Arm. Ganz leise sprach ich auf sie ein. »Sie ist so lange bei dir geblieben, wie sie konnte. Sie wäre niemals freiwillig gegangen, das weißt du.«

»Doch, sie ist freiwillig gegangen!« Die Worte hörte sie offenbar, aber sie ergaben für sie einen anderen Sinn. »Sie hat mich einfach im

Stich gelassen!« Ihre Wut schien real, dennoch war es immer noch eine vergangene Realität, auf die sie sich bezog.

Ich packte ihren Arm fester. »Nein, du weißt, daß das nicht stimmt. Sie hat bis zum Schluß an dich gedacht. Sie hat dir die Wohnung vermacht, damit du versorgt bist.« Eigentlich wußte ich, daß es sinnlos war, in einem solchen Zustand mit ihr zu diskutieren, aber ich wollte nicht, daß sie sich noch mehr in diese absurden Gedanken hineinsteigerte. Das konnte nicht gut tun.

»Vermacht! Sie hat mir nie etwas vermacht! Sie ist einfach gegangen.« Hoppla, da stimmte doch irgend etwas nicht! Eben hatte sie mir doch noch ganz etwas anderes erzählt. Und es hatte sehr glaubhaft geklungen. Was war nun wirklich wahr? »Ohne ein Wort. Von heute auf morgen. Ohne ein Wort.« Sie klang wie eine Platte, die einen Sprung hatte. »Ich weiß nicht, was ich tun soll.« Die Platte drehte sich weiter, und offensichtlich war sie jetzt ganz in die Vergangenheit zurückgetaucht.

Ich konnte immer noch nicht einschätzen, auf was sich ihre furchtbare Enttäuschung bezog, aber langsam kam mir ein Verdacht. Konnte es sein, daß sie von zwei verschiedenen Personen sprach? Und von zwei verschiedenen Zeiten? Vielleicht konnte ich vorsichtig versuchen herauszubekommen, um was es eigentlich ging. Ich rührte mich nicht und sprach sie nur leise an. »Was ist passiert?«

Mir schien, sie merkte überhaupt nicht, daß ich da war. Sie sprach mit sich selbst. »Weg. Sie ist weg. Wie kann sie so etwas tun? Ich habe doch niemand außer ihr. Wir kennen uns doch schon, seit wir fünfzehn sind. Ich liebe sie doch!« Ihre Stimme hatte einen schmerzlichen, fast weinerlichen Unterton, wie bei einem Kind, das sich weh getan hat oder dem weh getan worden ist, und das nicht weiß, warum.

Sie sprach von einer Frau, die sie gekannt hatte, seit sie fünfzehn Jahre alt war. Das konnte nicht dieselbe sein wie diejenige, die ihr die Wohnung vermacht hatte. Aber wer war es dann? Auf jeden Fall hatte sie tiefe Spuren hinterlassen. So tiefe Spuren, daß sie anscheinend heute, so viel später, noch nicht darüber hinweg war.

»Ich liebe sie doch.« Sie wiederholte noch einmal, was sie zuletzt gesagt hatte, diesmal über alle Maßen verzweifelt.

Es versetzte mir einen Stich. Zum einen ihre Verzweiflung und zum anderen ... Ja, zum anderen mußte ich mir eingestehen, daß ich eifersüchtig war. Ich schämte mich für das Gefühl, aber ich konnte es nicht verhindern. *Damals* hatte sie es noch sagen können. Zu *ihr* hatte sie es wahrscheinlich hundert Mal gesagt. Und *ihretwegen* konnte sie es seither nicht mehr sagen. Rachegelüste stiegen in mir hoch. Dann riß ich mich zusammen. Das war doch jetzt unwichtig. Wichtig war, wie ich sie dazu brachte, wieder in die Gegenwart zurückzukehren, und das möglichst, ohne völlig zusammenzubrechen. Ich lächelte sie beruhigend an, auch wenn sie mich im Moment nicht sah. »Liebe ist so zerbrechlich«, erklärte ich, »aber die Erinnerungen bleiben. Die schlechten wie die guten. Mit der Zeit verblassen die schlechten immer stärker, und an das Gute erinnert man sich sein Leben lang. Findest du nicht?« Ich hoffte, sie durch diese Art sanfter Suggestion zur Erinnerung an ein positives Erlebnis bewegen zu können, aber ich hatte meine Zweifel.

Sie legte ihren Kopf ein wenig zur Seite und blinzelte auf mich hinunter, aber ich hätte schwören können, daß es ebensogut eine Traumgestalt hätte sein können, zu der sie sprach. »Ich hatte mich so auf den Abend gefreut. Und jetzt ...? Was soll ich jetzt tun? Die Wohnung ist leer. Sie ist weg. Sie kann doch nicht einfach gegangen sein. Ohne mir etwas zu sagen.« Sie schluchzte auf, aber es war keine Träne zu sehen. Dann wiederholte sie leise und ungläubig: »Ohne mir etwas zu sagen ...«

Ich hatte soviel Mitleid mit ihr, daß mir fast die Tränen kamen, die ihr nicht kommen wollten, obwohl ich gar nicht wußte, worum es genau ging. Ihre Stimme hatte einen so anderen Klang, als ich es kannte, einen Klang, der mich mindestens so erschütterte wie ihr leises Wimmern damals im Hain in Paris, als sie mir die für mich bis dahin schrecklichste aller Geschichten erzählte. Die Erinnerung an jene Szene brachte mich endlich zur Vernunft. Es hatte keinen Sinn, ihr noch länger auf diese Art zu lauschen. Damit war uns beiden nicht gedient – ihr noch weniger als mir –, und sanfte Einflüsse von außen schienen gar nicht bei ihr anzukommen oder sogar die Reise in die Vergangenheit noch zu verschlimmern. Ich sah sie an. Ihre Augen waren immer noch verschleiert, nicht unbedingt auf die gleiche schmerzvolle Art wie damals im Hain, aber sie war eindeutig nicht anwesend. Ich streckte die Hand aus und berührte ihren Arm.

Verwundert blickte sie auf mich hinunter. Dann erhellte langsam ein Lächeln ihr Gesicht. »Du bist ja doch da!« Sie trat auf mich zu und umarmte mich heftig, nicht unbedingt leidenschaftlich, mehr wie ein junger, starker Teenager, der seine Kraft noch nicht kennt und seiner Wiedersehensfreude Ausdruck gibt.

Ich schnappte etwas nach Luft. Jetzt war mir klar, sie umarmte eindeutig nicht mich. Und in diesem Moment überfiel mich die Eifersucht total unvorbereitet. Ich reagierte ganz automatisch. Ich hob die Hand und scheuerte ihr eine. Es klatschte richtig. Völlig entgeistert starrte ich auf meine Hand, die noch immer in der Luft hing, und auf ihr Gesicht, das anfing, sich zu röten. So etwas hatte ich noch nie getan, so lange ich mich erinnern konnte. Ich fing an zu stottern. »Es ... es tut mir leid. Ich ...«

Sie starrte mindestens so entgeistert zurück. Unsere Blicke vereinigten sich in der Luft und schienen sich nicht entscheiden zu können, zu wem sie zurückkehren sollten. Wir waren beide einen Augenblick wie gelähmt. Dann – urplötzlich – fing sie an zu lachen. Es war mehr ein etwas hysterisches Kichern. Es steigerte sich und hörte dann genauso plötzlich auf, wie es angefangen hatte. Ich war erleichtert. Völlig irrationalerweise war mir in diesem Moment eingefallen, daß man hysterischen Personen eine Ohrfeige versetzen muß, um sie wieder zur Vernunft zu bringen. Und ich wäre kaum in der Lage gewesen, das in bewußtem Zustand zu wiederholen.

Sie stand da und schaute mich jetzt ernst an. Ihre Augen schienen wieder klar zu sein. »Du hast mich geschlagen«, stellte sie ruhig fest.

Ich wand mich. Mein Gott, was konnte ich tun, um das wieder gutzumachen? »Ich weiß nicht, was ich sagen soll.« Ein Stottern verschlug mir fast die Sprache. »Ich w-weiß nicht, wie das passieren konnte. Es – es tut mir so leid.« Ich konnte mich nur wiederholen, also schwieg ich. Das war wirklich eine vertrackte Situation. Mir schien, daß es keine zwei Minuten gab, in denen wir ruhig und friedlich beieinandersein konnten. Jedes Mal passierte etwas Unvorhergesehenes.

Diesmal auch. Sie lachte, als ob ich etwas Humorvolles gesagt hätte. »Weißt du, was das Lustige daran ist?«

Ich schüttelte den Kopf. Das konnte ich mir nun beim besten Willen nicht vorstellen!

»Daß ich deshalb im ersten Moment tatsächlich dachte, sie wäre es. Sie hat das oft getan.«

Das Erstaunen stand mir sicher ins Gesicht geschrieben. »Dich geschlagen?« Ich konnte es nicht glauben.

»Ja«, sagte sie einfach und drehte sich um. Sie ging zum Sofa und setzte sich. Abwartend blickte sie zu mir hoch. »Ich bin froh, daß du es getan hast«, bemerkte sie wieder ganz ruhig.

Ich war verblüfft. Diese Ruhe, diese Veränderung in ihrem Verhalten. Es war doch erst ein paar Minuten her, daß ... Dennoch konnte ich mich ihrer Meinung nicht anschließen. »Ich nicht«, widersprach ich trotzig. »Ich hasse Gewalt. Das bin nicht ich.« Ich sah sie an und erwartete ihre Reaktion.

»Das weiß ich«, sagte sie. Sie lächelte weich. »Komm her.«

Ich schüttelte den Kopf. Ich wollte zu ihr, aber ich wollte nicht, daß wieder alles unter den Teppich gekehrt wurde. Wenn sie jetzt gleich wieder Versöhnung feiern wollte ...

Sie lächelte noch mehr. »Komm«, wiederholte sie. »Du hast mich wieder zur Vernunft gebracht, dann laß uns jetzt auch darüber reden. Das willst du doch, oder nicht?« Ihr Blick nahm die Antwort eigentlich vorweg.

»Ja.« Ich stimmte zu, aber obwohl das genau mein Wunsch gewesen war: so viel wie möglich über sie zu erfahren, widerstrebte es mir, einmal mehr in die voyeuristische Position gedrängt zu werden. Bisher war das Ende meistens sehr unerfreulich gewesen. Ich fragte mich, ob es das wert war. Meine Neugier zu befriedigen. Sie sah immer noch gelassen zu mir hoch. Die Gefahr schien nicht so groß zu sein, aber dennoch ... »Du mußt es mir nicht erzählen.«

Sie machte eine kleine Kopfbewegung, als ob sie sich nicht entscheiden könne, das für sie verlockende Angebot nicht anzunehmen. Dann fixierte sie ihren Blick wieder auf mich. »Ich habe dir schon so vieles erzählt ...« Sie zögerte etwas. Fand sie, zu viel? Sie richtete sich gerade im Sofa auf. Ihre Schultern bildeten eine Linie. »Wenn du es hören möchtest ...?« Sie blickte mich wieder fragend an, aber sie sah nicht angestrengt aus. Sollte ich es wagen?

Ich traf meine Entscheidung. »Ja«, nickte ich kurz. »Ich möchte.«

Hatte nur meine Neugier gesiegt oder etwas anderes? Ich wußte es nicht genau. Aber mußte ich mir auch immer über mein Tun Rechenschaft ablegen? Alles, was ich über sie erfuhr, konnte mir nur helfen, sie besser zu verstehen. Und das war es schließlich, was ich wollte. Ich ging langsam zum Sofa und setzte mich neben sie. Dieses Möbelstück gehörte dann irgendwann ins Museum. Was darauf alles stattfand ...

»Du bist ziemlich entsetzt über das, was ich dir eben gebeichtet habe, nicht?« Sie blickte vor sich hin auf den Boden, obwohl ich neben ihr saß. Für *sie* war das wahrscheinlich alles relativ normal, aber in *meiner* Welt – ich korrigierte mich: bevor ich sie kennenlernte. Seither hatte sich auch in der Welt, die ich für die meine hielt, ziemlich viel verändert – war es das sicher nicht.

»Nun ja ...« Ich versuchte mich möglichst vorsichtig auszudrücken.

Sie fiel direkt ein, während ich noch darüber nachdachte. »Du brauchst dich nicht so anzustrengen, tolerant zu sein.« Sie wandte den Kopf zu mir hin und sah mich an. »Es *ist* furchtbar.«

Ich seufzte. »Ja, wahrscheinlich hast du recht.« Ich glaubte zwar nicht direkt, daß es eine Frage von Toleranz war. Mehr von Vorstellungsvermögen. Meines war manchmal einfach mit dem überfordert, was sie mir anbot. Es war unvorstellbar. Zumindest für mich, die ich ein so offensichtlich ›harmloses‹ Leben geführt hatte. Wenn mir das bis vor kurzem auch nicht klar gewesen war.

Ich blickte in ihr Gesicht, und eine Frage drängte sich mir auf. »Du hast eben von zwei verschiedenen Personen gesprochen, oder? Die Frau, die dir die Wohnung vererbt hat, war nicht dieselbe, die dich ...«

»Die mich geschlagen hat, meinst du? Nein, das war sie nicht.« Ihr Gesicht wurde weich. »Maria war eine wunderbare Frau. Sie hätte mir nie etwas angetan.« Sie stand auf und stellte sich mir gegenüber hinter einen Stuhl. »Das ist mir eben erst so richtig klar geworden.« Während sie eben noch auf den Boden geblickt hatte, sah sie mich nun voll an. »Als du so sehr darauf bestanden hast.«

Ich zog ein bißchen die Schultern ein. Hatte ich überhaupt das Recht dazu gehabt? Ich kannte diese Frau doch gar nicht.

»Und du hattest recht.« Sie stützte sich mit beiden Armen auf der Rückenlehne des Stuhles ab und beugte sich nach vorne. »Sie war keine Kundin.« Ich hätte jetzt stolz auf meinen Sieg sein können, aber ich war es nicht. Sie fuhr fort: »Ich habe immer wieder versucht, mir das einzureden. Besonders damals. Damals, als sie nicht zurückkam und ich fest davon überzeugt war, daß sie mich verlassen hatte. Es war einfacher für mich so. Ich konnte die ganze Schuld auf sie schieben.« Sie drehte sich um, so daß sie mich nicht mehr ansehen mußte, und stützte sich jetzt rückwärts auf dem Stuhl ab. »Obwohl ich wußte, daß es nur an mir liegen konnte.« Sie verstummte.

Ich stand auf und protestierte. »Das stimmt ja nun auch wieder nicht! Muß denn immer alles schwarz oder weiß sein?« Sie machte mich schon wieder wütend. Das wollte ich nicht. Ich ging zu ihr hin, blieb aber hinter ihr stehen. Ich sprach zu ihrem Rücken. »Hatte denn überhaupt jemand an irgend etwas schuld? Sie war krank. Dafür konntest du nicht und sie auch nicht. Kannst du das nicht begreifen?«

Sie drehte sich um. Jetzt standen ihr Tränen in den Augen. »Doch«, sagte sie leise. »Doch. Jetzt begreife ich es.«

Wahrscheinlich machte das den Verlust für sie nur noch schlimmer. Ich war in meiner Rolle nicht besonders glücklich. Ich spielte zwar nicht gerade die *Advocata diaboli*, aber irgendwie kam ich mir so vor. Ich legte eine Hand auf ihren Arm. »Ich glaube, ich hätte sie sehr gemocht, deine Maria.«

Für einen Moment sah sie mich still an, und ich fürchtete, nun würde der ganze Strom aus ihr herausbrechen. Im ganzen Zimmer war kein Geräusch zu hören. Dann verzog sie ganz leicht die Mundwinkel. »Vielleicht«, meinte sie. »Ihr habt einiges gemeinsam.« Der Zug ihrer Mundwinkel wurde stärker. »Aber bei deiner Eifersucht ...« Sie griente etwas unglücklich.

Ich wollte protestieren, weil sie mich trotz aller Trauer auch ein wenig aufzog, aber dann ließ ich es. Wahrscheinlich hatte sie recht.

Sie kam auf mich zu und umarmte mich. Es war wie ein Abschied – aber nicht von mir. Nun hatte Maria ihren Frieden. In ihr und in ihrem Herzen. Sie löste sich von mir und ging wieder zum Sofa. Sich hinsetzend zog sie ein Bein unter ihren Körper. Dann blickte sie hoch. »Das war die eine.«

Mir lief ein Schauer über den Rücken. Fast hatte ich vergessen, daß da noch etwas anderes war. Und ich war überzeugt, ich hatte erst den harmloseren Teil gehört. Maria war die gute gewesen, jetzt kam die böse. In mir zog sich alles zusammen. Ich wußte nicht, wie böse. Wenn ich da an die Geschichte in Paris dachte ... Ich war mir gar nicht mehr so sicher, ob ich das überhaupt hören wollte. Ich fing ihren Blick auf, als ich zum Sofa ging. Aber sie war offensichtlich bereit, es mir zu erzählen. So offensichtlich, daß ich nicht wagte, nein zu sagen.

»Die andere war meine erste große Liebe – meine erste Frau. Habe ich das schon erzählt?«

Ich schüttelte leicht den Kopf. Das hatte ich nur sehr vermittelt aus ihren verwirrten Aussagen von vorhin entnehmen können. Ich setzte mich neben sie und wartete.

Sie lehnte sich ein wenig zurück. »Sie war eine Schulfreundin. Wir kannten uns schon relativ lange. Eigentlich schon seit unserer Kinderzeit. Aber da hatten wir noch nicht sehr viel miteinander zu tun.« Sie sah mich kurz an. Ihr Blick wirkte klar und ungetrübt, aber dennoch ein wenig in sich gekehrt. »So mit dreizehn, vierzehn fing es an. Da kamen wir uns näher. Ich weiß auch nicht mehr, warum. Plötzlich machten wir alles zusammen. Und alles hieß: in die Disco gehen, trinken, rauchen, möglichst nicht ›brav‹ sein. Ich glaube, das ist noch ziemlich normal.« Sie sah mich fragend an, als ob wir uns in einer Fernsehdiskussion befänden und sie ein Statement abgegeben hätte, für das sie Unterstützung brauchte.

Ich nickte bestätigend. Das waren ganz sicher die üblichen pubertären Gepflogenheiten. Die hatte ich auch hinter mir.

»Mit fünfzehn haben wir zum ersten Mal miteinander geschlafen.« Es kam sehr schnell und kurz. Das verlangte keine Bestätigung. Es war einfach eine Tatsache. »Das heißt, *sie* hat mit *mir* geschlafen, nicht umgekehrt. Und so blieb es auch. Ich dürfte sie kaum anfassen, geschweige denn in sie eindringen. Das tat sie nur bei mir.«

Ich mußte etwas schlucken. Es war nicht leicht, sich die Beschreibung von Dingen anzuhören, die wir auch schon miteinander getan hatten. Irgendwie hatte ich immer das Gefühl, das sei unser ureigenstes Gebiet. Trotz ihres Berufes und trotz aller Eifersucht. Und *unser* Verhältnis *war* ja auch anders. Das, was sie da schilderte, war schließlich die klassische Butch-Femme-Beziehung, sehr klassisch. Zwei Frauen, die das Mann-Frau-Spiel spielten. Jede Beziehung hatte etwas davon. Auch meine eigenen hatten das gehabt. Aber nicht in dieser extremen Form. Das war mir fremd.

Ich hatte sinnend vor mich hingeblickt, während sie schwieg. Als ich aufsah, nahm ich ihre Augen wahr. Sie wartete auf meine Reaktion. Sie versuchte abzuschätzen, wieviel sie mir zumuten konnte, wieviel ich hören wollte. Ich konnte nichts sagen, aber mein Blick hatte ihr zumindest verraten, daß ich nicht übermäßig erschreckt war. »Ich dachte, das muß so sein. Ich konnte mir gar nichts anderes vorstellen. Ich kannte ja nur sie.« Sie lachte kurz auf. »Auch da gibt es nicht so viele Unterschiede zu den Heteropärchen in dem Alter, nicht wahr?« Sie sah mich an. Ich nickte. Da hatte sie zweifellos recht. »Sie sprach dann immer öfter davon, daß sie lieber ein Mann wäre. Aber auch das fand ich nicht so besonders merkwürdig. Sie war ohnehin ein sehr männlicher Typ.«

Ich sah unwillkürlich an mir hinunter. Sie quittierte das wieder mit einem kurzen Lachen, diesmal allerdings etwas fröhlicher als zuvor. »Nein, mit dir ist sie nicht zu vergleichen. Da brauchst du keine Angst zu haben.« Sie schmunzelte ein wenig. »Sie hatte Tätowierungen. Eine Menge.« Ich verzog wohl etwas gequält das Gesicht. Sie beugte sich zu mir hinüber. »Falls es dich beruhigt: Ich finde dich sehr weiblich.« Sie küßte mich auf die Nase und blickte leicht abschätzend auf mich. »Allenfalls etwas –« Sie machte eine kunstvolle Pause. » – burschikos?« Sie tat so, als würde sie ernsthaft überlegen. Ich stöhnte auf. Das Wort konnte ich nun wirklich überhaupt nicht leiden! Sie lachte, als sie merkte, daß sie genau ins Schwarze getroffen hatte. Wahrscheinlich hatte sie mich ohnehin bewußt aufgezogen. Bei ihrer Sensibilität für solche Dinge ... Dann wurde sie wieder ernst und legte mir die Hand auf die Wange. Sie strich kurz darüber und lehnte sich in ihre Ecke zurück. »Das Interessante daran ist, daß sie heute wirklich ein Mann ist.«

»Was?« Sie hatte so selbstverständlich weitergesprochen, als sei das eine eine natürliche Folge des anderen.

»Sie hat sich operieren lassen. Aber das war viel später. Da hatte ich schon keinen Kontakt mehr zu ihr. Auf jeden Fall hat sie wohl auch damals schon – zu unserer Zeit, als sie noch eine Frau war – im Milieu verkehrt. Sie hat Mädchen dort eingeführt, die sie zum

Beispiel irgendwo am Bahnhof aufgegabelt hatte. Davon hat sie wohl zum Teil auch gelebt. Und von den Drogen, aber auch das habe ich erst später erfahren. Sie hat mich lange damit verschont. Ich weiß nicht, warum. Es wäre sicher einfach gewesen. Ich hätte damals alles getan, was sie wollte.« Sie sah mich wieder mit diesem klaren Blick an, der zu besagen schien: Du kannst jederzeit gehen, wenn du willst. Ich fragte mich, was sie von mir erwartete.

»Privat jedenfalls ... Na ja, wie gesagt, ich kannte ja nichts anderes. Auch wenn es immer härter wurde.«

Ich wußte wirklich nicht, ob ich sie weitererzählen lassen sollte. Ich erinnerte mich an unsere erste Begegnung, an ihre Angst auf dem Bett. Ich versuchte in die andere Richtung zu blicken.

Sie beugte sich wieder herüber und legte einen Finger an mein Kinn. Sie drehte mein Gesicht zu sich herum. »Du erinnerst dich, nicht wahr?«

Ich hob meinen Arm und legte meine Hand leicht auf ihre. »Ja«, bestätigte ich ruhig. »Du mußt mir das nicht erzählen, wenn du nicht willst.«

Sie ließ ihre Finger in meine gleiten und ließ sie dort liegen. »Ich will ja. Es war immer sehr schmerzhaft für mich, und ich habe es immer verdrängt. Vielleicht ist das meine letzte Chance, mir darüber klarzuwerden, wer ich wirklich bin und warum.« Sie wurde jetzt wieder distanzierter und drehte sich weg. »Warum ich das bin, was du so verachtest«, sagte sie leise in Richtung Sofaecke.

Ich fuhr hoch. Diese Aussage hatte ich schon einmal von ihr gehört und schon einmal vehement bestritten. Wenn sie das immer noch dachte, konnte ich nicht sehr überzeugend gewesen sein. Ich nahm sie von hinten in die Arme und legte meinen Kopf an ihren Rücken. »Glaubst du das wirklich?«

Sie gab einen hohlen Laut von sich. »Wenn nicht jetzt, dann später. Ich habe dir noch nicht alles erzählt.«

»Dann erzähl mir alles, damit ich dir das Gegenteil beweisen kann«, raunzte ich unwirsch. Meine Ungeduld spielte mir mal wieder einen Streich. Das war ja wohl kaum angebracht in dieser Situation.

Sie drehte sich um, so daß ich sie loslassen mußte. »Das meiste kannst du dir sicher schon denken.« Sie legte die Hände ineinander wie zum Gebet und sah mich nicht an. Sie blickte über meine Schulter in eine ferne Vergangenheit. »Am Anfang schlug sie mich nur manchmal. Nur um die Erregung zu steigern, sagte sie. Schmerzen der Lust nannte sie es. Aber ich hatte nicht viel Lust dabei. Nur einmal, und das war mir peinlich. Als ich ihr das sagte, schlug sie mich wieder. Also ließ ich es geschehen und sagte nichts mehr. Dann eines Tages nahm sie statt ihrer Hände einen Gürtel. Meine Eltern hatten mich nie geschlagen. Ich wußte gar nicht, wie das ist. Ich schrie –, und da band sie mir einen Knebel vor den Mund und schlug noch härter zu. Es blutete, da, wo die Schnalle getroffen hatte. Aber sie hatte es sehr geschickt gemacht. Die Stellen waren in bekleidetem Zustand nicht zu sehen. Ich war überrascht und beschämt. Ich schämte mich, daß ich so etwas mit mir machen ließ, aber ich wagte es nicht zu verhindern.«

Daß sie sich für etwas schämte, was andere ihr antaten, war also auch nichts Neues. Ich wunderte mich über gar nichts mehr. Es schien alles ganz konsequent zu sein.

»Sie sagte, es wäre das Zeichen meiner Liebe zu ihr. Jede Narbe ein Zeichen. Wie konnte ich mich da wehren?« Sie sah mich ganz vertrauensvoll an. Ich konnte es kaum noch aushalten. Diese Selbstverständlichkeit! Ich hätte schreien können. Sie sprach weiter. »Das nächste Mal war es eine Peitsche. Und dann Handschellen. Der Knebel. Die Fußfesseln.« Jetzt war auch sie leiser geworden. Vielleicht sollte ich ihr doch Einhalt gebieten. Wie schlimm konnte es noch werden? »Das war das schlimmste. An Händen und Füßen gefesselt zu sein. Auf dem Bauch, bis ich keine Luft mehr kriegte und sie anflehte. Und sie lachte nur und schlug zu. Noch mal und noch mal und noch mal.« Sie schlug selbst in ein Kissen. Es war wie ein unaufhaltsamer Ablauf. »Und noch mal ...«

Ich hielt ihre Hand fest. »Komm«, besänftigte ich sie, »hör auf. Es ist vorbei.«

Sie ließ es zu, daß ich sie festhielt, aber ihr Arm zuckte immer noch. »Und dann – eines Tages – war sie verschwunden. Einfach so.« Sie bemerkte es erneut ganz verwundert.

»Aber ...?« Ich konnte das nur als Glücksfall betrachten. »Warst du denn nicht froh, daß sie weg war?«

»Froh?« Nein, sie sah es offensichtlich nicht so.

»Ja, du warst doch dann frei von ihr.« Ich hätte allem gedankt, an das ich glaubte.

Sie wiederholte erneut eines meiner Worte. »Frei?« Sie veränderte ihre Position auf dem Sofa. Jetzt saß sie wieder etwas weiter von mir entfernt. »Ich war fürchterlich einsam«, erklärte sie traurig. »Ich hatte doch nur sie. Und ich liebte sie.«

Ich zuckte merklich zusammen. Dieses Wort aus ihrem Munde und jetzt sogar in relativ klarem Zustand gab mir den Rest. »Ja dann ...« Ich sank ins Sofa zurück. Das war damals gewesen, und es war vorbei. Sie würde das niemals mehr zu jemandem sagen. Auch zu mir nicht. Ich kam mir plötzlich ungeheuer alt und verlassen vor.

Sie bemerkte, was sie gesagt hatte. Vielleicht drängte es sie deshalb weiterzusprechen, sich selbst und mir zu erklären, warum die Dinge so sein mußten, wie sie waren. »Die Einsamkeit war das schlimmste.« Ihr Tonfall wurde wieder gleichmäßig. »Ich konnte nicht mehr alleinsein. Sie war jede Nacht bei mir gewesen. Ich hatte mich daran gewöhnt.«

»An alles?« fragte ich. Meine Stimme klang wohl etwas scharf. Sie blickte erschrocken auf. »Entschuldige.« Ich leistete Abbitte. »Ich habe kein Recht ...« Ich war nur noch müde. Es war *ihr* Leben, nicht meins. Und immer mehr sah ich die Zukunft genauso getrennt.

»Doch, das hast du«, sagte sie plötzlich weich. »Ja, ich hatte mich wirklich fast an alles gewöhnt. Aber es war nicht jeden Tag so. Sie schlug mich nicht jeden Tag oder fesselte mich. Aber sie schlief jeden Tag mit mir. Es war wie ein Ritual. Egal, was wir vorher gemacht hatten, wenn wir zu Bett gingen, mußten wir miteinander schlafen. Und manchmal auch das andere.« Sie verstummte.

Ich war jetzt wieder verunsichert. »Wie alt warst du, als sie dich – verließ?« fragte ich mühsam.

»Neunzehn«, sagte sie. »Aber ich fühlte mich nicht so. Ich fühlte mich immer noch wie fünfzehn. Es war, als hätte ich keine Entwicklung durchgemacht, seit ich sie kennengelernt hatte. Meine Altersgenossen kamen mir viel älter vor.« Jetzt lachte sie wieder sehr unfroh auf. »Vielleicht war das das Attraktive an mir. Ich konnte mich vor Angeboten jedenfalls kaum retten.«

Ich konnte mir gut vorstellen, wie das vor sich gegangen war. Sie brauchte jemanden, der sich um sie kümmerte.

»Ich war so unerfahren«, erklärte sie. »Bis auf das eine. Das merkte ich sehr bald. Das, was mir fast schon selbstverständlich war, war den anderen noch relativ neu. Und das, was sie dort mit mir erlebten, glaubten sie auch auf andere Bereiche übertragen zu können. Ich benahm mich wohl so, daß sie es glauben mußten.«

»Du meinst, sie haben dich von vornherein bezahlt?« Der Gedanke wäre mir selbst bei etwas ausgefallenen Praktiken mit einer Liebhaberin nie gekommen. Ich war wohl wirklich ziemlich naiv.

»Na ja, bezahlt haben sie am Anfang vielleicht nicht direkt, aber ich bekam Geschenke. Teure Geschenke. Und ich war meistens die zweite Frau. Die fürs Bett.« Sie sagte es sehr abfällig. Ich konnte es ihr nicht verdenken, so sehr es mich auch erschreckte. Sie stieß einen resignierten Seufzer aus. »Sie haben es mir jedenfalls nicht schwer gemacht, davon zu leben. Und irgendwann hatte ich mich daran gewöhnt. Ich erwartete gar nichts anderes mehr.«

»Bis Maria kam«, erkannte ich hellsichtig. Das mußte ein gelinder Schock für sie gewesen sein.

Sie sah mir in die Augen. »Ja«, bestätigte sie. »Und dann du.«

Ich konnte es nicht ertragen. Das war alles Vergangenheit. Sie hatte ihre Liebe mit anderen verbraucht, an ihre Peinigerin verschwendet. Für mich blieb da nichts mehr übrig. Ich machte eine wegwerfende Handbewegung. »Ich bin nicht so wichtig.« Ich wollte mich vom Sofa erheben. Wie hieß es doch in *Casablanca*? Wir werden immer Paris haben. Das traf hier genau den Kern. Nur hatte ich kein Flugzeug, mit dem ich mich einfach in die Lüfte erheben konnte, um alles Böse hinter mir zu lassen.

Sie ergriff meinen Arm. »Wo willst du hin?« Ihre Stimme konnte immer noch wie fünfzehn klingen, wenn sie wollte. Süß und unschuldig. Und irgendwo – schien mir – war sie das auch.

Aber ich war es nicht. »Zu mir nach Hause. Ich muß ein bißchen schlafen. Morgen ist wieder ein anstrengender Tag.« Wie mir die Floskeln von den Lippen flossen! Ich konnte es selbst kaum glauben. Ich sah sie an, und ich liebte sie so. Doch ich konnte ihr nichts geben, was sie nicht schon in vielfacher Weise kannte. Ich würde sie nur enttäuschen. Ich fühlte mich leer und ausgebrannt. Mutlos kniete ich mich vor sie hin. Ich konnte ihr nur die Wahrheit sagen. »Ich liebe dich. Aber das ist alles, was ich dir geben kann. Du hast viel mehr verdient. Du wirst mit Leichtigkeit eine Bessere finden.« Ich kam mir hohl vor.

Ich wollte aufstehen, aber sie hielt mich fest. »Sag mal, bist du noch ganz bei Trost?« Das war nicht mehr der gleiche entmutigte Tonfall wie eben. »Wenn du jetzt nicht mit dem Gejammer aufhörst, schmeiße ich dich wirklich raus.« Sie überlegte kurz. »Ach nein, das willst du ja. Also werde ich dich hierbehalten.« Aus ihren Worten sprach Energie. Sie hatte mich vollends überrumpelt.

»Aber –« Ich stammelte etwas verwirrt vor mich hin.

»Was aber?« Sie rutschte vom Sofa und lag plötzlich auf mir. Von oben sah sie auf mich hinunter wie eine Tigerin auf ihre Beute. »Was glaubst du, wie vielen Leuten ich das schon erzählt habe, was ich dir erzählt habe?«

Ich versuchte zu überlegen. Es war schwierig. Ich kannte ja kaum eine ihrer Beziehungen. »Na ja, Maria zum Beispiel und –«

Sie unterbrach mich aufgebracht. »Nicht einmal Maria. Von ›und‹ schon gar keine Rede! Du bist die einzige. Und was meinst du wohl, weshalb?«

Das konnte ich mir beim besten Willen nicht vorstellen. Ich schwieg.

»Jetzt würde ich dich wirklich am liebsten verprügeln«, flüsterte sie. Dann sprach sie wieder mit normaler Lautstärke. »Und das liegt nicht an meinem Beruf und nicht an meiner Vergangenheit. Das wäre einfach ganz natürlich, so begriffsstutzig, wie du dich anstellst.«

Das fand ich nun eigentlich gar nicht, aber wenn sie meinte. Sie war schwerer, sie war stärker, und sie lag auf mir. Es war nicht opportun, ihr zu widersprechen, wie mir schien.

»Frau des Himmels!« Sie stöhnte laut auf. »Du willst diese drei Worte hören. Du hast dich so darauf versteift, daß du nichts anderes mehr wahrnimmst. Verdammt noch mal!« Sie fluchte. Das war ja etwas ganz Neues. »Verstehst du denn nicht? Ich habe dir jetzt alles gebeichtet, was es zu beichten gab.« Sie schenkte mir einen eisigen Blick. »Was ich von dir übrigens nicht behaupten kann. – Und deine einzige Reaktion ist, daß ich zu gut für dich bin? Da habe ich doch wohl auch noch ein Wörtchen mitzureden, oder etwa nicht?«

»Ja. – Nein.« Ich wußte nicht, was ich sagen sollte.

Sie blickte jetzt wieder liebevoll auf mich hinunter. »Also merk dir eins: Die Zeiten sind vorbei, wo ich mich von meinen Scham- und Schuldgefühlen habe auffressen lassen. Und daran bist du nicht ganz unschuldig.« Das konnte ich wohl nicht abstreiten. »Mein Selbstwertgefühl hat sich auch etwas erholt. Und auch damit hat eine gewisse Person unverhältnismäßig viel zu tun. Richtig?« Sie starrte mir etwas wild ins Gesicht, aber die Zärtlichkeit, die in ihren Augen leuchtete, nahm dem Ganzen gleich wieder die bedrohliche Note. Ich nickte mit dem Kopf, soweit das im Liegen möglich war. »Und weshalb willst du dann jetzt gehen?« Sie stemmte sich mit beiden Armen ab und vergrößerte den Abstand zwischen uns, so daß ich besser atmen konnte.

Ich mußte ihr antworten, das wußte ich, aber ich wußte nicht, wie. Und das sagte ich ihr dann auch. »Ich weiß es auch nicht.« Leiser fügte ich nach ein paar Sekunden hinzu: »Ich komme mir so klein vor.«

»Aha!« Sie ließ sich von mir herunterrollen und blieb neben mir liegen. Dann sprach sie gegen die Decke. »Wie wäre es, wenn wir das einmal vernünftig bereden würden? Was in die eine Richtung funktioniert, funktioniert ja vielleicht auch in die andere. Hast du dir das schon mal überlegt?«

Das hatte ich ehrlich gesagt nicht. Und es machte mich auch nicht größer. Eher im Gegenteil. Alles, was ich ihr abverlangt hatte, hatte ich für mich selbst nie in Betracht gezogen. Großartige Einstellung!

Sie stützte sich auf einen Ellbogen auf und betrachtete mich neugierig. »Was für eine Frau bist du eigentlich? Hast du mich schon jemals in dein Inneres blicken lassen so wie ich dich?«

Sie stürzte mich in peinliche Verwirrung.

»Oder ist das mit deinem erhabenen Ethos der hehren Ritterin nicht vereinbar?«

Sie hatte ja so recht! Aber jetzt wäre ich erst recht am liebsten geflohen.

Das merkte sie sofort. »Ich werde dich nicht wirklich festhalten, das weißt du.« Sie lachte leise. Ich kam mir furchtbar durchschaut vor. »Und du willst auch nicht wirklich gehen.« Jetzt blickte sie mir wieder ernst ins Gesicht. »Also, warum besprechen wir dann nicht, was wir nun wirklich tun wollen?«

Ja, warum denn nicht? Ich war sauer. »Woher soll ich das wissen? Du willst deinen Beruf ...«

»Da liegt der Hund begraben«, seufzte sie. »Das hätte ich mir ja denken können.« Aber diesmal war sie weniger erbost als die anderen Male, bei denen dieser Umstand zwischen uns zur Sprache gekommen war. In der Tat schien sie gar nicht erbost. Und auch gar nicht mehr so unsicher. »Du weißt, daß das im Moment kein Thema ist. Daran hat sich nichts geändert.«

»Ja, im Moment ...«, betonte ich gedehnt.

»Ja, im Moment«, wiederholte sie entschieden. »Laß es doch dabei. Willst du eine Entscheidung erzwingen, die ich im Augenblick nicht treffen kann? Was willst du damit erreichen? Selbst eine Entscheidung wäre in einem solchen Fall doch nur vorübergehend.«

Da hatte sie zweifellos recht. Aber was war die Alternative?

»Du siehst auch alles nur schwarz oder weiß. Genau das hast du mir vorgeworfen. Wie wäre es, wenn wir uns beide davon trennen würden?«

Ich erkannte sie kaum wieder. Was war nur geschehen? Sie entwickelte eine logische Schlußfolgerung nach der anderen.

Sie lachte, als sie mein verdutztes Gesicht sah. »Manchmal kann ich auch denken«, schmunzelte sie. »Ich war nur die meiste Zeit zu abgelenkt in deiner Gegenwart.« Sie beugte sich herüber und küßte mich.

Schöne Ablenkung! Mehr davon ... Sie hörte auf, und ich öffnete die Augen wieder. Dieser liebevolle Blick, dieser zärtliche Mund. Was für ein Rindvieh war ich eigentlich?

Sie schob sich jetzt wieder über mich. Ihre Lippen fuhren zart an meiner Wange entlang. »Wir haben so viel Zeit«, flüsterte sie.

Ich glaubte alles, was sie mir sagte. In diesem Moment ging mir ein Licht auf. Konnte es sein, daß meine eigene Sturheit mit zu so vielen Schwierigkeiten beigetragen hatte? Und was wäre, wenn ich sie ablegen würde? Ich konnte mir die Konsequenzen kaum vorstellen. Ich räusperte mich. »Kannst du dir vorstellen, daß wir auch in zehn Jahren noch zusammen sind?« fragte ich sie.

Ihre Lippen verharrten auf der Stelle, die sie gerade gestreichelt hatten. »Wer weiß?« antwortete sie sehr ernst. Immerhin jagte ihr die

Vorstellung keine Angst ein, das spürte ich. Sie spann den Gedanken weiter. »Ich glaube nicht, daß es uns da sehr viel anders geht als anderen Paaren.« Sie nannte uns ein Paar – das wurde ja immer besser! »Aber was hältst du erst mal von den nächsten drei Monaten?« Sie lächelte auf mich hinab.

Diese Augen, die mich schon liebkosten, wenn sie mich nur ansahen. Wie konnte ich freiwillig darauf verzichtet haben wollen? Ich mußte verrückt gewesen sein!

Sie lächelte immer noch. »Du warst schon einmal mein Taxi nach Paris. Willst du es noch einmal versuchen?«

Ich verstand sie erst nicht richtig, dann wußte ich, was sie meinte.

Ihre Lippen näherten sich meinem Mund.

»Ja«, sagte ich, kurz bevor sie mich küßte.

ENDE

Hat Ihnen das Buch gefallen?

Schreiben Sie vielleicht selbst Romane oder Geschichten?

Dann senden Sie sie uns zu, an folgende Adresse:

édition el!es

Postfach 1405

D – 79504 Lörrach

Oder über unsere Internetseite:

www.elles.de → Verlag → Manuskripte einreichen

Wenn Sie in Zukunft regelmäßig über Neuerscheinungen des el!es-Verlages informiert werden wollen, lassen Sie sich in unseren Verteiler eintragen:

www.elles.de → Verlag → Verteiler